U0028612

少女同志，向敵人開槍吧

逢坂冬馬

AISAKA TOUMA

臺灣的各位讀者：

本書《少女同志，向敵人開槍吧》是我參加第十一屆阿嘉莎・克莉絲蒂獎的新人獎作品，也是我正式出道成為小說家的處女作。二〇二〇年當時，我還是上班族，利用工作之餘在家裡寫小說時，做夢也沒想到自己的作品有朝一日會在海外翻譯出版，像這樣與臺灣的讀者們打招呼。

我們經常可以聽到「文學能跨越國界」這句話。這句話帶給我莫大的勇氣，我確實也想過如果自己的作品能跨越國界該有多好。另一方面，我也聽過另一種聲音。

自從本書出現在日本的文學市場，許多人都問我同樣的問題，那就是「日本人為何要描寫外國的戰爭？」「這麼做有何意義？」雖然每次我都給出自己內心想到的答案，但我在寫這本書的時候，從未想過將來要面對這些問題。既然文學能跨越國界，那麼作家描寫外國的戰爭需要任何「特別」的理由嗎。

後來發生的事也給了我回答這個問題的提示。

二〇二一年十一月，本書在日本出版；二〇二二年二月二十四日，俄羅斯攻打烏克蘭。自此，大家討論這本書的時候都會對照此時此刻發生在現實生活中的戰爭，也針對目前正在發生的侵略戰爭問了我很多問題。為了應付這些千奇百怪的問題，我每天都疲於奔命。但與此同時，接受採訪及跟我自己感興趣的人對談的機會也增加了，其中不乏與臺灣人交流的機會。

在交流的過程中，我發現臺灣人對俄羅斯攻打烏克蘭、在這樣的時空背景下看這本書的角度跟日本讀者略有不同。不只是因為臺灣與烏克蘭都受到大國的軍事壓力，具有類似的遭遇，還有對民族及語言都很相近的兩個國家不得不自相殘殺的現實感到強烈的悲憤。

我自己也是這樣，讀者在閱讀海外的文學作品時，經常會脫離作者的預設立場，基於自己國家的背景產生「特殊的閱讀角度」。或許正因為如此，意外的作品才會在意外的國家大受歡迎。

請容我再自我介紹一次，我是日本人，這部作品是描寫德蘇戰爭的小說，從頭到尾沒有出現過一個日本人。即便如此，原本也只在日本出版，所以大部分的讀者都是日本人。

如果臺灣的讀者也能基於自己的背景，從中得到自己的閱讀體驗，進而覺得這本書很好看的話，我認為那正是文學跨越國界的瞬間、也是日本作家描寫外國戰爭的意義之一。

非常感謝協助本書翻譯、出版的人員，尤其是尖端出版與責任編輯楊先生、負責翻譯的緋華璃。

當然還有拿起這本書的各位讀者，在此向大家致上最深的謝意。

二〇二三年九月　逢坂冬馬

目次

序　11
第一章　伊萬諾沃村　19
第二章　魔女巢穴　51
第三章　天王星行動　153
第四章　伏爾加河對岸已非我國領土　215
第五章　迎向決戰的日子　359
第六章　要塞都市柯尼斯堡　417
尾聲　505
主要參考文獻一覽　525
謝辭　531
推薦文　532
第十一屆阿嘉莎・克莉絲蒂獎評選　534

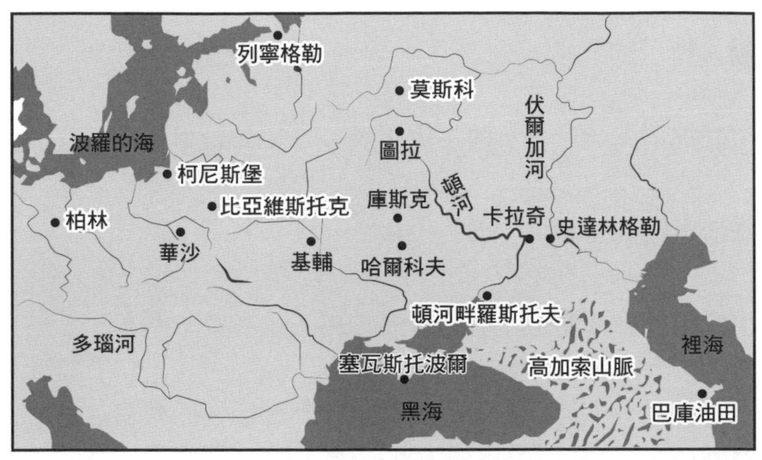
列寧格勒
莫斯科
伏爾加河
圖拉
波羅的海
柯尼斯堡
頓河
比亞維斯托克
庫斯克
卡拉奇
史達林格勒
柏林
華沙
基輔
哈爾科夫
頓河畔羅斯托夫
多瑙河
塞瓦斯托波爾
高加索山脈
裡海
黑海
巴庫油田

登場人物

謝拉菲瑪………一九二四年出生的少女。善狩獵。小名為菲瑪

葉卡捷琳娜……謝拉菲瑪的母親

米哈伊爾………謝拉菲瑪的青梅竹馬。小名為米西卡

伊麗娜…………前狙擊兵。現為狙擊訓練學校的教官
夏洛塔…………狙擊訓練學校的學生。莫斯科射擊大賽的冠軍
艾雅……………狙擊訓練學校的學生。哈薩克族的獵人
嘉娜……………狙擊訓練學校的學生。是所有學生中最年長的
奧爾加…………狙擊訓練學校的學生。來自烏克蘭的哥薩克人

塔妮雅…………護士

馬克西姆………第六十二軍第十三師團，第十二步兵大隊長
費奧多…………第十二步兵大隊士兵
朱利安…………第十二步兵大隊狙擊兵
波格丹…………第十二步兵大隊附屬督戰隊

序

一九四〇年五月

劈柴的聲音有如宣布春天腳步已近的晨鐘，響徹整個小村落。

隔壁安東諾夫大叔的感冒總算好了，令十六歲的少女謝拉菲瑪放下心中大石。把過肩的中長髮紮成辮子，拿起掛在牆上的步槍。

「我出門了。」

謝拉菲瑪對放在桌上的照片打招呼。照片中是少了自己的全家福——分別是坐在椅子上，身型瘦削的母親與站在母親旁邊，板著一張臉，表情相當嚴肅的父親。

走出家門，等在屋外的母親葉卡捷琳娜與照片中的模樣判若兩人，體型壯碩，披著簡樸的外套。

「走吧。」

「嗯！」

謝拉菲瑪回答，與母親並肩走在村子裡。草木萌芽的香氣與水車轉動的聲音，再加上劈柴的聲響。小小的農村裡充滿了還算蓬勃的朝氣。伊萬諾沃村是個只有四十個村民的村落，隨著春天降臨大地，家家戶戶皆快活地過著自己的小日子。

在小屋旁邊劈柴的安東諾夫大叔氣喘吁吁地說：

「早安，謝拉菲瑪和葉卡捷琳娜太太，又要去打獵嗎？真勤快啊。」

「對呀，今年來過冬的鹿好像比往年多。」

母親代為回答後，鄰居沃爾科夫家的女兒，年僅十二歲的艾蓮娜跳過流經村落的小溪，有如脫韁野馬地跑過來。

「謝拉菲瑪，萬事拜託了。哥哥說過，萬一田被野獸破壞，無法產出農作物上繳給集體農場（註1）的話，這個村子可能就得跟其他村落合併，不得不搬家也說不定。」

「包在我身上！」謝拉菲瑪摸摸她的頭。「我一定不會讓鹿破壞田地的。」

安東諾夫大叔拭去額頭上的汗水，微笑表示：

「妳們母女倆真是太可靠了，感激不盡。」

荷著鋤頭經過的村民根納季笑著對謝拉菲瑪說：

註1　蘇聯於十月革命後出現的集體化生產的農業形式。

「需要皮革的時候，儘管跟我說喔！不管是手套還是防寒外套我都做給妳。」

「好的！」謝拉菲瑪回答。遠處有人呼喚她的小名。

「菲瑪！」

看到來人的身影，謝拉菲瑪的音調也高了八度。

「米西卡。」

米西卡是艾蓮娜的哥哥米哈伊爾・鮑里索維奇・沃爾科夫的小名。

米哈伊爾有著一頭濃密的金髮與冰藍色的雙眸，憂心忡忡地看著謝拉菲瑪。

「菲瑪，不要緊嗎？我在學校聽說最近有熊徘徊。」

「別擔心。萬一真的有熊出沒反而危險，更應該提早除掉才對。」

聽到謝拉菲瑪的回答，米哈伊爾有些難為情地低下頭去，「嗯」地應了一聲。

「再等我一下。我會努力學習，等我也學會射擊，就能跟妳一起去狩獵了。」

安東諾夫大叔的妻子娜塔莉亞大嬸從劈柴小屋探出頭來，微笑調侃：

「真了不起，不愧是背負著全村未來的夫婦。」

「我們不是那種關係啦！」

「還不肯承認嗎？你倆是這個村子最早研究學問的人，將來一定要出人頭地，帶領整個村子前進喔。」

米哈伊爾是村子裡唯一和謝拉菲瑪同年的男生，村民都把他們當兄妹養。

謝拉菲瑪在就學的鎮上遇見同年紀的男生時，被他們粗野又低俗的遣詞用字嚇一大跳。過了一陣子，發現米哈伊爾特別溫柔，而且是鎮上的風雲人物，不分男女都很喜歡他。謝拉菲瑪這才明白，總是陪在自己身邊的少年並非泛泛之輩。

村子裡的人無不認定米哈伊爾和謝拉菲瑪將來一定會結成連理。

兩個當事人連吻都沒接過，當然也沒討論過這方面的問題，但也隱隱約約地感受到這股不言自明的默契。

米哈伊爾再次鄭重地否認，艾蓮娜把臉埋在謝拉菲瑪的胸口說：

「可是要擔心的不只熊，還有食人魔！」

往周圍看了一圈，大人們臉上都掛著心照不宣的笑容，隨意附和。

米哈伊爾壓低音量小聲說：

「艾蓮娜還相信這種說法呢。」

「我們十歲的時候就發現真相了。」

謝拉菲瑪和米哈伊爾相視竊笑。

如果晚上還在外面遊盪，或是做了什麼壞事，會被躲在深山裡的「食人魔」殺掉。這是大人用來嚇唬小孩的鄉野傳說。

「走嘍，菲瑪。」

葉卡捷琳娜邁步前行，謝拉菲瑪也跟了上去。

爬上通往後山的小徑途中，謝拉菲瑪不經意地俯瞰村落。

裊裊的炊煙從分散各地的小屋煙囪東一束、西一束地竄升，磨麵粉的水車慢悠悠地轉動。負責提供農作物給集體農場的田裡，甫冒出新芽的作物沐浴在溫暖的陽光下。

娜塔莉亞大嬸正把柴火捆成一束，朝她們揮手。

沃爾科夫夫婦從磨坊搬出麵粉，兒子米哈伊爾在一邊幫忙，與謝拉菲瑪四目相交，靦腆地低著頭。

舊式的拖拉機和農耕馬並排在村子外圍耕田。

每個人都熟悉得像是抬頭不見低頭見的家人。熟悉的村子。熟悉的伊萬諾沃村。

從她站的地方可以將以上一切盡收眼底。

站在這裡可以看見眾人營生的模樣。謝拉菲瑪深愛著眼前的光景。

這樣的日子應該可以永遠持續下去吧。

十六歲的少女謝拉菲瑪·馬爾科夫娜·阿爾斯卡亞曾經如此深信不疑。

這是一場處於兩個對立的世界觀夾縫中的鬥爭。做出的判決是要撲滅相當於反社會犯罪者的布爾什維克黨。共產主義對未來將會造成不容忽視的威脅。我們一定要拋開軍人的戰友意識。共產主義者過去不是我們的戰友，未來也不可能是我們的戰友。問題在於大屠殺式的鬥爭。倘若我們未好好認清這點，或許能暫時壓制敵人，可是不出三十年，大概又要面對共產主義這個敵人。我們絕不能因為一時心軟而留下後患。

阿道夫・希特勒　一九四一年三月三十日（引用者註）

（引用自大木毅《德蘇戰　絕滅戰爭的慘禍》）

第一章　伊萬諾沃村

一九四二年二月七日

隔著瞄準線捕捉到獵物的時候，內心無限接近「無」的狀態。

握緊單發式TOZ－8步槍，隔著T字瞄準線捕捉到鹿的身影時，年滿十八歲的少女——謝拉菲瑪·馬爾科夫娜·阿爾斯卡亞再一次進入這種截至目前已經經歷過無數次的境界。

距離一百公尺。無風。

雖然置身於山林中，目標與自己中間沒有枝葉阻擋，幾乎近於理想狀態。

如同冬日夜空的一輪滿月璀璨生輝地蓋過了點點星光，拂去所有雜念的內心世界只剩下一個牢不可破的堅定意念，那就是「瞄準」。不一會兒，當這個意志也消失殆盡，進入無邊無際、無念無想的境地時，就連呼吸也能控制。這麼一來，槍身將不再因呼吸而震顫。接下來只要靜靜地扣下扳機即可。就在這個時候。

瞄準線與獵物之間出現了新的存在。

「啊……」

脫口而出的瞬間，準星晃動，原本波瀾不興的意識掀起漣漪。

原本大概是躺在地上睡覺的小鹿從深邃的雜草間站起。

貌似剛斷奶的小鹿依戀不捨地圍繞在母鹿腳邊打轉，渴望得到母親的關愛。母鹿做出回應，舔拭小鹿的臉。

謝拉菲瑪努力想再次消除雜念。別想太多，甚至連告訴自己別想太多都不行。只要跟平常一樣，讓心靈化為明鏡即可。

調整呼吸，瞄準母鹿的頭。

扣下扳機，槍身彈跳了一下，獵物從豁然開朗的視線範圍內消失。

平常都會有點捨不得結束這個瞬間，今天卻覺得是上天賜予的憐憫。

從瞄準鏡移開視線時，排除於內心世界之外的光景這才想起似地重回眼簾。樹枝上的殘雪、遠方一望無際的冬日晴空。

經歷去年突然揭開序幕的德軍侵略蘇聯，伊萬諾沃村的生活依舊如常。

「打中了呢！」

旁邊傳來溫柔的嗓音，謝拉菲瑪這才想起母親葉卡捷琳娜就在身邊。

「嗯……」

「怎麼啦？」

母親困惑地側著頭問她。這也難怪，因為自己平常打到獵物時都會露出笑容。從母親的角度應該看不到小鹿。

謝拉菲瑪猶豫著該不該解釋時，母親說道：

「菲瑪，妳開槍前唱了歌呢。」

「我嗎？」

謝拉菲瑪不可置信地杏眼圓睜。因為她一點印象沒有。

「對呀。」母親回答：「妳小聲地唱了喀秋莎（註2）喔，嚇我一跳。因為妳平常都很專注。」

「是嗎？」

謝拉菲瑪模稜兩可地回答，看著自己擊中的鹿。被一槍貫穿腦門的鹿連抖都不抖一下，伸直四肢，當場死亡。

她覺得好不可思議。死屍的模樣與活著的時候相去無幾，為什麼能一眼看出已經沒有生命了呢。

「太好了，菲瑪。」

走向獵物時，母親輕聲說出與往常無異的臺詞。

「這麼一來，村子裡的人就有肉吃了，農田也不會遭到破壞。太棒了，菲瑪。妳做得很好喔。」

每次擊中獵物時，母親一定會稱讚她。彷彿是村子裡最厲害的獵人謝拉菲瑪與教她射擊的母親葉卡捷琳娜之間的約定。

事實上，謝拉菲瑪沒有一次狩獵是為了自己高興或是用來練身手。她們住的伊萬諾沃村是深受野生動物破壞農作物所苦、經常沒有肉吃的窮鄉僻壤。

——所以必須有人結束鹿的生命。所以她必須這麼告訴自己。

註2　俄國傳統民謠。

想到這裡的時候，謝拉菲瑪情不自禁地說出與母親討論過無數次的擔心事。

「媽，我去莫斯科以後，妳一個人打獵沒問題嗎？還有農業和生活，我不在真的沒問題嗎？」

謝拉菲瑪在高中教育課程取得優秀的成績，秋天就要去莫斯科的大學念書。雖說就在近郊，但是從伊萬諾沃村到莫斯科得走上兩整天，所以謝拉菲瑪要住校，以後除了放長假，幾乎沒有機會見到母親。但這段期間還是要有人狩獵，而村子裡已經沒有能拿槍射擊的男人，所以自然得由三十八歲的母親擔此重任。

母親挺起強壯的胸膛，豪邁地笑著說：

「當然沒問題啊。教妳狩獵的人可是我。而且妳瞧瞧，我比妳這個瘦巴巴的丫頭有力氣多了。」

葉卡捷琳娜用皮帶綁起看來大概有八十五公斤，相當於自身體重的鹿，拖著鹿的屍體開始往前走。比母親輕了三十公斤左右的謝拉菲瑪也趕緊拿另一條皮帶捆住鹿身，扛著槍，幫忙搬運鹿的屍體。

「菲瑪，妳看看周圍的人。不管是村民們，還是鎮上的老師，大家都對妳能去莫斯科讀大學感到很驕傲。妳可是村子裡第一位大學生喔。」

「嗯，可是我上次在回家路上遇見馬特維神父時，他交代我就算去了莫斯科，也不能對共產黨言聽計從。他說史達林是可怕的獨裁者，稍微批判一下就會被處刑，已經殺了幾十萬人。」

「馬特維神父怎麼這樣胡說八道？這件事不可以告訴任何人喔。」

「為什麼？」

「要是被人知道他胡言亂語，神父可能會沒命。」

我不知該怎麼回答。因為我無法判斷母親是開玩笑，還是在進行某種批判。

拖著鹿的屍體走在森林裡，身後留下我們母女的腳印和宛如口紅般的鹿血。

不能深入思考。在蘇聯，玩笑與批判之間沒有明確的界線。無論是玩笑還是批判，總之有些話可以說，有些話不能說。即使可以在地區會議向當局者表達對生活的不平或對生產配額的不滿，也不能批判黨本身。雖然鼓勵人民向報社投稿，表達對公務人員的不平不滿，然而要是膽敢批評最高領導者，一定會馬上被捕。母親也心裡有數，隨即轉移話題。

「所以優秀的女兒，用功讀書之餘也別忘記手槍的射擊方法。女兒能上大學是我的驕傲。老師們也說妳一定沒問題。大學畢業後，妳想善用所學的德語成為外交官吧？」

「對呀。」

「可是現在學習德語，不會被視為是法西斯的爪牙嗎？」

「不會啦，媽。弗里德里希老師好像跟黨人很熟。」

謝拉菲瑪就讀的高中在距離伊萬諾沃村走路一小時左右的鎮上，原本是德國共產黨員，流亡至蘇聯的弗里德里希老師在那裡教德語。德蘇開戰後，老師或許是對自己的立場感到不安，動不動就告訴學生蘇聯對德國開戰是為了保護自己，同時也是試圖讓德國人民擺脫暴政的聖戰，謝拉菲瑪決定上大學後，弗里德里希老師正經八百地拜託她：「妳去到莫斯科，如果提到我，請務必幫我強調我已經做好為了解放祖國，隨時與納粹法西斯一戰的心理準備。」

謝拉菲瑪告訴母親這件事。

「是嘛。」葉卡捷琳娜只是以事不關己的語氣回答：「德國人也真不容易。明明是他們自己選希特勒當總統，對我們發動攻擊。」

「不是這樣的，媽。」

謝拉菲瑪忍不住提出抗議。這是基於自己的信念，也是因為溫柔地教導自己德語、鼓勵自己、幫自己提升語言能力的弗里德里希老師確實說過。

「希特勒並不是人民經由選舉選他當總統，而是軍人興登堡任命他為首相。從此以後，德國人再也不敢反抗法西斯政權。如今迫不得已參戰的德國人民也是法西斯主義的犧牲者。等戰爭結束，兩國一定能恢復邦交。陷人民於水火之中的一向是專制的政權。」

「說得也是。」母親露出溫和的笑容。「就像妳以前喜歡的舞臺劇那樣。」

「沒錯，等戰爭結束，我一定要成為外交官，讓德國與蘇聯和好如初。」

十年多以前，公共教育戲劇團來伊萬諾沃村表演的舞臺劇是她與「德國」的第一次接觸。戲劇團先以開場白說明這是第一次世界大戰時，實際發生於德軍與俄羅斯皇軍間的真實故事，然後才表演給村民看。

以下是故事的背景——為了皇帝被迫與德國交戰的人民得知列寧等人發起革命抗爭，最前線的戰壕內開始瀰漫起一股厭戰的氣氛。主角是一位俄羅斯軍人，向身邊的士兵呼籲不要再打無謂的仗。他們朝沒人的方向射擊槍砲彈藥，強行罷工，在信鴿腳上綁著用德文寫的信，讓信鴿飛到對面的壕溝，信上寫著「我們不會攻打你們，所以你們也停止作戰吧」。同伴們陸陸續續受到感召，討論著為了終止戰爭，必須加入革命軍，以推翻皇帝，擬訂一起逃跑的計畫。然而就在計畫付諸實行的前夜，遭到哥薩克兵背叛，向長官洩漏他們的計畫，肩膀上別著金肩飾帶的軍官命令士兵射殺主角，士兵們不從。軍官怒吼：「既然如此，就讓敵軍射死他！」

主角被推出戰壕，成為德軍的箭靶。

謝拉菲瑪記得主角就要慘遭射殺的時候，自己還閉上了雙眼。

然而槍聲並未響起。沒多久，耳邊傳來片段的俄語：

「我們不會殺害你的，同志！」

得知計畫的德國士兵紛紛越過戰壕來救他。然後士兵們拋下槍枝，互相擁抱，反而是別著金肩飾帶的軍官和背叛的哥薩克兵被帶走了。

劇情在兩國士兵發誓要在自己的國家展開革命的結局下落幕。

年幼的謝拉菲瑪忘情起立，拍手拍到手都痛了。

——現在回想起來，劇本確實有些教科書化，以基於史實的展開而言也稍微誇張了點，但是看完戲的那天晚上，謝拉菲瑪激動地夜不能眠。

這一切無非是因為她在劇中看到了從未謀面的父親身影。

「媽，爸爸也是那樣對吧？從與德國的戰爭全身而退，然後去跟白軍（註3）打仗。」

「對呀。」

母親的回答極為簡短。緊接而來的沉默中彷彿可以聽見「結果妳爸因為那場戰爭死了」的後半句話。內戰終結後，父親於一九二三年退伍，隔年去世。謝拉菲瑪只能從父母在這段短暫時光中拍的唯一一張照片認識父親的長相。每次想念父親時、想起祖國如今的情勢時，她都會產生一抹不安。

「在這種情況下，我真的可以去上大學嗎？和我同年的米西卡都上戰場了，會射擊的我真的不用戰鬥嗎？」

「妳是女孩子呀。」

「可是柳德米拉·帕夫利琴科（註4）也是女生，卻在克里米亞半島戰鬥喔。」

註3　俄國內戰期間，由效忠沙皇的舊有勢力以及富有的農民、地主和資產階級等反對布爾什維克政權的人所組織的軍隊。

註4　第二次世界大戰期間的蘇聯女狙擊手。

「因為她不是普通人啊。那個人已經殺了兩百名德軍。菲瑪，雖說是戰爭，但妳敢殺人嗎？」

面對被問過好幾次的問題，謝拉菲瑪回以相同的答案。

「不敢。」

「那不就結了，菲瑪。戰爭就是要殺人。」

母親放下鹿，認真地回答：

「妳的父親馬克說他已經受夠戰爭了，成為逃兵，回到村子裡。後來受列寧起草的『和平法案』感召，白軍進犯時，認為這次必須為保衛蘇聯而戰鬥，不聽我的勸阻，主動加入戰爭……內戰結束時，好不容易生還歸來，卻因為在寒冷極地打仗而患上肺炎，來不及見妳一面就死了。」

謝拉菲瑪低頭不語。她能拋下這樣的母親，留下母親一個人，自己前往戰場嗎？

「然後妳出生了。馬克捨命捍衛的蘇聯確實跟俄羅斯帝國不一樣。原本目不識丁的我，拜移動學校所賜，如今連報紙都看得懂了。村子裡的小孩也能受教育，妳甚至可以去上大學。我由衷感激。雖然要上繳給集體農場的配額很辛苦，但也因此能負擔妳的學費。」

母親呼出一口雪白的霧氣，接著說：

「總而言之，馬克拚死戰鬥並不是為了把妳獻給軍隊。」

「嗯……」

一如既往，謝拉菲瑪終究還是得面對「自己還沒有做好上戰場的心理準備」這個結論。

直到上個月，這個村子也面臨了是否要疏散的生死存亡關頭。收到不准撤退的命令後，村民們過著日日聽著遠處傳來砲聲隆隆的每一天。因為南北兩邊都有德軍往東進攻的土地，無法避難這點著實令人感到不安，但放心的聲浪仍蓋過了不安的聲音。蘇聯目前採取的避難措施其實是焦土作戰的一環。一旦決定疏散，必須燒掉所有的房子、殺死碩果僅存的家畜，拋棄一切，逃往國家指定的場所。

伊萬諾沃村介於要塞都市圖拉與莫斯科之間，麻雀雖小也是中繼地點，對於想攻下莫斯科的德軍來說，大概不是戰略性的攻略對象，對於莫斯科的後勤防衛而言，又有身為輸送地點的相對價值，所以決定暫不疏散。

幸好莫斯科防衛軍得到來自東部的支援，擊退德軍。進入今年之後，蘇聯的軍隊也開始展開冬季反攻，所以大家姑且都先鬆了一口氣。

母女倆走出森林，走在山路上。走著走著，拖著鹿身的動作終於沒那麼吃力了。

沒多久就來到可以居高臨下俯瞰整個村落的地方。

謝拉菲瑪很喜歡從這裡俯瞰伊萬諾沃村。

每次經過這裡，都能聽見安東諾夫大叔劈柴的聲音。而他的妻子，負責搬運麵粉的娜塔莉亞大嬸一定會朝她揮手。以前在鎮上當廚師的根納季先生會以俐落的身手肢解獵物，清理出肉的部位和毛皮。米哈伊爾的妹妹艾蓮娜每次收到肉，都會把鎮上男生送給她的甜食分給謝拉菲瑪以做為回禮。

長子不在的沃爾科夫家雖然冷清了點，但家人都在等米哈伊爾回家。

村子裡的每個人都像是自己的家人，所以謝拉菲瑪雖然想念父親，但也從未覺得與母親相依為命的家庭比別人孤單。

「抱歉啊，媽媽。我一定會去上大學，也一定會回來的。不用逃離這裡真是太好了……」

葉卡捷琳娜嘆了口如釋重負的氣，露出有些惡作劇的笑容。

「就是說啊。而且米哈伊爾回來的時候，妳要是不在可就麻煩了。」

「媽，都說米哈伊爾跟我不是那種關係了。」

米哈伊爾原本也要一起去讀大學，可是自從開始打仗，他就以志願兵的身分上戰場了。從此以後，他的雙親和妹妹艾蓮娜就一直在等他回來，眾人也依舊把謝拉菲瑪當成他的未婚妻看待。

「總之，戰爭就交給男士們。畢竟戰爭是由男人挑起的禍端，女人反倒成了犧牲品。好不容易守住莫斯科，卻放棄上大學的機會……」

母親說到這裡，倏地閉上嘴巴。謝拉菲瑪也察覺到異狀。

沒聽見安東諾夫大叔劈柴的聲音，也聽不見孩子們玩耍的聲音。

生活氣息消失殆盡的寂靜中傳來異樣的噪音。那是汽車的引擎聲，而非拖拉機的聲響。

村子裡沒有人有車，也很少有來自外界的車子。

「難道是紅軍的人……」

母親喃喃自語時，村子裡傳來叫聲。

有如猛獸的威嚇般，不容反駁又粗魯的叫聲。

母親聽不清那句話的意思，但顯然領悟到什麼，對謝拉菲瑪流露出因恐懼而怯懦的表情。謝拉菲瑪反射性地點頭回答：

「是德語。意思是叫大家排隊站好。」

謝拉菲瑪言簡意賅地回答後，意識到這句話代表的意思，感覺全身開始痙攣般地簌簌發抖。抖得太厲害，就連自己也嚇到了，恐懼這才襲上心頭。

用德語叫大家排隊站好的人就在村子裡。

「媽……」

母親一臉茫然。耳邊再次傳來德語。

快點排好！後面還跟著一句俄語。

「趴下。」

葉卡捷琳娜交代謝拉菲瑪，自己也趴下。趴在地上匍匐前進，前往能將整個村子盡收眼底的山路轉角處。

謝拉菲瑪也趴在地上，緊跟在母親身後匍匐前進。第一次覺得這裡好可怕。除此之外沒有任何想法，只想跟著母親，寸步不離。

從地勢較高的轉角處探出頭去，伊萬諾沃村映入眼簾。村子中央沒有建築物，積雪也不深，視野頗為開闊。

安東諾夫大叔和根納季先生都在那裡。兩人皆高舉雙手。

米哈伊爾的父母也不安地靠在一起。

四十個村民幾乎都到齊了，唯獨不見安東諾夫大叔的妻子娜塔莉亞大嬸和米哈伊爾的妹妹艾蓮娜的身影。

站在他們眼前的是德軍的士兵。

他們身上的制服都髒兮兮的，看起來十分邋遢。遠遠地也能看出德軍散發出異樣的殺氣，槍口對著村民，用力頂撞想發言的村民，用村民根本聽不懂的德語肆無忌憚地口出惡言。

沒多久，翻譯兵以蹩腳的俄語大喊：

「我們得到情報，說這個村落有布爾什維克的游擊隊。我們被賦予對違法的游擊隊及其擁護者處刑的權利。給我乖乖地說出他們的藏身處！」

所有人都呆住了。不一會兒，安東諾夫大叔高舉著雙手回答：

「德國人，你們到底在說什麼？這裡如你們所見，是連逃難的必要都沒有的小村落，有的只是農家和磨坊而已。再說了，這種沒有被占領過的村子，哪來的游擊隊啊。冷靜一點。先讓我見我的妻子——」

萬籟俱寂中，即使從謝拉菲瑪藏身的山路也能聽見安東諾夫大叔清晰的口吻，不料話語戛然而止。先是被槍聲蓋過，然後是眾人的尖叫聲。

站在翻譯兵旁的軍人根本不聽安東諾夫大叔把話說完，一槍打爆他的頭。

謝拉菲瑪察覺身體不再顫抖了。超越極限的恐懼讓她無聲地落淚。

軍人在尖叫不已的村民頭上一陣亂槍掃射，透過翻譯破口大罵：

「我再問一次，說出游擊隊的藏身處，否則你們全都得死！」

「媽媽。」

謝拉菲瑪淚流滿面地問母親。

「大家都得死……我們也會死嗎？」

母親臉色蒼白地面向謝拉菲瑪，好不容易才擠出一句話：

「把槍給我。」

TOZ-8。葉卡捷琳娜從謝拉菲瑪手中接過狩獵用的單發式步槍。

謝拉菲瑪把子彈也交給母親。祈禱似地喃喃自語：「媽……」

葉卡捷琳娜深呼吸，維持趴在地上的姿勢，舉起槍。

母親一定能擊中那群可惡的士兵。謝拉菲瑪對此深信不移。直線距離不到一百公尺，並非難以命中的距離。教會自己射擊的人是母親。

母親必定能一一放倒那些可惡的士兵，拯救所有的村民。

謝拉菲瑪抱著祈求的心情如是想。

可是母親還沒有要開槍的意思。從母親的姿勢及方向可以確定，她的目標是那名指揮官。剛才殺死安東諾夫大叔的指揮官。正透過翻譯大吼大叫「我知道你們都是游擊隊，你們都是布爾什維克的走狗」的指揮官。

準星顯然已經鎖定那名指揮官，但母親始終保持著同一個姿勢，文風不動。

「媽，求求妳。」

指揮官又在鬼吼鬼叫「我要處死你們所有人」的時候，槍聲響起。

意料之外的槍響令德國士兵驚慌失措地抱頭鼠竄，各自尋找遮蔽物。

「媽！」

原本還很高興母親終於開槍的謝拉菲瑪望向母親的方向時，大驚失色地動彈不得。

率先映入眼簾的是瞄準鏡支離破碎的ＴＯＺ－８。

血從趴在地上不動的母親頭上流下。

謝拉菲瑪立刻就明白這代表什麼意思。

這是死亡的姿態。一如野獸們死去的樣貌，原本活生生的母親已經化為一具屍體。

「開槍！」

耳邊傳來德語的叫嚷，然後是有如雨點般落下的槍聲。

謝拉菲瑪往下看。領悟到自己沒必要逃跑的德國士兵同時開槍。村子裡排成一排的村民隨槍聲化為屍體。

沃爾科夫夫婦和根納季先生都以撲向地面的姿勢倒在地上，德國士兵繼續對痛苦倒地的村民開槍，為了趕盡殺絕，還用綁在槍管前端的刺刀亂刺一通。血從村民身上泉湧而出，逐漸染紅了村子裡的積雪。

彷彿為了發洩被突如其來的槍聲嚇到的怒氣，德國士兵對村民們千刀萬剮。

謝拉菲瑪已經感覺不到時間的流逝。

再也無法思考，只能無能為力地輪流看著母親的屍體與村民們的屍體。

回過神來，耳邊再次傳來德語的對話。這次是從近距離傳來。

「葉卡那傢伙，嚇得屁滾尿流，還說『不會是真的吧，這種地方居然有敵人的狙擊兵！』」

「真的是游擊隊嗎？」

「喂喂，我們不可能出錯，所以當然是真的啊。那群人也是游擊隊啦！」

笑聲不絕於耳。剛殺了幾十個村民的殺人凶手的笑聲裡沒有一絲歉意。

德語的對話聲愈來愈靠近。謝拉菲瑪聽得一清二楚卻無法逃離。恐懼令身體動彈不得，雙腳使不上力，連站都站不起來。

三個德國士兵爬到山路上。

「只是個打獵的老太婆。」

其中一名德國士兵冷冷地撂下這句話，與謝拉菲瑪對上眼。

「我的老天。」

德國士兵露出猥褻的笑容，步步進逼。謝拉菲瑪想逃，但是光要轉到正面就已經費了九牛二虎之力。雙腿發抖，就像神經失調，站不起來。叫也叫不出來，逃也逃不掉的謝拉菲瑪只能任由大手粗魯地抓住她的頭。

「瞧我找到什麼好東西！」

「要在這裡上了她嗎？」

「大家一起分享吧。」

對死亡的恐懼與厭惡讓謝拉菲瑪噁心想吐。

三個德國士兵笑得樂不可支，談笑風生地用刺刀戳著謝拉菲瑪，逼她往前走。還搶走TOZ－8，拖著葉卡捷琳娜的屍體，就像拖著一包垃圾。

回到村子裡，眼前是地獄景象。

磨坊和好幾戶人家的門窗都遭到破壞，家畜被趕到卡車上。

三十幾具屍體倒在雪地上，血流成河，散發出蒸騰的熱氣。不時傳來呻吟聲，結果反而換來德軍趕盡殺絕的亂槍掃射。

謝拉菲瑪被帶到一間房子裡。德軍不可能知道，那是她自己的家。德國士兵大搖大擺地踏進自己和母親相依為命的家，大啖掠奪來的食物，大喝村民珍藏的美酒。

隨意地把拖回來的母親屍體和槍一起扔在屋子裡。

「葉卡，你說得沒錯。那裡確實沒有狙擊兵，只有打獵的老太婆和這個丫頭。」

人稱葉卡的男人獨自坐在房間角落的椅子上。

男人抱著步槍坐著，臉上有傷，散發出一股莫名陰鬱的氣質。

看起來還很年輕，從耳邊到下巴、嘴角長滿了鬍鬚。

「對人類開槍的獵人就是狙擊兵，我只是解決了狙擊兵。這丫頭不關我的事。」

「你這傢伙還是這麼陰沉。各位，要怎麼處置這傢伙？」

「這還用問嗎，當然是輪流享用啊。」

「剛才也說要輪流享用，結果才三個人就把人給殺了。」

一名士兵笑著說，視線瞥向某個方向。順著他的視線望過去，剛才沒看到的那兩人——安東諾夫大叔的妻子娜塔莉亞大嬸和十四歲的艾蓮娜皆已變成屍體，躺在地上。兩人全都一絲不掛，頭和雙腿間都有怵目驚心的出血痕跡。

「有什麼辦法嘛，誰知道做到一半會聽到槍響呢。剩下的就算在這傢伙頭上吧。」

謝拉菲瑪再次撲簌簌地發起抖來。鬍鬚男開口：

「對女人施暴違反軍規，與相當於劣等人種的斯拉夫人性交也是犯罪行為。」

抓住謝拉菲瑪頭髮的男人高聲笑道：

「那是為了避免在占領地得性病的規定吧？一來沒有人要這傢伙懷孕，生下自己的子嗣，二來這傢伙也不可能哭著跑去找大人物告狀。趕快完事，一槍結束她的性命就行了。平常不都是這樣嗎？」

另一個男人回答。

「不，帶她一起走吧。我想享受得久一點，再說了，不是還有那個宿舍嗎？」

「哦，真是個好主意。這傢伙長得跟德國人差不多。」

「等等，各位也考慮一下我的立場，一定要殺掉，以免留下後患。」

站在謝拉菲瑪面前的是剛才那個指揮官。

「先讓我和她樂一樂，有什麼事待會兒再說。」

「是。」周圍的士兵皆一臉掃興地回答。

自己聽得懂德語。為了有朝一日成為外交官，向溫柔的弗里德里希老師學習。為了和德國人民、德國士兵建立良好的關係，為了對兩國的和平做出貢獻而學會德語。謝拉菲瑪沒想到這件事會成為自己所剩無幾的人生中最後悔的事。

「喂……丫頭，妳看這個。」

冷不防，鬍鬚男對她說。

謝拉菲瑪聞言，揚起視線，四目相交的瞬間，謝拉菲瑪感到後悔不迭。鬍鬚男對周圍的士兵說：

「這傢伙聽得懂德語。」

周圍的士兵無不臉色大變。不懷好意的笑容頓時從臉上消失，對她投以猛禽般猙獰的視線。

「一群白痴……」

鬍鬚男念念有詞地從後門走出去。

所有人的視線都集中在自己身上，謝拉菲瑪用德語說：

「不要殺我。放我走。」

同一時間，士兵們的表情出現驚恐的神色。謝拉菲瑪不明白發生了什麼事。不知從何而來的驚恐隨即轉為激憤，眼前的指揮官拔出手槍。

「妳這隻骯髒的游擊隊母豬，不准說德語！……所有人都給我出去！」

槍口頂住額頭，謝拉菲瑪心想，這就是人生的終點嗎？放棄掙扎的同時也有一股安心的感覺，覆蓋了她的思考。

不一會兒，槍聲響起。

自己死了。意識到這種不可能出現的感覺時，謝拉菲瑪睜開雙眼。

德國軍官倒在自己面前。周圍散落了一地碎玻璃，謝拉菲瑪的臉頰還有熱風掠過的餘韻。

「咯……」

軍官的腹部血流如注，內臟從傷口掉出來，止不住地吐血。

「在外面！」
「敵人來襲！」
所有的德國士兵全都拿起武器，頭也不回地衝出去。
槍聲再度響起。扶著軍官逃跑的士兵頭上開了一個洞，倒地不起。
耳邊不斷傳來槍聲。謝拉菲瑪蹲在地上，抱頭尖叫。
拚命尖叫的同時，與腹部中彈的軍官對上眼。他還活著。悲慘的樣子令謝拉菲瑪忍不住悲鳴。各種不同的槍聲層層交錯，足以撼動地面的爆炸聲轟然作響。
卡車的引擎聲逐漸遠去，片刻之後，一切歸於寂靜。
只剩下滿身是血、滿地打滾的德國軍官的呻吟聲。
「妳沒事吧！」
荷槍的男人走進屋子裡。不是德國士兵，而是紅軍的士兵。
根本無暇鬆一口氣。殺氣騰騰的紅軍士兵怒髮衝冠地朝已經麻痺的謝拉菲瑪問了一大堆問題，但是聽在她的耳朵裡，所有的問題都像是空谷回音。
喂，沒受傷吧？妳叫什麼名字？
只有妳活下來嗎？為什麼妳能平安無事？
那把TOZ-8是妳的嗎？妳怎麼會有槍？
喂，有沒有聽見我說話？喂，振作一點……
「沒用的，這傢伙現在只是一具行屍走肉。」

只有這句話，莫名清楚地傳入已經萬念俱灰的謝拉菲瑪耳中。
是女人的聲音。音色十分純淨、優美。
聲音的主人走進屋子裡。把步槍交給一旁的士兵，將室內環顧一圈。感覺得出來，擺正姿勢的紅軍士兵都很緊張。
黑髮的女性戴著軍帽，一絲不苟地穿著卡其色軍服。
眼珠子也是黑色的，相較之下，皮膚很白。五官十分精悍，身材瘦削。但是身高絲毫不比魁梧的士兵遜色，是一位非常標致的美女。
她先和謝拉菲瑪對上眼，然後瞥了一眼痛得滿地打滾的德國軍官。
「問這傢伙。把他的內臟塞回去，為他止血。繃帶就拿他死去手下的制服撕來用吧。」
部下一臉意外地回答：
「要拷問這傢伙嗎？他傷得這麼重，應該禁不起拷問，很快就會死了。」
女人用腳跟狠狠地踐踏奄奄一息的軍官指尖。耳邊傳來骨頭碎裂的聲音。
聽見有如野獸臨死前的痛苦呻吟，女人微笑地對部下說：
「既然如此，就給我撐久一點……」
士兵點頭，拎著德國軍官的衣領，將他拖到屋外。
「好了！」
女人大喝一聲，彷彿是為了切換周圍的氣氛與自己的心情。

抓住謝拉菲瑪的衣領，把她拖到牆邊。

「如果妳醒了就回答我。敵人從哪裡來，又往何處去了？妳知道他們屬於哪一個部隊嗎？徽章或胸章有沒有什麼特徵？有沒有妳認識的士兵？」

只可惜她一個問題也答不上來。

而且她慢半拍地意識到一點，同陣線的女性連一句安慰的話也沒對她說過。

周圍的士兵竊竊私語地提出建言：

「好可憐，別再逼她了，士官長同志。這孩子的家人和村民才剛死沒多久。」

「是嗎？既然如此，那我只問一個問題……」

女人停頓了一拍，問謝拉菲瑪：

「妳要選擇戰鬥？還是選擇死亡？」

士兵們都露出困惑的表情。謝拉菲瑪也不明白她所指為何。

臉上被甩了一記耳光。粗糙的手套觸感帶來尖銳的痛楚。不顧士兵們的制止，女人抓住她的領子，大聲叫罵：

「我問妳是要選擇戰鬥？還是選擇死亡！」

謝拉菲瑪回答：

「我想死。」

這是她的真心話。母親的屍體就躺在自己跟前。村民們都死光了。自己雖然還活著，卻看到了地獄。她還要這樣的自己跟誰戰鬥？如何戰鬥？

「我明白了。」

女人停頓一拍，回頭走向餐具櫃。

粗魯地打開櫃子，拿出裡頭的餐具，往地上一摔。

去年秋天母親買的盤子。

安東諾夫大叔向旅行商人買來分給大家的咖啡杯。

已經想不起是什麼時候買的，從小用到大的玻璃杯。

數量雖然不多，但每個都充滿回憶的餐具一一在地上摔碎。

回過神來，謝拉菲瑪已經尖叫著衝向女人。

抓著她，希望她住手，但輕易地被推到牆邊。

「住手！」謝拉菲瑪大喊：「妳在做什麼！」

「做什麼？妳都要死了，還管我做什麼。妳的家人死了，村民也死了。因此我們要在這裡展開焦土作戰。已經沒有東西需要守護的村落將會成為德軍潛在的掠奪對象。為了防止德軍搶走不必要的東西，家具和房屋都必須全面破壞殆盡。」

女人面不改色地回答。

什麼歪理。為何與德軍的戰爭非得破壞我的餐具不可？

「住手，請讓我和回憶一起死去。」

「反正遲早都要破壞這一切的。聽好了，死者已經不存在了。等到妳一死，所有的回憶都會煙消雲散。反正這個家裡已經沒有值得妳留戀的東西了。」

視線不由自主地微微一動。沒有拍到自己的全家福照片。望向桌上的照片時，女人留意到她的眼波流轉。

「哦。」

女人放開謝拉菲瑪，走向桌子。謝拉菲瑪想攔住她，被她輕易地一腳踢開。

「照片嗎？這就是妳的回憶嗎？」

還給我。謝拉菲瑪還來不及開口，女人已經使勁地把相框扔出去。

照片飛向破碎的窗外。

「住手！」

「妳以為苦苦哀求，對方就會住手嗎？妳就是這樣求納粹饒妳一命嗎！」

女人的質問讓謝拉菲瑪的心臟漏跳一拍。

「我說的有錯嗎？這場戰爭說穿了，只有戰勝的人和死掉的人。妳和妳母親都是失敗者。我蘇維埃聯邦不需要沒有戰鬥意志的失敗者！」

女人伸出穿著靴子的腳，一腳踹向趴在地上的謝拉菲瑪的肩膀。

視野扭曲。扭曲的視野裡出現了更令人絕望的情景。

留下四腳朝天的謝拉菲瑪，女人走向母親的屍首，毫不留情地踩在母親背上。

「那個小兵，去拿隨身瓶的汽油罐來。」

「可、可是……」

女人瞪了還想反對的小兵一眼，嚇得小兵飛奔而去。

不到兩分鐘，小兵就回來了，女人接過他拿來的汽油罐，將裡頭的液體潑灑在母親的屍首上。

「無論是被德國殺死的妳母親，還是妳本人，既得不到死後的平靜，也不需要尊嚴！」

女人點燃火柴，讓點燃的火柴落在母親的屍首上。

烈焰包圍母親的屍首。逐漸被火舌吞噬的母親一動也不動，感覺非常可怕。她的家和母親的屍首一起逐漸變成灰燼。

謝拉菲瑪的視線往四周游移。

內心湧起一股異樣的衝動，既不是對生存的渴望，也不是對死亡的逃避。

紅軍的男性士兵茫然地看著她們。與他們無關。

丟在房間正中央的TOZ-8單發式步槍，裡頭填滿了子彈。

謝拉菲瑪跑過去撿起那把槍，在男性士兵們狂喊「住手」的嘈雜聲中把槍機往後拉，讓子彈上膛，把槍朝向女人的瞬間，女人抬起腳來，鞋子的尖端穩穩地踢中謝拉菲瑪的太陽穴。

「唔……」

「妳這個連警犬都當不了的失敗者！輸給德國，又輸給我，去死吧！」

女人撿起步槍，高聲笑道，然後又吼了一遍：

「妳要選擇戰鬥？還是選擇死亡？」

「我要殺了妳！」

謝拉菲瑪趴在地上回答。

有生以來第一次說出這種話。

「我要殺了德軍，還有妳！我要報仇！殺死所有的敵人。」

四周突然變得鴉雀無聲。火焰燒焦地板，延燒到牆壁，火勢愈來愈大。

女人收起臉上的笑容，對她說：

「既然如此，妳還有點用處。現在姑且先留下妳這條小命。我再問妳一次，妳對敵軍沒有任何印象嗎？」

謝拉菲瑪回溯記憶。她不可能知道敵軍的部隊。所有人都是穿著同一款制服的德國軍人，分不出誰是誰……這時，她想起唯一有印象的男人。

「有個臉上有傷，滿臉鬍子的男人。手裡拿著附有瞄準鏡的槍，大家都叫他葉卡。」

只見有幾個士兵的視線朝女人望去。

「沒有這樣的屍體。」其中一位士兵報告。

「那是殺死妳母親的狙擊兵，也是妳要報仇的對象。就我看來，妳好像也會用槍呢。」

「……對。」

「妳接受過一般軍事訓練嗎？」

「在學校是必修課，我已經學過了。」

「這樣啊。」女人應聲，走出謝拉菲瑪的家，其他的紅軍士兵也跟著退出去。

「士官長，妳該不會要她……」

士兵不曉得問了她什麼問題，女人視若無睹，逕自回答：

「開始焦土作戰。為所有的房屋及屍體淋上汽油，全部燒光，不准留下任何東西。」

她真的要這麼做嗎？謝拉菲瑪心灰意冷，手臂分別被兩個士兵架住，幾乎是用拖的把她拖出自己的家。村子裡的紅軍士兵是剛才德軍的好幾倍，開始將屍體集中於一處。原本與家人無異的村民們就如同柴火般，被隨意地堆成一座小山。

眼前是腹部中槍的德國軍官的屍體。

「這傢伙死前可有說什麼？」

女人問道，負責拷問的紅軍士兵全身是血，縮著肩膀說：

「他只說分成小隊敗退的時候，不小心走錯路才闖進這裡，然後就死了。與德國佬的屍體人數對不上，所以可能有幾個人逃走了。」

「回收這傢伙的軍籍牌和階級章，送去給ＮＫＶＤ（內務人民委員部）。」

士兵們默默無語地坐上卡車，謝拉菲瑪也上了其中一輛。坐在卡車的貨臺上等了一會兒，伊萬諾沃村的民宅同時竄出濃濃黑煙，樸實的木造房屋陸續被烈焰包圍。

走出民宅的士兵們也不埋葬剩下的村民屍體，淋上手中的汽油，泰然自若地放火燒屍。

謝拉菲瑪凝視著自己出生長大的村子和村民們逐漸被熊熊火焰燃燒殆盡的模樣。

「伊麗娜・艾美莉雅諾芙娜・斯卓加亞。」

女人坐進副駕駛座，回過頭來說道。這大概是她的名字。

「妳叫什麼名字？」

「謝拉菲瑪・馬爾科夫娜・阿爾斯卡亞。」

女人——伊麗娜嫣然一笑。

畜生也有這麼溫柔的表情嗎？謝拉菲瑪感到火冒三丈。

「請多指教，謝拉菲瑪。從今天起，妳就是我的學生了。」

周圍的士兵聽到這句話無不臉色大變，擺明是不妙的反應。

可是謝拉菲瑪不為所動。事到如今還有什麼好怕的，她已經做好破罐子破摔的覺悟了。

唯有離開村子的那一刻，還有看到自己的家付之一炬的那一刻，她還是不禁悲從中來。

母親與那個家一起葬身火海。

一定要向敵人報仇。

感覺自己的悲痛因為這句話而收斂不少。殺光德軍、殺死那個叫葉卡的男人，再殺死侮辱自己和母親遺體的伊麗娜。

悲痛變成憤怒，再變成殺意。

第二章　魔女巢穴

國防軍總司令部開始收到前線傳來受到狙擊，導致多人死傷的報告是他們於一九四一年六月入侵蘇聯以後的事。舉個例子，第四六五步兵連隊進攻森林散布的地區時受到狙擊，死了很多人。當他們的進攻速度變慢，被迫停止之際，每日的折損已超過一百名士兵。據連隊日記兵指出，其中七十五名皆由「樹上狙擊兵」射殺。

法蘭茲・克拉默在他的體驗紀錄中描述他在五名德軍腦袋被子彈貫穿，當場死亡後，本身採取的精采對抗戰略。當時他配合中隊用機關槍掃射的時機開槍，用來掩護自己的射擊。

「他觀察俄軍的狙擊陣地……他們必須待在可以清楚看見德軍陣營的地方，亦即高處。以這次的情況來說，指的是枝葉茂密的樹梢。法蘭茲幾乎不敢置信，他們竟然會犯下從樹上射擊這種初級的錯誤。因為一旦被發現，不僅無路可逃，也無處藏身。由此可知他們或許是神射手，但是在戰術上顯然還不成熟。因此他的計畫順利得令人驚訝……（中略）……只見俄軍紛紛從樹上落下（中略）」

得知清一色都是女性狙擊手之後，德軍大感錯愕。

（引用自馬丁・佩格勒 Martin Pegler 著《Out Of Nowhere: A History Of The Military Sniper》岡崎淳子譯《狙擊兵　看不見的恐怖敵人》）

謝拉菲瑪坐在搖搖晃的卡車貨臺上。貨臺無蓋的ZIS卡車。速度很慢，太陽都下山了。不知自己將去往何方，也不知道自己要做什麼。

謝拉菲瑪無心詢問，士兵們也一言不發。

隱約察覺他們的視線時，他們的眼神裡總是夾雜著同情與悲憫的情緒。

「妳當真要跟士官長走嗎？」

身旁的士兵突然壓低音量問她，視線依舊筆直地望向前方。震耳欲聾的引擎聲蓋過了他的聲音。

謝拉菲瑪瞥了副駕駛座一眼。伊麗娜不偏不倚地面向前方。

為了不讓伊麗娜聽見，謝拉菲瑪也壓低音量回答：

「只有這樣才能報仇雪恨。」

「別說那麼可怕的話。那個人可是魔女，不是妳能應付的對手。我們所有人合力也打不過她。」

「如果她真的那麼厲害，為何不在村民慘遭屠殺前先擊退德國士兵？那個人只會打我和燒毀我母親的遺骨。」

「妳胡說什麼，那個人……」

耳邊傳來「咚！」的一聲。

坐在副駕駛座的伊麗娜用右手搥了車頂一拳。

她聽見了嗎？正當謝拉菲瑪驚異於她的好耳力，伊麗娜面向前方，脫下右手的手套。

謝拉菲瑪忍不住發出壓抑的尖叫聲。

伊麗娜的右手沒有食指，中指也只剩下半截。

與謝拉菲瑪交談的士兵嚇得臉色鐵青，自暴自棄地大聲說：

「那個人在前線戰鬥時，被迫擊砲打中，失去右手的手指。目前身兼我們的隊長同時，也抽空為妳即將前往的『巢穴』召集人才，培養精銳部隊。」

精銳部隊。謝拉菲瑪覺得自己配不上這個名詞。

也不清楚伊麗娜為什麼會選中自己。

又開了一段時間，車隊停下來。

「下車。」

在某個士兵的催促下，謝拉菲瑪孤身一人下了卡車。

方才的士兵忘情地對她說：

「如果熬不下去就逃走吧。」

「我還能逃到哪裡去？」

謝拉菲瑪回答。覆蓋貨臺下半部的蓋子關上，卡車載著士兵絕塵而去，臨走前仍有不少士兵對她投以憐憫的視線。

伊麗娜看也不看謝拉菲瑪一眼，帶著兩名貌似護衛的士兵往前走。

走進一棟沒有裝飾的平房，看似學校的建築物。

感覺不像有人住，但伊麗娜仍熟門熟路地走進去。

沒有要她跟上，謝拉菲瑪儘管有些心虛，也跟了上去。

裡面的結構也跟學校大同小異。謝拉菲瑪觀察四周，思索這裡是什麼地方。

伊麗娜是魔女。這點無庸置疑。問題是她聚集在自己巢穴的精銳部隊是什麼意思？

脾氣暴躁、動作粗魯的勇者嗎？謝拉菲瑪覺得應該不是。大概是伊麗娜那種冷酷無情的殺手。

在實戰經驗中令士兵們聞風喪膽的部隊。自己該如何與其對峙？

謝拉菲瑪還在思考，伊麗娜已經大步前行，走向某個房間，房門自動開了。

那一瞬間，感覺氣氛為之一變。

「伊麗娜同志，歡迎妳回來！」

頂著一頭亮麗金髮的女孩撲向伊麗娜。

年紀與謝拉菲瑪相仿，圓臉，五官十分端正，雙頰微微泛紅。身高不到一百六十公分，穿著軍服，但是看起來一點也不適合她。

「我回來了，夏洛塔。大家都無恙吧。」

伊麗娜輕輕撫摸夏洛塔的頭，名為夏洛塔的女孩露出快活的笑容。

「嗯，大家都很有精神地等老師回來。冬季反攻的局勢如何？」

「太失敗了。」伊麗娜想也不想地回答：「去年防衛莫斯科成功就得意忘形，還沒做好準備就貿然進攻的結果就是這樣。如果按照將軍的指示徹底做好防衛，反而是增強兵力的好機會，所以我才說上頭對現場一無所知……」

這句話聽得謝拉菲瑪瞠目結舌。忍不住望向護衛的士兵，只見他們毫不掩飾地撇開視線，就這麼走到建築物外面。真令人難以置信的反應。上頭……意味著最高指揮官，紅軍士兵竟然不追究批評最高指揮官的言論。

「可是真理報（蘇聯政府的黨報）都寫敵軍節節敗退喔。」

「蘇聯的乖乖牌大小姐，請再多培養一點判斷真假的能力。報紙上沒有提到我方的損失吧？也就是說，為了毫無戰略價值地逼退敵軍，我軍付出了好幾倍的傷亡代價。不說了，拜冬季反攻結束所賜，我終於能專心地處理這邊的事了。」

「真的嗎？啊，細節我們進去再說。」

夏洛塔牽著伊麗娜的手走進室內。謝拉菲瑪也跟進去。

「歡迎回來，伊麗娜同志！」

齊唰唰地一起敬禮的聲音疊著幾許高亢的聲線。

由教室改造而成的大房間，牆邊擺放著桌椅，房裡有十幾個年紀與謝拉菲瑪相仿的年輕女性。

伊麗娜走向房間正中央的長椅，仰躺在長椅上。

「妳們要感謝自己還不夠成熟，才不用上戰場。」

看上去還不到二十歲的少女接過伊麗娜的軍用外套，另一個女孩送上還冒著熱氣的茶杯。

蜷縮在房間角落的德國牧羊犬衝過來舔她的臉。

「……咦……？」謝拉菲瑪不由自主地發出摸不著頭腦的喟嘆。

雖然不知道這裡是哪裡，但伊麗娜身上的氣氛顯然微微地軟化了。

與此同時，幫她脫下靴子的金髮女孩夏洛塔一臉好奇地看著謝拉菲瑪，再把視線轉回伊麗娜身上問道：

「教官長，這個人是誰？」

「是我帶回來的禮物。跟妳們有一樣的遭遇。也是最後一個新人。」伊麗娜回答得極為輕描淡寫，笑著又補上一句：「這傢伙跟妳同年，很有潛力喔。」

「嗯哼……」

夏洛塔目不轉睛地打量謝拉菲瑪，抬頭挺胸，踩著莫名堅定的步伐走過來，雙手交叉環抱於胸前，說了句：「妳好。」

謝拉菲瑪不假思索地回望，於是她皺著眉頭抱怨：

「怎麼，連招呼都不願打嗎？妳是何方神聖。」

「妳、妳好。我叫謝拉菲瑪。來自伊萬諾沃村。」

「我叫夏洛塔・亞歷山德羅芙娜・波波娃。是莫斯科引以為傲的工人之女，也是伊麗娜士官長的大弟子！」

哦，原來是工人之女啊……謝拉菲瑪心想。近距離一看，她的金髮充滿光澤，皮膚也很細緻，簡直與陶瓷做的洋娃娃無異。

「好像貴族的小公主啊。」

聽到她如此回答，夏洛塔突然漲紅了一張臉。

「妳說什麼？竟敢侮辱我！給我把話收回去！」

意料之外的反應令謝拉菲瑪一頭霧水，連忙解釋：

「我沒有要侮辱妳的意思。」

「我可是誕生在家世清白的勞動階級，因為過於優秀而獲選為共產黨少年團的一員，在航空科學協贊會的射擊大賽拿下莫斯科第一名的桂冠，是值得驕傲的共產主義者喔！妳居然說我是階級的敵人，象徵反民主存在的貴族之女！這不是侮辱是什麼？還是說，鄉下丫頭連這句話其實是種侮辱都不知道嗎？」

炫耀出身的言詞激怒了謝拉菲瑪。瞧不起自己土生土長，如今已隨風而逝的故鄉的高傲態度更是令她忍無可忍。

「用父母的出身優劣捧高踩低的想法才是反民主的階級化思想吧？」

「妳說什麼！有種妳再說一次，鄉下丫頭。」

「我說我不欣賞妳這種炫耀自己的出身，瞧不起別人的態度，這正是貴族的思考邏輯！」

「妳這傢伙！」夏洛塔尖叫著抓住謝拉菲瑪的衣領。她的力氣和伊麗娜比起來根本是小巫見大巫，再加上個子比自己矮，謝拉菲瑪只用一隻手就輕易地把她的頭推回去。

即使距離被拉開，夏洛塔仍繼續吼叫：

「妳、妳這個鄉下野蠻人！」

「閉嘴，矮子！」

「妳罵誰矮子！」

「除了妳還有誰！」

夏洛塔從背後擒抱上來，謝拉菲瑪用手肘賞她一記拐子，其他女兵一擁而上，擋在兩人中間，窮盡所有人之力才拉開她們。牧羊犬興奮地轉圈圈，狂吠不已。

「挺好玩的，隨她們去嘛。」

伊麗娜躺在長椅上笑著打趣，謝拉菲瑪氣得血氣上湧。

這傢伙是怎麼回事。聽了她的自我介紹，只知道她有個夏洛塔這種活像法國人的名字、一言不合就動手、是教條主義的共產主義者。

這時有個長得很文靜，看起來應該也是同年紀的女孩向謝拉菲瑪道歉。

「我叫奧爾加。妳才剛遭逢巨變，又遇上這種事。我這就讓她安靜下來。」

說得一副好像在形容狗的樣子。

「夏洛塔，聽我說。我那兒有些配給的蜂蜜，本來想留給伊麗娜教官長吃。妳去那邊用麵包塗來吃吧。我泡茶給妳喝。」

這種勸架方法有夠幼稚，但夏洛塔的眼睛立刻為之一亮。

「咦，真的嗎？」

夏洛塔抓住奧爾加的手，走進隔壁房間。

「那我不就沒得吃了。睡覺去囉。」

「晚安！」

伊麗娜起身離開，周圍的女兵全都立正敬禮。

從每個穿軍服的女兵身上都能感受到她們對伊麗娜的敬意。

這些女兵，還有這個地方到底是……

「……小姐，謝拉菲瑪小姐。」

有個女人叫喚不知所措的謝拉菲瑪。

看上去是坐二望三的年紀，輪廓很柔和。

貌似比自己和其他女孩大一點。

「我叫嘉娜。嘉娜・伊薩耶夫娜・哈魯羅瓦。妳知道這裡是什麼地方、伊麗娜教官長是什麼人嗎？」

「不、不知道。我什麼都不知道。只知道那個人很厲害。」

「妳怎麼會來到這裡？」

「今天，德軍燒了我住的村子……家人都死了。那個人就帶我來這裡。」

說到這裡，室內的氣氛和大家看她的眼神都變了。

不同於從移送自己來此的士兵身上感受到那種充滿憐憫與同情的眼神。

充滿親切感的眼神中夾雜著亢奮與不明所以的激昂。

「妳也是嗎！」

「我的村子也被燒掉了！」

「我在莫斯科的家被破壞了！」

「我只有父親，上個月戰死了！」

謝拉菲瑪嚇了一跳。做夢也沒想到會一次遇到這麼多以這麼興奮的語氣談論家人之死的人。

「各位別這麼激動，嚇到謝拉菲瑪了。」

嘉娜告誡其他人，眾人應了聲「好——」

「不好意思啊，因為大家都一樣。這裡的人，包括我，都失去了家人。啊，就連這條狗，巴隆也不例外喔。」

「是、是噢……」

「所以說，」嘉娜抱住謝拉菲瑪，給予下意識繃緊身體的謝拉菲瑪安慰：「妳什麼都不用擔心，大家都是妳的同伴，就連剛才的夏洛塔也是。妳在這裡一點也不特別。放心，謝拉菲瑪。妳來到這裡以後，就不再是一個人了。」

感覺緊繃的身體慢慢地放鬆了下來。

視線往周圍逡巡，女孩們皆報以微笑，表示贊同。

這時，謝拉菲瑪終於理解她們之所以昂揚的心情了。那是團隊意識。大家都有相同的經驗。所有人都覺得自己失去了一切，然後在這裡相遇。想到這裡，淚水奪眶而出。嘉娜無語地抱緊一時半刻說不出話來，泣不成聲的謝拉菲瑪，周圍的女孩也都只是默默地守護著她們。

這些人不會阻止自己哭泣。這個發現讓謝拉菲瑪淚流滿面，哭到停不下來。哭了好一會兒，謝拉菲瑪坐在伊麗娜剛才坐的長椅上，娓娓道來自己的故事。大致交代清楚來龍去脈後，剛才帶走夏洛塔的那個名叫奧爾加的女孩回來了。

「夏洛塔回房了。那孩子本性不壞，請妳不要怪她。她只是特別崇拜伊麗娜教官長，所以有點在意妳的出現。」

「請、請問……這裡是哪裡？是做什麼的地方？伊麗娜……伊麗娜・艾美莉雅諾芙娜・斯卓加亞打算做什麼？」

嘉娜微笑反問：

「妳知道柳德米拉・帕夫利琴科這號人物嗎？」

「知道。」謝拉菲瑪回答：「她是在塞瓦斯托波爾要塞戰鬥的女性狙擊手，已經放倒了兩百名以上的德國士兵。」

「就是她。」嘉娜點頭回答：「伊麗娜教官長是柳德米拉的戰友，曾是與她一起戰鬥的狙擊兵，也射殺了九十八名敵軍。」

九十八。相當驚人的數字，但是對照伊麗娜給人的印象，謝拉菲瑪並不意外，反而有種「果然如此」的感覺。

「在那之後，她因為迫擊砲失去右手的手指，從前線退下來……近來紅軍發現理當受過訓練的狙擊兵，尤其是女性的損耗率高於其他兵種。認為女性不該和一般的男性士兵接受相同的訓練，尤其是女性狙擊兵必須接受最適合狙擊兵的軍事訓練，因此需要相關的學校及教官，任命伊麗娜同志為教官長。只是在冬季反攻時暫時讓她回到前線。」

「所以這裡是女性的狙擊兵訓練學校嗎……」

「是中央女性狙擊兵訓練學校。」奧爾加回答：「正確地說是其分校。下個月將在波多利斯克成立專門培養女性狙擊兵的訓練學校，明年正式展開活動。我們是伊麗娜教官挑選來率先進行實驗的人選。這棟建築物借用疏散的學校，也附設有宿舍，所以在畢業前都要一起生活……我們要殲滅法西斯。我們所有人都是被超一流的狙擊兵伊麗娜教官長選中的人，當然妳也是。我們要並肩作戰，殺死所有納粹的走狗。」

奧爾加說得臉不紅、氣不喘，壓抑的口吻中可以感受到非比尋常的憎恨。

「妳的家人呢？」

謝拉菲瑪不客氣地問道。彼此之間的關係讓她確定自己可以提出這個問題。

「我的故鄉在烏克蘭，整個家族都上前線作戰，所有人都死了。」

「令堂也是嗎？」
「嗯……因為我們家是哥薩克人。」
「哥薩克人啊。」謝拉菲瑪下意識反問。
「妳會瞧不起我嗎？」
「不會啊，沒這回事。」

瞧不起是不至於，但確實有點詫異。哥薩克人具有土耳其人及韃靼人的血統，是擁有自己武裝的遊牧民族，分布於廣大的俄羅斯領土。在俄羅斯帝國後期，是專門為帝國作戰的軍事集團，在村落及各行政區建立軍營、形成軍事單位，擁有特殊的社會地位。其強大的軍事能力被譽為沙皇的王牌，革命初期也是鎮壓反對勢力的主力，成千上萬的民眾在他們慣於征戰的絕對暴力下血流成河。在接下來的西伯利亞干涉戰爭（註5）中與紅軍對立，所以當戰局由紅軍取得優勢後，這次換數以萬計的哥薩克人不是戰死，就是遭到處刑。革命後，蘇聯解散哥薩克軍管區及軍團等社會化的構造。哥薩克原本就更偏向社會團體而非民族，所以沒兩下就土崩瓦解，成為蘇聯人民的同胞。

……但無論話說得再好聽，對「哥薩克」的恐懼與憎恨也不是那麼簡單就能消除。當哥薩克人出現在以俄羅斯帝政時代為舞臺的文學作品中，基本上都是壞

註5　第一次世界大戰協約國武裝干涉俄國內戰的一部分。

人。文豪肖洛霍夫仔細描寫哥薩克人的作品《靜靜的頓河》雖然是個例外，但是謝拉菲瑪看的那齣戲裡，背叛主角的士兵也是哥薩克人。

奧爾加不以為忤地說：

「就算被瞧不起也沒辦法。畢竟有不少哥薩克人因為痛恨蘇聯而投靠德國。可是我們收編為『紅軍哥薩克師團』的家族不一樣，為了洗刷哥薩克族的汙名，不惜為祖國戰死沙場。我要繼承家人的意志，打倒德國士兵，為家人報仇，定要奪回哥薩克的榮耀。」

謝拉菲瑪認為自己永遠不會忘記她說的每一句話。

這不是與自己同齡的十八歲少女正常會說出口的話。

可是打倒納粹德國、報仇雪恨的心情是一樣的。

除此之外，自己沒有活下去的價值。

「大家一起加油吧。」

嘉娜對在場的所有人喊話，不慍不火地彷彿在說我們一起來做飯吧。其他的同年紀少女都眼睛發亮地聽著這句話。

沒錯。她說過，大家都失去了家人。

「好的！」

年輕女孩齊聲回答。

難以言喻的激昂與一體感溫暖了謝拉菲瑪的心。

卡嚓。耳邊傳來硬物撞擊的聲音。
望向聲音的來處，眼前是個跟夏洛塔差不多大的嬌小少女。
坐在靠牆的椅子上，雙腳翹在桌上。
謝拉菲瑪不由得瞪大雙眼。走進室內已經過了好長一段時間，完全沒發現她在那裡。
完全感覺不到存在感的女孩看了她一眼。
周圍的少女全都安靜下來，彷彿被潑了一盆冷水。
明明是夥伴——謝拉菲瑪覺得很不可思議。
漆黑的頭髮、泛黃的肌膚、毫無起伏的五官。瘦小的女孩有著一張亞洲人的面孔，看上去頂多只有十四歲左右。
「妳、妳好。妳也是這裡的學生嗎？」
女孩置若罔聞，嘆了一口氣，站起來就要走出房間。
「請、請問妳叫什麼名字？……我做了什麼惹妳不高興的事嗎？」
謝拉菲瑪不及細想便擋住她的去路。
視線對上了。女孩的眼神很銳利，看不出任何情緒，冷若冰霜。對謝拉菲瑪說的話也一點反應都沒有。
「妳的名字……啊，還是妳聽不懂俄語？」
謝拉菲瑪這麼說並沒有任何嘲諷或輕蔑的意思。幅員遼闊的蘇聯也有很多非俄語圈的居民，事實上就有很多士兵連俄語都不會說，還是成了紅軍的一員。

但女孩用俄語回答：

「我叫艾雅。艾雅・安瑟洛威・馬卡塔艾娃。我不想跟妳說話。」

女孩以帶點鄉音，非常不客氣的口吻回答。光是這樣就足以讓室內的氣氛凍結成冰。

「有人根本不適合當狙擊兵、有人太情緒化、有人一直講廢話、有人只想出鋒頭……還有依賴別人的傢伙。說什麼大家一起加油的人，最好現在就立刻退學。這種人一旦隻身被丟上前線，肯定還沒就射擊位置就先被敵軍打死了。」

艾雅說完自己想說的話就轉身走向門口。

謝拉菲瑪拿她一點辦法也沒有。

少女散發出來的氣質就是這麼壓倒性的強悍。

奧爾加走過來，小聲地說了句「抱歉」。

「別放在心上。艾雅是哈薩克人，非常不擅長與人相處。」

「這樣啊……可是，感覺她不是泛泛之輩呢。」

「據伊麗娜教官長說，艾雅來俄羅斯前是山岳地帶的獵人，可以用大型步槍擊中五百公尺外的獵物。」

看在在鄉下村落過著半農半獵生活的謝拉菲瑪眼中，這也是非常驚人的數字。以使用二二口徑子彈的TOZ－8為例，與獵物之間的距離通常在一百公尺以內，兩百公尺已是極限。

艾雅離開房間時，夏洛塔與她一前一後地走進來。

謝拉菲瑪反射性地擺出備戰姿勢。

「不是的。」夏洛塔說：「那、那個，謝拉菲瑪，我為剛才發生的事……」

夏洛塔似乎想說什麼。

謝拉菲瑪大概知道她想說什麼。艾雅卻在與夏洛塔擦肩而過時冷笑了一聲。

聽見只有謝拉菲瑪和夏洛塔能聽見的笑聲時，夏洛塔的臉色又變了。

「我、我絕對不會輸給妳們！」

「什麼？」

謝拉菲瑪不由得發出莫名其妙的驚呼聲，夏洛塔愈發暴跳如雷。

「參加過射擊比賽的人肯定能成為比獵人更加優秀的狙擊手！沒錯，我只是來說這件事。因為比賽時要求的靶心大小、射擊需要的準確度都比獵人更嚴格。所以妳們給我記好了！謝拉菲瑪，艾雅，我絕對不會輸！」

「是嗎？好，我會記住的。」

謝拉菲瑪接受她的挑釁。夏洛塔門也不關，頭也不回地跑走了。

「別在意，早晚會打好關係的，好嗎？」

奧爾加試圖安慰謝拉菲瑪。牧羊犬巴隆也「汪！」地叫了一聲。

嘉娜和奧爾加還有可能，但是要和夏洛塔或艾雅打好關係顯然並不容易——

謝拉菲瑪心想。摸摸巴隆的頭，巴隆拚命舔她的手。

中央女性狙擊兵訓練學校分校的訓練課程從第二天開始。

上午六點。所有人的頭髮都被毫不留情地剪短了。

也有人露出難過的表情，但謝拉菲瑪對於剪掉熟悉的辮子並未覺得特別感傷，反而像是得到下定決心的機會。

換來的是所有人一模一樣的髮型。與時髦完全沾不上邊的鮑伯頭，剛好可以完全收進軍帽裡的長度。說得誇張一點，這種只追求功能性的髮型讓人覺得就連自己也變成兵器了。

教官向剪成相同髮型的她們說明接下來到畢業的課程。

開始上課的同時即授予士兵階級，訓練期間預定為一年。以把幾乎所有學生都是只有射擊基礎的外行人培養成狙擊專家的課程來說似乎短了點，但是有鑑於親赴前線的士兵大部分的訓練期間都只有幾個月，慘一點的甚至只受過一個月的基礎訓練就突然被派上戰場的現狀，一年的訓練期間可以說是破天荒的長了。

每週只有一天的休假，即使休假那天也要進教室上課。徒步圈內也有小鎮，但是除了野外訓練外，幾乎都沒有機會外出。

還以為既然是專門訓練狙擊兵的學校，應該會徹底地反覆進行遠距離射擊的訓練，沒想到她們只分配到瞄準鏡。伊麗娜在第一天的課堂上要她們先拋開射擊訓練最重要這種既有的概念。

「妳們被賦予的任務並非成為優秀的神射手，而是成為優秀的狙擊兵。狙擊兵需要的能力當中，射擊固然是核心，但也只是一部分。鐵錘之所以能成為鐵錘，是因為有鎚頭，但如果只有鎚頭，就只是一塊廢鐵。如同鐵錘具備所有的零件，妳們也要成為優秀的狙擊兵。所以最初的一個月不准妳們碰槍。」

這句話讓夏洛塔等競技射手紛紛露出意外的表情，但謝拉菲瑪等獵人反而沒太多反應地坦然接受。

雖然做好了心理建設，但一開始的課程就令獵人們傷透腦筋。

所有人都要記住「密位」這個單位，這是基礎中的基礎。密位是射擊或砲擊時用於瞄準的角度單位，將一圈三百六十度定義為六千密位。也就是說，面對正前方向右轉九十度為一千五百密位、往上抬四十五度為七百五十密位。

至於為何要使用如此複雜的單位，是因為「位於一千公尺前方，寬一公尺的物體」大約是一密位，使用這種單位有利於瞄準。

因此透過瞄準鏡時，如果處於「目測為寬五十公分的物體落在一密位的範圍內」的狀態，就可以計算出敵我的距離為五百公尺。

以上是全體蘇聯國民都必須接受的基礎軍事訓練，所有人在一般軍事訓練都學過了。

問題是，要怎麼理解「目測為寬五十公分的物體落在一密位的範圍內」呢？

答案很簡單，只能記住所有物體的大小，學會透過瞄準鏡掌握「距離與視角」。

伊麗娜親自帶學生們到屋外。

接收了類似競技練習場的空地，改建成有除雪屋頂的室外練習場，長一公里、寬五百公尺，這樣的環境非常適合射擊。

面對空曠得令人心慌的練習場，伊麗娜表情絲紋未動地說：

「妳們要善用自己的雙眼和手中的三點五倍瞄準鏡，記住從瞄準鏡裡看到的景色所見之物的大小與距離。人類的大小都差不多。如果在一百公尺的距離內，肉眼就能看清對方的臉。如果透過瞄準鏡，要讓T字落在雙眼之間。如果是兩百公尺的距離，肉眼就能看見制服。用瞄準鏡來看，可以看到胸口。若拉長到四百公尺，只能看見人影，但是用瞄準鏡可以看見全身。如果是一千公尺的話，頂多只能知道那裡有人，透過瞄準鏡來看，從頭到腳只占鏡頭中心的百分之二十五。」

第一次收到如此明確的指示，學生們都忙著抄筆記。「只不過……」伊麗娜冷笑著補上一句：

「並不是每個人的視力都一樣，瞄準鏡的準確度也有差異。再加上天候條件，視角很容易產生變化。天氣熱的時候，物體看起來會比實際位置更近。因此以上只能當作參考，如果盲目地相信這個參考，反而會誤判距離，賠上性命。」

那到底該依賴什麼才好？伊麗娜乾脆地回答：

「徹底記住自己的視力、視角、瞄準鏡的性質。還有天氣、地域性的差別、心理狀態會帶來哪些影響，全都要記住。這麼一來就不會誤判了。」

正當謝拉菲瑪懷疑這種事有可能辦得到嗎，與伊麗娜四目相交。

她似乎看穿謝拉菲瑪在想什麼，拿出撲克牌。

不知道她要做什麼，謝拉菲瑪保持戒備。伊麗娜莞爾一笑，在她面前洗牌，命令她隨便抽三張牌。

夏洛塔和艾雅也收到同樣的命令。

伊麗娜向一頭霧水的學生說明：

「注意看那三張牌的數字，第一張代表一百公尺單位的數字、第二張代表十公尺單位的數字、第三張代表一公尺單位的數字。如果抽到J到K則取其個位數。方位以升旗臺為中央，夏洛塔往左一百密位、艾雅往右兩百密位、謝拉菲瑪往右兩百五十密位，各就各位！」

接獲指令，謝拉菲瑪手忙腳亂地拿起手中的量角器，屁股挨了一記伊麗娜的膝蓋攻擊。

「納粹就在眼前，妳還想用量角器嗎！用妳的肉眼和瞄準鏡，快去！」

看著手中的牌。2、K、6。距離為兩百三十六公尺。往右兩百五十密位的話……約十五度。往右十五度，兩百三十六公尺的前方。

把眼睛湊到瞄準鏡上，只看見放大的物體，無從判斷距離。

即便如此，謝拉菲瑪仍依自己的距離感奮力往前跑。校旗在正前方，校舍在九十度的右手邊，如果是中央的四十五度，尚可目測。一半的二十二點五度前方可以看見山峰。山峰與校旗的正中央是十一點二五度。剩下不到四度只能憑感覺往右偏移。距離是跑兩趟在一般軍事訓練已經跑到不想再跑的一百公尺。靠自己跑一百公尺的距離感跑兩趟。剩下三十六公尺不到一半，但是考慮到疲憊會讓人覺得距離比較遠，所以再追加十公尺。

謝拉菲瑪在認為「就是這裡」的地方停下腳步。

應該是這裡。肯定是這裡沒錯。

問題是，正不正確要如何判斷呢。謝拉菲瑪還在思考時，感覺有人靠近。那個態度極為惡劣的哈薩克人艾雅出現在她旁邊，連大氣都不喘一口。

「咦？那個……艾雅，妳怎麼會在這裡？」

艾雅沒回答。

遠處傳來伊麗娜的叫聲。

「夏洛塔，說出自己的角度和距離！」

離得相當遠的夏洛塔舉手回答：

「左邊一百密位、距離一百二十八公尺！」

伊麗娜分別用肉眼和瞄準鏡各看了夏洛塔一眼。

「不對，妳那裡是左邊七十八密位、距離一百四十五公尺！」

「咦？」夏洛塔愣住了。

「謝拉菲瑪，妳在哪裡？」

「我、我在右邊兩百五十密位、距離兩百三十六公尺處！」

伊麗娜跟剛才一樣，用肉眼和瞄準鏡看了她一眼。

光是被沒有帶槍身的瞄準鏡盯著看，就足以讓人感到一股從腳底往上直竄的寒意。

伊麗娜什麼也沒說，只是搖搖頭。

「事情變得有趣起來了。旁邊的艾雅，**妳在哪裡**？」

一旁的艾雅以寂靜中聽得一清二楚的音量回答：

「角度往右兩百密位，距離為兩百八十八公尺。」

伊麗娜將瞄準鏡從眼前移開，只說了一句話。

「答對了。站在那裡不要動。」

伊麗娜在視線範圍的另一頭踩著某種工具。有位男性教官拿起來，從她腳下開始拉長捲尺。兩人拿著競技用的測距工具跑過來，放在夏洛塔和艾雅的腳下。競技用的測距工具就擺在和自己站在同一個位置的艾雅腳下，顯示出兩百八十八公尺的距離。

「如何？謝拉菲瑪。」

伊麗娜問她，謝拉菲瑪飽受屈辱地回答：

「教官長和艾雅是對的！」

女學生們激動地大聲歡呼。就連跟自己一樣被指出錯誤的夏洛塔，比起悔恨，似乎更為伊麗娜的慧眼高興，同樣樂得手舞足蹈。

「妳們也要在兩個月內學會！」

彷彿一盆冷水從頭頂淋下，所有人都安靜了下來。伊麗娜接著說：

「如果有人認為自己辦不到，現在就立刻退學。在戰場上，這點小事連基礎技術都稱不上，只是雕蟲小技。妳們必須在幾秒鐘內計算出角度、距離、標的物的大小，朝對方開槍，殺死敵人，然後回到自己的陣地。如果辦不到，只有死路一條！」

成為狙擊兵，從這裡畢業。

原本只是糊里糊塗地認為自己將接受鍛鍊的學生，如今終於看到困難的冰山一角，每個人的表情都蒙上一層陰霾。只有一個人例外，那人輕輕地吐出一口氣，回到原位。

「艾雅。」

謝拉菲瑪不假思索地叫住她，對方停頓了一拍，轉過身來。

謝拉菲瑪問一臉打從心底感到無聊的艾雅：

「妳是從哪裡學會這些技巧？獵人通常不會用到密位……」

「我也是今天第一次用到密位……這很簡單吧。」

艾雅轉身離去，氣息絲毫不見紊亂。

艾雅不太可能受過什麼特殊訓練。

只是依照自己的直覺掌握距離與方位，奔向正確的位置。

與生俱來的天賦。

即使有受過基礎訓練的優勢，也完全無法企及的實力差距，令謝拉菲瑪大受打擊。

在那之後，烏克蘭哥薩克族的女孩奧爾加跑出來的誤差與夏洛塔及謝拉菲瑪差不多。二十八歲的嘉娜也接著挑戰，結果慘不忍睹，根本無法在限制時間內跑完撲克牌顯示的九百八十六公尺，跑到一半就超過時間了。

以上是第一天的訓練。第二天以後就當她們已經學會了。當然也有計算錯誤或角度產生誤差的學生，每次都引來伊麗娜破口大罵，警告她們如果同樣的問題敢問兩次，就要立刻延長複習時間。

嚴格的不只是伊麗娜的叱責，其他教官在體力訓練時也不分男女，毫不留情地要求她們完成跑步和體力訓練。在廣大的訓練場進行的訓練，一旦有人跑亂了腳步，就得立刻重來。在教室上的課則是由工科大學的教授和博士們對她們進行填鴨式的教育。在彈道學這種聽都沒聽過的學術領域裡，要從「子彈為什麼會飛」開始學起，到步槍的子彈為什麼會旋轉、重力與飛行距離、彈殼的長度與射程、有效射程與最大射程、氣象條件帶來的影響及其原理、乃至於能將砲彈射到宇宙空間的超長距離砲與地球自轉的關係等等，依序用公式教給她們。

運用高度計算的數學難不倒謝拉菲瑪，畢竟她從以前就是村子裡的優等生。不同於學校的紙上談兵，這裡經常會問到要如何運用於實戰中，也就是在戰場上舉槍射擊時要如何運用。要說應用數學的難度有多高，教官會在她們記住公式後問她們「假設在高度為海拔三百公尺、溼度為百分之四十，吹東風，風速為十公尺的情況下，三百公尺外的北邊有敵人。這時如果要使用標準的俄製子彈，上下左右要各調整多少密位？」

而且還要求她們背下這些公式，以心算的方式計算出來。要是無法迅速回答有如雪片般飛來的問題，馬上就會得到答錯的烙印。伊麗娜說：

「即使記住複雜的公式，要是悠閒地在桌上攤開筆記本計算，布穀鳥早就趁這段空檔心算出來，殺死妳了。」

有個學生問伊麗娜口中的「布穀鳥」是什麼意思。伊麗娜解釋這是指敵軍的狙擊兵，還告訴她們一個奇妙的規定。

無論何時何地都要用「德國佬」稱呼德軍。

同樣地，要用「布穀鳥」稱呼敵軍的狙擊兵。

還補了一句——無論在任何情況下都不能有例外。話雖如此，但是對不熟悉的俗稱難免心生抗拒，學生們還是會不小心說溜嘴「德軍」、「德國的狙擊兵」的稱呼，每次都引來教官大聲喝斥。

這時的怒氣指數顯然比她們犯錯時還高。

原因不明，但這也不是什麼難以克服的問題。不到一個禮拜的時間，所有人都把「德國佬」和「布穀鳥」掛在嘴邊，再也不會說錯了。

在那之後出現了第一個掉隊的人。

如果要離開，必須在全員到齊的早上，點名時主動報告。

所有人都看著說要離開的女孩。

「妳真的要走嗎？波琳娜。我們不是發誓要一起幹掉德國佬嗎？」

同樣來自莫斯科的夏洛塔挽留波琳娜。

「對不起。」波琳娜眼含淚光回答：「我無法成為狙擊兵。我覺得我殺不了德國人。不過，就算我去了電信隊，也會繼續戰鬥。」

既然已經加入軍隊，就不是退伍，而是調職。顯然她自己也認為這是挫折，但並未動搖她的決心。

分配好調動單位的伊麗娜聞言笑道：

「很有自知之明。妳確實無法成為狙擊兵。忘了這裡發生的事，去電信隊好好工作吧！」

伊麗娜言盡於此，交代波琳娜整理好行李去辦手續，然後就什麼事也沒發生過地開始上課。

謝拉菲瑪內心感到忿忿不平。波琳娜是第一天跟她說話的其中一人，在空襲中失去父母，決心為父母報仇。再說了，聚集這些孤兒，培養她們成為狙擊兵的不就是伊麗娜本人嗎？

想到這裡，一把冷汗沿著謝拉菲瑪的背脊往下淌。

伊麗娜找來的都是孤兒。雖然這個時代多的是相同遭遇的小孩，但實在很難說這一切都是巧合。將死了也沒有任何人會傷心的孤兒培養成狙擊兵的想法不也等於不用顧忌任何人的看法，建立一支屬於自己的「敢死隊」嗎？

謝拉菲瑪對自己假設的殘酷想法嗤之以鼻，但又無法在伊麗娜身上找到足以推翻這個印象的要素。妳要選擇戰鬥？還是選擇死亡？此人只有這個價值標準。

在每天被罵得狗血淋頭，接受魔鬼訓練的過程中，加深了謝拉菲瑪的確信。謝拉菲瑪從未想過要離開。

反而是總有一天絕對要殺死伊麗娜的決心日益堅定。

也要進行徒手格鬥訓練。分別學習拳擊與摔角，打好基礎後，再加以應用，進行實戰形式的模擬戰。規定只能使出七成的力道，但只要動作稍有鬆懈，立刻就會挨罵，所以學生們都無所適從。

或許是為了測試她們的身手，謝拉菲瑪和夏洛塔也進行過模擬戰。

男性教官對兩人的鬥志大為讚賞。但謝拉菲瑪的拳頭剛好擊中夏洛塔，使其昏厥；緊接著第二回合，夏洛塔對謝拉菲瑪使出了背摔，這次換謝拉菲瑪昏厥，從此以後就禁止她們對戰。

既然要全力應戰，自然不可能奇蹟似地建立起友情，只有滿心怨憤與徒勞感不斷增生。

進入第三週，課程中加入政治教育等短期集中科目。還以為政治將校會照本宣科地教她們紅軍思想，所以天真地以為自己也只要回答四平八穩的答案就行了，沒想到教師是伊麗娜本人。接二連三地拋出問題，不讓人有喘息的機會。「蘇聯為什麼要跟德國打仗？」「紅軍為何自稱紅軍，而不是以蘇維埃聯邦國軍為名？」「革命戰爭與反法西斯戰爭有何不同？又有哪些共通點？」

每個學生都不敢答錯，戒慎恐懼地說出教科書上的標準答案。萬一答不出來，夏洛塔基本上都會提出「為了保護蘇維埃聯邦並解放人民」「因為紅軍是人民的武力，而非國家的鎮壓組織」「共通點是人民起而戰鬥，差別在於是與自己國家的帝國政府還是與法西斯國家為敵」等優等生的答案。

每次伊麗娜都會做出相同的反應。

「這是別人的答案，不是妳的答案。要自己思考，夏洛塔。」

夏洛塔聽不進去，反駁「這是我自己思考出來的答案」。

伊麗娜比擬在蘇聯被視為英雄的勞工，稱夏洛塔為「本校的斯達漢諾夫」，夏洛塔絲毫沒聽出來這句話是很明顯的嘲諷，還為此沾沾自喜。

提出一堆問題的另一方面，伊麗娜並沒有給予正確答案。顯然對學生們不知所措、深怕答錯卻又不得不多方討論的樣子樂在其中。這個虐待狂。謝拉菲瑪氣死了，但她自己也為了閃避這些尖銳的問題而疲於奔命。了無新意的答案會被打回票，但是如果不小心說錯話可能會變成批判體制。必須時刻思考如何隱藏弱點，回答得大方得體，為此絞盡腦汁。

只有一次，在討論「紅軍為何而戰」的議題時，學生們一一闡述自己想到的動機，伊麗娜也一一打斷她們，以訓示的口吻說：

「我不否定每個人有自己的想法，但是如果抱著這種心情狙擊，必死無疑。要為動機分級。」

照伊麗娜的說法，「打倒侵略者」或「趕走法西斯主義者」的動機都很重要，但是應該視其為上戰場的動機的起點，留在自己心裡就好。

「一旦上陣殺敵，妳們什麼都不要想。也什麼都不能想……甚至不能提醒自己不要想。只能純粹地把自己交給技術，屏除一切的感受，專心地射殺敵人。然後再回到起點。讓意識回到為打倒侵略者、趕走法西斯主義者而戰的動機。」

學生們都覺得這個答案很深奧，為此感到困惑。

唯有謝拉菲瑪彷彿原本就已經明白這個道理，沒有任何抗拒地接受她提出的答案。自己和伊麗娜似乎有某種共通點，讓她覺得很不舒服。

想到這裡時，視線與伊麗娜對上。

「正好，全體起立，各自陳述自己作戰的目的。」

進入訓練學校以來，這是第一次要她們表達自己的想法。

雖然很驚訝，但也不能老實回答「想殺死納粹和妳」。夏洛塔精神抖擻地站起來，慷慨激昂地說：

「為了保護人民、捍衛祖國蘇聯！」

「好，謝謝妳，斯達漢諾夫。下一個，嘉娜。」

年紀最大，二十八歲的嘉娜回答：

「因為不能光靠各位年輕人。」

比她小兩歲的伊麗娜笑意盈然地說：

「這樣啊，謝啦。再來是艾雅。」

哈薩克的天才少女艾雅簡短地回答：

「為了得到自由。」

伊麗娜的眼角微微地抽動了一下。

「這樣啊。」伊麗娜應聲，望向奧爾加。奧爾加活像被雷打到似地站起來，聲音顫抖到令人同情的地步。

「取、取回烏克蘭哥薩克人的榮耀……」

伊麗娜也不等她說完，又對上謝拉菲瑪的視線。

「妳呢？謝拉菲瑪。」

謝拉菲瑪思索著。就連同學們回答的時候她也一直在思考。

既不是陳腔濫調的回答，也不是她的真心話。而是讓該知道的人知道的答案。

「為了殺死敵人。」

教室裡掀起一陣騷動。可能是因為一來答案太直接，二來大概是因為不符合自己在她們心中的印象。

唯有伊麗娜聽懂了她的意思，無言地撇下一邊的嘴角。

在她之後的學生們也輪流起立，發表一堆無關痛癢，像是捍衛蘇聯或為家人報仇之類的答案。

問完所有人後，伊麗娜丟下一句：

「妳們一個一個都像是空心的洋娃娃。」

教室裡安靜得連針掉在地上的聲音都聽得見。

沒想到自己打算為紅軍捨身奮戰的決心竟然被批評得一文不值。

伊麗娜看著所有人的臉說：

「我說要擁有起點，也說要在戰場上忘記這個起點。但如果連起點都沒有，一切都是白搭。我只說一次，所以妳們給我聽好了。顧名思義，狙擊兵的特殊性就在於狙擊敵人。現代戰爭中，機槍兵、砲兵、空襲兵、軍艦水手……各式各樣的兵種都有其所屬的集團，可以隱身於所屬的集團內。但妳們身為狙擊兵並沒有這種匿名性。所以千萬不能迷失，隨時都要知道自己為何而戰。否則會失去根本上的目標，因此送命。請各自回去思考新的答案，這是我給妳們的作業。」

接下來的問題是「蘇聯為何要讓女性士兵上戰場？」夏洛塔和其他人的答案

都是「因為偉大祖國的聖戰沒有性別之分」，艾雅則回答「單純只是因為兵力不足」，伊麗娜又問「那麼為何與德國進行防衛戰時，兵力不足的美國沒讓女人上戰場」，讓討論陷入膠著。

資料顯示美國也有「女性士兵」和「訓練」。看到專門負責行政工作的美國女兵穿著裙子和有跟的鞋子跳過有如公園遊戲道具的圓形木頭進行訓練的照片時，謝拉菲瑪心想，萬一與伊麗娜正面迎戰，她們大概會全軍覆沒吧。

儘管如此，置身於軍隊之中的她們仍是例外的存在，美國印了一堆五顏六色的政治宣傳海報裡，女人在勇敢出征的士兵背後有如啦啦隊般地為他們加油打氣的模樣十分招搖。簡而言之，這或許是那個國家賦予女性的任務。

相較之下，可以的話並不想看到的納粹德國海報，則是以寫實的方式呈現金髮的女性忙於農業、家事、看護的生活。

無論如何，這些皆與她們所有人都已經看過無數次的蘇聯政治宣傳海報——寫著「我愛祖國」的大字，一身紅衣、表情嚴峻的女性背後立著上刺刀的長槍，舉起右手，呼籲大家上陣殺敵的海報或寫著「殺死德國侵略者！」的文字，女性主動拿起槍管的海報有著決定性的差異。

然而，就算知道差異，也答不出背景。自己為什麼會在這裡？還找不到直接連結到這個根源性疑問的答案，那天的政治教育就結束了。

每個人走出教室的表情都憔悴至極，毋寧更期待接下來的基礎體力訓練。

——想是這麼想，可是扛著木製的模型槍繞著一圈三公里的操場跑三趟還是很累人。完全不用動腦，但心臟跳得像是要從體內跳出來，肺部灼熱得近乎缺氧，全身的肌肉都好痛。

「好，休息十五分鐘！」

背著相同裝備跑完相同距離的伊麗娜連汗也沒流一滴，與男教官一起宣布。

所有芳華正茂的女學生絲毫不顧忌別人的眼光，四腳朝天地躺在地上。可以休息就徹底地休息是這裡的規矩。只需要小心不能讓模型槍接觸到地面。

「呼……」

謝拉菲瑪也仰著頭調整呼吸。

緊接在頭腦之後是全身的操練。謝拉菲瑪思考著休息後要上的課。彈道學。這次完全是公式與學問的世界。既然如此，現在如果太過放鬆會很危險。可能會因為太過安心而不小心睡著。這麼一來將換來不眠不休的補課地獄。必須讓身體立刻擺脫疲累，回想上次的內容，集中精神才行。

十分鐘。謝拉菲瑪心無雜念地望著天空數數，然後默默地坐起來。幾乎已經快養成「睜著眼睛睡覺」的絕技了。甚至把「休息」當成一門課題，並加以攻克。這點令謝拉菲瑪暗自心驚。

「謝拉菲瑪，妳沒事吧……？」

獨自走向校舍時，奧爾加一臉擔心地跟上來。

「還有五分鐘喔，奧爾加。妳應該也很累吧。」

「嗯，可是真休息十五分鐘的話，可能就再也站不起來了……」

原來她們想到一塊兒去了，這個發現令謝拉菲瑪有些欣喜。

奧爾加和動不動找謝拉菲瑪麻煩的夏洛塔是好朋友，但也刻意不要冷落謝拉菲瑪。她的成績雖然不是特別出色，但大家都喜歡她，這是其他學生沒有的素質。

謝拉菲瑪認為這也是士兵該有的特質。不由得回頭望向艾雅。這點訓練對於在高地長大的心肺不足以造成負擔嗎，只見艾雅一個人坐在樹蔭下，看著地面。奧爾加很少落單。艾雅則基本上都在軍隊裡，打算成為一名孤高的射手嗎？

考慮到軍隊的同質性與狙擊兵的生存之道，兩種都不是正確的做法。

奧爾加開朗地笑著說：

「妳對夏洛塔在課堂上的發言有什麼看法？那孩子的本性不壞，但妳不覺得她太單純了嗎？」

謝拉菲瑪有些驚訝。因為奧爾加很少批評別人。

「是有點。怎麼突然這麼說？」

「只是覺得謝拉菲瑪跟夏洛塔不一樣，跟其他人也不一樣，所以應該可以跟妳說吧。我對蘇聯的想法……跟莫斯科的俄國人不太一樣。」

「奧爾加來自烏克蘭嘛。可是像這樣交談的時候，感覺不出有什麼不同呢。」

從奧爾加的口吻中察覺到危險的氣息，謝拉菲瑪不動聲色地岔開話題。

「沒錯，因為是蘇聯，所以可以像這樣講俄語。因為是蘇聯，即使有烏克蘭語，也必須忘記，改講俄語。更何況哥薩克已經不存在了。」

謝拉菲瑪下意識地窺探奧爾加的表情。

只見她臉上帶著一如既往，謙恭有禮的笑容接著說：

「妳知道俄羅斯蘇維埃社會主義共和國是怎麼對待烏克蘭嗎？烏克蘭已經飽受饑饉的肆虐，俄羅斯蘇維埃社會主義共和國還繼續掠奪烏克蘭的糧食，導致數百萬人死於饑荒。這個悲劇距離今天只有二十年喔。結果導致烏克蘭民族主義抬頭，這次又要把烏克蘭語編入俄語。烏克蘭對蘇聯而言到底算什麼？只是活該被掠奪的農地嗎？」

「奧爾加！」

謝拉菲瑪想也不想地打斷她的話。

她不是有意見，她也聽過這方面的傳聞。

「這種事要是被別人聽見了，妳就死定了！」

「對，我想說的就是這個。我們住在一個講真話會被殺死的國家。謝拉菲瑪，妳打算把這件事告訴誰？」

眼下只有她們兩個走向校舍，周圍應該沒有人聽見她們的對話。

打算告訴誰？怎麼可能說得出口！自己去告密可能會害死奧爾加。這種事她才做不到。

「我不會告訴任何人。不過，可能有人聽見了也未可知。所以算我求妳，別再說這種話了。」

「抱歉，可是我覺得如果不說，就無法和妳成為真正的夥伴。」

這句話的殺傷力太強大了。從她的話聽下來，有一種非常可怕的感覺。

奧爾加目不轉睛地直視謝拉菲瑪的雙眼。

臉上始終掛著與平常無異的微笑，但笑容裡閃爍著異樣的光芒。

對手是敵人？威脅？還是誘餌呢？宛如打算看穿一切的野獸之眼——

「在烏克蘭，大家起初都很歡迎德國人。心想這麼一來就能告別集體農場，共產主義者就會離開，就能從蘇聯手中解放烏克蘭。」

「對妳而言，德國佬是夥伴嗎？如果是這樣，妳為什麼要來這裡？」

「因為集體農場並沒有解體。德國人為了奴役斯拉夫人，維持集體農場制度，成為烏克蘭的統治者……妳知道這代表什麼意思嗎？謝拉菲瑪。集體農場是奴役烏克蘭人的手段。這點不管是德國，還是蘇聯都一樣。」

「既然如此，妳為何只與德國作戰？」

「在只想把俄羅斯和烏克蘭都當成奴隸的德國統治下，烏克蘭只能被奴役。我無法『與納粹聯手打敗蘇聯』，但是可以『與蘇聯一起打倒納粹』。加入紅軍就能將烏克蘭帶往勝利之路，搶回哥薩克的榮耀。只要是蘇聯的一部分，烏克蘭遲早會變得強大。德國與蘇聯的理念不一樣。只要蘇聯繼續以自己為榮，就不能否定烏克蘭蘇維埃社會主義共和國。這麼一來，哥薩克遲早能奪回昔日的光榮。」

奧爾加臉上始終掛著微笑，眼神也從未因恐懼而有所動搖。

加入紅軍戰鬥，贏回哥薩克的尊嚴。

仔細想想，奧爾加一開始就這麼說了。

「謝拉菲瑪，妳認為妳和夏洛塔還有我，誰比較接近真實呢？其實妳也注意到了不是嗎？這是異常的獨裁國家之間的自相殘殺。」

「這個嘛……」

立志成為外交官時，她曾經針對蘇聯這個國家思考過好幾次。與其他人同樣理解到遠大的理想與現實間有如天與地的落差。也知道自己住在一個敢說出真心話就會被殺的國家。

德軍殺光了自己的故鄉——伊萬諾沃村的村民，紅軍則是把一切燒光。

自己決定以殺死納粹的狙擊手和伊麗娜的方式為族人報仇。

「我打算打敗德國佬，為母親報仇後，再殺死伊麗娜。」

謝拉菲瑪大著膽子說實話，認為唯有如此才能得到她的信任。

但……謝拉菲瑪接著想。

考慮到成千上萬死於蘇聯之名下的人命，怎麼也無法將納粹德國與蘇聯等量齊觀。

「納粹攻打蘇聯，打算殺光我們所有蘇聯人。其實剛好相反吧。這種事根本不可能發生，對吧？」

「真的嗎？」

奧爾加的反問似乎帶著怒意。是愛國情操讓她忍不住發火，還是對謝拉菲瑪企圖試探自己的怒氣呢？謝拉菲瑪無從分辨。

「奧爾加，從妳說的話聽下來，我發現納粹與蘇聯有著決定性的不同。納粹無心解放烏克蘭，也稱不上打倒蘇聯、解放俄羅斯人民。即使這是德國合理取得勝利的捷徑也不例外。因為納粹德國挑起戰爭的理由本來就是要把我們全部當成奴隸。」

「沒錯，納粹德國的目的就是奴役我們。這點跟蘇聯為了得到烏克蘭才奴役我們不同。」

謝拉菲瑪一時語塞。每次蘇聯遭到非議的時候，感覺就像是自己遭到責難。但也不能什麼都不反駁。

「絕對無法與納粹德國成為朋友。可是在蘇聯的版圖中，俄羅斯和烏克蘭是朋友。就像我跟妳……不，與烏克蘭和蘇聯無關，我從第一次見到妳的時候，就把妳當成很重要的朋友。」

奧爾加露出意外的表情，眨了眨眼睛回答：

「對呀，我也是。」

這時，遠處傳來聲音。

「奧爾加，下一堂是什麼課？」

十五分鐘過去了。夏洛塔從她們中間擠過去，挽住奧爾加的手，看起來一臉昏昏欲睡的樣子。

「下一堂是彈道學。夏洛塔，不可以睡著喔。」

異樣的光彩從奧爾加的笑臉消失，又恢復成平常的樣子。對夏洛塔和自己都很友善的奧爾加。

「抱歉吶，突然講了奇怪的話。我同意謝拉菲瑪的看法。」

她的態度沒有任何不妥之處，笑著走開了。

謝拉菲瑪一時半刻反應不過來。彈道學的講解也一個字都沒聽進去。

對話的內容太深刻了。奧爾加想必下了非同小可的決心。

一思及此，謝拉菲瑪覺得自己不假思索地反對有人批判蘇聯的行為好可恥。對方深信即使告訴她實話，她也不會去告密。

無論奧爾加心裡怎麼想，她都是自己的夥伴。謝拉菲瑪把這件事銘記在心。

夏洛塔不如所料地打起瞌睡來，當晚被罰跑步一整夜。

訓練生活在不斷有人脫隊的情況下持續進行，目不暇給地感受到季節的更迭。

課堂上教的學問愈來愈艱深，格鬥訓練開始用木刀搏擊。

時至五月，她們的校本部「中央女性狙擊兵訓練學校」正式成立，舉行了小規模的遊行。原本這所學校就是要統一女性狙擊兵的養成課程，還以為因為人數減少，她們也會被併入，結果並沒有。

夏洛塔透露這是因為伊麗娜拒絕併入組織。

據來分校參觀的本校教官所說，學校的做法完全不一樣。

訓練的嚴格程度絲毫不比校本部遜色，但射擊姿勢的差異、伊麗娜對宿舍內的環境整理完全沒有概念，令本校教官們大驚失色。

謝拉菲瑪認為伊麗娜大概不打算放棄分校這個凡事都可以隨自己喜好安排的空間吧。

與此同時，戰況仍不斷更新。蘇聯首腦原本期待莫斯科防衛戰的成功能削弱德國的攻勢，孰料德國的砲火依舊猛烈。這個事實暗示德軍即將攻擊蘇聯在克里米亞半島最後的堡壘——塞瓦斯托波爾要塞。

從前年九月起，儘管整個克里米亞半島皆已處於陷落的狀態，紅軍仍對包圍攻擊奮戰不懈長達將近一年的時間。利用以戰艦砲改造而成的巨砲進行砲擊、由黑海艦隊從海上進行反擊、派出海軍陸戰隊進行掩護、動員狙擊兵進行密集的狙擊……使出所有想得到的手法抵抗。

然而德軍卻派上重砲、迫擊砲、野戰砲、甚至是口徑八十公分的列車砲，對塞瓦斯托波爾進行徹底的轟炸。德蘇兩軍各自都為此付出了數萬人戰死的代價，一九四二年六月，德國終於攻下了塞瓦斯托波爾要塞。

這個戰報令所有的學生飽受衝擊，討論起同一件事。

蘇聯女性狙擊兵的象徵，最強的女兵，在塞瓦斯托波爾要塞浴血作戰，可以確認的戰果已經達到三百零九人的柳德米拉．帕夫利琴科是否平安無事？

七月，她身受重傷，搭乘潛水艇成功逃出生天的報導令所有人歡欣鼓舞。她是絕大多數學生的憧憬和目標。

而她的戰友，也是學生們的老師伊麗娜在收到這個通知的隔天，出現在課堂上時，瞥了正看著貼在牆上的報紙，為此議論紛紛的學生們一眼。

所有人立刻正襟危坐地擺出聆聽的姿勢，但她早就看穿了一切。

「別以為同樣的幸運也會發生在自己身上。」

學生們都抖了一下。大展身手之後，死裡逃生的奇蹟。

「柳德米拉同志是偉大的狙擊兵，所以才能平安無事。但妳們不是柳德米拉．帕夫利琴科。一旦失敗就會送命。妳們在失敗的那一刻就已經死了。」

對於柳德米拉的生還，身為戰友的伊麗娜大概沒有任何感想吧——謝拉菲瑪心想。

幾乎同一時間，德國開始展開大規模攻勢。背離大家都以為他們會再次進犯莫斯科的預測，不知何故一路向南，朝高加索山脈進發，直指工業都市史達林格勒。

學生們開始對愈來愈不利的局勢感到不安與焦躁的同時，終於拿到真槍實彈。那把名為SVT－40的手槍是半自動式的新型手槍，彈匣可以裝填十發子彈，構造以狙擊槍而言十分特殊。子彈的口徑為七點六二公釐、彈殼長五四公釐。跟同樣以單發式擊出五點七公釐×十五點六公釐子彈的TOZ－8截然不同。

伊麗娜冷酷地告訴看到近代的狙擊槍，為此眉飛色舞的學生們：

「狙擊的要素只是操作槍枝的一小部分。」

這句話一點也沒錯，分解與保養極為繁瑣不說，要記住這些步驟也令學生們一個頭兩個大。對於嘉娜提出「莫辛－納甘步槍的構造比較簡單，射擊的命中率也比較高不是嗎？」的疑問，伊麗娜回答「那是在定點射擊的情況下」。半自動的優勢比較適合實戰。問題在於槍的品質，必須選擇同類型的手槍裡操作準確度最高的槍枝。

「妳們必須保持最完美的狀態，以最完美的技術使用這種最完美的槍。」

開始射擊訓練之後——

謝拉菲瑪被自己表現出來的成果嚇到了。

透過瞄準鏡看到的景色與半農半獵時截然不同。測量距離的方法、判讀角度的方法。不用怎麼費力就能知道要怎麼修正準星。

肉眼只能看到一個點的標的物，透過瞄準鏡可以得知該物體落在五百公尺外的地方，因此準星必須往上調整一百公分、零點七密位。

明明拖了好久才開始射擊的實技訓練，原本要射中一百公尺開外的鹿就已經竭盡全力的技術，如今卻提升到可以精準地射中五百公尺開外的標的物。

「謝拉菲瑪，妳好厲害。」

在一旁負責觀測的奧爾加讚嘆不已，夏洛塔裝模作樣地冷笑。

「那只是雕蟲小技，看我的！」

夏洛塔開槍，命中了六百公尺外的標的物。不愧是青少年射擊大賽的莫斯科冠軍，確實比自己優秀。謝拉菲瑪心想。

觀察周圍的學生。減少到八個人的陣容多半都是在奧索阿維亞奇姆學會射擊的競技選手，大家的技術確實都有兩把刷子。

即使是最年長的嘉娜，同樣也是競技射手，獲得技能優秀的評價。發揮優異的技術後，抬起頭來微微一笑。

「但我還是比不上她。」

高地的獵人艾雅一臉淡漠地射穿六百公尺外的靶心。

夏洛塔為了與她一較高下，走向遠距離的標靶，在伊麗娜「又不是比賽」的勸阻下，這次改射距離只有一半的標靶。

測量距離也是訓練的一部分，因此標靶的距離有遠有近。戰場上不需要只能在固定的距離內射擊的狙擊兵。只有教官知道與標靶間的正確距離，即使記住了，教官也會趁半夜偷偷移動。因此必須隨時進行複合式的訓練。分解槍枝、維修、保養、測距、計算、瞄準。

對於狙擊兵而言，射擊只是主要的構成要素之一，扣下扳機的瞬間只不過是花費在其他部分的學習日積月累的「結果」。謝拉菲瑪已經對這方面的思考模式與技能頗有心得。其他學生也一樣。

不知道為什麼，當標靶從圓形的木片換成立體的人像時，內心還是不太平靜，但也多射幾次就習慣了。

因為不是比賽，並未發表成績，但每個人都對自己的能耐心知肚明。

一枝獨秀的艾雅、緊追在後的夏洛塔。再來是稍微落後的謝拉菲瑪和嘉娜，奧爾加的成績屬於中段班，其他學生光是要跟上大家的腳步就已經焦頭爛額了。

正當謝拉菲瑪質疑既如此，是否還要以相同的方式訓練時。

狀況突然有了轉機。

「大家好，我是住在附近的伊萬。今天請多多指教。」

體型壯碩、指節又大又粗、戴著草帽的男性與身旁相同打扮的女性看似來自農家，正在操場上和大家打招呼。之所以知道他經營畜牧，並不是因為他的體型或打扮，而是因為他旁邊跟著五頭體積龐大的牛。

暴露在女兵們困惑的視線下，最前面那頭牛看著主人的臉，「哞～」了一聲。

一名男性教官殷勤地向他致謝。

「非常感謝您的幫忙。」

「別這麼說，反正都要交出去的，這也是一種貢獻。」

「教官長同志。」

夏洛塔舉手問伊麗娜。

「今天要做什麼訓練？」

伊麗娜點點頭回答：

「妳們今天的訓練是射擊那些牛。」

少女們一陣騷動。

「再也沒有比這個更適合練習瞄準致命的部位、尋找射擊移動目標的機會了。對於現在的妳們來說，難度並不高。還有其他問題嗎？」

「我有問題。」謝拉菲瑪舉手發問：「那些牛死掉以後要怎麼處置？又是從哪裡來的？」

「這是伊萬先生飼養的肉牛，預定做為食用肉上繳國庫。」

伊萬先生頷首，對伊麗娜的說明表示贊同。

伊麗娜以了然於心的表情笑著說：

「還有其他問題嗎？謝拉菲瑪同志。」

「沒有，我問完了。」

還有些少女無法保持平常心，但謝拉菲瑪已經冷靜下來了。

所有人排成一排橫列，就射擊位置。排排站的槍口伴隨著不同以往的氣氛。

被帶到標靶處的其中一頭牛在伊萬先生的示意下跑走了。

「首先是艾雅，射擊！」

艾雅輕輕地吸進一口氣，槍聲隨後響起。

只一槍就讓牛全身僵硬，無聲無息地當場倒地不起。

了不起，謝拉菲瑪讚嘆。距離約三百公尺，一槍貫穿腦門。

與鴉雀無聲的學生們互為對照，目睹同伴死亡的牛開始嗚嗚、嗚嗚地悲鳴，左右轉動腦袋。伊萬太太和教官們阻止牠們逃走。

「命中，接著是謝拉菲瑪，射擊！」

伊萬先生再次揮動鞭子，第二頭牛跑了出去。或許是嚇壞了，速度非常快。謝拉菲瑪覺得對自己有點不利，在計算中加入差異。距離同樣是三百公尺。瞄準距離為兩百公尺。移動速度為時速二十公里。往上修正十公分。瞄準點，眼球，修正誤差，前方五公分。

開槍。耳邊被擊中的牛倒在地上，大聲哀號。

沒有一擊斃命——

「命中。」

「教官長。」

謝拉菲瑪問打算繼續下令的伊麗娜。

身受致命傷的牛在瞄準鏡的那頭不斷哀號。

「可以給牛『慈悲的一擊』嗎？」

「只給妳一次機會。不准開第三槍。再失敗就給我上去用刀子解決。」

她一定能給牛致命一擊。謝拉菲瑪再次用瞄準鏡瞄準背對自己，倒在地上的牛頭。不可能射偏。命中頭頂的第二發子彈打爆頭蓋骨，結束了牛的呻吟。腦漿在不住痙攣的屍體周圍散落一地，隱約可以聞到血腥味。第三頭牛被放出來了。

「下一個，夏洛塔。射擊！」

以夏洛塔的身手來說，應該不費吹灰之力就能結束牛的性命，沒想到她遲遲打不中。花了五秒才射出的子彈，在牛的腳底揚起一陣塵土。怎麼會？謝拉菲瑪感到不可思議。第二發射中牛背後的靶，第三發射進牛前進五公尺後的地面。

牛跑過射擊場，衝向外面。夏洛塔從瞄準鏡移開視線，臉色蒼白如紙。謝拉菲瑪注意到夏洛塔的異狀時，伊麗娜大喊：

「艾雅，射擊！」

突如其來的命令，艾雅不假思索地照辦。這次的射擊貫穿牛的心臟，牛當場死亡。

全體學生注視的不是艾雅的身手，而是夏洛塔的異狀。

總是眼高於頂，與艾雅針鋒相對的夏洛塔只是無力地顫抖著。

「夏洛塔，妳……」

謝拉菲瑪忍不住出聲詢問。

「沒有對生物開過槍嗎？」

夏洛塔點頭。

艾雅輕聲嘲笑。

「這太野蠻了！」

夏洛塔氣急敗壞地尖叫。

「牛又不是挑起戰爭的敵人，攻擊手無寸鐵的牛算什麼士兵！」

「我在故鄉打獵的時候，村子裡有一把在第一次世界大戰擄獲的德國戰防槍。那把單發式步槍有夠笨重。當時我剛學會打獵，曾經帶著那把槍，打中六百公尺外的熊。」

艾雅的視線還盯著瞄準鏡，以自言自語的口氣說。

「口徑十三公釐的第一發子彈淺淺地射進熊的肩膀，被堅固的骨頭擋下，沒有當場死亡。熊衝向我，不出幾秒就縮短到五百公尺的距離……第二發沒打中，重新裝填子彈的時候，熊已經來到五十公尺的前方……射出第三發子彈時，我瞄準熊的眼睛，打中了。熊的屍體在我面前倒下，鼻尖甚至可以感受到那傢伙的氣息。」

艾雅始終保持射擊姿勢，只有視線望向夏洛塔。

那是緊咬著目標不放，獵人的眼神。

「聽好了，夏洛塔·亞歷山德羅芙娜。德國佬絕不是手無寸鐵的野獸，而是擁有重裝備，打算殺死我們的人類。若妳浪費子彈只射中他們的腳邊，他們立刻就會殺死妳。這就是妳的願望嗎？運動射手。」

夏洛塔失魂落魄地垂下眼簾時，伊麗娜對她說：

「只給妳五分鐘。五分鐘後給我調整好心態回來。」

夏洛塔點點頭。伊麗娜以順帶一提的語氣說：

「如果冷靜之後還是無法對牛開槍，就不要再出現在我面前。」

對伊麗娜的仰慕近似於盲從的夏洛塔眼中浮現淚光，往校舍的方向跑開。

謝拉菲瑪不假思索地追上去。

此舉並未得到伊麗娜的許可，但不知怎地，伊麗娜沒有阻止她。

「夏洛塔，等等。夏洛塔。」

「怎樣啦，想笑就笑啊。妳也是獵人吧，是不是覺得很痛快？」

「妳在胡說八道什麼，夏洛塔。比起這個，妳該不會想要半途而廢吧？」

「怎麼可能！」

夏洛塔轉過身來，視線無力地落在地上。

「可是要我對牛開槍……我雖然有射殺德國佬的決心，可是……」

夏洛塔講不下去了，滿心怨憤地踹向地面。

然後以好戰的眼神看著謝拉菲瑪，打從心底悔恨不已地問道：

「謝拉菲瑪，妳是鄉下的獵人，但也不是殘忍的野蠻人吧。」

「妳想吵架嗎？」

「不是啦……我的意思是說，妳的本性明明很善良，為何能如此冷靜地對牛開槍呢？妳的同情心呢？妳不會下不了手……覺得牛很可憐嗎？」

「那是因為……」謝拉菲瑪的回答帶著遲疑。

「夏洛塔，妳沒有吃過肉嗎？」

眼看夏洛塔就要發火，謝拉菲瑪連忙補充：

「不是的，我不是在諷刺妳，我是真心發問。不管是誰都會吃牛肉。可是總要有人殺害動物、大卸八塊，我們才有肉吃吧？而且需要毛皮禦寒，也必須留意別讓鹿破壞農作物。換句話說，必須有人殺害動物。所以當我做這件事的時候，並不覺得自己很殘忍。我只是在做一件必須有人去做的事。就只是這樣而已，與殘不殘忍沒有關係。」

「剛才妳問那些牛從哪裡來、要怎麼處置就是這個意思嗎？妳想確認牠們是食用牛，打從出生就註定要死，而且肉不會浪費掉嗎？」

謝拉菲瑪花了一點時間才回答出「對呀」這兩個字。因為夏洛塔問了，她才發現原來如此。

「妳真的能毫不猶豫地射殺動物嗎？完全不會覺得煎熬嗎？」

「偶爾也會覺得煎熬。像是已經受到致命傷的鹿負傷逃走，無法給牠一個痛快的時候；或是想到那隻鹿大概很痛苦，不知道有多難受的時候。可是……就算是這樣，也不能停止狩獵，除非有人能代替我。如果誰都不願動手，日子就過不下去。無論是我的村子、這個國家，還是這裡的餐桌都不例外。換句話說，必須有人去做這件事，必須有人殺死動物。沒有人會在乎是誰、什麼時候、如何殺死動物……所以只能由我們動手。」

自己對最後這句話也有所抵抗，但她很清楚，夏洛塔需要這句話。

「這樣啊。」夏洛塔喃喃自語。

沉默持續了好一會兒，過程中，夏洛塔的臉色逐漸恢復生氣。

「五分鐘過去了！」

耳邊傳來伊麗娜的聲音。

「謝謝妳，謝拉菲瑪。我能開槍了！」

夏洛塔緊張萬分地擠出淺淺一笑，回到射擊位置。

在謝拉菲瑪的記憶中，這是夏洛塔第一次向自己道謝。

夏洛塔對第四頭牛開槍。

第一槍擊中肩膀，牛四下奔逃，鮮血濺得到處都是，夏洛塔不屈不撓地開了第二槍。然後或許是模仿謝拉菲瑪，徵得伊麗娜的同意後，給倒在地上痛苦掙扎的牛慈悲的一擊。

一頭牛用了三發子彈。絕非熟練的身手，但夏洛塔還是堅持下來了。

然後是嘉娜，意外輕鬆地送牛上西天。奧爾加戰戰兢兢地開了四槍才搞定。

當天有三名無法對牛開槍的學生向伊麗娜申請退學。

只剩下謝拉菲瑪、夏洛塔、艾雅、奧爾加、嘉娜五名學生。

伊麗娜不准她們向回宿舍整理行李的同學道別，命令她們把槍還給教官，去室內練習場進行格鬥訓練。

所有人都忘我地痛毆沙包。為了驅散擊中獵物後不尋常的亢奮與無以名狀的餘韻，所有人都大聲吆喝，不斷地移動身體。

回到射擊訓練場，牛的屍體已經收拾乾淨了，伊麗娜要她們沒完沒了地跑步後，舉起一隻手，向跑得上氣不接下氣的她們宣布：

「休息三十分鐘。」

所有人都躺在地上，仰望藍天。牧羊犬巴隆也一樣。謝拉菲瑪深刻地體認到，腦中一片空白大概就是這麼回事。連沉浸於感傷中的力氣都沒有，或許也是一種救贖。

嘉娜把水瓶塞進癱軟在地上的夏洛塔手中，對她說：

「夏洛塔，喝點水。」

同樣陷入虛脫狀態，完全忘了要補充水分的夏洛塔一臉疲憊地回答：

「謝謝媽。」

話說出口的瞬間，夏洛塔整張臉都漲紅了。

其他人都假裝沒聽見，嘉娜溫柔地微笑回答：

「乖女兒，不客氣。大家也都喊我媽吧。」

奧爾加笑著說：

「媽，妳才二十八歲吧。妳十歲就生小孩了？」

「是十六歲的時候啦。大家都死於莫斯科空襲了。」

嘉娜回答的同時，所有人都不約而同地嘆了一口氣。失去家人的心情。大家一起分攤的氣氛。來到這裡以後，謝拉菲瑪已經習慣這種情況了。

「我來這裡就是因為不想讓女兒成為戰爭的犧牲品。當然，我也不希望各位犧牲。所以請叫我媽媽吧。這一定能讓我變得更堅強。」

「知道了，媽媽。」

謝拉菲瑪努力以正經的語氣回答。

「謝、謝謝妳，媽媽。」

夏洛塔面紅耳赤地說道。

艾雅事不關己地看著天空，但表情柔和了許多。

「我也這麼叫妳吧。」

年紀比嘉娜還輕的教官長伊麗娜煞有其事地說，學生們都笑了。

牧羊犬巴隆似乎也察覺到氣氛變得輕鬆了，舔了舔謝拉菲瑪的臉。

謝拉菲瑪躺在地上撫摸牠的頭。負責調教巴隆的是駐紮在附近的步兵大隊，要求狙擊學校的訓練生要對牠好一點。據說在嚴格的訓練與調教的過程中，設置這樣的時間，讓牠與人類建立友好關係至關重要。

「巴隆也很辛苦呢。一旦開戰，要扮演傳令兵的角色吧？」

謝拉菲瑪問道，夏洛塔回答：

「巴隆一定能咬斷德國佬的脖子。」

這時，有個男性教官走了過來，向伊麗娜舉手行禮。

「教官長同志，校本部的諾拉・帕夫洛夫納老師來了。」

「嗯，我知道了。」

伊麗娜簡短地回答後，停頓了一拍，告訴學生們：

「下一堂課開始前，妳們先待在這裡。用練習用的瞄準鏡測量距離。」

從伊麗娜的表情可以看出，她邊說邊刻意讓自己繃起神經來。

諾拉・帕夫洛夫納・切戈達耶娃跟伊麗娜一樣，都是女性狙擊兵的教官，是中央女性狙擊兵訓練學校的校長。是西班牙內戰時加入共和國援軍參戰的老鳥，也是戰功彪炳的狙擊兵。去參觀遊行的時候不只一次看到她們聊天的樣子。即使是在高階軍官面前甚少流露出緊張表情的伊麗娜，在諾拉面前也總是表現出充滿敬意的態度。看在伊麗娜眼中，校本部的諾拉軍階確實比她高，但謝拉菲瑪認為這不是階級的問題，大概是諾拉不管身為狙擊兵，還是教官，都是伊麗娜尊敬的對象。

望向校舍，可以看到諾拉校長坐在有扇大窗戶的接待室裡。

伊麗娜舉手敬禮，然後低下頭去。

「謝拉菲瑪，怎麼啦？」

夏洛塔問她。

「妳敬愛的伊麗娜老師的樣子有點奇怪。」

「欸，有嗎？」

謝拉菲瑪與夏洛塔並肩觀察伊麗娜遠在三百公尺開外的神情。

「哪裡奇怪了，不就只是站著嗎？」

奧爾加躺在地上問道。

「肉眼看不見她的表情，來做測距的練習吧。」

伊麗娜交代她們要隨身攜帶三點五倍的瞄準鏡。想當然耳，沒有槍身，所以只是小型的望遠鏡。但是用瞄準鏡偷看人類的表情還是有一股獨特的緊張感。夏洛塔趴在一旁，兩人都擺出匍匐前進的姿勢。

諾拉校長坐著背對窗戶。

伊麗娜的身體面向這邊。

只見她一臉沉痛地低著頭，看上去像是收到什麼不好的消息。

怎麼會這樣？謝拉菲瑪心想。感覺自己對她的內心世界瞭若指掌。

別忘了——謝拉菲瑪提醒自己。她是仇人。總有一天，自己要——

想到這裡，下意識地將T字瞄準線對準隔著準星看到的伊麗娜。

下一瞬間，伊麗娜倏地揚起臉，瞪向這裡。諾拉校長也同時轉身。謝拉菲瑪大吃一驚。距離三百公尺，只是用沒有槍身的瞄準鏡對準她們，兩個狙擊兵卻能立刻做出反應。

伊麗娜臉上浮現怒氣，開窗大罵：

「誰准妳們偷看了！謝拉菲瑪、夏洛塔，罰妳們跑訓練場五圈！」

「遵、遵命！」

謝拉菲瑪跳起來敬禮，和夏洛塔一起跑起來。

「謝拉菲瑪！那兩個人好厲害噢！」

「對、對呀！」

那就是真正的狙擊手的反應嗎——敬畏的念頭讓心臟跳得更快了。

「真是的！」

伊麗娜關上窗戶，輕聲嘆息。

「看樣子需要補課教她們如何隱藏自己的存在感與殺氣。」諾拉笑得很快活，要她坐下。「妳的分校淨是些有趣的學生呢。從射擊姿勢到性格，全都各有千秋。」

「即使是形狀相同的蛋孵出來的鳥，飛的方式也不一樣。」

伊麗娜坐在對面的椅子上回答。諾拉點頭附和。

「我們在維斯特列爾學到的狙擊術也是如此。妳是很好的教官。」

所謂的維斯特列爾是指蘇聯軍隊中難度最高的士官養成學校，自一九二九年開始增設狙擊兵培育課程。是蘇聯紅軍首次針對狙擊兵開設的教育課程，諾拉及柳德米拉、伊麗娜都在那裡接受過「狙擊兵」的訓練，而非只是一般的神射手。當然，班上也有男學生。

「只是，國防人民委員部跑來向我抱怨，說妳的分校太嚴格了。原本有十二名學生，現在只剩下五個人。退學的比例也太高了。」

「不會再有人退學了。更何況，如果是半吊子的狙擊兵，上戰場只會礙手礙腳。從電信、補給、航空管制、維修到內部警備，各式各樣的兵種都需要人手，即使離開這裡也不愁沒地方去。」

「妳很好心呢，伊麗娜。」

伊麗娜明白諾拉的未竟之言，所以才不知該怎麼回答。

「我並不是那種悲天憫人的人。那五個人恐怕還來不及獨當一面，就得隨我下地獄。」

「嗯，抱歉……上頭還是不願延長一年的養成課程。」

「我早就預料到了。」

諾拉親自前來的那一刻，伊麗娜就已經心裡有數了。受到德軍再次展開攻擊的影響，前線需要狙擊兵。至於哪些情況需要狙擊兵，無非是死守陣地的防衛戰，以及……

「確定是史達林格勒嗎？」

「八九不離十。至於會以何種形式展開戰鬥，我也不清楚。」

過去曾經在馬德里城內打過巷戰的諾拉感觸良多地深深頷首。

「巷戰是狙擊兵的天堂……也是這個世界的地獄，但無論如何，以目前的戰局來說，史達林格勒都是左右這場戰爭的焦點。我也能理解那裡需要狙擊兵。所以說，培養她們是有價值的。」

「我明白，但也不能只讓她們五個人去涉險。」

「妳的意思是說，妳想靠僅有的手指去前線作戰嗎？把特地前來通知妳升上少尉，還成了校本部教官的我趕回去？」

狙擊兵之間的對話總是這樣。伊麗娜苦笑。總能搶先一步知道對方想說什麼。

「伊麗娜・艾美莉雅諾芙娜・斯卓加亞同志。」

諾拉以鄭重其事的口吻喊她全名，伊麗娜稍微坐正了一點。

「假如世上真有公平正義這種東西，也無法指望奪走妳性命的狙擊兵能受到公正的制裁。萬一被抓，只會落得大卸八塊的下場；萬一生還，也不會受到任何制裁……因此大部分的狙擊兵都背負著沉重的十字架。我在西班牙射殺了四十名佛朗哥與納粹的法西斯，結果還是輸給他們。我對殺敵沒有一絲後悔，但至今仍忘不了最初被我殺死的人長什麼樣子。身為人類也不應該忘記。」

「是的。」

「但別選擇死亡，伊麗娜。這等於是背叛自己的人生。」
「我上戰場不是為了尋死，同志。」
「真的嗎？」
諾拉求證似地又問了一遍，伊麗娜望向窗外，避開她的視線。
夏洛塔和謝拉菲瑪還在氣喘如牛地跑步。
「因為有更適合我的死法。」
「是嘛。」諾拉頷首。之所以不繼續追問，想必是從伊麗娜的反應得知再問也問不出個所以然來。諾拉深深地嘆了一口氣，轉移話題。
「我在西班牙一敗塗地的戰爭至今尚未結束。打倒法西斯的機會就交棒給下一個世代了。她們打倒納粹德國的時候，我的戰爭才算結束。」
兩人的視線再次交會，諾拉問伊麗娜：
「伊麗娜，如果妳不打算死在戰場上，那麼妳的戰爭何時才會結束？」
伊麗娜一時不知該如何回答。她沒想過這個問題，當然也沒有事先準備好的答案。
「妳問我……戰爭何時才會結束。」
伊麗娜望著窗外回答。
「倘若我認識的某個人……能只是為了單純地表達而說明自己經歷了什麼、自己為何而戰、自己究竟看到什麼、聽見什麼、想了什麼、做了什麼……而不是為了鼓舞蘇聯人民，也不是為自己辯護……那麼我的戰爭就結束了。」

「不是妳自己去完成這件事嗎？」

「不是，我不認為我能活著看到自己的戰爭結束的那一天。」

諾拉起身。士官為她開門，把外套遞給她。

「分校的畢業考採對抗戰的方式進行吧，校本部會派出優秀的傢伙來應戰。」

「好的。」

「……在那之前，要先清除異物。」

「我注意到了。」

伊麗娜起立。

臨走前，諾拉喃喃自語地說：

「看樣子，妳的戰爭還要很久才會結束，我衷心祈禱那天能早日來臨。而且，我也想擁有相同的體驗。」

靜默了片刻後，伊麗娜向諾拉敬禮。

兩位站在相同立場，將年輕女性培養成狙擊兵，將其投入於實戰之中的女性。深刻地感受到彼此正分擔著只有自己才能產生共鳴的特殊傷痛。

即使分校的學生只剩下五個人，訓練仍如火如荼地進行中。

靜態教學逐漸減少，實技訓練皆以實戰為主。障眼法、看穿障眼法的方法、如何長途單獨行動、與砲兵及一般步兵的合作方式等高難度的科目愈來愈多，還得利用空檔進行用空包彈互相射擊的模擬戰，每次都被教官隊伍打得落花流水，然後每次都被狠狠教育一番狙擊兵的鐵則。

別杵在一個地方！別以為射出子彈就完事了！別小看對手！別以為只有自己最聰明！

實戰訓練的空檔也會進行射殺動物的訓練。

夏洛塔也已經徹底習慣了，不只能一槍結束鹿的性命，還會對周圍露出得意洋洋的笑容，甚至還敢肢解打死的獵物。

當時序進入秋天，戰況持續惡化。全蘇聯國民都提心吊膽地關注一再被德軍壓制的史達林格勒的戰局，學生們也看著貼在牆上的報紙，對能否打破這個僵局、狙擊兵在市區該如何作戰各抒己見。

伊麗娜走進教室，告訴她們訓練期間至此告一段落。

謝拉菲瑪盡可能保持平靜，觀察其他同學的表情。所有人都一樣，露出不安與興奮並存的表情。

伊麗娜看了學生們一眼，只補充了一句話：

「畢業考將與校本部的學生進行模擬戰。只要合格，妳們就能升格為上等兵，組成小隊，加入實戰……這段時間辛苦各位了。」

第一次被稱讚——謝拉菲瑪痛恨有一瞬間感到喜悅的自己。

「謝謝教官長同志！」

夏洛塔喜形於色地說。

「只不過，有人不需要參加畢業考。」

學生們都愣住了。謝拉菲瑪心想大概是艾雅太優秀了，不需要考試。

「奧爾加・雅科夫列夫娜・多羅申科！」

伊麗娜喊奧爾加的全名，所有人都看著她。

「雖然只是模擬戰，但也不能讓學生跟間諜一起作戰，所以妳不用上場。」

奧爾加是間諜？大家與其說是驚訝，不如說是困惑。伊麗娜到底在說什麼呀。謝拉菲瑪窺伺奧爾加的表情，大吃一驚。

奧爾加在笑。為人和善，跟誰都能變成好朋友的奧爾加臉上掛著從未示人的殘忍笑容。

「什麼嘛，妳發現啦。」

語氣也變了。以陰險的表情回望伊麗娜，與從前判若兩人。

謝拉菲瑪認為她簡直變了一個人，隨即回想起來。以前她質問自己對烏克蘭的看法時，宛如野獸般打量對方的視線。這才是她的本性，她放棄偽裝了。同學們無不一臉錯愕地看著她。

只有一個人例外，伊麗娜平靜地回答：

「愈是隱藏自己，想讓自己看起來不起眼的人反而愈引人注目。妳從烏克蘭來的那一刻，我就猜到了……妳背後是哈圖娜吧。」

誰？陌生的人名令同學們陷入混亂的同時，教室裡出現一個沒見過的女性。女性散發出不知該如何形容的負面氣息，身高跟伊麗娜差不多。

「了不起，不愧是女殺手的頭目，真是火眼金睛。其實妳不用特地戳破，我今天也打算把事情說清楚。不過，稱呼相當於祖國防線的內部人民委員會一員的奧爾加為間諜，這種造反的態度令人無法忽視。」

「祕密警察……」

意識到這句話和她頭上的藍色軍帽，以及哈圖娜與奧爾加身上有著一模一樣的陰險氣息時，謝拉菲瑪不由得喃喃自語。

名叫哈圖娜的女子與謝拉菲瑪四目相交，光是這樣就足以讓謝拉菲瑪兩腿發軟。

「別用那種過時的名詞稱呼我。我是ＮＫＶＤ。痛恨紅軍燒毀村落的鄉下姑娘，妳說妳總有一天想殺死伊麗娜？」

謝拉菲瑪聞言大驚，隨即想起自己曾經告訴過奧爾加。

奧爾加扯著一邊的嘴角微笑，那是嘲弄的笑容。

「伊麗娜，我不知道妳發現了沒有，但妳的學生都沒有發現喔。奧爾加同志給了我重要的情報。妳帶回來的這些人都不太正常。不是對焦土作戰心懷怨恨的丫頭，就是搞不清楚狀況，連德國小孩都想保護的中年婦女，再不然就是曾經是貴族的女兒。」

中年婦女大概是指媽媽，但最後那個指的是誰？

難不成……謝拉菲瑪心裡一跳，望向夏洛塔。

自稱是光榮的工人之女，自己說她像貴族的時候還跟自己大吵一架的夏洛塔・亞歷山德羅芙娜・波波娃正臉色蒼白地低著頭。

謝拉菲瑪回想奧爾加對自己說的話，沒有一句是真的。

身為烏克蘭的哥薩克人，她巧妙地假裝對體制有所質疑，藉此誘導對方說出真心話。倘若有人同意她說的話，就成了叛國賊。自己竟然相信那是她賭上性命的告白，謝拉菲瑪感到悔不當初。

奧爾加才沒有賭命，她永遠站在最安全的立場。

伊麗娜反脣相譏：

「哦，也就是說，只有艾雅沒有被套話嗎？」

艾雅一臉事不關己地看她們過招。

哈圖娜走向伊麗娜，一把抓住她的衣領。

「如果妳早就注意到了，為何還讓奧爾加一起接受訓練？」

「因為我認為正好可以利用她來過濾雜質。」

伊麗娜毫不在意地回答。

「只不過是隱藏身分，表現出反體制的樣子，要是被這種程度的NKVD動之以情就傻傻地禍從口出，狙擊兵也不需要這種笨蛋。更不需要因為奧爾加說出反體制的話就向上級舉報的笨蛋……事實上，妳的得意門生不僅沒能如願處刑我的學生，還讓我開除了一個出賣奧爾加的傢伙。」

「挺有一套的嘛，伊麗娜。妳果然不是泛泛之輩。不愧是過去發表軍隊民主化這種愚蠢的構想，被發配西伯利亞的反體制將校之女，還在烏克蘭射殺了我的政治委員同志，果然是不折不扣的叛國賊。」

「那就頒個勳章給我啊，祕密警察。」

伊麗娜笑著甩開哈圖娜的手。

「我殺了妳那個打算拋下自己的職務，帶著女人從前線逃走的長官，也就是失敗主義者的政治委員。調查報告大概是這樣寫的。但那本來應該是你們的工作。」

「廢話少說！」

哈圖娜語帶威脅地回答。

「NKVD總部決定監視妳們的一舉一動。畢竟不能放任異端率領的小隊自由活動。奧爾加相當於我NKVD的士官，凡事都要讓她同行。我身為她的長官，隨時都在後方監視妳們，給我記好了！」

「隨便妳，相當於尉官的女士。這麼說來我也升格了。我們的軍階一樣呢。祕密警察同志。」

哈圖娜咬牙切齒地走出教室。想當然耳，奧爾加也跟了上去。來自烏克蘭，跟誰都能打成一片的少女。奧爾加在她們心目中的形象如今已蕩然無存。

「嗚……」

夏洛塔發出極為壓抑的聲音站起來，奪門而出。

她在哭。意識到這一點的謝拉菲瑪也站起來，與伊麗娜四目相交。

去吧。伊麗娜以眼神示意。

謝拉菲瑪移開視線，追了出去。

衝到走廊上，大聲呼喚：

「等等，夏洛塔。等一下！」

夏洛塔頭也不回地加快腳步，跑到操場上。

然而也沒地方可以去了，夏洛塔一屁股坐在地上，謝拉菲瑪也在她旁邊坐下。

夏洛塔無聲哭泣了好一會兒，哽咽著說：

「對啦，我才不是什麼工人的女兒，而是貴族之女。妳一定很瞧不起我吧，謝拉菲瑪。從事農業的妳比我偉大多了。」

「沒、沒這回事。出身不能決定一個人的價值。」

「嗚嗚……可是我好想出生在無產階級的家庭裡啊。」

對夏洛塔而言，身為貴族之女這件事似乎是她難以忍受的汙點。謝拉菲瑪這才意識到，自己在初次與她見面時說了最不該說的話。

「不管妳是什麼家庭的女兒，我都不會瞧不起妳喔，夏洛塔。因為我很清楚妳的為人，我很喜歡妳。」

「真的嗎？」

「真的。」

夏洛塔注視謝拉菲瑪的表情，藍色的眼眸裡盈滿淚光。

淚水順著臉頰滑落，濡溼了與髮色相同的金色汗毛，在陽光的反射下閃閃發亮。

近距離一看，她果然長了一張洋娃娃般的臉。

「那、那個啊，雖說是貴族，但我的祖先參加過十二月黨人起義，因此遭到流放，是血統純正的革命派家族，革命戰爭時也協助過紅軍。正因為如此，家父革命後才能繼續為蘇聯政府工作喔……不過，為我取了這個名字的母親跟法國家庭教師一起亡命天涯了就是。」

原本還以為夏洛塔只是個教條主義者，她的想法讓謝拉菲瑪覺得有點悲哀。是她的立場讓她不得不成為狂熱的共產主義者。貴族的子女要在這個國家活下去可不是一件容易的事。

「夏洛塔為何想成為狙擊兵呢？」

這是謝拉菲瑪第一次問她這個問題。此時此刻，一定能得到更真實的答案。

「莫斯科遭到轟炸時，家父死了……我在軍隊的醫院裡崩潰大哭時，遇見了來治療手指的伊麗娜教官長。旁人告訴她我是莫斯科射擊大賽的優勝者時，教官長問我：『妳要選擇戰鬥？還是選擇死亡？』」

謝拉菲瑪忍不住倒抽了一口涼氣。

原來不只是自己。謝拉菲瑪的內心萌生出一股不知該怎麼形容的情緒。

夏洛塔可能誤會了她的反應，連忙擠出微笑。

「這句話說得很重，但我也因此恍然大悟。如果只會哭泣，最後枉送性命，那我就只是一個可憐的女孩子。可是在奧索阿維亞奇姆學過槍法的我還有別條路可走。我要戰鬥。女人也能參戰。女人也能藉由參戰對蘇聯做出貢獻。這是別的國家沒有，足以證明蘇聯是個進步的國家。」

謝拉菲瑪蹙緊眉頭。

「女人拿起武器上沙場戰鬥的國家是更進步的國家嗎？」

「如果再加上是為了防衛戰爭這個條件，我覺得是。上次的討論我沒辦法說得很好，現在我明白了。男女平權就是這麼回事。課堂上不是教過我們現代外國女性的種種嗎，法西斯德國要女人進廚房、美國的女性則成了啦啦隊。可是我們蘇聯是對男女一視同仁的國家。只要有機會，還能成為英雄或將軍。我想實現給大家看。」

謝拉菲瑪認為這個想法很危險。

女人和男人一樣，都能為國家獻上身心、獻上生命，對蘇聯做出傑出的貢獻，藉此提升蘇聯身為一個國家的實力，價值因此受到肯定的女性顯得無比耀眼。

這點確實與法西斯因為性別歧視不讓女人上戰場的思想互為對照，也不同於美國要女人成為啦啦隊為「男性士兵」加油打氣的出發點，但說穿了不也是追求同質性的思想嗎？

雖然女性被排除在徵兵制的對象之外，個別女兵卻能憑自己的意志加入戰爭也是事實。

就像一定要「有人」殺牛，也一定要「有人」對納粹開槍。

（如果是這樣的話，我也沒有殺害納粹分子。）

腦海中突然浮現出為自己辯護的說詞，謝拉菲瑪直接在內心打消這個念頭。

既然如此，只要有能力，女人也能上陣殺敵。是她們自己選擇這條路。眼前的夏洛塔是這樣，謝拉菲瑪亦如是。

媽媽也這麼說過。艾雅肯定也不例外。

「謝拉菲瑪也這麼想吧？」

夏洛塔提出了意料之中的問題。

「嗯……我想為村民和母親報仇。我必須殺死殺害母親的狙擊手。可是，在這種大環境下，個人的復仇肯定很難實現吧。」

「只要成為優秀的狙擊手，萬事皆有可能喔。優秀的狙擊手會被派到重要的戰場上。就像柳德米拉·帕夫利琴科，為了打敗她，德國也派出很多優秀的狙擊兵，但是全部被她打敗了。唯有戰鬥機的飛行員和狙擊手才能採取這種做法。」

「既然如此，就得用最快的速度追上伊麗娜教官長的成績呢。」

「嗯，我們一起加油。」

在戰鬥的同時也選擇生存的夏洛塔擦乾眼淚，露出笑容。

「謝拉菲瑪，我啊，如果沒有遇見伊麗娜教官長，大概已經死了。所以希望有一天能變成教官那種人。不害怕任何人，也不需要逢迎諂媚，不驚不懼地走出自己的人生。」

「嗯。」謝拉菲瑪笑著回答。可是對上夏洛塔的視線時，發現她的表情陰鬱。

「那個……祕密警察奧爾加說的是真的嗎？說妳人仇得報後，要殺死伊麗娜教官長的事。」

唔。謝拉菲瑪一時語塞，悠悠回答：

「抱歉，是真的。」

「怎麼會？為什麼？伊麗娜教官長的小隊不也救了妳嗎？」

沒錯。然後她破壞了充滿回憶的家具、丟掉唯一的照片、傷害母親的遺體、把母親的遺體和她們的家、整個村子都燒光了。

光是回想起來，內心深處悶燒的憎恨就像為火種添加了燃料，支配了全身的感官。

但她也覺得或許不該對崇拜伊麗娜的夏洛塔說這種話。

「我……我的戰爭大概要走到那一步才會結束。」

「不可以。萬一妳執意如此，我就算殺了妳也要阻止！」

夏洛塔以凝重的表情說道。或許正因為已經不是以前那種一言不合就開打的關係，反而更能感覺她是認真的。

「嗯，到時候就麻煩妳了。」

空氣停滯了一秒，兩人相視而笑。謝拉菲瑪露出還算禮貌的微笑，對夏洛塔說：

「所以我們誰都不許先死喔。」

她想守護。

這種情緒裡有一股後來居上的奇妙感觸。

想守護的對象不只是夏洛塔。她也想守護小隊的其他同學、這個空間、朋友。還有——其他的女性們。

母親那天最後沒能開槍。這部分就由自己來完成。

沒能成功守護大家的母親。這次換她來拯救別人的母親、守護別人的女兒，不讓任何人的女兒被殺、被凌辱。

自己心中產生不同於殺敵的欲望時，夏洛塔親了一下謝拉菲瑪的嘴唇。女生間的親吻對俄羅斯人來說是朋友間的寒暄，同時也是親愛的證明，並不特別。但謝拉菲瑪還是瞪圓了雙眼。

「菲瑪，我們所有人都一定要活著回來。」

好久沒有人喊她這個小名了，感覺好奇妙。謝拉菲瑪也回以問候的親吻。
結果那天什麼正事也沒做。
仔細想想，這還是入營以來第一次這麼清閒。

十一月十二日。
最後的訓練不是在熟悉的分校進行，而是在附近的山林進行實戰訓練。
氣溫為零下兩度，無名的山上積著皚皚的白雪。
校本部的諾拉校長對自己帶來的六名學生說：
「今天的模擬演習對分校的畢業生而言也是最後的測驗。由於對手是比妳們更早接受訓練，而且是由成績比我更出色的教官培養的學姊，因此讓妳們多兩個人應戰。打起精神上吧。」
「是！」在分校的學生面前排排站的校本部學生回答。
兩方人馬視線交錯。身上的制服跟自己一樣，白色的禦寒斗篷在雪中發揮了保護色的作用。但是說得再委婉，也無法從她們的眼神裡感受到善意。
諾拉校長不可能沒發現學生眼中劍拔弩張的敵意，但她絲毫不以為意，開始說明演習的注意事項。
「我只說一次，所以給我聽清楚了。各位的隊伍都有一個靶。請藏在指定的範圍內。然後每個人背後都有一位教官。前十分鐘先把靶藏好，然後就可以自由行動。發現敵人的隊伍後，要向背後的教官報告射擊方位，說出『射擊』二字，一旦命中，背後的教官會朝對方揮舞紅旗。倘若沒有射中則揮舞黑旗。每次都要發出聲音。只能對靶使用實彈，除此之外禁止裝填子彈。最先讓對手全軍覆沒，或是先射中對方靶心的隊伍獲勝。」

「是。」校本部、分校的學生整齊畫一地回答。

想當然耳，校本部的學生長得都不一樣，恐怕也有俄羅斯以外的人種，但她們給人的印象就像是用同一個模子印出來的。

看似隊長的女孩與謝拉菲瑪四目相交，露出不屑的冷笑。

一群陰沉的傢伙，與充滿自信的開朗完全沾不上邊。不服輸的另一面是令人不敢恭維的自負，一副瞧不起人的樣子。

「上吧！」諾拉一聲令下，校本部的學生有如訓練有素的獵犬，身手矯健地跑開了。

「媽媽，那群人是怎麼回事？感覺好討厭。」

夏洛塔直言不諱，嘉娜一臉無奈地回答。

「剛才也說過了，那群人是從陸軍官校及維斯特列爾等地選拔出來的菁英。把我誤認為教官，我說我是學生時還笑我是老太婆。」

已經一腳踏上軍旅之路的人，所以才會自視甚高地表現出那種態度吧。

「真令人火大。」

艾雅難得主動開口。

大概是因為今天由她擔任指揮官，所以有意為之吧——謝拉菲瑪猜想。這麼說來，她們原本只是會射擊的外行人，至少直到二月還是外行人，但現在不一樣了。四下張望，周圍的風景就像有刻度，可以判斷與樹木及岩石的距離。從艾雅攤開的地圖可以看出海拔高度，知道該在哪裡設置標靶比較不容易被敵人發現。只要善加誘導，就能發揮防禦的作用，進可攻、退可守的據點——還能狙擊朝這個最佳據點進攻的敵人位置。艾雅任命謝拉菲瑪和嘉娜展開攻擊，她和夏洛塔則負責防守。

「問題是敵人會把靶藏在哪裡？」

謝拉菲瑪說道，艾雅頷首。

「妳認為會是哪裡？」

謝拉菲瑪看著地圖。她們的陣地在東邊，西邊是校本部的學生。最短距離當然是直線進攻，但途中有些地方沒有樹，完全沒有遮蔽物，所以不考慮。稍微繞向南邊的話，有座低矮的丘陵，再過去一公里就是範圍的界限。

「這裡吧。」

謝拉菲瑪指著地圖上敵人的範圍最深處有個地勢比較高的場所。

「如果是這裡的話，我們從南邊進攻的時候，必須翻越稜線，這時對方可以從側面狙擊，或是在山谷射擊。但我們只要從北邊繞過去，就能從背後包圍她們。」

「有道理。可是伊麗娜教官長說過『別小看對手！別以為只有自己最聰明！』」說得也是——謝拉菲瑪反應過來。必須預先設想對方也會想到她們把標靶從最佳據點錯開的可能性。

「既然如此……」夏洛塔加入討論。「這個從北邊迂迴前進也能正面射擊的窪地呢？假如我們從稜線過去，對方也能正面迎擊。」

艾雅同意。

「嗯，應該是這裡。如果我們取道南邊的路線逼近敵方陣地，可以鎖定稜線北上至中央。稜線會掩護她們，對方應該也沒料到我們會從這邊過去。如果一切順利，還能從側面擊潰對方的守備……應該也不會碰上敵方的攻擊隊伍。因為地勢有高低差，站在敵方的角度思考，我們若選擇南邊這條路，等於是自投羅網。我們大概會在守備地點與對方正面交鋒。所以這邊就交給我們。」

結論出來了。而且自由行動的時間早就開始了。沒有時間繼續討論戰術了。

謝拉菲瑪與大家口中的媽媽嘉娜一起往長滿草木的南方路線前進。

身體微微顫抖。寒氣鑽進禦寒斗篷裡。

不過，自己發抖的原因並不是因為寒冷。

「別那麼緊張。」

打頭陣的媽媽笑著回頭說。

「就算失敗也不會死，更何況還有教官跟著。」

轉過身去，判定戰果的教官確實保持著三步左右的距離跟在後面。是校本部與分校的女性教官。不愧是教官，即使距離這麼近也完全聽不見她們的腳步聲、感受不到她們的存在。

然而，教官看著嘉娜的眼神十分冷漠。

「媽媽，認真一點啦。必須當成實戰才行。」

「再怎麼認真，這也不是實戰啊，謝拉菲瑪。」

媽媽臉上還是掛著雲淡風輕的微笑。

「認真是一回事，但還是得告訴自己這是訓練。而且不管妳願不願意，遲早有一天得經歷實戰。」

從她的語氣非但察覺不到開玩笑的輕鬆，反而能感受到某種決心，謝拉菲瑪無言以對。對方確實不會真的傷害自己。既然如此，或許該以訓練的心態來面對比較好。那麼，什麼又是實戰該有的心態呢？

就在她東想西想的時候，已經穿過南邊的森林，小心翼翼地進入南北縱走的丘陵死角，繼續北上，尋找可以翻越稜線的地點。白雪覆蓋的灌木縫隙。

謝拉菲瑪手腳並用地匍匐前進，從稜線後面慎重地探出腦袋。

稍微慢了兩步也跟上來的媽媽從後面問道：

「如何？有人嗎？」

「……有。正看著這邊。」

校本部的學生就在視線正前方。

「距離大概是五百三十公尺，誤差六公尺。十點鐘方向，有兩個人躲在樹下。手裡拿著槍，正用瞄準鏡往左右兩邊看。還沒注意到我們。」

媽媽慢慢地走到身旁，與她並肩，語帶驚訝地問道：

「真不敢相信。難道她們早就猜到夏洛塔和艾雅的想法？」

「不……」

謝拉菲瑪認為這個可能性微乎其微。如果事先預料到夏洛塔和艾雅的想法，埋伏在南邊的森林裡，趁她們移動的時候狙擊還比較省事。更重要的是，戰前的印象決定了一切。

「那群人認為我們只會毫無計畫地橫衝直撞。」

怎麼可能……媽媽大為傻眼。

謝拉菲瑪咬緊下唇。被看扁了。對方認為她們只是外行人，根本不足為懼嗎？不料這種膚淺的判斷居然誤打誤撞地被她們矇對了。結果她們採取的行動跟對方認定的白痴行為幾乎如出一轍。

然而，只有一點不同。對方以為她們會從視野開闊的方向進攻，沒料到敵人會潛伏在死角，突然出現在稜線上。

對了。謝拉菲瑪恍然大悟。所以對方的反應才那麼遲鈍，所以對方才會還沒發現自己。

「再等一下。如果不能用肉眼正確地測量出距離就打不中，反而危險。」

在這種情況下，最好別輕舉妄動。狙擊兵受過的各種訓練會讓她們輕易判別視線範圍內對自己懷有殺意的人、持槍準備射擊的人、用瞄準鏡對準自己的人。風吹動樹枝，發出沙沙的聲響。狙擊兵會在各種風吹草動的環境下，瞬間看出人類的攻擊動作。

謝拉菲瑪觀察兩個對手的動靜，計算將槍口瞄準她們的時機。

那一瞬間，與遠在五百公尺以上的對手視線交會。

校本部的學生叫上另一個人，兩枝槍口對著自己。

謝拉菲瑪和嘉娜也迅速地舉起槍。透過瞄準鏡，讓對手的臉落在T字線上。

然而——掌握不到正確的距離。五百三十正負六公尺。只要偏個五公尺就難以命中。對手蹲在地上，所以命中範圍很小。但教官卻能看出其中微小的誤差。

沒有可以幫助判斷的明確目標，與白雪融為一體的禦寒斗篷模糊了輪廓。

因此兩位敵對的狙擊兵在一模一樣的條件下，一時半刻也不知道該怎麼對付躲在稜線後的她們。

謝拉菲瑪拚命按下想做出發射決定的衝動。敵兵旁邊的樹木也覆蓋著白雪，無法判斷正確的大小。不過可以判斷敵兵藏身的樹幹粗細。樹齡二十年的杉樹，胸高直徑為十五公分，與人體的胸膛差不多厚。面向側面的人體。從以上的線索計算距離。

「距離……五百三十五公尺……誤差不到一公尺。準星向上修正五十密位。」

將調整好的準星再度瞄準敵方的狙擊手。對方也採取相同的舉動，瞄準自己。這時開槍或許能射中，但不能躁進。

想到這裡時，對方動了動嘴巴。對方開槍了。

「沒打中！」

站在她背後的教官大聲說道的同時也舉起黑旗。

那一瞬間。聲音與旗幟明顯的形狀對照出對手的所在位置。開槍反而讓對方無所遁形。這當然也是實戰會發生的狀況，這個訓練就是在這個前提下進行的。

「修正，距離五百三十四公尺，沒有誤差，不需要修正密位，敵人在正前方。」

用準星捕捉連忙想開第二槍的敵人臉部，謝拉菲瑪簡短地示意：

「發射。」

站在背後的教官大喊：

「命中！」

瞄準鏡那頭，教官拍了拍校本部學生的肩膀，該學生懊惱地一拳搥向地面。

很好。謝拉菲瑪心想，繼續將準星對準下一名學生。

另一名學生已經鎖定自己了。謝拉菲瑪心急如焚。再拖下去，自己背後就會舉起紅旗……

腦海中浮現出這個畫面的瞬間，一旁的嘉娜站起來，宣布射擊。

「媽媽！」

謝拉菲瑪情不自禁地吶喊。想也知道，嘉娜的子彈沒有射中，敵兵改將攻擊的矛頭對準她。

「命中！」

紅旗在瞄準鏡的那頭飄揚。

屏除雜念，集中精神，再次利用旗幟尋找對方的位置。

「距離五百三十六公尺，沒有誤差，發射！」

「命中！」

教官大叫，舉起紅旗。

雙方各有兩名學生，如今沒有接受戰死判定的只剩下謝拉菲瑪一個人。謝拉菲瑪忍不住仰望嘉娜。

「媽媽，妳為什麼……」

「謝拉菲瑪訓練生，嘉娜已經死了，不准跟她說話。」

教官冷冷地制止她，謝拉菲瑪只好閉嘴。

校本部的不知名教官勃然大怒地對嘉娜說：

「實戰不能用的手段，訓練也不准用。」

察覺到教官語氣裡隱藏不住的怒氣，謝拉菲瑪不由得低頭不語。

她知道嘉娜剛才使出的手段是為了掩護她，故意讓敵人暴露自己的位置。

「我沒打算那麼做。」

嘉娜也簡短地回答，與教官一起走向訓練場外。

她說這是訓練。不會真的出人命。

謝拉菲瑪稍微調整一下呼吸，背後傳來聲音。

「呦，幹得不賴嘛。」

「咦……」

謝拉菲瑪險些驚聲尖叫。艾雅和夏洛塔就站在自己身後。

「妳們不用在陣地防守嗎？」

站在一旁的艾雅把槍口對準周圍回答：

「敵人完全如我們所料，自己送上門來，兩個都被我解決掉了。還剩下兩個敵人。」

艾雅淺淺一笑。夏洛塔不服氣地問謝拉菲瑪：

「菲瑪這邊呢？媽媽是不是死了？」

「不好意思，我們與對手正面對上了。」

「嗯哼……話說回來，艾雅，敵方的第二個人不是被我擊中的嗎？」

「旗子怎麼判定的？要不然妳問教官啊。」

想也知道，跟著她們的教官一言不發。
「這一路對戰下來，大概知道對方的程度了。」
艾雅試圖改變氣氛地說道。
「接受過這麼多訓練，應該能預測對方的動向，採取令對方意想不到的戰術。再加上對方根本不把我們放在眼裡。換句話說，我們自以為對方會預料到我們的下一步而採取反轉再反轉的對策，但對方根本沒想那麼多。」
艾雅轉換思路的速度之快，令謝拉菲瑪十分佩服。
「也就是說……我們其實只要想像對方的『下一步』，採取比對方再多一步的行動就行了。」
「沒錯，抱歉啊謝拉菲瑪，早知道應該照妳說的，從北邊繞過去包圍對方。想太多反而聰明反被聰明誤。」
艾雅誠心誠意地道歉，謝拉菲瑪更意外了。
「啊，可是標靶應該如艾雅所料，就在前面的窪地。畢竟敵人也守在那裡。」
「要怎麼收拾窪地裡剩下的那兩個人？」
夏洛塔問道，艾雅聳聳肩。
「老實說，只要兵分兩路就能攻下，但對方實在把我們看得太扁了，氣死我……所以這次我想拿下完全勝利。」
作戰方式當場就拍板定案。

謝拉菲瑪越過沒有敵人的稜線，取道從北側繞到窪地。

艾雅和夏洛塔兵分兩路，分頭行動。

心跳得好快。緊張的性質跟剛才不太一樣，內心充滿了逼近獵物的亢奮。

走到通往左邊的路，比對眼前的景色與地圖。

從這邊繞過去，前進方向轉了一百八十度，抵達可以看見窪地的場所。亦即進入敵人的視線範圍。

謝拉菲瑪想到這裡，南邊的稜線傳來聲音。

「發射！」

是艾雅的聲音，接著是教官的聲音。

「沒打中！」

夏洛塔的聲音緊接著響起。

「發射！」

「沒打中！」

「發射！」

「沒打中！」

耳邊傳來夏洛塔和艾雅，還有教官逐漸靠近的聲音，謝拉菲瑪繞過樹幹，轉向左手邊。

透過瞄準鏡看到的光景一如所料。

六人小隊已經折損四個人，最後兩個敵人被來自視野外的狙擊嚇得驚慌失措，努力想確認她們的方位與距離。但又無法決定要不要從窪地裡探出頭來望向稜線，確認聲音的方位。

謝拉菲瑪從後方清清楚楚地目睹這一切。

「距離三百三十六公尺，沒有誤差，準星向下修正二十密位，發射。」

「命中！」

跟在她背後的教官高聲宣布，揮舞紅旗。

兩名敵兵一臉錯愕地轉過身來。

沒有受到戰死判定的最後一個人手忙腳亂地將槍口對準謝拉菲瑪，但是沒有好好瞄準就貿然開槍，想也知道不可能打中。

謝拉菲瑪將準星從她身上移開，拉動ＳＶＴ－40半自動步槍裝填彈藥的撥彈桿。

艾雅料得沒錯，標靶就在窪地深處。

距離剛好三百公尺，無風。

瞄準金屬標靶。不需要報告距離。也可以使用實彈。

謝拉菲瑪扣下扳機。

耳邊傳來震天價響的聲音，宣告命中。

幾乎同一時間，夏洛塔從稜線衝向窪地，從正要瞄準謝拉菲瑪的敵兵正後方竄出來，毅然決然地說：

「發射！」

「命中！」

即使遵照規則，勝負已然揭曉，教官仍揮舞紅旗。最後的敵人在近距離遭到射殺。

校本部的學生痛失標靶，且全員戰死。分校的四名學生中有三名生還。戰果是艾雅射中兩人、謝拉菲瑪射中三人、夏洛塔射中一人。

「服了服了，一敗塗地呢。」

諾拉校長看起來其實很高興的樣子。

「好說好說。」伊麗娜默默地行了一禮。

「謝謝妳，伊麗娜同志。託妳的福，這幾個孩子大概也知道自己有多稚嫩了。」

六名菁英狙擊兵候補都被失敗打擊得垂頭喪氣。

第一個在稜線對打的人從頭到尾都瞪著謝拉菲瑪。從她的眼神中感受到誓要擺脫屈辱、東山再起的決心，謝拉菲瑪不禁有些羨慕。

她們已經沒有下一次的訓練了。

畢業考至此告一段落，接下來等著她們的是真槍實彈。

搭乘軍用馬車回到分校，伊麗娜教官盡可能公事公辦地要求所有人集合。

四名學生背著ＳＶＴ－40，在操場上整隊。

跟著校本部的攝影師說要拍紀念照，要她們笑一個。可是不習慣拍照的狙擊兵菜鳥與百鍊成鋼的前狙擊兵根本笑不出來，攝影師只好在全體皆板著一張臉的情況下按下快門。

謝拉菲瑪冷眼旁觀攝影師俐落的動作，忍不住思考起拍照與狙擊的共通點。不經意地回頭望向鏡頭捕捉的視線後方。

奧爾加與她的長官哈圖娜正一起從校舍內以陰鷙的眼神看著她們。

「接下來要進行最後的訓練。」

伊麗娜似乎完全不把相機和祕密警察放在心上，對學生說。

「在這場全面戰爭中，所有需要狙擊兵的戰場都是地獄。如果沒有前往地獄的覺悟，現在就報上名來。」

所有人皆以沉默代替回答。這也是可以想見的結果。

伊麗娜微微一笑，問她們：

「我以前出過一道作業給妳們對吧。回答我，妳們為何而戰？」

第一個被點到名的夏洛塔戰戰兢兢地回答：

「我要證明女人不是弱者，不是戰爭的犧牲品，女人也可以主動應戰。」

伊麗娜微微頷首，視線移到嘉娜身上。

「為了不讓孩子們成為犧牲品。」

這個答案跟上次差不多，伊麗娜卻說：「我明白了。」

伊麗娜的視線來到謝拉菲瑪身上。

「我是為了守護女性而戰。」

這是謝拉菲瑪心中最正確的答案。

伊萬諾沃村的人們、慘死的艾蓮娜和娜塔莉亞。

沒能開槍的母親，以及無力戰鬥的自己。

雖然這一切都不可能恢復原狀，但還是能保護其他女人。自己將為此而戰。

「是嗎？」

伊麗娜表面上看不出任何反應，面無表情地說。

「妳呢？艾雅・安瑟洛威・馬卡塔艾娃。」

好久沒有被喊到全名的艾雅眨了眨眼睛回答：

「為了得到自由。」

與上次在課堂上的答案一模一樣。

但伊麗娜的反應與當時截然不同。

「是嗎？」

伊麗娜的目光落在自己腳下。

她的反應跟平常不太一樣，謝拉菲瑪心想。看起來像是試圖隱藏從不曾顯露出來的情緒波動。感覺似乎有些靦腆。

這個冷血的女魔頭該不會是害羞了吧。

正想打消這個念頭時，伊麗娜從口袋裡拿出瞄準鏡和撲克牌。

「各抽三張。」

第一天體驗過的訓練。當時除了艾雅，所有人都失敗了。

四人各抽了三張牌，伊麗娜不給任何思索空間地大喊：

「第一張牌代表一百公尺單位的數字、第二張牌代表十公尺單位的數字、第三張牌代表一公尺單位的數字。如果抽到J到K則取其個位數。方位正對校旗，夏洛塔往左一千兩百密位、嘉娜一零六零密位、謝拉菲瑪往左八百四十密位、艾雅一千三百密位，各就各位！」

所有人同時舉起附有瞄準鏡的槍。

以前完全不懂這個命令的用意，如今已了然於心。

與校旗之間的距離為一公里。瞄準鏡的視野邊緣左右兩邊加起來共三十密位。讓校旗落在瞄準鏡的邊緣，調整二十八次準星。

從瞄準鏡上揚起臉。

至於距離，已經徹底記住「肉眼可見的一百公尺」是什麼樣的感覺。手中的撲克牌顯示的距離為四百三十六公尺，是一百公尺的四倍。再透過瞄準鏡觀察四百公尺與五百公尺之間的距離。

四百五十公尺的地點有一顆大小跟腦袋差不多的石頭，用T字瞄準線來計算前方十四公尺的位置。四百三十六公尺的地方有個融雪形成的水窪。

謝拉菲瑪背著SVT－40往前跑。

同一時間，另外三個人也衝了出去。

四個人各自奔向自己的目標地點，沒有絲毫遲疑，也不見半點猶豫。上氣不接下氣地跑到自己的目標地點時，伊麗娜的聲音響起。

「艾雅，妳現在人在哪裡？」

「我在角度一千三百密位，距離五百六十三公尺的地點。」

「答對了！」

一隻眼睛貼在瞄準鏡前的伊麗娜笑著說。這是她第一次流露出柔和的笑容。

「下一位，夏洛塔，妳現在人在哪裡？」

夏洛塔揮手回答：

「我在角度一千兩百密位，距離八百九十三公尺的地點！」

「很好，正確解答！嘉娜，妳現在人在哪裡？」

「我在角度一零六零密位，距離九百七十五公尺的地點！」

「答對了！」

伊麗娜隔著瞄準鏡與謝拉菲瑪對上眼，大聲問她：

「謝拉菲瑪，妳現在人在哪裡？」

聽到她的聲音時，謝拉菲瑪趕走胸口微微感受到的懷念之情，大聲回答：

「我在角度八百四十密位，距離四百三十六公尺的地點！」

伊麗娜將單眼從瞄準鏡上移開，以平靜的語氣回答：

「答對了。」

學會這項技術就等於多一項技能，而她們確實都學會了。

「恭喜妳們畢業了。」

伊麗娜說道，四個人歡聲雷動。不一會兒，大家不約而同地衝到操場中央，抱成一團。

伊麗娜靜默了半晌，接著說：

「最高司令部預備軍所屬，狙擊兵旅團，第三十九獨立小隊。」

全體學生對她行注目禮。

「從今以後，我們就是最高司令部直屬的狙擊專門小隊了，將為此展開游擊。不屬於任何步兵師團，也不受任何人指揮，是一支專門為狙擊手成立的特殊部隊，應需要而戰。」

感覺學生們對於自己被當成精銳看待這件事無不充滿了鬥志。

「雖說是小隊，但規模還不如分隊。多虧有人向最高司令部進言，規模才會如此迷你。」

順著伊麗娜的視線，回頭望向校舍。

奧爾加和哈圖娜。這兩個NKVD的人正以陰險的眼神看著她們。視線散發出的陰鷙氣質如出一轍到令人忍不住佩服的地步。

「……在那之前，允許妳們外出一天，今天就盡情地去玩吧。」

伊麗娜交代完該交代的注意事項就轉身離去。

剩下的四個人全都笑逐顏開。

「可以出去了，好棒！」

夏洛塔興高采烈地歡呼，謝拉菲瑪抓住她的手。

「要去哪裡？咖啡廳，還是百貨公司？啊，媽媽想去哪裡？」

被稱為媽媽的嘉娜笑容滿面地回答：

「我都可以。艾雅呢？妳想做什麼？」

被嘉娜這麼一問，艾雅突然恢復嚴肅的表情。

「咦？我、我嗎……」

她的反應令謝拉菲瑪好生疑惑。記憶所及，這是第一次見她露出有些膽怯的表情。

艾雅作勢整理制服，迅速地斂盡了臉上的表情回答：

「我哪兒也不去，回房間睡覺。妳們愛去哪裡就去哪裡。」

過於惡劣的態度讓所有人都愣住了，艾雅不等她們反應過來，逕自轉身走回校舍。

當她的背影消失在宿舍裡，夏洛塔氣鼓鼓地說：

「那是什麼態度！難得大家這麼開心！」

「別氣別氣。」嘉娜安撫她。「艾雅不喜歡與人打交道也不是現在才開始的。」

心想確實是這樣沒錯，但謝拉菲瑪仍追了上去。

背後傳來夏洛塔的聲音。

「菲瑪，連妳也不來嗎？」

「妳們先去百貨公司！我會把艾雅帶去！」

謝拉菲瑪不等她們回答，追上艾雅。

艾雅確實比較喜歡獨處，不願意與任何人打交道，是孤獨的一匹狼。

但現在的她其實是勉強自己扮演這樣的角色。

進入宿舍，第一次尋找艾雅的房間。原本使用人數就少的空曠建築物，如今只剩下四個即將畢業的學生，瀰漫著一股與廢墟無異的寂寥。爬上二樓，艾雅的背影消失在走廊盡頭的房間裡。

「艾雅，等一下。」

謝拉菲瑪走到房門前，用力敲門。

「什麼事，走開啦。」

艾雅的聲音從房裡傳來。

「一起去嘛，艾雅。」

沒有反應。只有翻箱倒櫃的沙沙聲。

「艾雅，妳喜歡獨處是妳的自由，但不必勉強自己一定要一個人待著。我們不是一直都陪伴著彼此嗎？」

還是沒有反應。但謝拉菲瑪感覺艾雅在聽自己說話。

謝拉菲瑪逕自解釋為她大概在等自己闖進去。

「我進去嘍，艾雅。」

「欸，等、等一下……」

艾雅莫名驚慌地阻止她，但謝拉菲瑪才不管，直接打開房門。

下一瞬間，大量的衣服與書籍、不知道是什麼的垃圾以幾乎從房間湧出來的狀態堆在她腳邊。

「哇啊！」

慘叫脫口而出。

房裡堆滿垃圾。破破爛爛的制服、用來混淆敵人視聽的破布，還長著葉子的樹枝、舊的筆記本及文具，除此之外還有各式各樣的垃圾，散亂一地。

「不准看！」

滿地狼藉的那頭，艾雅居然舉起木製的模型槍對著自己。

謝拉菲瑪反射性地高舉雙手問道：

「艾雅，這是怎麼回事？」

「沒什麼，妳什麼都沒看到。」

她坐在儼然置身於垃圾堆的床上，房間裡幾乎只有那張床免於被垃圾淹沒。

「艾雅，妳是不是不太會收拾？」

謝拉菲瑪自認已經說得很委婉了，艾雅還是頓時羞紅了臉。

艾雅滿頭大汗地試圖解釋：

「因、因為我的故鄉沒有這麼多東西，這裡的教官也不會檢查房間……除了亂堆以外，我不知道該怎麼整理。」

哈薩克的天才少女，全校第一名的神射手，第一次讓人看見她笨拙的一面。

「怎樣啦，謝拉菲瑪。不准笑。」

謝拉菲瑪聞言大驚，自己竟然不自覺地笑出來了。

「不是啦，艾雅。我很高興。」

謝拉菲瑪小心不要踩到垃圾，走到艾雅面前。壓下無意識朝向自己的模型槍槍口，艾雅有如驚弓之鳥地窺探謝拉菲瑪的表情。

「因為在我心中，艾雅是無所不能的天才，知道妳和我一樣都是人類後，我放心了。」

聽到這句話，艾雅眨了眨眼睛，明顯避開謝拉菲瑪的視線。

「少囉嗦。妳去和夏洛塔還有媽媽吃飯吧。」

然後躺在床上，背過身去。情感顯然出現細微的波動。

現在或許能問出她的真心話，謝拉菲瑪心想。

「伊麗娜問我們為何而戰的時候，只有妳的答案跟上次一樣。為了得到自由。那句話是什麼意思？」

艾雅的臉頰微微抽動，一動也不動地躺在床上幾分鐘後，猝不及防地開口：

「妳應該是會去上大學的人，所以妳對蘇聯的教育制度有什麼看法？」

意料之外的反問，但又不是顧左右而言他。謝拉菲瑪誠實地說出心中所想：

「雖然發生過很多事，但我還是心存感激。我是窮人家的女兒，如果一直在俄羅斯帝國的統治下，肯定這輩子都不識字，對人世間也無法產生任何看法，更無法像這樣跟大家聊天。」

「對吧，從某個角度來說，我希望變成妳那樣。」

艾雅翻了個身，凝視天花板回答。看上去像是下了某種決心。

「哈薩克人自古以來就在廣袤的大地遊牧，與大地共生，是個自由的民族。我的父母也是這樣活過來的……應該是。不是定居在某一個城市，而是配合氣候遷徙，捕捉平原的野獸、河裡的魚來吃。去見朋友的時候，則是仰賴星星的指引，策馬前往對方的部落。」

她壓抑的語氣裡隱含著藏也藏不住的憧憬與哀切。

與謝拉菲瑪年紀相仿，一樣都是在蘇聯成立後才出生的艾雅自言自語地接著說。

「但蘇聯認為這種生活態度、存在方式實屬蒙昧無知，必須加以啟蒙……加入蘇聯後，哈薩克蘇維埃社會主義共和國開始近代化，人們開始受教育。隨著城市建立、工業化腳步的推進，不再以遊牧方式生存，集體農場與國營農場成為我們賴以維生的管道。我也去學校接受教育，沒錯，我被培養成一個現代人。還搬了家……我的家人去年才搬到斯摩稜斯克……只有我逃往莫斯科。」

是故艾雅口中的哈薩克其實並非她自己的記憶。

「我已經不想再因為國家的關係被耍得團團轉了。我想得到自由。徹底擺脫蘇聯、近代化、社會主義、同袍之愛和軍隊等諸如此類的觀念束縛。」

「所以妳加入紅軍？明明軍隊才是紀律最嚴明的地方。」

「不是那樣的喔，謝拉菲瑪。」

艾雅對上謝拉菲瑪的雙眼。謝拉菲瑪感覺自己幾乎要被吸進她漆黑的瞳孔。

「妳也是獵人，難道沒感受過射擊那一瞬間的境界嗎？自己的內心世界無限接近虛無，感覺只有自己處於無垠無涯的真空中。還有射中獵物那一瞬間的心情。感覺像是從真空中回到平常的自己。」

謝拉菲瑪險些驚呼出聲。還以為只有自己知道，不知道該怎麼形容的感覺，經由別人的嘴巴說出來，令她飽受衝擊。

艾雅似乎從她的反應得到答案了。

「射擊的瞬間，自己是自由的。我很討厭軍隊啊朋友啊的觀念。這些會讓我遠離那一瞬間的純粹。可是和妳們相處久了，無論如何都會感染上那種觀念。我討厭自己的改變，感覺像是生鏽了。

「如果交到朋友是生鏽，那生鏽也沒什麼不好啊，妳為何如此排斥？」

「答案剛才妳自己也說了。」

我說了什麼？謝拉菲瑪回憶自己剛才說過的話，還沒想到，有個新的聲音搶在前面回答：

「這不重要啦，艾雅，來整理房間吧。我教妳方法。」

回頭看，嘉娜臉上掛著溫暖的笑意。夏洛塔站在她旁邊。

自己藏了這麼久的祕密被看見了，艾雅萬念俱灰地趴在床上。

大家把垃圾塞進麻袋裡，幫艾雅整理房間，艾雅也誠惶誠恐地跟著做。

「破爛軍服的布還可以用，拿去給教官吧。模型槍也是。」

「教科書要怎麼處理？」

「也還回去。又不能帶去前線。」

大家七嘴八舌地把房間整理乾淨後，發現手邊幾乎沒剩下什麼東西。謝拉菲瑪突然覺得內心一陣酸楚。

畢業。雖然只過了不到一年的時間，但她們的生活方式在這裡產生了巨大的變化。

冷不防，有滴水落在手邊。

情不自禁地抬頭看，夏洛塔在哭。
迎上謝拉菲瑪的視線，夏洛塔拭去淚痕，假裝什麼都沒發生。
努力不看她哭泣的模樣，謝拉菲瑪伸手要去拿垃圾時，碰到艾雅的手。
兩個人面面相覷，艾雅撇開視線，喃喃自語：
「所以我才不想生鏽嘛。」
謝拉菲瑪覺得自己似乎能理解艾雅在怕什麼了。
「大掃除結束了嗎？」
室外傳來不耐煩的語調，顯然是刻意打破感傷的氣氛。所有人都抬起頭來。
NKVD的手下——奧爾加笑得一臉不懷好意的樣子。
以前曾經與她談心的謝拉菲瑪不禁啞然失語。就算隱瞞身分，奧爾加也沒有真的整容，人類的氣質真的可以差這麼多嗎？
「關妳屁事！祕密警察。跟妳又沒有關係，別來插手！」
同樣對她信賴有加，甚至還坦白自己出身的夏洛塔語氣裡含有明顯的憎恨。
「我也想這麼做，可是沒辦法。既然我要跟妳們一起行動，此事就與我有關。妳們要投入實戰的戰場已經決定了。」
所有人的視線都集中在她身上。
糟了，謝拉菲瑪在心裡暗叫不妙。
不小心表現出如奧爾加所料的反應了。

奧爾加得意洋洋地笑歪了嘴角，接著說：

「史達林格勒。妳們要參加搶回那個都市的攻防戰。叛國賊小隊，為此覺得光榮吧。」

奧爾加不等她們反應過來，揚長而去。

所有人都僵在當場，好一會兒，一句話也說不出來。

第三章　天王星行動

親愛的艾莉

我今天收到妳於五月五日寄出的信了，趕緊回信給妳。（中略）妳還寄來用巧克力、楓糖漿、糖精增添甜味的點心等物。甜食在這十分貴重，非常感謝妳。（中略）

這裡也準備過五旬節，所以從幾天前就開始限制糧食的分配（油、肉、酒精、麵包、巧克力等等）。（中略）因此我現在正忙著準備。我這個五音不全的傢伙居然還得兼任合唱指揮！想不到吧。每天下午五點開始練習。平常這是在軍營吃飯或進行一些準備工作的時間（順帶一提，這段時間我通常不用值班），所以真是虧大了。（中略）但也沒辦法。祭典與友情總是伴隨著一點犧牲。（中略）

所幸德國人民在總統背後團結一致，這點不用我再多說。總統是為了讓國民重獲自由，過上更美好的生活才掀起這場戰爭。（中略）所以國民一定能撐過眼前的難關吧。戰爭大概今年夏天就能結束，所以今年我們應該不用繼續在俄羅斯的戰場上過冬。我們應該能勝利。我們一定要勝利，否則會發生非常可怕的事。逃到國外的猶太惡棍想必會對德國人進行殘忍的報復。因為我們為了世界的和平與安寧，在俄羅斯殺死幾十萬名猶太人。這座城市的附近也有兩個巨大的壕溝，一個裝滿兩萬名猶太人的屍體，另一個裝滿四萬名俄羅斯人的屍體。那光景十分駭人，可是只要想到大義，這也是必要之惡。無論如何，SS的隊員包辦了一切的工作，必須感謝他們才行。（中略）

想說的話還有很多，但差不多該就此擱筆了。（中略）下週再向妳報告五句節的情況。

那麼就先這樣了。請代我向佛瑞德及其他人問好。

海因茨・S　一九四二年五月二十日（一九四四年春天以後在戰地下落不明）（引用者註）

（引用自瑪麗・穆提 Marie Moutier 著《Lettres de la Wehrmacht》森內薰譯《來自士兵的一百封家書》）

一九四二年十一月十九日上午七點二十五分

砲兵士官米哈伊爾・鮑里索維奇・沃爾科夫坐在部下準備好的指揮官專用的椅子上，忍不住對透過望遠鏡看到的光景嘆氣，將望遠鏡放在桌上。他的前方是與納粹德國聯手的羅馬尼亞軍陣地，但是什麼也沒看見。

濃霧簡直就像牛乳溶進水裡，渾濁了空氣，阻斷了視線。

環顧四周，麾下就砲擊定位的士兵也只有在近距離內才能看清楚他們的臉。就連奉命負責守著無線電的通信兵也只能看見模糊的輪廓。

這種狀況對砲兵而言簡直是惡夢一場。

「你好認真啊，上士同志。」

有人以從容不迫的口吻叫住他，米哈伊爾在回頭的同時敬禮。

長官尼古拉耶夫少校只問他一句話：

「你擔心嗎？」

「是的。」

米哈伊爾也惜字如金地回答，沒解釋原因。

將砲彈射到十五公里前方山坳裡的長程砲擊與舉槍射擊的概念完全不一樣。重複砲擊與觀測是基礎中的基礎。測量好方位與距離砲擊後，觀察偏移了多遠，修正準星，再次砲擊。萬一又沒射中，再繼續修正。重複以上的動作，讓敵人落在砲彈的被彈面範圍內，才能開始有效的砲擊。

但是在視線被濃霧遮蔽的情況下進行砲擊時，無法遵循以上的基本步驟。

「要不要延期？」

「不。」尼古拉耶夫少校不假思索地回答：「已經因為準備不足而延期太多次了。不論欺敵工作做得再怎麼完美，這麼大的陣仗不可能永遠不讓對方發現。既然總兵力不相上下，想成功就一定得靠奇襲，明白嗎？」

他當然明白。

高加索的紅軍與游擊隊好不容易擋住進攻到大後方的德軍，原本還以為一定會被攻陷的史達林格勒守備隊也展現出驚人的毅力死守，結果逼得德國決定集中火力對史達林格勒市區投入一個軍，兵力多達六十萬人以上。蘇聯守備隊的奮戰也來到極限，市區有九成以上皆落入德軍之手。即使總動員龐大的兵力，也無法一口氣殲滅包括其他軸心國在內的敵軍。在這種極端不利的戰局下，最高司令官下令要搶救史達林格勒，因此全紅軍的實質最高總司令朱可夫與其參謀華西列夫斯基兩大戰將召集量少質精的年輕參謀，研擬作戰策略，提出就連史達林本身也跌破眼鏡的計畫。

此計畫是利用德軍過度集中於史達林格勒市區的狀況，在南北兩地排兵布陣，兵分兩路從南北兩邊同時突破以相對之下比較脆弱的羅馬尼亞軍為主軸的軸心國部隊，採取迂迴戰術西進史達林格勒後，再從南北兩邊再次會師於卡拉奇。

天王星行動。

這個前所未見的軍事行動是以「逆包圍」的方式，從更外圍包圍包圍自己國家城市的敵軍。

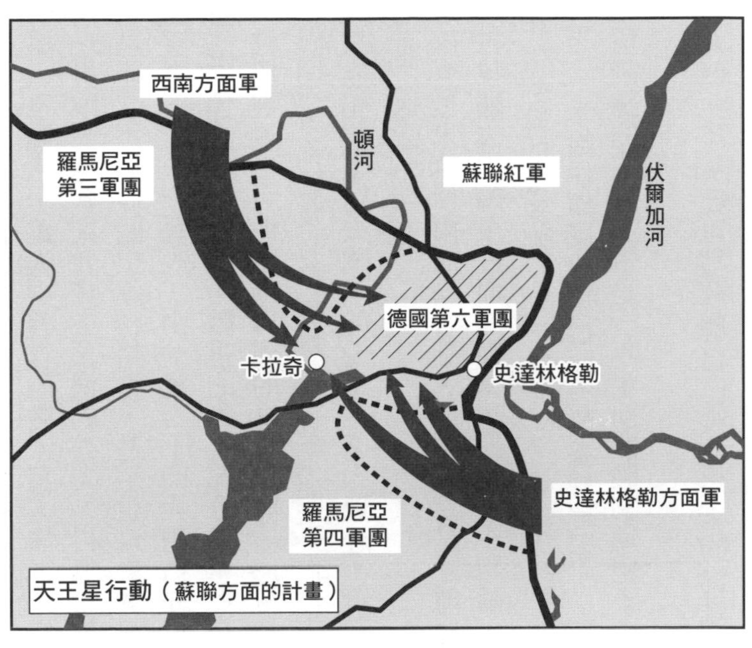
西南方面軍
羅馬尼亞
第三軍團
頓
河
蘇聯紅軍
伏
爾
加
河
德國第六軍團
卡拉奇
史達林格勒
史達林格勒方面軍
羅馬尼亞
第四軍團
天王星行動（蘇聯方面的計畫）

倘若這個作戰能成功，不僅能奪回史達林格勒，還能阻止集中於史達林格勒的德國第六軍團六十萬人中殘存的數十萬人撤退，完美地甕中捉鱉。

萬一失敗，蘇聯則會失去預備的兵力，再無希望奪回史達林格勒。

這是一次不只攸關史達林格勒，甚至足以影響整個戰局的行動。

總兵力一百一十萬人，由一萬三千門大砲擔任攻擊主力。

自己率領其中十五門。戰爭的一小部分就掌握在自己手中。

相較於被重責大任壓得胃痛的米哈伊爾，尼古拉耶夫始終保持平靜地說：

「最高司令部確實有些猶豫，但是不能再延期了。根據事前觀測進行砲擊。我們現在只能相信朱可夫閣下的力量，全力以赴，實現這個作戰策略。」

「是的，您所言甚是。」

這確實是米哈伊爾的真心話，但語氣還是隱隱含著不安。

尼古拉耶夫由始至終面無表情，只補上一句話：

「相信訓練的成果吧。」

「是。」米哈伊爾感覺自己回答的聲線繃緊了。

相信訓練的成果。這是一年半前開戰初期絕不會有的想法。

一九四一年，紅軍被蘇聯自己製造出來的混亂搞得疲於奔命。三〇年代後期的紅軍大整肅（註6）幾乎是以獵巫的方式將包括引領紅軍走向近代化居功甚偉且戰功彪炳的軍事天才米哈伊爾・托姆斯基、卓越的戰術理論研究家亞歷山大・斯維欽在內，一些足以留名青史的高級軍官除之而後快。優秀的高級軍官不是一個個被處死，就是被捕下獄，即使沒淪落到這個地步，也被冠上莫須有的罪名，遭到流放或去職。

失去將校，等於是失去他們頭腦裡日積月累、運籌帷幄的兵法及運用裝備的知識技術，對軍隊而言，相當於組織的腦死。

明明是連三歲小孩都明白的道理，疑神疑鬼的史達林卻像是被鬼附身似的，不顧一切地除去這些將校。

希特勒是否看準這一點不得而知，但是在蘇聯紅軍經歷過肅清，組織弱化到極點的同時，德國與蘇聯正好相反，在被迫縮小軍備的情況下，量少質精的高級軍官努力保住組織的命脈，勉強維持理論與知識技術。納粹執政後，德意志國防軍利用希特勒的軍國主義及無與倫比的科學實力宣布恢復武裝，為了彌補人數上的不利，繼續透過大德意志方案整合瑞典及奧地利，使其加入「德意志帝國」，藉此增加人數，接著再拉攏由相當於希特勒大哥的墨索里尼率領的義大利，繼續收服日益法西斯化的匈牙利及羅馬尼亞，於一九四一年六月準備就緒，在「時機

註6　又稱大恐怖或葉若夫時期，意指蘇聯在史達林執政下爆發的政治鎮壓和迫害運動。

成熟」的那一刻對蘇聯展開進攻。

受到奇襲的紅軍所採取的策略宛如沒有騎士的賽馬。上級不僅沒展開反擊，打退敵軍，就連指揮撤退的戰略也拿不出來。戰場上的士兵只能憑著捍衛祖國的士氣與正面迎戰的裝備進行毫無章法的抵抗，被善用機動力攻城掠地的德軍打得落花流水，各地都受到包圍，死傷慘重。

自己也只受過臨時的訓練，與一介平民無異地被丟到戰場上。儘管如此——米哈伊爾重新打起精神。

儘管如此，紅軍也努力在幾乎全軍覆滅的絕境中累積實戰經驗。僥倖存活的士兵更新了戰鬥技巧，挺過肅清的新生代軍官統整殘存的組織。ＮＫＶＤ透過間諜活動確定日本暫時不會對蘇聯開戰，得到這些情報的最高司令部從東部動員西伯利亞旅團，成功打贏莫斯科防衛戰。西方國家都說這場勝仗是拜俄羅斯的寒冬所賜，他們什麼也不懂。德軍會冷，難道俄羅斯人就不會冷嗎？

紅軍不斷提升訓練的成果。米哈伊爾認為他們也不例外。史達林因為打贏了莫斯科防衛戰而變得夜郎自大，今年第一場冬季反攻居然要求士兵在「有大砲，可是沒有瞄準器」的情況下強行進攻，想也知道不會勝利。可是當戰線穩定後，他們日以繼夜地反覆訓練，讓原本與平民百姓無異的砲兵學習彈道學，提升砲擊的精準度。

在上述的過程中，米哈伊爾以學會彈道學的速度之快與人格特質受到上頭的矚目，成為士官學員。

得知他的故鄉伊萬諾沃村落入敵人手中，無人生還時，上級特別允許他回到自己的房間，那是他入伍以來第一次流淚。

父母和妹妹，還有將來打算向對方求婚，請對方嫁給自己的謝拉菲瑪都死了。悲痛變成憤怒，憤怒變成動機，從第二天開始，他焚膏繼晷地投入訓練與課程。原本就具備的物理學知識也助他一臂之力，受到部下的擁護，晉升為上士。

決定這場大反攻作戰後，所有的兵種都爭先恐後地致力於發揮訓練的成果。陸空的偵察隊不眠不休找出敵人的陣地，占領地的游擊隊員為了提供情報，每天賭命往返於蘇聯與占領地之間。夜裡則有從某個角度來說，生命危險比步兵更高的地雷處理隊——其中不乏稱為少女也不為過的年輕女性——拚命掃除地雷，為步兵開拓出一條路，最高司令部則持續放出假消息，不讓敵人發現我方的準備。

雖然看不見，但敵軍的部隊確實就在那裡。米哈伊爾瞪著濃霧對面的敵軍。

「我們一定會成功的。」

自己的直屬部下，原本始終保持沉默的德米特里唐突地開口。

「只有米哈伊爾上士沒有打過我們，所以只要是上士的吩咐，我們一定服從。」

米哈伊爾不由自主地綻放出笑意。沒錯，一定要成功。

在俄羅斯，對士兵拳打腳踢是軍隊的惡習。但自己從不這麼做。與部下吃住都在一起，難免孕育出友情，再加上想起死去的村民，向部下表示自己會與他們生死與共，以培養出來的友情為基礎，拚命練習。

「接獲來自最高司令部給各部隊的電報！」

守在桌子旁的通信部隊大尉難掩興奮之情地向所有人叫嚷。

「電報只有一句話，『警報』！」

這是進攻的暗號，緊張如電流般竄過全身。不經意地對上尼古拉耶夫的視線，後者微微頷首。米哈伊爾對通信部隊大聲宣布：

「各部隊開始射擊。發射二零三公釐及一五二公釐榴彈砲！」

副官立刻反應過來，利用有線電話將指令傳達給聯隊。

包括米哈伊爾在內，所有人都摀住耳朵，張開嘴巴。

隨著砲火的閃光，彷彿幾千道雷一起打下來的轟然巨響，響徹了濃霧籠罩的荒野。

砲擊撼動大地。音波化為物理性的衝擊，讓腦子為之震動。

不多時，第一起射擊結束，喧囂轉為寂靜。累積再多訓練也無法習慣這種落差造成的耳鳴。

還有三十秒，長距離砲才會落下。這段時間感覺上實在過於漫長，米哈伊爾拚命忍著不要祈禱。不准求神明保佑。身為軍人，必須在沒有上天幫忙的情況下做到最好。

沒多久，緊接著強烈的閃光後，有如遠雷的爆炸聲接二連三地從前方傳來。

透過望遠鏡看，濃霧的彼方隱約可見砲彈落地的火焰。果然還是無法觀測嗎？

想到這裡的瞬間，視線前方發生爆炸，威力遠比砲彈炸開大好幾倍，爆炸時產生宛如紅蓮地獄的濃煙吹散濃霧，視野變得清晰。

「那個方位的目標是？」

視線仍盯著望遠鏡，米哈伊爾問道，部下立刻回答：

「羅馬尼亞第三軍團的彈藥庫！」

也就是說——

米哈伊爾放下望遠鏡，部下們發出激動的叫聲。

「該不會打中了吧！」「沒錯，是有效射擊！」

米哈伊爾也覺得自己的身體有股飄飄然的亢奮與不安，大吼：

「給我冷靜下來！準星保持不動，裝填新的彈藥！」

尼古拉耶夫接著喊：

「開始長距離砲的第二次有效射擊。一零七公釐加農砲和喀秋莎火箭炮，發射！」

衝擊波與爆炸聲再次撼動了大地。

俗稱喀秋莎火箭砲的自走多管火箭砲BM－13在距離陣地幾公里的前方排成

一排，一起發射火箭砲。裝載於卡車上，具有高度機動性的喀秋莎火箭砲車共有三十六輛，每輛可以同時發射十六發火箭砲，不到十秒就能射出全部的砲彈。超過四百發的火箭砲在濃霧裡拖著閃光的尾巴，破空而去。

莊嚴的光景幾乎可以用神聖二字來形容。

下達一連串的指令後，米哈伊爾掃視周圍的部下們。長距離砲的配置人數為一門十五人。每個砲兵各自肩負著不同的任務，一起操作降到制退機的砲身。某些人退出藥筒後，立刻由另一個人填入新的彈藥。然後關上砲身，利用這個空檔計算落彈地點的觀測手馬上指示仰角與方位，兩名砲座手轉動搖桿，再次將巨砲瞄準敵軍。砲擊的速度為一分鐘內三到四發。為了在同一時間盡可能發射出更多砲彈，砲手們有如分秒不差的時鐘，發揮正確的功能，片刻也不休息地重複砲擊的動作。

眼前的光景是由一萬三千門大砲和一百一十萬名士兵合力造成。

與德米特里四目相交。贏得了。米哈伊爾無聲無息地露出確信的笑容。可以相信訓練的成果，相信與戰友們建立的情誼將帶領他們通往勝利。

蘇聯釋放出積鬱已久的怨憤，彷彿讓地獄業火出現在人間的砲擊持續了八十分鐘。敵人完全無法對幾乎改變了地形的砲擊做出反擊。

十一月二十二日。轉乘軍用火車，又走了很多路，中央女性狙擊兵訓練學校分校，現為第三十九獨立小隊的士兵們長途跋涉趕來與蘇聯第四軍團所屬的步兵大隊會合。從這裡與同為第四軍團的戰車中隊一起前進，再與先行一步的斥候（註7）會合，成為包圍網的一員是上級交給她們的任務。

步兵大隊正在除了士兵以外沒有閒雜人等、也沒有其他東西的雪地上待命。大隊長伊戈爾少校一看到由五人小隊與兩名ＮＫＶＤ組成的第三十九獨立小隊，以俄羅斯軍人來說甚為少見的熱情笑著說：

「哈哈哈！沒想到來的是女孩子！」

謝拉菲瑪觀察步兵大隊的士兵。

從他們臉上可以看到毫不掩飾的情緒波動。

驚愕占五成、憤慨占兩成、失望占兩成，最後一成是緊張又興奮。

「少校閣下，您對女性狙擊小隊有何不滿嗎？」

伊麗娜不苟言笑地問他，伊戈爾隊長搖頭回答：

「沒有沒有，只是普通的女性，尤其是長得標致的小姑娘不會從事狙擊這項任務罷了。」

「您所言甚是，我們是一支由不正常的醜八怪組成的小隊。」伊麗娜正經八百地回答，轉移話題。「後面是戰車嗎？」

註7　偵察敵情的哨兵。

「沒錯，本戰車中隊是由KV－1和T－34組成的精銳部隊。」

謝拉菲瑪不由得發出讚嘆的驚呼。在課堂上對兵器有所了解的戰友們基本上也都對這些戰車久仰大名。

KV－1是最大裝甲七十五公釐、主砲口徑七十六公釐的重型戰車，在許多戰局摧毀德軍的戰車及戰防砲的砲彈，讓敵軍聞風喪膽。另一方面，T－34兼具足以與重型戰車匹敵的火力及輕快的運動能力、輕量的車體，是可以透過優異的流線型避彈設計摧毀敵方砲彈的中型戰車，現階段具有號稱紅軍最強大的性能。

然而……想到這裡時，伊麗娜問道：

「所以呢？那些戰車現在在哪裡？」

「晚點才會到。」

什麼？女兵們不禁反問，步兵大隊的士兵露出有些尷尬的表情。

隊長始終笑臉迎人地回答：

「戰車中隊的駐紮地下了大雨，導致滿地泥濘。他們將枕木鋪在地上，做好萬全的準備。可是真要進軍，站在戰車兵的立場，想讓KV－1的裝甲擋在前面，再讓T－34隨後跟上也是人之常情。所以當重達四十五公噸的重型戰爭打頭陣時，妳認為會發生什麼事？」

「打頭陣的戰車故障了。」

伊麗娜簡短地回答。伊戈爾隊長點點頭。

「答對了。妳很懂嘛。」

「我對戰車的印象就是自從第一次世界大戰發明以來，始終在故障的情況下走走停停。」

「嗯，因此現在正緊鑼密鼓地修理。會合地點也改到距離這裡二十公里前方，斥候部隊的所在地。不過他們的移動速度很快，大概稍後就會跟上吧。」

伊戈爾隊長言盡於此，轉過身去，舉起右手示意。

步兵大隊的士兵也不整隊，魚貫前行。

「咦？」謝拉菲瑪發出不可置信的驚呼聲。

伊麗娜一言不發地邁開腳步，不一會兒，小隊的士兵也追上她。

「菲瑪，這是要行軍的意思嗎？」

一旁的夏洛塔問她，謝拉菲瑪也滿心疑惑地回答：

「好像是。」

實戰的行軍就從她們幾乎可以用悠閒來形容的對話沒頭沒腦地開始了。完全沒有真實感。

步兵大隊與狙擊小隊就這麼踩在淺淺的積雪上，慢慢地在森林中前進。

萬一砲彈落在人口密集的地方，可能會全軍覆沒，所以不可能像遊行那樣，井然有序地排隊齊步走。腦子裡雖然知道這個知識，但是拉開間隔的士兵們垂頭喪氣、三三兩兩往前走的身影沒有絲毫霸氣，說得難聽一點，包括自己在內，都覺得好窩囊。

「小姑娘，妳害怕嗎？」

聲音從旁邊傳來。伊戈爾隊長臉上掛著微笑。不在乎階級差距，周到的語氣讓謝拉菲瑪對他產生好感，但也覺得他沒把自己當士兵看。

「是的，因為不清楚戰況。我們抵達現場前都不曉得自己要從事的作戰內容就算了，甚至也不知道要對史達林格勒展開逆包圍作戰。」

來到這裡以前，她已經做好直接被丟進史達林格勒的心理準備。

蘇聯軍隊徹底隱匿情報，甚至不讓實際投入戰爭的士兵知道。直到最後一刻才得知行動的規模如此浩大，全體隊員都震驚了。儘管如此，她們似乎還算好的，開始作戰的第一天，步兵師團只知道「要從史達林格勒南北兩邊突破」，途中才知道是包圍作戰。

遠方不斷傳來宛若雷鳴的砲擊與爆炸的巨響。

伊戈爾隊長點頭回答：

「戰況嘛……單以這場行動而言，幾乎可以說是勝利了。妳們也知道第一天的戰果吧？羅馬尼亞軍幾乎是屁滾尿流地抱頭鼠竄，潰不成軍。」

「原本那麼不利的局面，居然能如此順利地反攻，真令人驚訝。」

「這就是朱可夫上將天才的地方了。所謂的作戰不是想到什麼做什麼，準備及動員也要到位，行動才有機會成功。」

謝拉菲瑪同意。他說得一點也沒錯。反過來包圍敵陣固然是極為大膽的想法，但也不是毫無道理可循。德軍應該也會預料到這一點才對，即便如此還是被俄軍的奇襲打得毫無招架之力，可見這不只是火力的問題，也意味著蘇聯在蒐集敵軍排兵布陣的情報、隱匿我軍的行動、使出欺敵戰術、鬥智鬥勇的部分皆凌駕於德軍之上。

距離開戰當時吃了可以說是毀滅性的敗仗，已經過了一年半。

蘇聯這頭巨獸正逐漸醒來。

「久仰朱可夫閣下的大名，他真的很偉大呢。」

「這還用說。他可是對抗過白軍和德軍，也在中國大陸擊敗過日本的猛將，同時也是從不輕忽視察前線的現場主義者。這次行動結束後，他遲早會當上元帥。不過，他也是非常可怕的人。」隊長始終笑意盈盈地說：「不管是敵是友，只要擋到他的路，他都會毫不留情地殺了對方。從某個角度來說，比肅清還恐怖喔。」

「連朋友也是嗎？」

「喪失士氣的軍官或無故撤退的士兵都會立刻被處死。妳也聽說過第二二七號命令吧。」

「一步也不許後退嗎？」

開始對史達林格勒及高加索地區大舉進攻的一個月後，一九四二年七月二十八日，國防人民委員部單方面對蘇聯全軍下達一道簡潔明瞭的命令。

一步也不許後退！

望文生義，這是一道嚴禁無故撤退或臨陣脫逃的命令。這種命令對軍隊而言再正常不過，可是蘇聯實施的方法極為殘酷。膽敢臨陣脫逃的士兵、或者是試圖利用自殘的方式離開前線的士兵不是被槍殺，就是被送到最前線的懲戒營。據說是基於把想逃的傢伙送進監獄等於是幫助他們實現夢想的理由。在主要的戰局，為了阻止士兵後退，還會配置由ＮＫＶＤ組成的督戰隊，賦予他們射殺逃亡士兵的權限。

不動聲色地瞄了背後一眼。

奧爾加正以陰險的眼神四下張望。

她的任務是監視獨立小隊，但這支步兵大隊雖有政治委員，卻沒有督戰隊，所以如有必要，她可能也會扮演起這個角色。

「可以一直後退的羅馬尼亞好輕鬆啊。」

難得說出話中有話的譏諷，伊戈爾隊長不表贊同。

「他們是悲慘地敗逃了。敵人的主力戰車ＬＴ－38是輕型戰車，根本不敵我軍的戰車，而且幾乎沒派上用場。受到我軍的砲擊，跳上戰車想反擊時，發現老鼠咬斷線路，導致機械故障。」

「這是玩笑話吧？」

「俘虜是這樣說的，所以應該是真的。天寒地凍，為了不讓零件結冰，會在戰車裡堆積大量的稻草，所以引來老鼠築巢。連老鼠也站在紅軍這邊。」

沒想到殫精竭慮的行動居然由老鼠決定結果。

伊戈爾隊長似乎領悟到謝拉菲瑪的困惑，笑著說：

「那種像是棋逢對手的高手過招其實只是戰爭本質的一小部分，剩下的絕大部分其實是犯下致命錯誤的一方打敗犯下更致命錯誤的另一方。」

是這樣的嗎？謝拉菲瑪不置可否地點點頭。

這時，伴隨著細微的震動，比剛才更響徹雲霄的砲聲轟然作響。不知是什麼劃破長空的聲音不斷傳來。

「趴下！」

伊戈爾隊長的怒吼在耳邊響起，約莫十公尺前方的地面炸開。

被爆炸的風壓彈開的身體撞上杉樹，頓時眼冒金星。

朦朧的意識中，砲聲與槍聲不斷從遠方傳來。謝拉菲瑪渾沌的精神狀態無法判斷那意味著什麼。

「……菲瑪，謝拉菲瑪。」

不知從哪個方向傳來艾雅的聲音。艾雅很少發出這麼急切的叫聲。

臉上有股溼溼黏黏的感覺，還聞到動物的味道。謝拉菲瑪被那股味道喚醒。

熟悉的牧羊犬正舔著她的臉。

「啊，巴隆。」

「謝拉菲瑪！妳流血了！有沒有受傷？」

艾雅臉色鐵青地吼著問她。

「我沒事。咦？出了什麼事？」

謝拉菲瑪回溯自己的記憶，自己身上到底發生什麼事了。

「喂，妳們幾個女人還在磨蹭什麼！」

莫名其妙被痛罵一頓。

抬起頭，同一時間拔足狂奔的士兵中，有人邊跑邊對她們大罵：

「如果還活著，就快點去支援斥候。所以才說女人沒路用！」

艾雅不悅地咂舌，告訴謝拉菲瑪：

「我先走一步，妳快跟上來！」

要去哪裡？謝拉菲瑪無所適從地站起來。腦袋一陣刺痛，後腦勺腫了一個包。但仍配合身邊的士兵們，往同一個方向跑。

穿過森林，進入雪地。

那一瞬間，彷彿聽見電鋸的聲音，跑在前面的士兵紛紛倒地。其中一人慘遭爆頭，就像破碎的西瓜。

雙腳發起抖來。下一瞬間，聽見伊麗娜熟悉的聲音。

「不要停下腳步，把重心放低，衝到戰壕那邊！」

謝拉菲瑪拚命地往前跑。耳邊傳來「咻！」的一聲，叫聲在背後響起。

前方的士兵又倒下了，眼前的視野逐漸開闊。

負責挖掘戰壕的斥候部隊和步兵大隊都躲在臨時挖的壕溝裡，幾百公尺開外可以看見槍彈的火光從未間斷。

小隊的夥伴在哪——伊麗娜朝自己招手的身影映入眼簾，謝拉菲瑪全力跑過去，最後幾乎是連滾帶爬地滑進壕溝裡。

「哇啊啊啊！」

旁邊傳來有如野獸般的號叫聲。

剛才對自己破口大罵的紅軍士兵痛得滿地打滾。腰部受了重傷，白色的骨頭依稀可見。

周圍的同伴用布按住傷口，要他咬住東西。

這是怎麼回事？自己到底做了什麼惡夢？

「運氣太差了。」伊麗娜輕描淡寫地回答：「碰上羅馬尼亞軍的局部反擊。敵軍的規模是兩個大隊。斥候的無線兵遇害，陷入孤立無援的狀態。總人數不相上下，但地形對我們不利，一個搞不好可能會全軍覆沒。」

連這句話的一半都還沒能完全理解時，敵營已對他們進行全面機關槍掃射。謝拉菲瑪幾乎是以貼著地面的方式趴在地上，領悟到一件事。

自己正面對戰鬥。

太丟臉了，怎麼會這麼丟臉。自從入營以來就一直接受訓練，也對自己撐過選拔感到驕傲。但無論再嚴格的訓練，都不會真的自相殘殺。自己的精神與肉體其實還沒有理解戰爭是怎麼回事。

「其、其他的小隊成員呢？大家上哪兒去了？」

「我派夏洛塔和媽媽跟著艾雅，與斥候隊的指揮官一起去打探消息。那傢伙幹得很好……但如果無法用砲擊排除敵軍的機關槍掃射，橫豎還是死路一條。」

伊麗娜仍是一派泰然自若的樣子，用缺了食指的右手抓住望遠鏡。

她說的話讓謝拉菲瑪感到一絲苦澀。只有自己這麼丟臉嗎？

「狙擊兵、狙擊兵小隊，救救我們！」

二十公尺開外的地方，斥候部隊的砲兵緊巴著野戰砲不放，向她們求救。他躲在七十六公釐砲的護盾後面，拚命地吶喊。敵人的子彈有如雨點般不停地打在護盾上，一再蓋過他的叫聲。

「正……請想辦法解決那挺機關槍！……準星……無法射擊！」

聲音斷斷續續地傳來，謝拉菲瑪知道他想表達什麼。只有那座野戰砲能凌駕敵人以數量取勝的槍擊。敵人也深知這點，所以持續掃射，不讓他們有機會砲擊。七人一組的砲兵全都拚命躲在護盾後面，無計可施。周圍的迫擊砲兵也束手無策地躲在戰壕裡。

謝拉菲瑪的注意力快速地集中起來。

周圍的一般步兵光是要邊躲避邊回擊，以阻止敵軍的突擊就已經無暇他顧了，伊麗娜也無法開槍。

「我來！」

本來不用昭告天下，可是為了讓自己打起精神來，謝拉菲瑪大喝一聲。

從士兵之間探出腦袋，拿好SVT－40，眼睛貼在瞄準鏡上。

擴大成四倍的視線範圍內，可以看見羅馬尼亞兵的臉。平緩上升的斜坡對面，敵人正利用稜線拉起封鎖線，往下射擊。步兵在仇視與恐懼的驅使下，一副要對他們趕盡殺絕似地不斷射擊。謝拉菲瑪尋找負責用輕機關槍ZB－26掃射的人。連射的動作很難不引起注意，謝拉菲瑪立刻在瞄準鏡中央捕捉到那名射手的身影。

距離為兩百五十公尺，誤差一公尺。不算太遠，幾乎不需要調整瞄準距離。再來只要扣下扳機即可。射擊落在T字瞄準線上的敵人。

剎那間，筆墨難以形容的情緒牽制了她的動作。

雖然連一秒鐘都不到，強烈的不快制止她的食指。

扣下扳機的同時，子彈把地面射出一個洞。

怎麼可能？這麼短的距離。

再次確認距離。沒錯。自己確實瞄準了敵人。

但第二發也沒射中。

這時，原本只顧著射擊我方大砲的射手注意到自己被攻擊了。

瞄準鏡的另一頭，協助機關槍手的士兵指著這邊。顫慄掠過謝拉菲瑪全身。第三發射得更偏了。

機關槍的槍口朝向謝拉菲瑪，槍口形成一個黑點。

「冷靜下來，回想課堂上教的一切。」

伊麗娜以訓誡的口吻對眼睛始終貼著瞄準鏡的謝拉菲瑪說。

「機關槍連續射擊的熱能會導致空氣扭曲變形。誤差就出在這裡。加上二十公尺，射擊。」

羅馬尼亞兵發射機關槍的瞬間，謝拉菲瑪將瞄準點往上修正。

補足二十公尺誤差的子彈不偏不倚地正中機關槍兵的胸口。

敵人頹然倒下的瞬間，碰到機關槍，推倒了機關槍。

「就是現在，開始砲擊！」

負責七十六公釐野戰砲的砲擊手大喊，砲聲響徹四周。

已經瞄準目標的野戰砲正確地發射，榴彈炸飛敵軍，有如四散紛飛的樹葉。

原本束手無策的迫擊砲射手也陸續發射砲彈。

曲射的砲彈如雷雨般落向羅馬尼亞軍的臨時陣地。

白煙隨爆炸聲揚起，羅馬尼亞軍的槍聲沉默了下來。

「步兵大隊，進攻！」

耳邊傳來伊戈爾隊長的叫聲。

紅軍士兵與他的叫聲一起往前衝。伊麗娜不厭其煩地告訴謝拉菲瑪：

「我們在這裡待命。依照訓練，視線不要完全離開準星，有機會就開槍。」

視線離開瞄準器，視野頓時豁然開朗，終於能看清楚戰況了。

以PPSh－41衝鋒槍與配備刺刀的莫辛－納甘步槍為武器的紅軍士兵彷彿是要發洩內心的積鬱，越過稜線，衝向敵人。羅馬尼亞軍利用地形優勢拉起的封鎖線早已瓦解。

就在緊張微微鬆懈的那一刻，謝拉菲瑪的腦門察覺到一股帶著熱浪的光線，視野角落捕捉到敵人發光的影子。是以前自己無法隱藏，如今已經知道該怎麼感知的，殺氣。

將準星轉向左側，再度從瞄準鏡看出去，羅馬尼亞的布穀鳥正瞄準自己。

謝拉菲瑪沒有一絲遲疑地扣下扳機，敵人的鋼盔飛向空中，人則倒臥在地。

贏得了——無論是自己，還是紅軍。

想到這裡的瞬間，敵營傳來爆炸的巨響。

紅軍士兵一起往這邊逃回來。

發生什麼事了？謝拉菲瑪愣了一下，隨即反應過來。

LT－38。沒什麼殺傷力的輕型戰車。**大部分**都被老鼠咬壞管線的戰車。

四輛鐵甲戰車肆無忌憚地蹂躪著毫無還手之力的紅軍步兵，朝這邊進攻。

「未免也太不走運了。」

伊麗娜冷冷地回答，問剛才的砲兵。

「那個，有辦法搞定嗎？」

砲兵指揮官這才六神歸位地叫嚷：

「換成穿甲彈射擊！」

砲兵們敏捷地採取行動，對敵人的戰車展開砲擊。

下一瞬間，敵軍的戰車主砲發出火光，榴彈直接命中護盾，野戰砲慘遭破壞，引爆砲彈。砲兵們支離破碎的四肢在空中飛舞。

曾向自己求助的砲兵指揮官整個胸部以上都不見了，當場斃命。

喪失強大的火力，紅軍士兵顯然都感到不知所措。

「不、不許退縮，投入所有戰防武器！」

步兵大隊的伊戈爾隊長大聲地宣布。他與砲兵站在相反的方向，正對周圍的士兵下命令。

還有戰防武器嗎？

謝拉菲瑪滿心期待地看著他，有個出乎意料的東西探出頭來。

是巴隆。包括巴隆在內，一共有四條狗，背著某樣東西，像是給狗穿的背心，上頭還有突出的天線。

「那是什麼？」

「地雷犬。」

伊麗娜簡潔扼要地回答。

「受不了的話，可以不要看。」

謝拉菲瑪不明白她所指為何。但接下來的劇情一目了然。穿著背心的狗兒們一聽到命令就同時衝向敵人的戰車。真不愧是訓練有素的軍犬。

敵軍的戰車緊急剎車，開始一起後退。從他們不斷胡亂砲擊與射擊的樣子來看，顯然十分狼狽。

兩條狗各自鑽進敵人戰車底下的瞬間，狗身上的背心應聲爆炸。戰車最脆弱的底部受到破壞，一口氣就解決掉兩輛敵軍的戰車。

紅軍士兵們高舉拳頭，歡聲雷動。

讓狗兒們背著炸彈，接受衝向敵軍戰車的訓練。

從熊熊燃燒的戰車爬出來的羅馬尼亞士兵變成一顆顆火球，在雪地上打滾。還來不及滅火，就得先面對紅軍士兵的猛烈攻擊。

這裡是地獄嗎——

謝拉菲瑪茫然地看著熊熊燃燒的戰車與不住後退的戰車，後知後覺地發現地獄還沒有落幕。

另外兩條地雷犬正朝這邊狂奔而來。被爆炸嚇到、又害怕火燒的狗打算逃回安全的家。巴隆跑在最前面。

「地雷犬嚇壞了，快開槍！」

紅軍士兵放聲大喊，對狗兒們開槍。問題是，這款兵器不負紅軍所望，訓練得極為聰明，再加上射擊面積小，不是那麼容易命中。

「謝拉菲瑪，動手。」

伊麗娜毫不猶豫地下令。其他士兵也爭相叫喊。

「狙擊兵，拜託妳！那傢伙如果衝過來，我們全都得死！」

謝拉菲瑪望向瞄準鏡。巴隆無比熟悉的臉出現在T字準星的中央。

巴隆也看見謝拉菲瑪了。

一心只想逃回曾經餵過自己、撫摸過自己的人身邊。

謝拉菲瑪無法扣下扳機。這段時間，變成炸彈的巴隆仍一心一意地奔向這邊。

「狙擊兵！」

紅軍士兵鬼哭神號的同時，瞄準鏡的對面，巴隆的頭被一槍射穿，發出「汪！」的一聲哀鳴，一命歸西。另一條狗也被射穿身體，就地引爆。

「說得也是，射狗比射殺敵人要來得難受多了，我能理解。我也殺了三個人，但是都沒有現在難過。」

耳邊傳來熟悉的聲音，艾雅翻身滾進戰壕。夏洛塔緊接在殺了兩條狗的艾雅身後也滾進來，撞到謝拉菲瑪的頭，低聲呻吟。

「我、我也解、解決了一個人……」

然後是嘉娜，連ＮＫＶＤ的奧爾加也衝進壕溝。

「艾雅，戰況如何？」
伊麗娜問道，擊斃三名敵人及兩條狗的艾雅一臉坦然地回答：
「斥候大隊拚盡全力，戰力還是大為削弱。剛才的砲擊與突擊讓敵軍的步兵戰力大減，可是那輛前來增援的戰車實在太厲害了。迫擊砲打不中，倖存的野戰砲已經沒有子彈了，而地雷犬就像妳看到的那樣。還有，斥候大隊的戰防武器都在那個小型陣地裡。」
艾雅說到這裡時，擺脫地雷犬威脅的敵軍戰車又開始砲擊，在艾雅背後揚起一陣煙塵，土壤被炸得到處亂飛。艾雅看著那邊，繼續報告：
「武器雖然還在，但射手好像已經死了。」
六神無主地四下張望，剩下的步兵只剩下步槍和手榴彈之類的武器。完全不足以對抗戰車的裝備。
「隊長，那個！」
夏洛塔大喊。
伊戈爾隊長和與他同行的NKVD正帶著身邊的步兵往林間撤退。既沒有給出暗號，也沒有做出命令。
「失敗主義者！」
奧爾加舉起SVT－40，瞄準他們的背後。同一時間，謝拉菲瑪撲向她，把她壓倒在地。

「妳要做什麼！」

謝拉菲瑪忍不住大聲叫嚷，奧爾加拔出腰間的托卡列夫手槍，指著謝拉菲瑪的頭。

「我才想問妳要做什麼。我有權射殺逃兵與阻止我射殺逃兵的人。」

她的語氣與眼神沒有一絲迷惘，槍口頂著謝拉菲瑪的太陽穴。

「兩個人都放下武器，離開對方！」

伊麗娜表情嚴肅地下令，但奧爾加完全不當一回事。

「別想命令我。我是哈圖娜同志的部下，不歸妳指揮。」

艾雅將ＳＶＴ－40的槍口對準奧爾加。

「祕密警察，妳沒有其他同伴。一旦妳對他們開槍，步兵大隊也會殺了妳，而我們會被妳拖下水。既然如此，我只好在那之前先除掉妳。」

奧爾加低咒一聲，輪流看了艾雅和謝拉菲瑪一眼。看來是在猶豫要先射殺誰。夏洛塔臉色鐵青地尖叫：

「快住手，哪有人在敵軍面前起內訌的！」

奧爾加露出掃興的表情，喘著粗氣。她本來就沒當小隊的人是戰友。

伊麗娜冷冷地問她：

「奧爾加・雅科夫列夫娜・多羅申科，妳認為妳此時此刻是在執行妳的目的嗎？」

奧爾加的表情突然凝結在臉上。過了一會兒，她收起手槍。不知道她的目的是什麼，但絕不是死在這裡。看到指揮官逃亡的步兵大隊有如無頭蒼蠅似地四處逃竄。最後只剩下斥候大隊和她們幾個人。

「來人呀，快來人啊！喂，步兵，不准逃跑！有沒有人會用這把槍？」

耳邊傳來斥候大隊的士兵悲痛莫名的叫聲。

是剛才射出榴彈的小型陣地。

那裡有座全長超過兩公尺的龐然大物，是一把奇形怪狀、有兩隻腳的大型步槍。

「艾雅！」

被伊麗娜點到名字，艾雅毫無懼色地衝向小型陣地。

艾雅穿過槍林彈雨，滑進逐漸變成斷垣殘壁的射擊陣地。

被榴彈破壞的土壤與斥候士兵失去了上半身的屍體。

就射擊位置，檢查失去射手的戰防武器。單發式、大口徑、長槍身的戰防槍狄格帖諾夫ＰＴＲＤ１９４１已填滿實彈，看來並未故障。

讓準星對準戰車，負責裝填子彈的士兵以顫抖的聲線問她：

「那個，妳會用嗎？」

「以前用過類似的東西。這玩意兒的貫穿能力有多強？」

「要貫穿正面裝甲有點困難，但如果是潛望鏡的話應該沒問題。不過，距離長達一百公尺，目標又很小。」

艾雅邊聽邊調整準星。

視線前方的戰車轉動砲塔，可能是注意到這邊的異狀，正把砲口轉過來。潛望鏡的觀景窗高十公分、左右各十五公分。敵人也知道這裡是他們的弱點，所以還加上遮罩式的擋光板，導致標的物更小。ＰＴＲＤ沒有瞄準鏡，只有照門和準星，構造十分單純。但是沒問題，瞄準鏡本來就只是輔助用，要是沒有瞄準鏡就無法戰鬥的話，還是別當狙擊手了。更何況——

「比熊的眼睛還大嘛。」

艾雅自言自語的同時也扣下扳機。

槍聲伴隨著強烈的衝擊響徹雲霄，十四點五公釐的大型穿甲彈發射出去。以飛快的初速發射出去的子彈直接命中潛望鏡正中央。戰車火花四濺，履帶停止轉動。艾雅確實感受到給獵物致命一擊的快感。大口徑的穿甲彈輕易地擊碎堅固的防彈玻璃，就像打碎用麥芽糖做的糖人，原本看著這邊的操縱手也一命嗚呼。

「好、好厲害呀！妳到底是什麼人！」

裝填手難掩激動地歡呼，艾雅把槍機往後拉，退出彈殼，只丟下一句話：

「下一發。」

即使操縱手死了，戰車也還活著。倖存的砲擊手正把砲口指向這裡。艾雅身旁的裝填手也趕緊回神，塞入新的子彈。

既然砲擊手瞄準這裡了，再來只要鎖定對方的展望孔即可。艾雅扣下扳機。槍聲與衝擊再次同時響起，戰車噴出一陣淡淡的血色狼煙。戰防槍具有讓人屍骨無存的威力。

羅馬尼亞兵驚慌失措地掀開戰車的側門逃出來。位子上只剩戰車兵與裝填手，兩人全身浴血。

一旁的裝填手不知道在喊什麼，繼續填入下一發子彈。

接下來的目標太容易解決了。瞄準瘋狂逃命的敵軍背後再次扣下扳機。羅馬尼亞兵頓時一分為二，從屍體泉湧而出的鮮血染紅了整片雪地。

艾雅揚起一邊的嘴角，吐出白色的霧氣。

內心充滿了絕對的權力如今就掌握在自己手中的成就感。

「艾雅，夠了，停止射擊！」

對伊麗娜隊長的指示置若罔聞。現在豈有停手的道理！

最後的獵物……

「變更彈種。改用穿甲燃燒彈。」

艾雅一聲令下，兼具穿甲力與爆炸力的子彈立刻塞進戰防槍。

眼看同伴的戰車陸續遭到毀滅性的攻擊，敵軍的最後一輛戰車邊用車載機槍胡亂掃射邊回防。不幸的是原本試圖攻進紅軍陣地，導致側面毫無防備地暴露在艾雅面前。打得中。艾雅回憶課堂上教過的知識。後面突出來的部分是油箱。

與槍聲一起發射出去的穿甲燃燒彈命中最後一輛戰車的油箱，引起爆炸。全身著火的羅馬尼亞兵逃出戰車，隨即死在艾雅槍下。

她已經聽不見伊麗娜和裝填手的聲音了。全都是噪音。趁機攻擊敵軍戰車兵的紅軍士兵令她火冒三丈。居然敢搶奪自己的獵物？好想殺死他們。可以的話，就連頻頻稱讚自己的裝填手也想一併殺了，但只剩自己沒法裝填子彈，只好忍耐下來。

迅速地完成瞄準與發射，解決了四人中的三人。

這就是自由。這就是力量。

艾雅笑著繼續射殺剩下的羅馬尼亞兵。

主義、主張、觀念、民族……她不需要這一切，她只需要這個環境。

沒有獵物了嗎？艾雅情緒高漲地左右移動槍口時，最初擊破的戰車映入眼簾。原本應該已經屍骨無存的砲塔不偏不倚地對著自己。LT－38的搭載人數為四人，操縱手和砲手都被她殺了，逃出來的裝填手也被她殺了。

還有一個人。只剩駕駛還留在車內。他為了幫戰友報仇，推開戰友的屍體，死不放棄地瞄準自己——

領悟到這點的瞬間，槍聲與砲聲同時響起。

艾雅發射的子彈被戰車的護盾彈開。

而戰車發射的砲彈將艾雅與她身邊的兩名裝填手炸得粉身碎骨。

「艾雅！」

夏洛塔和嘉娜的叫聲迴盪在耳邊。伊麗娜閉上雙眼，奧爾加依舊面無表情地目送艾雅走完人生的最後一程。

謝拉菲瑪茫然地看著眼前的光景。

敵軍的最後一輛戰車就像身受重傷的猛獸，開始慢吞吞地移動。不知是純屬巧合，還是想找女性狙擊兵報仇，筆直地朝她們的陣地駛來。

「除了那把槍以外，沒有其他戰防武器了。」

奧爾加喃喃自語的同時，紅軍士兵對戰車展開猛烈的射擊。然而步槍的子彈根本無法貫穿裝甲，只能無力地擦出徒勞的火光。

意識逐漸飄遠。無處可逃的現實讓謝拉菲瑪試圖鎖上心門。

「謝拉菲瑪。」

伊麗娜以不緊不慢的語氣說道。

「妳能接下艾雅的工作嗎？」

謝拉菲瑪的嘴脣顫抖。艾雅的工作。用戰防槍擊敗敵人的戰車，掃平敵軍，自己也跟著陪葬。那個天才的工作。

手腳都在發抖。淚水盈滿了眼眶，謝拉菲瑪大聲回答：

「我可以！」

也不等伊麗娜回答，謝拉菲瑪衝向艾雅所在的陣地。殘存的羅馬尼亞兵射擊的子彈掠過耳邊，劃破長空。

自己是為了保護她們、保護同伴才來到這裡。

還以為只能由自己裝填子彈時，伊麗娜出現在她身邊。

「要把別人的話聽完啊。我也去。」

目的地是戰防槍的射擊陣地。謝拉菲瑪衝進化成一片血海的目的地。

與伊麗娜合力抬起翻倒在陣地中的戰防槍，正要採取射擊姿勢時，謝拉菲瑪當場愣住。

槍身折斷了。裝填口也扭曲變形。

下意識地望向伊麗娜，後者搖著頭回答：

「已經沒辦法再使用了。」

在場的所有紅軍唯一僅存的戰防兵器完全遭到破壞。

視線移到戰車上。只見那隻鋼鐵巨獸正一路彈開紅軍的射擊，往狙擊小隊的陣地前進。速度雖慢，但方向十分篤定。

謝拉菲瑪從陣地探出身子，舉起ＳＶＴ－40。

聲音從她的世界裡消失。

以幾乎已經變成自動化的敏捷身手，將瞄準線對準裝在砲塔上的駕駛用砲塔潛望鏡。

瞄準即使是小型子彈也能貫穿的少數弱點，扣下扳機。子彈被防彈玻璃彈開。瞄準同一個地方，再射一次。

防彈玻璃碎裂，子彈射進車內。然而戰車並未停下腳步。那當然。因為駕駛現在正扮演著操縱手的角色，不在駕駛。儘管如此，謝拉菲瑪又開了一槍，這次射偏了，但謝拉菲瑪仍不屈不撓地再開一槍。子彈射進戰車內，不知是否跳彈，戰車停止了一剎那。

然後砲口慢慢地開始移動。敵軍的駕駛發現了擾人的狙擊手，決定趕走這隻蒼蠅。一面彈開其他紅軍掃射的子彈，將砲口對準這裡。

持續鎖定砲臺頂射擊的同時，謝拉菲瑪輕聲歌唱。

蘋果花迎風綻放　河面籠罩著薄霧
即使你不在了　春天仍來到故鄉
即使你不在了　春天仍來到故鄉

配合歌詞扣下扳機。要擊中移動的砲塔比登天還難。謝拉菲瑪一次又一次地射偏，被裝甲彈開。隨著砲塔改變角度，這次射中了別的潛望鏡，被完好無缺的防彈玻璃彈開了。

站在岸邊高唱　喀秋莎的歌謠
春風輕柔吹過　充滿夢想的天空
春風輕柔吹過　充滿夢想的天空

謝拉菲瑪繼續射擊，終於打破了另一片防彈玻璃。但只能眼睜睜地看著火花四濺的子彈被彈至車外。

戰車的砲口朝向這裡。原本在她眼中只看見砲身的戰車，慢慢地只剩下黑色的砲口。可惜瞄準砲口的子彈落空。砲口變成一個黑點。

謝拉菲瑪以驚人的冷靜接受了可能會死掉的預感。

能如此冷靜並不是因為她擁有士兵不可或缺的意志力，也不是做好慷慨就義的心理準備，而是已然產生質變的意識站在背離現實的角度，置身事外地凝視著她。是這個意識保護了自己。

喀秋莎的歌聲　越過遙遠山丘
那溫柔的歌聲　至今仍在找尋你
那溫柔的歌聲　至今仍在找尋你

唱完一整首喀秋莎，背離現實的意識打算迎接死亡的瞬間，敵軍的戰車LT－38發出轟然巨響，爆炸了。

「咦？」

謝拉菲瑪失聲驚呼。這時她的意識已完全恢復正常。

履帶踐踏著大地，由柴油引擎驅動的龐然大物發出與野獸咆哮無異的巨響，聲音層層疊疊地響徹了周圍一帶。

斥候兵們發出驚喜的叫喊。

「是我方的戰車大隊！」

紅軍的戰車穿過林野，陸續出現。因故障落後的我方部隊。重型戰車KV－1和中型戰車T－34。

紅軍的戰車遠比羅馬尼亞的LT－38性能優異，只用了一發七十六公釐砲就讓敵軍的最後一輛戰車隨風而逝，再以榴彈與車載機關槍對殘存的羅馬尼亞兵展開猛烈的砲火攻擊。坐在戰車上的士兵們紛紛跳下戰車，雙腳尚未著地，便已拿著PPSh－41一陣掃射。

其他紅軍士兵也彷彿重新活過來似地開始反擊。

已經失去人數上的優勢，如今又失去戰車的羅馬尼亞兵頓時兵敗如山倒。

指揮官不曉得在喊什麼，稜線另一頭倖存的士兵陸續放下武器，舉手投降。

那名指揮官以破碎的俄語大喊：

「投降，投降。去你的希特勒，去你的安東內斯庫！」

安東內斯庫指的是羅馬尼亞的獨裁者——揚・安東內斯庫。

「呿！什麼去你的，害我們死了這麼多人。」

紅軍士兵皆對他們事到如今才以痛罵自己國家的獨裁者來表示臣服的態度感到義憤填膺，但也只能做出停火的指示，握著槍，從戰壕裡走出來俘虜他們。

「結束了。」

伊麗娜拍拍謝拉菲瑪的肩膀。

直到她出聲以前，謝拉菲瑪都緊握著SVT－40。

「隊長、菲瑪，妳們沒事吧！」

夏洛塔和嘉娜衝上前來，與她們緊緊相擁。戰鬥結束了。

羅馬尼亞兵排排站，雙眼無神地看著紅軍士兵。

這是勝利的畫面，無庸置疑。

謝拉菲瑪輕聲說道：

「艾雅呢……」

「她死了。」

伊麗娜從血流成河的壕溝裡站起來回答。

「在戰場上，只要犯錯就會死。我在課堂上教過妳們了。」

夏洛塔四下張望，然後從化為血海的陣地移開視線，發出痛苦的呻吟。陪在她身邊的媽媽一臉不敢置信地說：

「她是如假包換的天才，是我們學校最優秀的狙擊兵。」

「沒錯。」伊麗娜表示同意。

「艾雅確實是天才。今天她也射殺了十二個敵人。要是能繼續戰鬥，或許能射殺超過一百個敵人，成為一流的狙擊手。但她忘了一件最重要的事。『別杵在一個地方！別以為射出子彈就完事了！』她忘了明明早就知道的基本常識，一直待在同一個陣地進行高調的狙擊，結果被反噬了。一般的技術人員可以不斷地從錯誤中學習，讓自己愈來愈熟練。但是在我們的世界裡，不允許犯錯。妳們也要牢牢記住眼前的畫面。這就是狙擊兵的死。」

謝拉菲瑪望向陣地。狹小的陣地內有三個被榴彈直接打中，身首異處的士兵。或許是因為爆炸的威力太大了，所有的遺體都變成肉塊，看不出原形是什麼，也無法判斷哪一塊是誰的屍體。

那些肉塊還在冒著蒸騰熱氣。那是人類逐漸回歸為物質的過程，如果用他們的英靈正魂歸九霄來形容，未免太過悽慘。

「艾雅死了。她的成績不可能再進步。因此如果沒有人記得她是優秀的狙擊手，她就無法魂歸故里。她再也沒有機會遇見應該要遇見的人，也沒有機會生兒育女，當然也不會有子孫。一切盡歸虛無。這就是所謂的死亡。妳們要悼念她，連她的份一起戰鬥。」

艾雅。

謝拉菲瑪回憶那個渴望自由的哈薩克天才。

艾雅得到自由了嗎？臨死前，她難得笑了。但是在她的笑容裡卻感受到宛如被惡鬼纏身的虛妄與執念。

謝拉菲瑪不經意想起一件事。

我殺死的羅馬尼亞兵又如何呢？他們也還活著。

「羅馬尼亞兵」、「布穀鳥」的代號從記憶中剝落，現出人類的臉。一面用機關槍掃射，看上去只有二十出頭的他們眼中由始至終滿是懼怕。

然而，他們再也沒有機會遇見任何人，無法回到故鄉，無法生兒育女了……

「為自己感到驕傲！」

謝拉菲瑪不知不覺發起抖來，伊麗娜用缺了手指的右手，隔著手套抓住她的左肩。

另一隻手抓住夏洛塔的右肩。

夏洛塔也在發抖。她也射殺了敵軍。

「如果想起殺害敵軍的事，現在就給我為自己感到驕傲！激動遲早會消失，只留下真實的感受。為了到時候可以只感到自豪，現在一定要為自己感到驕傲！妳們殺死的敵軍將無法再傷害任何一位我方的戰友！沒錯，妳們救了戰友的命。殺死一個侵略的敵人，等於拯救無數的戰友。所以現在立刻給我感到驕傲、感到自豪、感到光榮！」

謝拉菲瑪抖得有如秋風中的落葉。

閉不起來的嘴巴不斷呵出雪白的氣息。

將艾雅的死烙印在視網膜、悼念她、為殺死敵人感到驕傲——

滿心只剩下靈魂幾乎要蒸發的恐懼時，媽媽用力地撥開伊麗娜的雙手，一把抱住謝拉菲瑪和夏洛塔。

「這個要求對現在的她們太殘酷了。」

被媽媽溫柔地擁入懷中，謝拉菲瑪彷彿得到了赦免，放聲大哭。夏洛塔也顧不得形象地大聲哭泣。

想到艾雅，想到敵軍。思緒根本來不及整理，只是放任感情地痛哭。

「別忘了，妳們只有今天能哭泣。」

伊麗娜只丟下這句話，就從三人身邊走開了。

哭到聲嘶力竭後，周圍的紅軍士兵七嘴八舌地安慰她們，給她們一把剪刀，說是遺體只能就地掩埋，所以勸她們剪下戰友的頭髮，留作紀念。

謝拉菲瑪從三人份的肉片混成一片的遺體中找到艾雅美麗的黑髮，拉起來時，不小心連頭皮的一部分也扯出來，謝拉菲瑪背過身去，剪下一小截髮尾。

十一月二十三日傍晚時分。第三十九獨立小隊的首戰，同時也是俗稱的天王星行動結束了。

單就行動本身而言，可以說是蘇聯的大獲全勝。史達林格勒南北兩側的羅馬尼亞軍面對紅軍勢如破竹的攻勢，不是等同土崩瓦解地撤退，就是試圖局部反擊，卻以失敗告終，死傷八萬人，六萬人變成階下囚。再加上狙擊小隊的有限戰爭（註8）奏效，南北兩地的紅軍得以在更西的卡拉奇會師。距離作戰開始只花了四天，可謂迅雷不及掩耳。史達林格勒市內的德國第六軍團被打得猝不及防，沒能在第一時間對急轉直下的局面做出反應，導致二十五萬名士兵被封鎖在包圍網內。

紅軍共計折損了八萬人左右，所幸大部分的傷兵並未被俘，得以接受治療。不確定究竟死了多少人，但是相較於一百一十萬的總兵力，損失不算太大。艾雅的死與她的人生也湮沒在一百一十萬人中的幾萬人裡面，成為相當於誤差值的一部分，無人知曉，與她的屍骨一起埋葬在俄羅斯的平原上。

形成包圍網的紅軍為了因應來自內外的反擊，在各地紮營待命。所有人都在進攻中稍縱即逝的片刻寧靜享受喘息的時光，唯有第三十九獨立小隊被召回位於伏爾加河東岸的前線基地。

基地裡有兩千個人，是為天王星行動及其後攻勢的儲備兵力。

「各位，她們是首戰就殺死十六名敵兵的女性狙擊小隊！」

註8　在高地、森林、橋梁等固定區域進行攻防戰。

基地司令官上校大聲地介紹排成一列的狙擊小隊，引起一陣譁然與掌聲。

謝拉菲瑪置身事外地觀察立正站好的每個士兵的表情。只有極少數的人獻上祝福與讚美，其他人都用彷彿看到怪物的眼神看著她們。十六人中有十二人皆由艾雅放倒，而她已經死了。接受讚美又能改變什麼呢？

基地司令官上校靜待掌聲結束，語氣轉為嚴肅。

「愛國的蘇聯人民如今已不分男女，像這樣成為士兵，投入戰地，為了打倒法西斯，奮不顧身地戰鬥。他們或她們可以永遠受到祖國的眷顧。然而，在這個就連女人都浴血作戰的戰場上，居然有卑鄙小人因膽怯而忘記自己的義務，只想逃避眼前的死亡！」

謝拉菲瑪倏地抬起頭來。

士兵們一起回頭看。

步兵大隊的伊戈爾隊長和與他同行的NKVD政治委員。這兩個指揮官被沒收槍和階級章，由士兵從兩側架著，悄然無聲地站在那裡。

「他們喪失了榮譽，代價就是要付出生命。他們被判處槍決，且即刻執行。接下來要前往史達林格勒的人，或者是要去西邊的人都給我看好了。身為士兵的光榮與死亡。」

這才是目的。她們只是前菜。

謝拉菲瑪恍然大悟。在擁有地位與階級的軍官與NKVD被當成叛徒處刑前先稱讚她們「即使是女人」也奮勇作戰，藉此讓士兵們體會到逃亡會有什麼後果的恐懼與屈辱。不戰鬥的男人連女人都比不上。

伊戈爾隊長始終萬念俱灰地低著頭。謝拉菲瑪想起戰鬥前一刻的他。在自己不被視為獨當一面的士兵時，是伊戈爾隊長鼓勵她，也是伊戈爾隊長要她趴下。

謝拉菲瑪目不轉睛地凝視著基地司令的臉。

只見他既沒有不忍，也沒有特別激動，一臉結束演說的滿足感。

「狙擊兵小隊的同志。」

連名字都不知道的基地司令似乎留意到謝拉菲瑪的反應，與她視線交會，不解地問道：

「妳有什麼想對叛徒說的話嗎？」

「我想請您饒他們一命。」

基地司令的表情僵在臉上。所有人皆竊竊私語地盯著謝拉菲瑪看，四周寂靜無聲。

「我會當作沒聽見這句話。」

司令官慢條斯理地頷首，彷彿這是法外開恩的行為，領著副官就要回宿舍。

「請等一下！」

謝拉菲瑪衝向他。伊麗娜從背後撲上來制止她。

「冷靜點。」

謝拉菲瑪不顧一切地繼續請命：

「死刑太殘酷了。如果我們是英雄，請聽我的請求，饒他們一命。」

基地司令回頭，絲毫不掩飾臉上不耐煩的表情。

「妳認為是我個人冷酷無情地處死他們嗎？這是紅軍的方針。擬定本次作戰計畫的朱可夫上將閣下也贊成這個方針。」

「就算是朱可夫閣下，我也要請他饒他們一命！」

「妳說什麼！」

基地司令氣得漲紅了臉。

這句話已經遠遠超出一介上等兵可以說的話。

周圍瀰漫著一觸即發的緊張氣氛，有個戴著尉官階級章的士兵從宿舍走來。附在基地司令耳邊說了一句話，隨即轉身回宿舍。

基地司令萬般無奈地嘆了一口氣，迎上謝拉菲瑪的視線。

「既然如此，就請妳這麼做吧。」

「什麼？」

「朱可夫上將閣下叫妳。他為了視察本次行動，人正在本基地。」

謝拉菲瑪瞪大了雙眼。

但也只應了一聲「是」，連聲線都沒有顫抖。

經過貌似副官的尉官傳達，謝拉菲瑪走進朱可夫上將的會客室。

伊麗娜難得失措地說要跟去，但是被副官拒絕了，表示談話結束後會搖鈴。門在背後關上，連他們爭辯的聲音都聽不見。

調整到適溫的空氣與樸實無華卻低調的家具，為室內與基地內的其他空間做出一線之隔。

這是莫斯科的空氣。帶來這股空氣的人正坐在辦公桌前，默默地處理文件。

「我是隸屬最高司令部預備軍，狙擊兵旅團第三十九獨立小隊的謝拉菲瑪・馬爾科夫娜・阿爾斯卡亞上等兵。」

主動報上官階與姓名，畢恭畢敬地敬禮。

格奧爾吉・康斯坦丁諾維奇・朱可夫回了一句「辛苦了」，視線也不抬一下，繼續處理文件。

他從革命戰爭以前就是一名驍勇善戰的猛將。在俄羅斯帝政下與德軍作戰，發生革命戰爭時也親自跨上戰馬，擔任騎兵隊長，與白軍奮戰到底。偉大的愛國戰爭爆發前，他在中國大陸坐鎮指揮國境紛爭的戰鬥，藉由集中投入戰車與滴水不漏的欺敵作戰，將日本與其傀儡軍打得落荒而逃。

眼前人給謝拉菲瑪的印象與在報紙上看過無數次的照片中人截然不同。報紙上的他遵循軍人的傳統剃短頭髮，胸前掛著好幾個勳章，眼神凌厲地睥睨眼前幾萬名士兵的模樣不啻為威嚴上將的標準形象。但撫順了黃褐色的短髮，穿著簡單的便服，專心處理文件的表情既知性，又溫和，讓人聯想到故鄉的學校老師。

「同志，妳是特地來見我的嗎？」

朱可夫問道，謝拉菲瑪這才回過神來。光是看到對方，就被對方的氣勢壓制。

謝拉菲瑪叮囑自己只說結論。

「我想為步兵大隊長及政治委員請命。」

「很遺憾，他們的死刑已經由基地司令與ＮＫＶＤ聯署成立。」

「請閣下動用自己的權力，網開一面……」

「我也認為他們該死。如果他們是帶著斥候大隊和妳們那支狙擊小隊撤退，與戰車部隊會合的話，我不會怪他們。但他們是陣前逃亡，陷你們於險境。為了不讓以後有人有樣學樣，絕不能開先例。他們一定得死。」

朱可夫的回答有如行雲流水，沒有一絲遲疑。臉上始終掛著如教師般柔和的表情，繼續處理文件，一面向謝拉菲瑪說明處刑的必要性。

「可、可是被自己人殺死未免也太殘酷。在來自後方的戰友威脅下與前方的納粹戰鬥太不人道了。希望閣下能更珍惜自己人一點。」

「妳說得沒錯，阿爾斯卡亞同志。」

朱可夫抬起頭來，目光十分和善。

「聽說妳因為故鄉被法西斯破壞，成為志願兵，今天第一次上戰場就射殺了兩名羅馬尼亞的敵軍，真了不起。」

「不敢……」

沒想到自己的戰績已經傳進朱可夫耳裡，謝拉菲瑪驚訝之餘也感到不勝惶恐：「您過獎了。」

「話說回來，妳為何要殺死羅馬尼亞士兵？」

謝拉菲瑪懷疑自己是不是聽錯了。這句話是什麼意思？猜不透對方葫蘆裡賣什麼藥，謝拉菲瑪回答：

「為了保護戰友和自己。如果不攻擊羅馬尼亞兵，戰友就會被殺。」

「沒錯，就是這樣。」

朱可夫滿意地點點頭，對話在這裡停頓了一下。

「上等兵阿爾斯卡亞同志，妳成功地**證明只有自己正常**了嗎？」

謝拉菲瑪一時無法理解這個問題的用意。在心裡反芻。證明只有自己正常？她並沒有這麼做。

射殺羅馬尼亞兵是為了保護自己人。因為對方是敵人。她沒有錯。但伊戈爾隊長被處死太不人道，所以必須阻止這種事發生。

她試圖藉由展開這樣的行動，來證明自己現在是正常的——

明白朱可夫提出這個問題的深意時，謝拉菲瑪一下子回到現實。

她居然在會客室裡質問蘇聯軍人的最高統帥，很快就會當上元帥的人，英雄朱可夫。

為戰友向人上人請命，還說處死戰友太不人道。

在這個擁有絕對的意志力與權力，能毫不猶豫地處死失敗主義者與逃兵的人面前。

雙腿開始顫抖，但也不能回頭。

「就算我不正常也無所謂，請饒伊戈爾隊長一命。」

「這場戰爭可能是人類史上前所未見、不曾發生過的戰鬥。」

朱可夫第一次放棄正面回答她的問題。

他從辦公桌前站起來，望著窗外，自言自語似地說：

「一如妳的村子，有許多村落被殲滅，人民遭到虐殺，或是被當成勞動力強行帶走。他們把消滅猶太人當成國家的目標，將布爾什維克與猶太人混為一談。因此對他們而言，蘇聯人民大概也是必須消滅的對象，或是像斯拉夫民族那樣，必須成為服從他們的奴隸……剩下來的人口皆逃不過遭屠殺的命運。也就是說，納粹企圖消滅整個蘇聯。這場戰爭中不存在議和的選項。即使將他們趕出蘇聯，但除非我們攻下柏林，讓納粹體制徹底瓦解，否則就算只剩下希特勒一個人，他也會繼續戰鬥吧。」

謝拉菲瑪被朱可夫的說詞吸引住了。

他對戰爭的觀點與過去聽過的觀點完全不在一個維度，具有讓聽眾聽得入迷的力量。

「基於本次行動的成果，救出史達林格勒幾乎已經是斬釘截鐵的事。然而，我還有一個非救不可的都市，那就是列寧格勒……請不要告訴別人，那座都市已經被包圍了一年以上，除了寒冷與納粹的砲擊，還得對抗飢餓。結冰的拉多加湖是唯一的補給來源，但是量完全不夠。街上滿是餓死與凍死的人。從這個角度來說，是比史達林格勒更像人間煉獄的地方。」

謝拉菲瑪有些詫異。列寧格勒正受到包圍戰是眾所周知的事實，但是她聽說人民都不屈不撓地戰鬥。

從未看過任何與市民深受飢餓所苦有關的報導。

然而，此事無庸置疑。因為重新規劃列寧格勒防線的正是朱可夫本人。

或許是看穿謝拉菲瑪的反應，朱可夫接著說：

「轉戰至列寧格勒時，我布下防衛網，將原本搭建得與廢物無異的擋牆補強至足以抵禦敵入進攻的碉堡，將火線調整成得以互相掩護，補充彈藥以進行徹底的抗戰，處死士氣低落的軍官，也就是那些擅自逃亡或試圖投降的傢伙。」

朱可夫回過頭來。

眼前的人已經不再是溫柔的老師，而是鐵血的高級將校。

「為了保護列寧格勒的人民，這是必要之惡。其他戰線也不例外。與納粹根本說不通。這場戰爭並不尋常，軍隊一旦瓦解，全體人民都會遭到屠殺，被當成奴隸。因此除了利用有組織的焦土作戰撤退的局面以外，腳踏實地的防守是蘇聯人民唯一能活下去的方法。逃亡的士兵與敵人無異，是法西斯的走狗。」

謝拉菲瑪無法反駁。

這次她真的無言以對。

屋外傳來槍聲。

不等自己請命的結果，兩人被處死了。

朱可夫壓根兒不打算聽她的請求。他的問題只有一個用意，那就是滿足自己的好奇心。女性士兵，而且首戰就殺死敵人，還敢為罪證確鑿的軍官請命。即使是貫徹現場主義的上將，也很難遇到她這種人。

渴望掌握一切的高級將校只是想會一會這個未知的對手。

朱可夫的視線一眼就看穿謝拉菲瑪失魂落魄的樣子，又恢復溫和的表情，問謝拉菲瑪：

「妳為何而戰？」

為了向那個叫葉卡的狙擊兵復仇。為了向納粹德國復仇。為了向伊麗娜復仇。

謝拉菲瑪嚥下衝到喉嚨口的話，回答：

「為了保護戰友，為了保護女人。」

「答得好。有太多女性在這場戰爭中遇害、受敵人凌辱、被強行帶走服勞役。既然如此，請妳為保護女性而戰，謝拉菲瑪同志。請妳果敢地殺敵。期待妳成為蘇聯紅軍的一員，完成任務，擊退更多敵軍！」

朱可夫言盡於此，搖了搖鈴。

伊麗娜進入室內的同時行了個最敬禮，拎著謝拉菲瑪，帶她出去。

「妳給我差不多一點，別輕賤自己的小命。」

伊麗娜撂下這句話，扭頭就走。謝拉菲瑪追在她背後說：

「是、是妳……」

聲線顫抖，還沒想好要說什麼，只有感情傾瀉而出。

「是妳帶我來這裡，讓我成為士兵，害我殺人……」

「妳說得對，那又怎樣。」

伊麗娜嫣然一笑，魔性的笑容充滿了妖豔的美感。

「我認為妳可以利用，所以培養妳成為殺人的狙擊兵。妳只能遵照我的指示對敵人開槍。這是妳唯一的生存之道。」

也不等謝拉菲瑪回答，伊麗娜揚長而去。

副官也回到室內，只剩下一臉茫然的謝拉菲瑪。

第一次實戰經驗……

第一次殺人……

失去戰友……

直接找上朱可夫元帥談判，被打了回票……

身體變得好重。感覺這天經歷的事全部壓在自己身上，謝拉菲瑪失去意識。

清楚聽見自己的身體往地上一撞，發出「砰！」的一聲。

香菸的氣味搔撓著鼻腔。

那個味道是配給的便宜菸。伊麗娜說過，自從她成為狙擊手就戒掉了……思考還來不及整合，眼睛先慢慢睜開。

左顧右盼，安靜的室內應該是醫務室。幾張並排的床上只躺著自己一個人。

身旁是個陌生的少女。黑色的頭髮比自己更短，五官看起來有幾分少年英氣的女孩坐在圓板凳上，邊看報邊抽菸。身上穿著紅軍看護兵的制服，別著紅十字的臂章。視線交會時，少女微微一笑。

「妳的生理期都準時來嗎？」

「什麼？」沒頭沒腦的問題，令謝拉菲瑪呆若木雞地反問。

陌生的少女吐出煙圈。

「伊麗娜同志很擔心喔。妳看起來應該只是貧血或太緊張，但偶爾也有人會因為血液循環不良而暈倒。」

手緊緊地抓住被子，那個女人才不可能擔心自己。

她只是在確認自己的功能，就像檢查槍枝那樣。

謝拉菲瑪不由得沒好氣地回答：

「生理期只會拖累戰鬥，就算不來也沒關係。反正我也不打算生小孩，根本不需要生理期。」

「別說傻話了。妳又不是瘋狂的女戰士。更何況人體可不是只要達成目的就好的東西。身體如果不好好運作，精神也會受到影響。軍人一定要注重健康才行。」

少女邊說邊吸菸。謝拉菲瑪覺得這個護士真奇怪。

香菸不也對身體不好嗎？但她提出的是另一個問題：

「妳是誰？」

「哦……」少女這才猛然想起似地回答：

「我叫塔蒂亞娜・洛芙娜・那塔連可。叫我塔妮雅就行了。我也是伊麗娜同志找來的人，同樣是第三十九獨立小隊的一員。」

「妳也是嗎？」

「是的，但我不是狙擊兵，而是護士。之前在別的地方接受護士專業的訓練，接下來會跟妳們一起去下一個戰場。」

「下一個戰場？」

「妳沒聽說嗎？再來要去奪回史達林格勒喔。上級真的很看重妳們呢，一直送妳們去激戰地。」

謝拉菲瑪仰天長嘆。NKVD。肯定是哈圖娜和奧爾加搞的鬼。

「呃……妳討厭菸味嗎？」

謝拉菲瑪把頭轉回來。塔妮雅露出有些尷尬的表情，似乎誤解了自己的反應。

「沒有，我不討厭香菸。啊，不過也算不上喜歡。」

「這樣啊。」塔妮雅應了一聲，將報紙放在桌上，走向門口。

「我走了。趁可以休息的時候好好休息吧。無聊的話就看看報紙。」

「謝謝妳，塔妮雅。」

「有什麼需要隨時跟我說。」

塔妮雅走出房間，反手關上房門。

真是個特立獨行的人，但謝拉菲瑪不討厭她的態度。

之所以提到生理期，大概也意味著大家都是女人，可以放心地告訴她。

拿起報紙，報上寫著重要的部分密而不宣的史達林格勒附近的反攻戰，亦即所謂的天王星行動。

報導的筆觸寫得一派輕鬆，彷彿紅軍不戰而勝。

除此之外，還刊登了詩人伊利亞・愛倫堡的短篇作品。

他是誕生於基輔的猶太人。早在革命前就是布爾什維克，一度在法國停留，法國被德國打敗後回到蘇聯，是唯美主義的巨匠，流亡歐洲時，與畢卡索及莫迪里安尼等藝術家都有所交流。根據上述的經歷，成為一名活躍的戰地記者，針對士兵寫了一篇這樣的文章。

德國人根本不是人。我們不需要廢話。只要殺戮。如果不每天殺死一個德國

人，這天就等於白費了。如果你不殺死德國人，就會被他們殺死。殺死德國人。要是德國人活著，他們就會殺死俄羅斯的男人、侵犯俄羅斯的女人。如果你殺了一個德國人，就再殺死一個德國人。不要去數花掉的時間，也不要去數行走的距離，要數就數殺了幾個德國人。殺死德國人！祖國正如此吶喊著。別射偏了。別放過他們。動手！

這是什麼鬼。謝拉菲瑪眉頭深鎖。幼稚又露骨的政治宣傳，難以想像是出於詩人之手，除了仇視以外毫無內涵。為了煽動同胞的危機感，男詩人愛倫堡強調敵人會「侵犯俄羅斯的女人」，這不也是把女人視為俄羅斯的所有物嗎，真令人火大。謝拉菲瑪輕輕地闔上報紙，用手蒙著臉。

真是太荒謬了。想是這麼想，卻無法忘記報導的內容。

不要去數花掉的時間，也不要去數行走的距離，要數就數殺了幾個德國人。

這或許是最符合狙擊兵的心態。

重新回想今天的自己。

自己沒幫到艾雅。也救不了伊戈爾隊長。說穿了，都是因為自己太弱小了。倘若自己當時能殲滅所有的羅馬尼亞兵，誰都不用死了。

伊萬諾沃村民遇害的那天，母親確實瞄準敵人，但母親下不了手。怎麼可能下得了手？母親是連做夢也沒想過要殺人的獵人。

士兵與獵人的分水嶺，在於有沒有殺死敵人的明確意志。

「動手……」

脫口而出的瞬間，這句話也刻在了內心深處。

朱可夫閣下和伊麗娜都說過同樣的話。她對這點沒有意見。

我現在是士兵，不是獵人。沒錯。我殺死德國佬是為了保護同伴、保護女人、為母親及村民復仇。

失去戰友的憤怒頓時化為對德軍的憎恨，在她的心湖捲起漩渦。

絕對要在史達林格勒盡可能多殺幾個敵軍。

不經意地想起小時候看過的舞臺劇。曾經令自己大受感動的理念阻止她繼續再想下去。

謝拉菲瑪睡著了。

戰鬥的對手是「德國佬」。

從壕溝探出頭來，抓住彼此的手，為戰事畫下句點的德軍已經不在了。

第四章　伏爾加河對岸已非我國領土

十二月十日。從昨天開始就什麼也沒吃，只喝了咖啡。完全陷入絕望的深淵。啊，這種狀態要持續到什麼時候呢。這裡也有傷兵，卻無法送他們去治療。我們被包圍了，史達林格勒根本是人間煉獄。我們正把死去的戰馬煮來吃，也沒有鹽。許多人都感染了痢疾，每天都過得生不如死。我這輩子到底造了什麼孽，要承受這種惡果呢。這間地下室至少關了三十人，正午兩點仍暗無天日。這個漫漫長夜有可能結束，迎來黎明嗎？

德軍的日記　作者不詳　推測已經死亡（引用者註）

（Сталинградская битва: свидетельства участников и очевидцев / Ред. Й. Хельбек. М. // 奈倉有里譯）

位於伏爾加河西岸，號稱有六十萬人口的一大工業都市。以前沿用韃靼語，稱為「察里津」的史達林格勒是德蘇戰爭最大的激戰地，並不是因為兩位獨裁者拘泥於這個地名。

一九四二年春天，在由波羅申科率領的紅軍對哈爾科夫的攻擊下節節敗退的德軍，出乎史達林認為他們會利用夏季攻勢再次進攻莫斯科的預測，六月以「藍色方案」為行動代號的作戰一路攻打到蘇聯南端的高加索山脈。從成功防守下來的哈爾科夫南部朝遠在一千五百公里外的巴庫油田前進。作戰目標是在一九四二年之內打下這個地方。

面對陸軍參謀總長主張再來應該要以攻打莫斯科為當務之急的方針，希特勒及他率領的國防軍最高司令部提出反駁。

德國的國防軍即將陷入物資不足的窘境，沒有餘力在幅員遼闊的俄羅斯戰線展開全面進攻，在這種情況下，只打下莫斯科除了政治上的象徵意味外，沒有任何意義。

相較之下，巴庫油田生產的石油占了蘇聯消費的大半，只要拿下巴庫油田，就能對蘇聯經濟給予致命性的痛擊，同時還有機會切斷經伊朗流入蘇聯的援助物資。這麼一來，德國的戰爭經濟將一口氣好轉。

——單從這個角度來說，確實很有道理，但是再仔細想想，這個戰略違反了「燃料的量沒對方多，所以才要遠征一千五百公里，攔截對方的石油」的順序，德國之所以不得不採用這個理論，無非是因為開戰當時即樂觀認為「勢如破竹地取得勝利，半年內就能瓦解蘇聯，逼迫蘇聯投降」的劇本出現了破綻。

另一方面，因為從俄羅斯南部往高加索進攻時，拖得太長的補給路線會受到側面攻擊是不言可喻的危機，為了避免這種風險發生，必須打下進攻路線與蘇聯北部及東部之間的史達林格勒一帶。

換句話說，當初以占領巴庫油田為主要目的的藍色方案中，進攻史達林格勒是次要目標，只要讓市區落在砲擊的射程內，解除蘇聯軍隊的武力即可，不一定非得要攻占史達林格勒。

藍色方案開始後，進展得非常順利，蘇聯軍隊被打得措手不及。

國防軍分成以巴庫為目標的A軍團和控制住史達林格勒附近的B軍團，其中A軍團只花了一週就打下原本以為會受到激烈抵抗的頓河要衝——頓河畔羅斯托夫。

乍看之下十分豐碩的戰果背後，德國忽略了兩個要素。

一是海拔超過四千公尺的高加索山脈，其險峻的程度與抵達巴庫之前的補給之難，遠遠超出德軍的心理準備。

另一個要素是被打得措手不及的蘇聯軍隊，不再像以前那樣只會兵荒馬亂地抵抗，而是藉由有組織的撤退來面對德國的侵略。

最高司令部判斷已經無法正面阻止德國的奇襲，以迅雷不及掩耳的速度展開高加索地區的全面撤退作戰。效果如實地反應在德意志國防軍得到的俘虜及武器少得可憐。

「一步也不許後退」的命令就是在這個時期下達，若是基於作戰指揮的後退，反而以前所未有的速度進行。

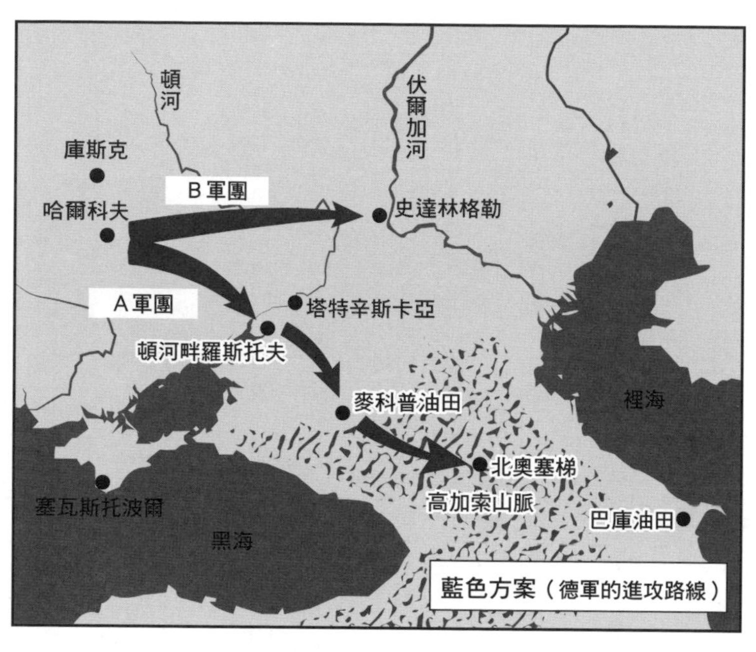
頓
河
伏
爾
加
河
庫斯克
B軍團
哈爾科夫
史達林格勒
A軍團
塔特辛斯卡亞
頓河畔羅斯托夫
麥科普油田
裡海
北奧塞梯
高加索山脈
塞瓦斯托波爾
巴庫油田
黑海
藍色方案（德軍的進攻路線）

可是德意志國防軍卻被表面的戰果所惑，以為史達林格勒附近及前往高加索山脈的紅軍已經全軍覆沒，作戰成功了。A軍團分析從占領後的巴庫油田到德國的石油輸送路線，做出B軍團應該要占領史達林格勒的判斷，於九月十三日開始攻打市區。

不料與此同時，原本以為已經潰不成軍的蘇聯軍隊卻在頓河附近會師，增加了史達林格勒的守軍。

當時序進入一九四二年十月，藍色方案的作戰計畫開始出現破綻。A軍團的進攻速度在陡峭的山岳地帶一口氣慢下來，再加上紅軍邊撤退邊攻擊，導致德軍再怎麼前進也無法抵達戰略目標。好不容易占領麥科普油田，但是想也知道紅軍早在撤退前就已經將一切破壞殆盡，不可能補充燃料。

同月二十五日，A軍團不出所料陷入燃料不足的窘境，在北奧塞梯停止進擊。那裡距離巴庫油田還有五百公里以上。在即將入冬、有如天險的山脈，早已習慣山岳地形的當地游擊兵與保留戰力、結束撤退作戰的紅軍充分得到來自東部的物資補給，堅若磐石地擋住德軍的去路。要在年底前占領巴庫油田成了遙不可即的夢想。

隨著德軍卡在高加索地區，史達林格勒變成焦點。站在德國的立場，如果不打下史達林格勒，藍色方案本身就等於是功敗垂成。不僅如此，倘若史達林格勒及其周圍的德軍在這種戰況下吃了敗仗，最糟的情況是卡在高加索地區的A軍團也會失去往西部撤退的退路，超過一百萬名的參戰兵力可能會全軍覆沒。

另一方面，站在蘇聯的角度，史達林格勒萬一失陷，等於是提供補給路線給好不容易在高加索地區攔下的A軍團。

尤有甚者，史達林格勒萬一失陷，也意味著蘇聯南北運河交通的樞紐，亦即被俄羅斯國民視為大地之母，深愛不已的伏爾加河也會落入敵人手中。

史達林格勒相當於刺向蘇聯這個巨人的長劍劍柄。

不同於高加索地區，這是一場絕不能輸的聖戰。

伏爾加河是最後防線。

防守史達林格勒的第六十二軍團總司令官瓦西里・伊萬諾維奇・崔可夫中將也主動留守在危險的前線，從每天不斷更新的戰報研擬出近身作戰的準則，並且利用比「一步也不許後退」更具有象徵性的言詞激勵背靠伏爾加河西岸，說穿了真的是背水一戰的史達林格勒士兵。

伏爾加河對岸已非我國領土！

再加上天王星行動奏效，蘇聯用雙手環抱住德國手中那把長劍的劍柄。德國拚命想奪回劍柄。唯有搶到史達林格勒這個劍柄的人才能贏取這場戰爭。在這樣的時空背景下，史達林格勒成了決一死戰的都市。

如今，有支新的增援小隊正打算前往那個決戰都市——

一九四二年十二月一日　晚間十一點

小型的高速運輸艇依靠自己的動力劇烈搖晃地前進。

謝拉菲瑪微微地揚起視線。

打頭陣的同型號運輸艇撥開漂流在伏爾加河上大小不一的冰，駛出一條沒有凍結的水面，引領船隊前進。

第三十九獨立小隊與其他步兵乘坐同一艘運輸艇，穿過結冰的伏爾加河。面向河岸的廢墟與源源不絕的硝煙正從他們前進的西岸映入眼簾。不時響起發射迫擊砲的聲音，在河面濺起水花、激起水柱。

耳邊傳來逐漸靠近的馬達聲，謝拉菲瑪抬起原本埋在雙手之間的頭。

載著後送傷兵的小艇從對岸駛來，與他們擦身而過。

小艇上的士兵全都傷痕累累，很多人連繃帶都沒得包紮。

或許是察覺到士兵們兔死狐悲的黯然，穿著ＮＫＶＤ的制服，別著教官臂章的男人從容不迫地站起來說：

「史達林格勒已經受到我軍的逆包圍，但德國第六軍團仍占領大部分的市區，負隅頑抗。我們一定要拯救被折磨半年以上的第六十二軍團戰友，從納粹法西斯的惡棍手中救出史達林格勒的市民！敵人現在就像是關在牢籠裡的負傷野獸。我們要用這雙手救出困在同一個牢籠裡的夥伴！」

發表完演說的瞬間，射偏的迫擊砲彈擊中航行在十公尺前方的同型號運輸艇，艇上的士兵慘遭火球吞噬，爭先恐後地跳進伏爾加河。

謝拉菲瑪等人搭乘的高速艇只花了幾秒便追上那艘小艇，與艇上的其他士兵一起探出上半身，想解救掉進水裡的戰友，發現跳進凍結的伏爾加河的士兵早已全數氣絕身亡，臉頰都結霜了，謝拉菲瑪不由得呆若木雞。變成火球的士兵跳進嚴寒的伏爾加河，身體承受不了溫差的衝擊，當場死亡。

充斥於艇內的不安遠遠超過可以靠加油打氣克服的範圍。察覺到這股氣氛的教官遞給部下一個小袋子，對開始怯場的士兵們喊話：

「現在發給各位的是用特殊墨水製作的發煙器。」他的副手將大小與筆相當、形狀與水瓶無異的物品分給士兵們，狙擊小隊也各收到一份。「把這個塗在木頭或紙上燃燒，會冒出紅色的煙霧。對巷戰極為有利，請有效地運用。」

十分迷你的武器。但是拿在手上時，感覺心情稍微輕鬆了點。

「伏爾加河對岸已非我國領土！」

教官大喝一聲，包括狙擊小隊在內的士兵們齊聲附和。

「伏爾加河對岸已非我國領土！」

「突擊！」

發號施令的同時，小艇靠岸，步兵們傾巢而出。各自朝自己分配到的房屋、工廠、據點前進。

猛烈的砲擊落在大地上，拖慢士兵的腳步。

「這邊！大家過來！」

伊麗娜走在前面，為狙擊小隊帶路。

她們的目標是成為激戰地的工廠「紅色十月」的西側，面向河岸的公寓一室。該公寓是扮演著史達林格勒防衛隊的核心武力——第六十二軍團第十三師團中，由戰前存活下來的史達林格勒市民組成的第十二步兵大隊的根據地。

鑽過幸未擊中的迫擊砲彈，貼著牆壁移動，歷盡千辛萬苦，終於來到公寓的樓梯。彼此確認所有人都沒事後，謝拉菲瑪對最後對上雙眼的奧爾加視若無睹，問才剛認識沒多久的少女：

「塔妮雅，妳沒事吧？」

塔妮雅是護士，而非戰士，重新背好體積龐大的行囊，淺淺一笑。

「除了耳朵好痛之外沒有大礙。我也受過射擊以外的訓練。」

真了不起。伊麗娜要她們放低音量。

「直到與第十二步兵大隊接頭前都不准放鬆警戒，還是有可能會遇上敵人。」

全員點頭，各自把SVT－40狙擊槍背到背後，從腰際拔出托卡列夫手槍。不斷移動槍口，彌補彼此的死角，爬上八樓，終於抵達指定的房間。

打頭陣的媽媽正想開門時，伊麗娜阻止她，敲敲門。

沒有反應。但是隔著門板可以感受到警戒的氣氛。

稍微停頓了一拍，狙擊小隊將槍口朝向天花板，走進房間。

就蘇聯的工業都市而言，迎面而來的室內是極為平凡的公寓。謝拉菲瑪立刻從室內蒐集到戰鬥所需的情報：簡樸的沙發和極為低調的家具、通往浴室和寢室的門。平凡無奇的公寓裡，每一寸空間都有子彈貫穿的痕跡。地板上擺著汽油桶和簡單的木製暖爐，旁邊隨意擺著無線設備。窗戶的上緣與下緣都貼著類似裝甲車零件的鋼板，且架著十二點七公釐機槍，肅殺地指著外面——眼前是臨時的野戰基地。

「什麼人！」「說出你的單位！」

保持高度警覺地躲在室內藏身處的士兵們一口一聲地質問。

這也難怪。他們一直處於沒完沒了的巷戰。伊麗娜以沉穩的語氣回答：

「我是最高司令部預備軍，狙擊兵旅團第三十九獨立小隊的伊麗娜・艾美莉雅諾芙娜・斯卓加亞少尉。我想見這支守備隊的負責人。」

「妳說什麼？」

有個扛著PPSh－41衝鋒槍的男人從沙發後面起身，年齡大約三十多歲。制服外套著都市迷彩的大衣，精悍的表情與理性的眼神令人印象深刻。男人對伊麗娜表示的單位與階級感到困惑。

「失敬，我是這裡的隊長，馬克西姆・利沃維奇・馬爾科夫士官長。已聽說這陣子會有狙擊兵的特殊部隊來支援。」

夏洛塔以非常不爽的語氣回答：

「我們就是。下一次的大規模增援是十二天後，也就是十三日。這段期間由我們擔任狙擊兵特殊部隊負責支援，有什麼問題嗎？」

馬克西姆隊長只應了一聲「沒有」就不再說話，隨即換成別的聲音響起：

「居然是女的，有沒有搞錯！」

有個特別瘦小的男人從旁邊的房間裡探出頭來，充滿血絲的雙眼看起來猙獰如獸。

「問題可大了，派女人來根本稱不上救援吧！」

「住口，波格丹！」

馬克西姆隊長制止他繼續出言不遜。

過於明顯的侮辱令謝拉菲瑪也不禁挑眉。

奧爾加看著他，問了一句：

「你是督戰隊的人嗎？」

督戰隊。有權阻止後退的單位名稱讓謝拉菲瑪與夏洛塔暗自心驚。男人露骨地嘲笑她們的反應。

「沒錯，我是督戰隊的人，祕密警察閣下。我們其實是廣義的同業者呢。」

迷彩大衣下的制服看不出差異，他們卻能看透彼此的秉性。夏洛塔心驚膽顫地問道：

「你為什麼會在最前線？」

「怎麼？妳也相信納粹的政治宣傳，認為我們只會躲在安全的大後方用機關槍掃射退後的戰友嗎？白痴嘛妳。整個史達林格勒都是最前線。我也是馬克西姆隊長的部下，我也會奮勇作戰。懂了嗎？」

扣掉嘴巴壞到不可思議這點，大致上懂了。或許是對女性前來增援氣到不行，他用食指指著她們大聲叫囂。

「聽好了，就算是這樣，督戰隊的首要任務還是要除去失敗主義者。妳們敢給我貪生怕死地向德國佬投降看看，我一定會殺了妳們。」

伊麗娜莞爾一笑。

「妳笑什麼！」

波格丹作勢就要發火，伊麗娜只回了一句：

「你認為我們能向德國佬投降嗎，督戰隊。」

波格丹被堵得說不出話來。他應該也明白這句話的意思。

不分敵我，狙擊兵一旦成為俘虜，下場簡直不是悽慘二字所能形容。更別說是女性了，會受到什麼樣的凌辱可想而知。

接過托卡列夫手槍和兩枚手榴彈時，伊麗娜曾問謝拉菲瑪那是做什麼用的。謝拉菲瑪給出教科書上的回答——用於近身作戰、以備狙擊槍故障的不時之需。

但伊麗娜的答案是——話是這麼說沒錯，但如果眼下受到德國佬的包圍，有可能變成階下囚的時候，就得想好要怎麼使用，而且毫不猶豫地使用。

「不好意思，波格丹這傢伙口無遮攔，但本性不壞。」

另一個聲音與身高將近兩公尺的高大男人從隔壁房間出現。不只身材高大，胸膛也很厚實，手臂極為粗壯，光看外表就覺得孔武有力。但表情很溫和，有著一雙跟馬一樣溫柔的眼睛。

胸口罩著類似近代早期龍騎兵穿著的鎧甲。

「請問貴姓大名？」伊麗娜問他，對方敬禮回答：

「我叫費奧多．安德烈耶維奇．卡拉耶夫，少尉閣下。」

夏洛塔指著他身上的裝備問道：

「費奧多先生，你這身類似鎧甲的東西是什麼？」

「這是ＳＮ42型防彈裝備，可以彈開手槍之類的子彈。」

謙恭有禮的口吻令夏洛塔受寵若驚。

「我只是區區一介上等兵喔。」

「我也是。那個，不好意思，我已經有家室了，所以不方便隨便跟年輕女性說話，也不喜歡。」

費奧多上等兵迴避夏洛塔的視線。

居然有這麼純樸的士兵，謝拉菲瑪不由得大吃一驚。

「很有趣嗎？」

伊麗娜突然沒頭沒腦地冒出這句話，所有人都莫名其妙地看著她。隊長的視線在空中游移。

室內的最深處，有個人影躺在牆邊。身上蓋著欺敵用的布，面向牆壁趴著，只露出兩隻腳。

謝拉菲瑪倒抽了一口氣。除了伊麗娜以外，恐怕沒有任何人注意到他。

笑聲隔著欺敵用的布傳來，那個人掀開身上的布。

「隊長閣下的眼睛好利啊。」

那人依舊躺著，只有臉轉過來。看到他的臉，謝拉菲瑪愣住了。

那是個年紀還不到二十歲，俊俏的五官稚氣未脫，有著一雙碧眼的美少年。可愛的臉蛋就像宗教畫裡的幼童，卻完全沒有那個年紀的少年應有的天真。全身上下沒有任何破綻，簡直無懈可擊的美少年扛著沒有上刺刀的莫辛－納甘步槍，正從貫穿外牆的槍眼觀察外面的動靜。

看見他的姿勢，謝拉菲瑪可以確定。

「你是狙擊兵吧。」

「沒錯，我是朱利安・阿爾謝尼耶維奇・阿斯特洛夫上等兵。請多多指教，各位狙擊兵同志。」

朱利安皮笑肉不笑地看著謝拉菲瑪。

滿是輕蔑的笑意讓人不敢相信這麼年輕俊美的少年，怎能擺出這麼討人厭的表情。

夏洛塔似乎也看出他笑容裡的譏嘲，單刀直入地問他：

「笑什麼？有什麼好笑的？」

「沒什麼，我跟疼老婆的費奧多不一樣，最喜歡女人和狙擊兵了。居然能把我最喜歡的兩樣東西結合在一起，簡直是世界奇觀。」

「你說什麼！我看你也只不過是從共產主義少年先鋒隊升上來的吧。」

「是共青團（共產主義少年先鋒隊的指導者），同時我也是史達林格勒射擊大賽的冠軍。」

「真巧，我是莫斯科的冠軍。」

「小聲點。」伊麗娜打斷夏洛塔的不依不饒。「大聲喧譁的狙擊兵只有死路一條。」

「妳說得對極了。」朱利安點頭附和。

咦？謝拉菲瑪把所有人看了一遍，頭上冒出問號。

溫柔好男人馬克西姆隊長、督戰隊波格丹、已婚的費奧多、狙擊兵朱利安。

「第十二大隊只有四個人嗎？」

疑問不經大腦脫口而出後，步兵大隊的四人組不約而同地嘆了一口氣。

「不行嗎！」嘴巴最毒的波格丹回答：「如妳所見，我們是一群殘兵敗將。妳們這些外面的傢伙大概不知道吧，什麼大隊、什麼連隊、什麼師團，在史達林格勒都只是徒具虛名！最高司令部不知吃錯了什麼藥，才會派妳們這五個女人和衛生兵前來救援已經失守九成的市區，群龍無首的第十二大隊殘兵！」

狙擊小隊全都怒不可遏地板起臉來。

謝拉菲瑪在心裡暗叫不妙，不經意與馬克西姆隊長四目交接。「那個……」

「什麼事？」

「看著大家，我注意到一件事，各位都刮掉鬍子，即使在偽裝的前提下也依規定穿著制服，而且各位都對階級表示了敬意。」

「那又怎樣！」

波格丹反問。謝拉菲瑪將視線移到他身上回答：

「也就是說，各位是一支有紀律的軍隊，並不是殘兵敗將。而我們規模雖小，卻也是正規的狙擊兵小隊，沒有任何問題。從今天起讓我們同心協力吧。」

一口氣說到這裡，波格丹不再出言刁難。

費奧多深深頷首，朱利安不知是沒有任何情緒波動，還是為了掩飾，再次面向牆邊的槍。

「謝謝妳，少女同志……」

謝拉菲瑪趕緊向馬克西姆隊長敬禮，同時自我介紹。

「我是謝拉菲瑪·馬爾科夫娜·阿爾斯卡亞上等兵。」

「謝拉菲瑪同志，妳說得沒錯。我們要同心協力，贏得這場戰爭的勝利。」

氣氛稍微沒那麼緊張了。伊麗娜打鐵趁熱地向馬克西姆介紹其他四個人，又接著問他：

「馬克西姆隊長，請你說明這支大隊與我軍目前的戰況。」

「好的。」

兩人之間有股微妙的緊張感。伊麗娜少尉率領的狙擊小隊雖然受到馬克西姆士官長的大隊指揮，但兩人在階級與任務上卻有落差。

馬克西姆垂下在空中游移的視線開口：

「以這種方式報告戰況雖然不合規定，但我在敘述上可以夾帶私情嗎？否則我無法回顧這場戰事。」

「麻煩你了。」

伊麗娜緩緩地閉上雙眼，宛若祈禱似地頷首。

「這座城市以重工業與伏爾加河為榮，同時也是市民引以為傲的故鄉。擁有蘇聯首屈一指的教育與醫療，勞工個個都在汽車或造船廠工作……我則是士兵。為了捍衛家園，成為本地的士兵。一九四二年八月，空襲改變了一切。德國佬從空中投下有如豪雨般的炸彈。而且不只攻擊第六十二軍團司令部，還分別對工業地帶投擲具有高度貫穿力的炸彈、對住宅區使用燃燒彈，讓市區變成一片火海。紅色空軍（註9）的I－16根本不是梅塞施密特（註10）的對手，敵軍肆無忌憚投擲的炸彈將工廠徹底夷為平地，工廠流出的燃油覆蓋了伏爾加河，起火燃燒，火勢將大地之母伏爾加河燒成一片殷紅……雖然想讓市民避難，無奈本來就有大量從烏克蘭湧入的難民，面對一面迎接援軍，又得後送傷兵的情勢下，防線開開關關，疏散的速度遠遠追不上封城的速度。這時，德國佬從陸地上打過來了。大家都拚死抵抗，奈何對方占領了西邊的機場，在從機場不斷飛來戰鬥機的攻擊下，街道逐漸落入敵人之手，敵人從南北兩端來到伏爾加河的西岸。在中央車站進行過十次以上的攻防戰，最後還是落入敵人之手，位於樞紐的工廠也一一被占領，期間多達十幾萬名戰友送命。我們的大隊長也戰死了，部隊做鳥獸散。因為長官陸續戰死，我不得不接下隊長的職位，四個人好不容易死裡逃生。不只士兵，就連大批的市民也死於非命……我的妻子和兩個女兒都死了。」

馬克西姆隊長以壓抑痛苦的語氣陳述，伊麗娜靜靜地頷首。

小隊全員都是同樣的心情，馬克西姆隊長也露出有所覺悟的表情。

朱利安只是沉默地盯著瞄準鏡。

費奧多痛不欲生地低著頭。

註9　蘇聯的空軍。

註10　德國的戰鬥機。

只有波格丹有些心虛的樣子。

「即便如此，朱可夫中將仍從沒有一刻稍停的戰鬥中研究出近距離戰鬥的新兵法，利用近身作戰的方式封鎖了對方的空襲，靠PPSh－41和手榴彈撐到現在。幾乎全軍覆沒的大隊決心以這間公寓的這個房間做為最後的據點，擊退步步進逼的德國佬，防守到最後一刻。但我認為頂多也只能再撐一個月。關於天王星計畫，我們也被蒙在鼓裡，所以根本不曉得到底發生什麼事，可是當我們聽說紅軍包圍市區時，不由得大呼快哉。又聽說狙擊部隊要來支援，心想這下子終於有救了……」

馬克西姆隊長字斟句酌地接著說。

「雖然有點出乎我的預料，但還是很感謝妳們。」

「是你指定狙擊兵來增援嗎？」伊麗娜問道。

「是的。」

「為什麼？」

「因為這場戰鬥的作戰距離非常極端，室內最近的時候可以短到十公尺以內。街上則為五百公尺到八百公尺不等。幾乎不存在著用沒有瞄準器的手槍互相射擊的中間距離。當敵人踏進屋內，將形成極短距離的近身格鬥，我們四個人加起來能擊退的敵人相當有限，必須透過狙擊的方式與敵人拉開距離。我們有朱利安，但也不能靠他一個人進行遠距離交戰。」

「我倒認為我一個人就夠了。」

對朱利安的自吹自擂充耳不聞，伊麗娜繼續拋出問題：

「現在與我們對峙的敵軍勢力為何？」

「這部分費奧多比較清楚。」

像熊一樣魁梧的高大男子費奧多略顯緊張地回答：

「敵軍的部隊以兩千公尺以外的住宅區為據點，人數為中隊規模。如果正面衝突，我軍絕無勝算。不知是幸或不幸，對敵人而言，這裡只有靠近船塢這個優點，從『占領』的目的來看沒什麼戰略價值，所以若我們拚命以槍擊的方式退敵，敵人也不會強行進攻。這也是這裡目前還能平安無事的理由。可是當紅軍在市區以外的地方會師，主力出現在西邊，導致敵我雙方陷入意想不到的僵局時，敵軍可能就會考慮從這裡撤退，以上是在下的見解。」

「即使紅軍已經掌握了伏爾加河東岸？」

費奧多回答伊麗娜的質疑：

「雖然會變成自殺式的攻擊，但比起受到包圍，坐以待斃，還不如試著突破這裡，利用黑夜游過伏爾加河，能走一個是一個。實際上，當包圍網完成後，就不時有人來偵察我們的武力。幸好都被朱利安擊退了。」

這個少年已經有戰果啦。謝拉菲瑪有些驚訝，看了朱利安一眼，只見他依舊背對著她們回答：

「截至目前可以確認的戰果已有二十三人。」

「真的假的。再兩個就可以獲頒剛毅勳章了。你一定有灌水吧。」

夏洛塔口無遮攔地說，費奧多正經八百地回答：

「啊，這是真的喔。全部都是由至少一位戰友檢查過的戰績。」

「原來如此，那他可是妳們的大前輩呢。各位，以後可得好好向他討教。」

伊麗娜給足了朱利安面子，不動聲色地結束偏離正軌的話題。

「那麼隊長，先釐清各自的立場吧。身為狙擊小隊的隊長，我會服從你決定的部隊方針。只不過，在不違反方針的前提下，狙擊兵小隊由我指揮，自由行動。如果發生意料之外的狀況，則遵循紅軍的作風開會檢討，決定方針，可以嗎？」

「我沒有意見。感謝您設想得如此周全，少尉閣下。」

「彼此彼此。」

伊麗娜以公事公辦的口吻回答，視線頓時銳利如針芒。

突如其來的緊張感令所有人露出詫異的表情。馬克西姆張口欲言，伊麗娜將掌心朝向他，阻止他說話。以視線示意，媽媽悄悄地走向玄關，停頓了半晌，猝不及防地開門。

門口有個素未謀面的女子。穿著普通的衣裳，年約二十五歲。

奧爾加以迅雷不及掩耳的速度抓住她的手，把她拉進房間，大聲質問：

「妳是誰？」

「我、我是史達林格勒的市民！我只是去伏爾加河汲水，剛要回家。」

「原來是珊朵拉啊。」馬克西姆隊長語氣輕鬆地說：「這個人不是可疑分子。她只是去汲水，要回被占領的地方而已。」

謝拉菲瑪啞然失語。媽媽以同樣傻眼的口吻反問：

「被占領的地方？可以在德國的壓制下來來去去嗎？」

「妳可能覺得很誇張，但地獄也有地獄的日子要過。大難不死的幾十萬市民都要吃飯，德國佬那幫人也不可能殺死所有壓制下的市民。」

朱利安心浮氣躁地搔搔頭。

「俘虜說德國佬拿下史達林格勒後會進行大屠殺，確實也死了幾十萬人了。」

馬克西姆隊長假裝沒聽見他的話，接著說：

「她的丈夫死了，現在只剩下孤身一人。為了汲取生活所需的水，不得不在敵方與我方之間來來去去。」

名叫珊朵拉的女人顫抖著點頭。

長相十分標致，但疲勞讓表情變得僵硬。

謝拉菲瑪不知該如何理解眼前的狀況。在納粹德國的占領下活著，也不抵抗，還來紅軍的地盤汲水。

馬克西姆隊長視這一切為理所當然，大概因為她是女人吧。

同樣身為女人，謝拉菲瑪慢了一步才發現，自己內心有股隱隱約約的憤慨。

自己正持槍作戰，但是這個女人呢？珊朵拉寡言少語地打個招呼，就要下樓離去。奧爾加在她背後說：

「Ich liebe dich.」

我愛妳。奧爾加用德語說出這句話的同時，珊朵拉雙眼圓睜地轉過頭來。

那不只是驚訝的反應。確定這點的下個瞬間，奧爾加一把揪住珊朵拉的衣領。

「妳、妳做什麼？」

「送妳這玩意兒的男人也這樣說過吧！」

奧爾加抓住珊朵拉的左手，壓在牆壁上。將手伸向珊朵拉被迫張開的手指時，珊朵拉發了瘋似地掙扎，但奧爾加輕而易舉地制伏她的關節。

奧爾加利用脅迫的姿勢逼她攤開手掌，搶走珊朵拉的戒指，拋向謝拉菲瑪。

「謝拉菲瑪，念出刻在上頭的商標。」

「HUGO BOSS。」

念出德國戒指大廠的名稱後，大隊的士兵們全都臉色大變。

「這是德國佬賜給國防軍的戒指！」

「妳這隻母豬！妳是德國佬的情婦嗎？是來偵察我們的間諜嗎？」

波格丹咄咄逼人地破口大罵，被奧爾加拖著站起來的珊朵拉拚命解釋：

「不是！我只是無法拒絕！我也是迫於無奈！」

馬克西姆隊長從她的反應得到某種確信，氣得漲紅了一張臉怒吼：

「什麼迫於無奈，妳這個叛徒！就不怕給妳丈夫——謝爾蓋蒙羞嗎！」

「妳這個下賤的前蘇聯人（Hiwi）。」

朱利安咬牙切齒地咒罵。

前蘇聯人。陌生的字眼帶著顯而易見的貶意，從中聽出了對叛徒的指控。

「怎麼這樣，我只是……」

珊朵拉哭得梨花帶雨，試圖為自己解釋，媽媽擋在雙方之間。

「一味地責備她未免也太過分了！想必各位心裡都有數，在被占領的地方，女性永遠是最早被犧牲的人。即使被敵人凌辱，即使內心傷痕無數，為了活下去也只能這麼做的人大有人在！」

媽媽的慷慨陳詞讓包括馬克西姆隊長在內的士兵們感到汗顏，原本不自覺與他們同感憤恨的謝拉菲瑪也猛然回神。

媽媽說得沒錯。女性在被占領的地方會有什麼遭遇，自己明明比誰都清楚。自己也差點跟她受到一樣的屈辱，所以實在沒有資格責備她。

「不、不是的！」

珊朵拉卻自己否定了媽媽為她辯護的話。

「我才沒有被德軍侵犯！我和他彼此相愛！」

士兵們全都啞口無言，連要責備她的力氣都沒有了。這傢伙到底在說什麼？

包含媽媽在內，狙擊小隊的士兵也同感困惑，只有奧爾加浮現笑意，輕撫她的臉頰。

「哦，妳和德國佬彼此相愛啊，那事情就簡單了。妳是前蘇聯人，是叛徒，是背叛祖國蘇聯，愛上德國佬的賣國賊。那妳應該也視死如歸吧。」

血色再度從珊朵拉的臉上褪盡。

「沒有，我沒有背叛祖國，也沒有背叛我丈夫！」

「認清事實吧，珊朵拉。如果妳不是背叛了蘇聯，甘心成為賣國賊，委身於德國佬，就是被德國佬侵犯了。妳只是不願承認如此悲慘的遭遇罷了。」

「才不是……才沒有！」

珊朵拉的反駁變得支離破碎。謝拉菲瑪不想再聽奧爾加說這些殘忍的話了。這個ＮＫＶＤ是有意玩弄人類的尊嚴。

「夠了，奧爾加。別再折磨她了。」

謝拉菲瑪抓住奧爾加抓住珊朵拉的手想制止她，奧爾加不管不顧地對珊朵拉大喊：

「不准妳迷失自我！妳是被德國佬侵犯的蘇聯人民被害者？還是背叛蘇聯、愛上德國佬的叛國賊？妳不可以同時兼具這兩種身分喔，珊朵拉。想遊走於兩者之間的人會變成蝙蝠。既非獸也非鳥的異形在這場殲滅戰爭結束後會有什麼下場，妳自己應該最清楚！用妳自己的話回答我，珊朵拉，妳現在站在哪一邊？」

謝拉菲瑪被奧爾加的話震懾住了。不只被她的氣勢壓倒，更驚訝於她似乎想救贖珊朵拉。

珊朵拉什麼也沒說，只是哀哀哭泣。

謝拉菲瑪覺得她既可恨，又可憐。

陷入矛盾的心情時，謝拉菲瑪突然想到一件事。

為何她在哭泣，自己卻在這裡，手裡拿著槍戰鬥呢？珊朵拉和自己究竟有何不同？

始終保持沉默的伊麗娜舉起手來，要所有人看她。

「無論是否出於她自己的意志，有一點必須弄明白。那就是要放她回去，還是越過伏爾加河，說明前因後果，把她交給ＮＫＶＤ呢？來開會吧。」

珊朵拉發起抖來。在這種情況下交給ＮＫＶＤ，不是死刑，就是發配集中營。

「多數服從少數。我身為議長不投票。認為應該把她交給ＮＫＶＤ的人舉手。」

波格丹和朱利亞舉手，狙擊小隊則是夏洛塔和奧爾加舉手。

「那麼認為應該放她走的人。」

媽媽、馬克西姆、費奧多舉手，謝拉菲瑪也跟著舉手。

夏洛塔似乎很意外地看著謝拉菲瑪。

「菲瑪，還有媽媽。她可是德國佬的情婦耶！要是就這麼放她走了，可能會洩漏我們的情報！」

謝拉菲瑪也不是很確定地回答：

「她怎麼看都不像是有膽子當間諜的人，把她交給NKVD太殘忍了。」

「我也有同感。」馬克西姆隊長以苦澀的語氣回答：「雖然很生氣，但是在敵軍的占領下發生這樣的情況，實在也不能全部視同犯罪……但四票對四票無法決定呢。」

「我投反對交給NKVD一票。」

原本默默無語的塔妮雅舉手發言。

「妳又不是軍人！」

波格丹氣沖沖地大吼，護士塔妮雅不為所懼地回答：

「我不是軍人，但也是這支雜牌軍的一員。無論她是市民，還是納粹的情婦，我都要救她。如果你不承認我是小隊的成員，那我只能抱著醫藥箱回到對岸。」

所有人都沉默了。

「結果出來了。」

伊麗娜這才第一次對上珊朵拉的視線，把戒指還給她，言簡意賅地對她說：

「妳走吧，珊朵拉。不過，要是妳敢把我們的事向德國佬透露半句，我一定會殺了妳。」

伊麗娜的態度並沒有特別凶狠，說的也都是事實。

珊朵拉含糊其詞地點頭，踩著虛浮的腳步，走向公寓的內梯。

「等等。」

塔妮雅朝珊朵拉拋出某樣東西。

珊朵拉連忙在落地前伸手接住，看到手中的東西時，露出不可置信的表情。

「照顧好自己。如果營養不夠的話，就吃那個吧。」

「謝、謝謝妳。」

珊朵拉這次終於比較明確地道謝，加快腳步離去。

「妳給了她什麼？」馬克西姆隊長問塔妮雅。

「魚罐頭。」

「妳居然把這麼珍貴的東西送給那種人，所以我才說女人不可信！」

波格丹咬牙切齒地批評，奧爾加嗤之以鼻。

「還好意思說，你這個三流的督戰隊。白長了一雙眼睛，連戒指都沒注意到。」

「妳說什麼！」

「好了好了，到此為止。」

塔妮雅大聲地拍手喝止，把背包放在地上。

「吃飯的時間到了，各位士兵們！還是你們要繼續吵架，相親相愛地一起不吃飯？」

大隊的士兵全都吞了口口水，食欲凌駕了其他的一切情緒。

士兵們分工合作，在罐狀的野戰用火爐裡塞滿木炭，用平底鍋做飯，不在乎燒焦了公寓的地板。

用油炒乾燥肉和鯡魚，還有豆子和馬鈴薯。

天曉得這玩意兒到底該叫什麼菜，但士兵們全都津津有味地將食物送入口中，就著不用擔心會吃壞肚子的蒸餾水嚥下黑麵包。

費奧多、朱利安、波格丹轉眼間就吃光一盤，又盛一盤，無論從背包裡摸出什麼食材，都不管三七二十一地扔進平底鍋裡。

「慢、慢點吃，小心別噎死了。」

該說是不出所料嗎，馬克西姆隊長以冷靜的態度規勸大家，另外三個人則以有如野生動物般的氣勢繼續狼吞虎嚥。費奧多喝了一口水回答：

「我們已經一個月沒吃過熱騰騰的像樣飯菜了，隊長。」

朱利安也點頭附和。

「我也搞不清楚這個罐頭到底是好吃還是不好吃，但口味很重，真是太好了。」

謝拉菲瑪看著印有「SPAM（午餐肉）」的罐頭回答：

「這是美國的罐頭喔。依租借法案（美國租借物資給聯合國的政策）進口的食物。」

「居然能吃到外國的罐頭。啊，在座的各位一定是神明派來的使者。」

費奧多的謬讚令狙擊小隊的成員面面相覷。雖說自開戰以來，俄羅斯正教已經可以在紅軍內部傳教了，但如此虔誠的紅軍士兵還是很少見。尤其是狙擊兵，基本上都是唯物主義者。

「你太誇張了。」

夏洛塔回答，她看起來胃口不太好的樣子。

「不誇張。」馬克西姆隊長也幫腔。「直到昨天，我們能撿到結冰的菜屑就已經要謝天謝地了，能分享從敵人屍體上搶來的巧克力更是如獲至寶。所以一點也不誇張。」

「嗯，不僅如此，我們甚至還討論起要不要用汽油桶把德國佬的屍體燒來吃。」

朱利安的直言不諱嚇得媽媽驚聲尖叫。

「不管怎樣，」馬克西姆隊長轉移話題。「隨著包圍網完成，這次換敵人餓肚子了。但是如果不快點搞定的話，市民也會跟著餓肚子。」

「我明白對各位而言，史達林格勒的戰局是眼下最重要的課題。簡單一句話，要拉長交戰距離，避免前方的小隊認為可以從這裡突破，撐到十三日，正規援軍趕到為止。要從這個角度決定作戰策略。」伊麗娜硬生生地插進來，將話題拉回珊朵拉出現前的討論內容。「為了讓敵人遠離，必須讓對方認為我們擁有強大的武力。因此各位要留守在這裡，由我們狙擊小隊出去射擊射擊再射擊。」

「完全正確。」馬克西姆誠惶誠恐地說：「很抱歉對妳們造成負擔了。」

狙擊兵要採取的行為具有高度危險性，馬克西姆對她們表示敬意。謝拉菲瑪從中感受到另一種情緒時，伊麗娜問道：

「你認為男人負責留守，由我們女人親赴火線很羞恥嗎？士官長。」

這是第一次從伊麗娜的言詞中聽到階級意識，馬克西姆的表情凝結在臉上。

「沒有這回事……只不過，這跟我想保護的家庭有所不同。」

「你想保護的家庭？」

伊麗娜的反問令馬克西姆一時語塞，開始低頭吃鯡魚。費奧多一臉不吐不快地接著說下去：

「這個房間原本是隊長的家。」

謝拉菲瑪驚訝地環顧四周。

牆上滿是彈孔。油漆剝落、家具全毀，儼然已成廢墟的公寓一隅。

為了取暖，將廢棄的木材塞進汽油桶燃燒，打造成臨時的暖爐，把地板燒得焦黑。

然而，馬克西姆以前住在這裡。他曾經在這個房間裡聽著妻子的歡聲笑語，與妻子一起用餐，以此做為工作的原動力。

這個房間裡曾經住著他想保護的家庭，而他想保護的家人正是女性與小孩。如今卻要他從這裡眼睜睜地目送女性上戰場，想必內心充滿了複雜的情緒。

「我選擇這裡並非基於私情。」馬克西姆隊長以略帶自我辯護的語氣回答：「這裡從窗戶看出去的視野很開闊，可以居高臨下地射擊。再加上夠了解這一帶，對巷戰極為有利。實際上，我的確對敵人會怎麼進攻、從哪條巷子進來瞭若指掌。」

「原來如此，是很合理的判斷。而且對故鄉的愛也能成為動力。」

十之八九是演出來的，但伊麗娜仍點頭表示佩服。

「沒錯，大家都深愛著這座城市。我們是土生土長的防衛隊。費奧多是汽車工廠的勞工，朱利安是工科大學的學生。」

夏洛塔不敢置信地眨眨眼。

「什麼，那個口出狂言的傢伙是大學生？」

「不行嗎？這裡變成戰場以前，我是大一的學生，跟父母和妹妹住在這裡。家父與馬克西姆隊長以前是同學，所以兩家人經常一起出遊。參加共青團的時候，隊長也是我的教練，教了我很多東西。」

朱利安臉上浮現淺淺的笑容，喝了一口湯。

或許是察覺到充滿室內的疑問，朱利安回答。

「我的家人都死光了。」

「就在抵達伏爾加河，要從船塢搭船避難的前一刻。妹妹說她忘了帶心愛的洋娃娃，所以我要大家改搭下一班船，我先回家拿娃娃。結果梅塞施密特就飛來了，用機槍掃射難民。就在我拿到洋娃娃，向家人揮手的剎那，家人同時死在我面前……這支隊伍的人都一樣，波格丹的太太也死了。只有費奧多的家人順利逃到東岸避難。」

朱利安把杯子放在地板上，發出「哐！」的一聲脆響。

曾幾何時，不尋常的氣息從他臉上消失了，軍隊用來燒飯的火光明明滅滅地照亮了美少年柔美的童顏。

「都怪我自作聰明。」

朱利安自責地說，波格丹表情冷硬地插嘴：

「喂，家人的死不是你的錯吧。是德國佬……」

「是這樣沒錯，可當時若不是我自作聰明，大家或許就不會死了。」

沉默降落在杯盤狼藉的房間裡。朱利安微微一笑。

拉過一旁的莫辛－納甘步槍，他的表情再度呈現出不尋常的光彩。

「所以當我拜託馬克西姆隊長讓我加入軍隊，決心報仇時，我又取回活下去的動力了。我要解放史達林格勒，盡可能多射殺一點德國佬……遇見馬克西姆隊長，我第一次有這種感覺。復仇的力量真偉大啊，給了我活下去的希望。」

「對呀。」

謝拉菲瑪深有同感。她也有一模一樣的遭遇與心情。

因為有報仇雪恨的目標，才有理由活下去，宛如人間煉獄的戰鬥也才有意義。仔細想想，無數蘇聯人民的動機也都是為了復仇。有人基於國仇，有人基於家恨，但無論是國仇還是家恨，總之都是為了報仇雪恨的動機支撐著巨大的國家機器去完成戰爭這項需要巨大能量的事業。

「別搞錯了，朱利安。解放史達林格勒後，你也要繼續活下去。」

馬克西姆隊長唐突地說。

伊麗娜在視線一角點頭稱是的反應令謝拉菲瑪狼狽萬分。那不是演出來的，很明顯是她自發性的反應。

「我知道啦，戰爭結束後，我又可以跟女人上床了。」

朱利安沒好氣地回答，轉身面對槍眼。

「換我來吧。」

夏洛塔在他背後說道。

「為什麼？」

「你累了。既然不只一個狙擊手，就應該依照課堂上教的，輪流監視。」

「妳叫夏洛塔是嗎？妳行嗎？」

「我在三點一線的最佳射擊成績超過一千分喔，共青團同學。」

「哦，真的嗎？」

「我剛才不是說過嗎，我是莫斯科射擊大賽的冠軍。」

「我是史達林格勒的……可是我已經在實戰中射殺了二十三個人！」

朱利安心有不甘地回來坐下。

謝拉菲瑪不由得浮現笑容。

「有什麼好笑的。」

朱利安質問她，謝拉菲瑪趕緊搖頭。

「我不是覺得你好笑，是很高興能遇見同年紀的戰友。一起加油吧，朱利安戰友同志。」

朱利安的大眼睛稍微閃避了一下。

「請、請多指教，謝拉菲瑪同志。」

朱利安把睡袋拉到頭頂上睡覺。狙擊小隊輪流就監視位置。

隔天六點，謝拉菲瑪醒來。從太陽照射進來的方位判斷，自己應該可以再睡一下。正打算睡個回籠睡時，兩雙小巧的鞋子映入眼簾。

「誰！」

謝拉菲瑪嚇得跳起來，狙擊小隊的成員也跟著跳起來。

一對穿著臃腫的防寒衣，看上去約莫六歲左右的小男生和小女生發出銀鈴般的笑聲，自我介紹。

「我叫尼古拉。」

「我叫瑪莎。」

大隊的男人們倒是不怎麼震驚的樣子。

費奧多笑咪咪地介紹他們。

「這兩個孩子經常來這裡玩。大概是聞到香味，被吸引過來了。」

說得好像形容流浪狗似的，費奧多請示過馬克西姆隊長，給了他們午餐肉和開罐器，還有乾淨的水。隊長接著說：

「他們來自不同的家庭，住在別的樓層。父母還活著的時候，我們都認識。」

「也就是說，這兩個孩子的父母……」

謝拉菲瑪壓低音量問道。馬克西姆一臉哀戚地點點頭。

「這個戰場很詭異吧。但這種情況在這裡屢見不鮮。他們會在廢墟裡玩，向士兵討飯吃，撿拾砲彈的碎片，向朋友炫耀誰撿得多。到底是為什麼呢？無論過著什麼樣的生活，孩子們都無法停止玩耍。」

「當兒童不再玩耍，肯定是因為他已經放棄當一個兒童了。」

伊麗娜一骨碌地站起來，喃喃自語。

真不可思議，光是看到這個動作，整支小隊的成員就知道自己要開始作戰了。

「展開滿天星行動。」

所謂的滿天星行動是伊麗娜自己想出來的作戰方式，由狙擊小隊展開擾亂、狙擊行動。基本上是不斷重複著游擊與狙擊的消耗戰，同時也是讓敵人放棄攻打公寓的心理戰。

如同最具有代表性的天王星行動，這個時期的紅軍皆以行星的名稱為大規模的行動取名，給士兵們規模浩大的印象，好讓他們認為這是一連串的作戰行動。事實上，在執行天王星行動的同時，莫斯科前方的勒熱夫也展開了火星行動，只可惜被敵軍擊退了。

總而言之，蘊含著「無法與用行星取名的大作戰比較的小規模行動」的戲謔之意，滿天星行動開始了。

根據坊間賣的詳細地圖與大隊士兵們手寫的資料，伊麗娜對行動與時間做出指示，要狙擊兵各自牢記在心裡。

分成兩組進行攻擊，伊麗娜和謝拉菲瑪一組、夏洛塔和媽媽一組。

護士塔妮雅在屋裡待命。打從一開始就不考慮將NKVD派來的奧爾加納入麾下，所以沒給她任何指示，她自己跑出去了。

出發前，四個人聚在一起，互相擁抱，發誓一定要平安歸來。

近距離與懷中的夏洛塔四目相對，交換了祝福的親吻。

「一日一殺。」夏洛塔說道。謝拉菲瑪也在親吻的同時回答：

「最好能兩殺！」

感覺有人在看她們，猛一回頭，房間裡其他的大隊士兵都尷尬地避開視線。

俄羅斯女孩用親吻來代替打招呼的樣子並不罕見，但畢竟是在戰場上。她們決定從明天起要在他們看不到的地方進行這個儀式。

德國佬的通信兵是這次滿天星行動中，謝拉菲瑪的第一個獵物。

進入距離敵人占領範圍四百公尺處的廢棄工廠，從三樓往下看，可以從具有遮蔽物的地方向下射擊，是很理想的狙擊地點。

從費奧多告訴她的敵人大致配置開始找起，伊麗娜以驚人的速度發現敵人就潛伏在四百五十公尺的前方。

花了幾秒鐘修正誤差，讓目標落在瞄準線中央，扣下扳機。

伴隨著乾脆的槍聲，通信兵血流如注地倒地不起。兩人趕在敵軍以機槍掃射反擊前退到廢棄工廠的最裡面。

那天大概是對德國佬下了警戒令，其他疑似狙擊重點的地方都沒有看到敵兵，但夏洛塔還是解決了一名工兵。

第一天就掌握了滿天星行動的概要，接下來只要不斷地更新情報及狙擊戰果即可。

在暗夜與朝霧中移動，冷靜地射敵，返回馬克西姆家吃大鍋飯，分一部分給尼古拉和瑪莎，一起跳舞玩耍。

晚間與登陸那天相同，敵軍漫無目的地胡亂發射迫擊砲，謝拉菲瑪、夏洛塔、媽媽聽見砲彈劃破夜空的聲音，從睡夢中驚醒過來，但步兵大隊全都不當回事地繼續酣睡。馬克西姆隊長告訴她們，只要聽習慣了，就能分辨「打不中的聲音」與「打得中的聲音」。身經百戰的伊麗娜也附和「對呀對呀」，繼續睡她的覺。

奧爾加除了吃飯的時間以外都在做自己的事，據馬克西姆隊長所說，她白天會自己一個人出去，回來時也什麼都沒交代。所有人都刻意忽略在敵軍的占領下來來去去的珊朵拉，唯有塔妮雅充當窗口，分她一點食物。

謝拉菲瑪在天王星行動感受到的慌張，來這裡以後從來沒有發生過。朱利安的仇、馬克西姆隊長的仇、無數的史達林格勒市民的仇。

視線範圍內的德國佬沒有一個不是侵略者，都是人民的仇人。

目標的優先順位為將校、工兵、砲兵、通信兵、機關槍手、一般士兵。基本上要瞄準比較沒有人可以代替的士兵，除了小隊長以外的將校，全都一視同仁地以兵種區分，與階級無涉。之所以要優先解決工兵，是因為工兵負責對據點進行爆破、以火焰噴射的方式將據點夷為平地，被敵人寄予厚望，認為是為本次巷戰打破僵局的兵種，解決他們不只對我方有利，也能藉由折損敵人心目中最重要的兵種，造成敵人沉重的心理壓力，牽制敵人的行動。作戰開始四天後，謝拉菲瑪狙擊背著火焰噴射器，企圖進入下水道的德國佬，貫穿胸口的子彈引爆油箱。德國佬臨死前讓周圍變成一片火海的樣子十分壯觀，謝拉菲瑪相信就算自己站在敵人的立場，應該也不敢再輕易派出火焰噴射兵。回程忍不住得意地提起這件事，被伊麗娜一句話頂回來：

「不能只想著殺死德國佬，要綜觀全局。」

「知道了。」

儘管語氣桀驁不馴，謝拉菲瑪仍照伊麗娜的指示行動。每天向大隊報告敵軍最新的排兵布陣，進行沙盤推演。即使狙擊失敗，只要能帶回一點情報，那天就不算白忙一場。狙擊兵不只是神射手，也必須身兼斥候，成為精通戰術的士兵。

有一天，在狙擊地點看到奇妙的光景。有兩個工兵杵在從地圖上的布陣觀看特別突出的地點，彷彿是在邀請自己狙擊他。

謝拉菲瑪看了伊麗娜一眼，伊麗娜無言頷首。

屏氣凝神地觀察敵人本來的陣地，有個德國狙擊兵正持槍站在窗邊，耐心地等著確認她們開槍的硝煙。那個人是所謂的「布穀鳥」。

射殺了那傢伙之後，再順便解決兩個工兵，第一次在一天內得到三個戰果。

滿天星行動進行得十分順利。夏洛塔也在十天內解決了十二個敵人。之所以能進行得如此順利，主要是因為紅軍的包圍網已經完成，德國佬陷入孤立無援的窘境。既沒有充分的武器彈藥，也沒有醫療品，只能靠空投獲取少得可憐的補給，別說反擊，光是要躲避眼前冷死、凍死的威脅就已經筋疲力盡了。看在狙擊手眼中，無法移動，隨時處於被動狀態的軍隊無疑是上好的獵物。

當然，說是獵物，也是負傷的猛獸。欺敵、混淆視聽、利用假的標的物企圖引出狙擊兵加以排除的砲兵及布穀鳥，幾次險些要了她們的小命。

終於來到行動的最後一天，十二月十二日。

從受到破壞的穀物圓筒倉觀察五百公尺外的德國佬，發現他們設置了大型迫擊砲。想必是工兵利用夜間幹的好事。

雖然只能大致估算其鎖定的方位，但不用想也知道是他們的據點，馬克西姆隊長的公寓。

「敵人也蒐集到我們的動向了。」

「本來就已經派人來偵察過馬克西姆家的威力了，所以判定馬克西姆家就是狙擊兵的據點也只是時間的問題。」

「這下麻煩了。該瞄準誰才好呢……」

觀測手正在迫擊砲的周圍用地圖和指南針調整準星，旁邊配置著重型機關槍，正準備伺機而動。敵人相當棘手。無論先解決誰，都會留下後患。

「冷靜點，狙擊兵要運用戰術。馬克西姆家有無線電吧……如果對方打算裝填砲彈的話，就先解決砲手，立刻逃走。」

伊麗娜如此分析，拍了拍謝拉菲瑪的肩膀，逕自走開。

啊，謝拉菲瑪懂了。

幾分鐘後，緊接著「咻嚕嚕嚕」的巨響，大型榴彈命中敵人的迫擊砲陣地，將敵人的迫擊砲陣地炸得灰飛煙滅。伊麗娜用無線電向伏爾加河東岸的砲兵報告了敵人的詳細位置。

謝拉菲瑪透過瞄準鏡觀察野火燎原的敵方陣地，擔心會不會有人趁她們鬆懈時展開攻擊。距離迫擊砲陣地五十公尺左右的廢屋裡，只見布穀鳥正在尋找她們的下落。不等對方停下左右轉動的瞄準鏡，謝拉菲瑪先下手為強。

扣下扳機的那一剎那，對方飛身退向屋內。只差了零點幾秒，俄製子彈貫穿他原本待的地方。

沒射中嗎？敵人也挺有一套的，判斷與身手都很敏捷。

與強敵對峙的感覺出乎意料地還不算太壞。

「跟我來，謝拉菲瑪。」

伊麗娜從取下人孔蓋的地方探出頭，對她招手。

兩人進入下水道後，慢了好幾拍，敵人的機槍才開始掃射。

水花四濺的嘩啦嘩啦聲裡夾雜著笑聲。

「有哪個傢伙會在戰場上嘻笑啊！」

伊麗娜提醒她一下，但自己也笑了出來。如果是必須專心留意聲音的時候，她才不會開這種玩笑。好開心。兩人合力打敗德國佬，拯救了馬克西姆家。

對蘇聯兵而言，下水道就像是自己家的後花園。但是看在德國佬看中，卻與怪物棲息的魔窟無異。這也是蘇聯目前能在戰鬥中占優勢的主要原因之一。

「噓！」

伊麗娜突然繃緊表情，停下腳步。

在她的動作示意下，謝拉菲瑪將ＳＶＴ－40繞到背後，改持托卡列夫手槍。

與此同時，感覺轉角處有人。太大意了嗎……

貼著牆壁，一步步地接近轉角，上半身與槍口同時探向轉角的另一頭。

謝拉菲瑪拉開滑套的同時，對方以俄語回答：

「別、別開槍！我們姊妹是游擊隊的人！」

「游擊隊？」

兩名年輕女性從黑暗的角落現身。

「哦，是紅軍的同志啊。終於見到妳們了。我一直在找妳們……」

「市區怎麼可能會有游擊隊，妳們該不會是前蘇聯人(Hiwi)吧？」

謝拉菲瑪用現學現賣的單字問對方。後來問朱利安他那天說的「前蘇聯人」是什麼意思，原文 Hiwi 是德國佬實際使用的德語「志願者」的意思，簡單地說，就是指德軍的間諜。結果馬上就看到這個單字的效果了。

貌似姊姊那位臉色大變地抗議：

「胡說八道！我們是工科大學的學生。在德國的占領下成了游擊隊員！不信妳看，這是我們的學生證和蒐集到的資料。」

兩人出示難得加上照片的學生照。

薇拉・安德烈耶夫娜・扎哈羅娃。

妹妹叫作安娜・安德烈耶夫娜・扎哈羅娃。

真人有幾分憔悴，但確實是本人的大頭照。謝拉菲瑪相信她們並不是前蘇聯人。不是因為學生證，而是因為想用學生證證明自己的身分，是平民老百姓才會有的想法。

她們呈上的「資料」也很驚人。

聽過見過的軍官姓名、階級、特徵和長相，甚至連敵軍的配置與每天的動向都以流水帳的方式鉅細靡遺地記錄下來。萬一被德國佬發現，她倆必死無疑。是游擊隊沒錯。謝拉菲瑪對自己懷疑她們感到無地自容。伊麗娜點頭示意：

「謝謝妳們。我們一定會好好善用這麼貴重的資料。」

謝拉菲瑪也向游擊隊同志致上誠摯的謝意。

年輕的學生游擊隊臉上浮現如釋重負的笑意。妹妹安娜戒慎恐懼地開口：

「請、請問……二位是前來增援的人吧。可有見過朱利安・阿爾謝尼耶維奇・阿斯特洛夫？」

謝拉菲瑪提醒自己不要讓驚訝出現在臉上。伊麗娜依舊駕輕就熟地保持面無表情——女學生也尚未老練到能看懂她的反應。

「不可能知道吧。我和他是同學。他非常善良、膽小又害羞，怎麼看都不是能成為士兵的人……可是，我也不是不明白他的心情，真希望能再見他一面……」

她口中的朱利安與謝拉菲瑪對朱利安的印象相差甚遠。他是那樣的少年嗎？

「別再說了，安娜，她們都不知道該怎麼回答了。」

「啊，抱歉，那個……」

謝拉菲瑪不等安娜說完，一把抱住她。從她的敘述裡，謝拉菲瑪察覺到某種情愫。但又不能告訴她朱利安的現狀。就算她們是游擊隊，也沒受過萬一遭敵軍拷問要怎麼守口如瓶的訓練。

「他一定還活著，別擔心。」

謝拉菲瑪幾乎是頭碰頭地迎向她的視線回答。安娜雖然不明白這句話是什麼意思，但還是笑著點頭。

「回去了。」

伊麗娜說道，謝拉菲瑪再次向姊妹倆道謝，通過下水道。

但願戰爭結束後，她能再見到朱利安。這時，謝拉菲瑪突然想到一件事。

防衛戰爭居然能發揮這麼大的潛力……

游擊隊的戰力十分強盛，被譽為僅次於陸海空的第四支紅軍。在被德軍占領的情況下融入市民生活，或以游擊兵的方式展開游擊，有些規模比較大的游擊隊甚至把整個部落建設成游擊隊的祕密基地，傾全體市民之力一起從事抵抗作戰。

另一方面，德國佬不是殲滅可疑的村落，就是虐殺出現過游擊隊的附近居民，有時因為無法鎖定犯人，乾脆把問題賴到猶太人頭上，對猶太人進行屠殺，採取亂七八糟的報復行為。這麼做不僅無法阻止游擊隊，反而還促使平民形成組織，加以抵抗。

反過來說，倘若目前的戰況是蘇聯進攻德國，因而受到德國的反擊，事情大概不會如此順利，謝拉菲瑪心想。正因為防衛戰爭具有擊退侵略者這個冠冕堂皇的理由，才能竭盡全力地抵抗。

回到馬克西姆家，大隊和早一步回去的夏洛塔、媽媽正在吃晚飯。他們已經知道今天的砲擊是伊麗娜和謝拉菲瑪造成的，所以兩人爭先恐後地問了一堆問題，謝拉菲瑪告訴她們今天發生的事。看到朱利安，謝拉菲瑪有話想說，但伊麗娜用眼神制止她。

謝拉菲瑪也同意。就算讓他知道同學已成為視死如歸的游擊隊，也只會增加他的心理負擔，不會讓事情有任何好轉。

這天也是補給日，所以晚餐的量又變多了，順勢開了一場慶祝破壞迫擊砲、滿天星行動成功的宴會，馬克西姆隊長用蒸餾水帶領大家乾杯。

「乾杯！等援軍明天如預定計畫抵達，就再也沒什麼好怕的了！」

拜伏爾加河東岸的守備陣地一切就緒所賜，就連伙房兵都趕到了，因此難得可以吃到剛出爐的麵包和烙餅，即使是一開始不知道該怎麼吃的午餐肉，只要烤過和乾燥蔬菜一起吃就是人間美味。

尼古拉和瑪莎也被味道引來，補給的食物沒有他們的份，所以只能分給他們一點點，但如果不想想辦法，媽媽會連自己的份都給他們，所以每人都分了一點食物給那對兄妹。餅乾和巧克力在軍隊的伙食中算是特別珍貴的奢侈品，但孩子們的喜悅反應還是遠比士兵大多了。

尼古拉向大家道謝，問媽媽：

「等我長大以後，請教我射擊。我想殺死德國佬，報答各位。」

「不行喔。」媽媽笑著回答。

「為什麼？」

「因為等你長大後，戰爭已經結束了。你要活在和平的時代。」

謝拉菲瑪聽到這句話，湯匙險些從手中跌落。

她不明白自己為何如此震驚，但自己身為士兵，努力在內心維持的某種東西就像往池子裡扔進一塊石頭，泛起漣漪。

尼古拉兄妹捧著分量多到兩個人根本吃不完的晚餐離開，從臉上看不出他們是否接受這個說法。他們大概會拿那些食物去換幾片砲彈的碎片，然後再用砲彈的碎片換蠟筆吧。稚子也有一套自己的生存法則。

宴會告一段落後，塔妮雅分給所有人香菸。

男性士兵全都感恩戴德地收下，狙擊小隊的女性則拒絕了。

馬克西姆隊長不解地問費奧多：

「女人即使從軍也不抽菸嗎？」

「倒也不是。」伊麗娜代為回答。

「只有狙擊兵不抽。因為香菸會讓注意力渙散。」

在她的眼神示意下，護士塔妮雅叼菸，走出房間。

「哦，原來如此。可是我們家朱利安……」

大隊的狙擊兵朱利安也跟其他男性士兵一樣吞雲吐霧，循著馬克西姆隊長的視線望向朱利安，只見香菸已經消失了。

「咦？」

夏洛塔不由得驚呼出聲，朱利安用手遮住嘴巴。下一瞬間，原本夾在指間，已經點火的香菸出現在他嘴邊。

「好神奇！」

夏洛塔坦率地表示驚訝，跑到他身邊。

「剛才那是怎麼辦到的？你會變魔術嗎？」

「這是我的特技。就像伊麗娜少尉說的那樣，我也不抽菸。」

朱利安有些靦腆地笑著說，露了一手把點燃的香菸藏在口中的方法。

「其實沒什麼機關，說破就不值錢了。只是把香菸放在舌頭上，讓點火的部分落在舌尖的前方，再把舌頭縮進去，點火的部分就不會碰到嘴巴裡的任何地方。吐出來的時候，只要張開嘴巴，伸出舌頭即可。習慣以後，就能重新叼在嘴上了。」

「不准模仿喔！」朱利安強調，但想也知道沒那個必要。尖酸刻薄的影子從平常總是長滿刺的朱利安臉上消失無蹤，與原本就長得跟洋娃娃沒兩樣的夏洛塔站在一起有說有笑的模樣，完全看不出是戰場上的士兵。
但他確實是狙擊兵，至今已經射殺了二十三人。問題是，直到幾個月以前，他還是大學生，而且他的同學還活著——正以游擊隊的身分奮勇作戰。
「謝拉菲瑪少女同志，妳怎麼了？」
馬克西姆隊長問她，謝拉菲瑪一時語塞。
「那個……朱利安真是個不可思議的人啊。手裡拿著槍的時候，看起來就像千錘百鍊的士兵，但現在又像是尋常的可愛少年。」
聽到謝拉菲瑪的回答，馬克西姆隊長不知怎地瞪大雙眼。
似乎受到什麼打擊，隨即又急著想斂去那樣的表情。
謝拉菲瑪無從得知馬克西姆隊長此時此刻感受到什麼。
這時，無線電發出收到訊號的鈴聲。
「您好，這裡是馬克西姆公館。」
馬克西姆隊長難得開起玩笑。
然而，他的表情幡然一變。
「怎麼這樣……可是……好吧。我們會撐下去，那麼下次……是，是的……好，了解。」
「怎麼了？隊長。」
忠誠的部下費奧多以凝重的表情詢問。馬克西姆遲疑了半晌才回答：

「很遺憾，增援延期了。」

所有人皆無言以對。

「該死的德國佬試圖從包圍網的外側突破……我方的預備兵力要用來阻止他們得逞，所以增援被迫延期。」

「怎麼這樣……」

費奧多無法掩飾語氣裡的失望。

一九四二年十二月十二日，由德國最睿智的將領——曼斯坦元帥指揮的德軍率領第五十七裝甲軍，開始攻擊反過來包圍史達林格勒的蘇聯軍。

後來才知道這場戰役冠上了「冬季風暴」這個響亮的大名，德軍利用其擅長的裝甲兵器，採取機動戰，從西南方打破包圍網，企圖從外圍為已經無法靠一己之力取得勝利的第六軍團打開一個突破口。駐守在馬克西姆家的小隊儘管不清楚詳情，也能掌握大致上的用意。馬克西姆隊長呻吟著說：

「問題在於眼前的第六軍團要怎麼因應。那是對第六軍團的增援，還是藉此讓第六軍團撤離。」

也就是說，與紅軍對峙，生存受到威脅的第六軍團可能會與外部的作戰部隊裡應外合，從史達林格勒撤退。媽媽語帶保留地問馬克西姆隊長：

「請問第六軍團的司令官是什麼樣的人？」

「弗里德里希・保盧斯將軍是參謀型的軍官，屬於與納粹保持距離的那種人，但我聽說他是遵守紀律的好軍人。」

馬克西姆隊長回答，朱利安接下去說：

「是希特勒會命令第六軍團有組織地從這個決戰都市撤退，還是保盧斯自己專斷獨行地決定撤退呢？雖然兩種情況都不太可能發生。服從命令的保盧斯或許可以稱得上是一名正直的軍人，可是當上頭失心瘋，軍人也只能採取瘋狂的舉動。」

「哦，你要批評體制嗎？」

督戰隊的波格丹出言調侃，臉上是不曉得該怎麼形容的獰笑。

「剛才的對話只是對體制的批評嗎？」

ＮＫＶＤ的奧爾加突然開口，室內的空氣頓時凍結了。波格丹試圖反脣相譏，被奧爾加當成耳邊風，抱著步槍說：

「你們簡直就像在祈禱第六軍團能順利撤離呢。」

奧爾加無聲無息地離開馬克西姆家。馬克西姆本人清了清喉嚨說：

「關於今後的行動，比起敵人的攻勢，問題在於沒有增援這件事。即使敵人的中隊勢力大不如前，謝拉菲瑪遇到的那個狙擊兵也不容小覷。倘若敵人試圖以狙擊的方式對抗，那麼隨著戰線延長，只好請各位努力消滅對方的狙擊兵了。」

沒問題。謝拉菲瑪正想答應時，伊麗娜搶先發難。

「我反對。」

所有人都意外地看著她。伊麗娜在眾人的注目禮下接著說：

「讓對方認為我軍戰力十足的滿天星行動已經達成目標，比起繼續從事效果不大的消耗戰，不如讓對方誤以為紅軍來自東岸的威脅已然減輕，降低他們往西逃逸的可能性。只要包圍網一日不破，遲早能殲滅他們。」

馬克西姆隊長看了地板一眼，提出反對意見：

「可是少尉，如果不盡量削弱敵人的戰力，尤其是狙擊兵的攻擊，對友軍也會造成威脅。」

「在這種情況下，如果繼續讓對方誤以為我們這邊的戰力過於強大，反而會促使德國佬往西逃逸。我無意替奧爾加說話，但確實不能讓包圍網出現破綻。」

「我要妳們對敵人施加壓力的目的不是為了讓敵人往西逃竄，而是為了今後的包圍殲滅作戰必須削弱敵人的戰力。請將此視為混合部隊的方針。」

混合部隊的方針由馬克西姆說了算，伊麗娜必須服從。

既然馬克西姆搬出當初由自己提出的遊戲規則，伊麗娜也只好同意。

「了解。」

隔天清晨，為了消滅敵軍中隊以住宅區為據點的狙擊兵，開始戰鬥。

這次戰鬥的關鍵在於利用夜間從隔壁房間潛入，利用破壞的門，將鋼盔綁在門把上，拉動繩索，門板就會從門框上升，順勢拉起鋼盔，是一種誘敵的機關。

「這玩意兒真有辦法讓敵人上當嗎？」

督戰隊的洛格丹嗤之以鼻。

他扛著沒有瞄準鏡的莫辛－納甘步槍，與謝拉菲瑪、伊麗娜一起從公寓內梯下樓，躲在窗戶高度與地面相同的半地下鍋爐室。用汽油桶和木材臨時拼湊而成的暖爐勉強取暖，窗戶貼著從毀壞的裝甲車上拆下的鋼板，僅以數公分的空隙窺探敵人的動靜，湊和成簡易的防禦陣地。

夏洛塔和媽媽的槍口從隔壁的建築物對著外面。

朱利安也從馬克西姆家的射擊孔保持高度警戒。

伊麗娜拉著繩索回答：

「彼此都在屋子裡的話，狙擊兵就只能比誰比較有耐心了。」

如同他們採取的行動，敵人的狙擊兵不是也貼在窗口或遮蔽物，就是從建築物的射擊孔瞄準他們。

只要稍微從上述的「空隙」後退半步，從外面就幾乎不可能看出任何異狀。就算能發現，當藏身處失去它的隱密性，除了開火以外，再無其他選擇。因此在狙擊兵的戰鬥裡，從第一次世界大戰以來，欺敵的標的物就很有效。

鋼盔放在隔著馬路距離住宅幾十公尺外的位置。在伊麗娜巧妙的操縱下，看起來就像活生生的士兵戴著鋼盔從瓦礫堆裡探出頭來。

就這麼過了四個小時，輪流吃飯，繼續偵察。

波格丹始終抱著槍，靠在牆上，突然發出「喀嗒」一聲。

嚇了一跳回頭看，他好像不小心睡著了，連忙搖搖頭。

伊麗娜嘆了一口氣。

「畢竟已經僵持了八小時。」

波格丹的注意力明顯渙散了。

謝拉菲瑪也開始感到疲勞。對方對陷阱完全無動於衷。

就在這一刻，耳邊傳來銀鈴般的笑聲，伴隨著熟悉的說話聲。

「等一下，為什麼要把巧克力換成彈殼？」

「因為彈殼比砲彈的碎片值錢啊！晚一點再跟其他人換成糖果給妳。」

聲音來自鍋爐室和鋼盔之間的馬路，尼古拉和瑪莎有說有笑地從窗外跑過。

今天是晴天，氣溫低於零下二十度。即使這麼冷，一如伊麗娜所說，孩子們還是無法放棄玩耍。

兩兄妹明明置身於戰場，卻過著與互相殺戮無緣的生活。

目送小巧的鞋子經過眼前，伊麗娜宣布：

「撤退。」

波格丹說：「可是……」遍歷沙場的狙擊兵簡單扼要地回答：

「這正是決定性的關鍵。布穀鳥不可能想到作戰中的紅軍狙擊兵會放任小孩在自己背後跑來跑去。被識破了。狩獵中止。明天再來。」

「是。」

回答的瞬間，謝拉菲瑪感覺緊張感一口氣鬆懈下來。飢餓、寒冷、疲倦……自己的肉體開始對這些原本當成雜念加以排除的苦痛產生自覺。

心裡想著也要通知守在隔壁的夏洛塔和媽媽收隊的時候，槍聲響起。

「什麼！」

波格丹驚叫。

誰開的槍。還沒來得及反應過來，先聽到答案。

「哥哥、哥哥快起來！起來，快站起來！」

從半地下室的窗口往周圍張望，尼古拉仆倒在面向通往西邊大馬路的十字路口，痛苦地滿地打滾。瑪莎在旁邊嚇哭了。波格丹大吼：

「該死的德國佬！居然攻擊小孩！」

「我去救他們！」

謝拉菲瑪自告奮勇，被伊麗娜一把攔住。

「先找出敵人的位置！槍聲聽起來是由高處往下射擊，先找出白煙和狙擊兵的方向！」

「可、可是得去救孩子們！」

「這就是敵人的用意！如果想救他們，就得先射下布穀鳥！」

伊麗娜邊回答，把槍指向遮蔽物的對面。

謝拉菲瑪也跟著照做。判斷產生猶豫，這會讓狙擊兵的思考變得遲鈍。

敵人的回答比謝拉菲瑪的理解來得更早。敵人開了第二槍，瑪莎驚聲尖叫。耳邊傳來子彈射中公寓牆壁的聲音，沒有打中孩子們。

謝拉菲瑪也因此看見白煙了。

敵人的據點在住宅區前方，比另一棟建築物的屋頂上更上面的地方。

「敵人在水塔！距離六百公尺……仰角太大了，從這裡無法狙擊！」

因為有裝甲板的保護，射擊的角度受到相當大的限制。敵人在射不到的地方。當然敵人也無法狙擊他們，但水塔上的布穀鳥繼續開槍。子彈紛紛落在號啕大哭的瑪莎四周。

「已經無法反擊了！我去救他們！」

謝拉菲瑪叫著，就要衝向鍋爐室的出口時，波格丹抓住她的手，直接把她摺倒在地上。

「蠢才，妳給我待在這裡！如果讓女人去冒險，自己留在安全的地方，要我拿什麼臉面對死去的老婆！」

波格丹為自己加油打氣似地大吼一聲，衝了出去，頭也不回地衝向孩子們。窗外傳來他的叫聲。

「小鬼起來！快逃！」

波格丹抱起受傷的尼古拉，牽著瑪莎就要逃跑的時候，從他的頭頂噴出一道血柱，慢了一拍，槍聲響起。

波格丹頹然倒下。

迷彩外套隨風翩飛，露出底下的督戰隊制服。

伊麗娜幾乎是同一時間發號施令：

「妳去八樓的馬克西姆家，從那裡射擊水塔上的布穀鳥！」

謝拉菲瑪衝上內梯，衝向馬克西姆家。途中聽見機關槍掃射的聲音，然後是莫辛－納甘步槍斷斷續續的槍聲。朱利安他們也發現敵人了。

頭好痛。敵人攻擊的是手無寸鐵的平民老百姓，而且還是小孩子。自己正要去救他們。

──然而，這才是敵人的用意。敵人正等著狙擊兵自投羅網，準備射殺他們。只有第一發子彈射中目標就是為了引他們上鉤。

「我要殺了你們……」

殺意在她體內掀起滔天巨浪。敵人比畜生還卑劣。

滾進馬克西姆家時，馬克西姆隊長正用機關槍掃射，朱利安在他亂槍掃射的掩護下，從射擊孔加以狙擊，但是謝拉菲瑪走到窗邊，正要瞄準敵人時，朱利安停止攻擊。

「對方逃走了。」

朱利安只用一句話回答。

「他從水塔跳到屋頂上。混帳東西，連退路都想好了。」
「可惡！」馬克西姆隊長咒罵了一聲，對朱利安下令：
「朱利安，去把波格丹和孩子們帶回來！我從這裡掩護你！」
「了解。」朱利安回答的同時已翻身下樓。

馬克西姆隊長躲在對方狙擊不到的窗戶下方，繼續用機關槍掃射，進行牽制。謝拉菲瑪從無數射擊孔中選擇最近的一個，向外窺視。

什麼也看不見。水塔恢復平靜，兩千公尺外的敵方陣地也沒有任何反應。敵人的狩獵已經結束了。難以言喻的挫敗感擊垮了謝拉菲瑪。

朱利安與從隔壁竄出來與他會合的夏洛塔和媽媽用最快的速度帶回波格丹和尼古拉、瑪莎。

瑪莎平安無事。尼古拉的腳傷得很重，昏了過去，所幸一息尚存。

波格丹當場死亡。見面的第一天就恐嚇她們、對她們口出惡言的督戰隊代替謝拉菲瑪挺身而出，為了救孩子們而死。

費奧多眼泛淚光，朱利安和馬克西姆皆一臉沉痛地為他哀悼。

護士塔妮雅為尼古拉注射止痛藥，訓練有素地取出卡在小腿的子彈，完成止血與急救措施。

一切結束後，尼古拉恢復意識。

為了不讓本人聽見，塔妮雅壓低音量向馬克西姆隊長報告：

「可以的話，請立刻送往大後方。神經和靜脈都斷了，必須動手術切掉一條腿，否則可能會因為壞死而引起敗血症，繼而死亡。」

馬克西姆隊長握緊拳頭，忍不住發出嗚咽聲。

謝拉菲瑪也咬緊牙關。對於正愛玩的少年，失去一條腿將是多麼痛苦的事。

那天晚上，混合部隊的士兵各自用擔架將波格丹的遺體與甦醒的尼古拉送到船塢。

用來運送傷者與死者的汽艇每晚行駛於伏爾加河。瑪莎也一起上船，與哥哥一起離開史達林格勒。

「尼古拉，你很厲害喔，真了不起。」

謝拉菲瑪鼓勵他，把散落在馬克西姆家地板上的重型機關槍的彈殼裝進袋子送給他。他曾經很想要那些彈殼。

尼古拉接過，看了眼袋子裡的東西，一聲不吭地扔進伏爾加河裡。

自從清醒以後，尼古拉臉上再不復見孩子氣的神情。

金色的彈殼無聲無息地沉入暗夜的漆黑河底。凝視著這一切的瑪莎也一樣，笑容從臉上消失得一乾二淨。他們已經放棄了玩耍。

汽艇載著傷者與死者，駛向伏爾加河東岸。

那天天都還沒亮，就開始討伐布穀鳥的會議。

夏洛塔跟謝拉菲瑪一樣，拚命研究牆上的地圖。

同為狙擊兵的朱利安也想加入，但他的任務是死守據點，所以遭到馬克西姆隊長的駁回。

敵人以水塔為據點，距離六百公尺。仰角過大，無法狙擊，反而是居高臨下的對方比較有利。ＳＶＴ－40的射擊精度不如Ｋａｒ98ｋ，因此希望能找到兩處更接近、能從俯角射擊的位置。

「我負責這裡。」

「那我去這裡。」

兩人指著地圖上的位置，背後傳來聲音。

「穀物圓筒倉和紅色十月工廠的屋頂嗎？」

是伊麗娜的聲音。

正用瞄準鏡觀察窗外的她放下槍，回過頭來，發現自己說中了。

「憤怒讓妳們氣昏頭了。對方是一流的高手喔，找死嗎？」

朱利安同意伊麗娜說的話。

「布穀鳥也知道水塔曝光了。下次應該會從別的地方進攻。妳們選擇的都是正對著可以射擊水塔的場所，而且比水塔高的建築物，萬一敵人在那裡守株待兔，妳們等於是去送死。」

既然如此，就找可以狙擊那些預測地點的地方。謝拉菲瑪想回嘴，終究還是噤口不言。

在演習也體驗過，這種勾心鬥角一旦開始就沒完沒了。看得太表面會失敗，看得太複雜也可能會聰明反被聰明誤，最後落得以失敗收場。

「狙擊兵都有自己的脈絡。無一例外……唯有能理解對方脈絡的人才會贏。」

朱利安彷彿是說給自己聽地說道。他也在拚命地壓抑滿心的火氣。

夏洛塔也同樣安靜下來。

「像這種時候……」伊麗娜打破沉默。「將敵人的出現位置鎖定在水塔一處，耐心等待對方出現……先決條件是不能讓敵人發現我們埋伏的地方，安全性是長期潛伏的必備條件。」

「有那種地方嗎？」

朱利安問道。伊麗娜慢條斯理地靠近地圖。

「根據從都市游擊隊得到的情報，下水道的通路與可以安全進出人孔的位置是他們的活動範圍……我從那裡找到一個好地方。」

她指的是扎哈羅娃姊妹提供的資料嗎？

謝拉菲瑪心想，但沒說出口。看到伊麗娜圈起來的地方，不由得瞠目結舌。

「距離目標八百六十公尺。」

「有什麼問題嗎？」

「倒也不是有什麼問題，只是以ＳＶＴ－40的有效射擊距離，幾乎是極限了……不，已經稍微超出極限了。」

「重新整理一下敵我雙方的優劣勢，謝拉菲瑪。」曾幾何時，伊麗娜的口吻變得跟在狙擊兵訓練學校的時候一樣。「Kar98k在射程內的個別射擊精度很高。那隻布穀鳥藉由利用俯角往下射擊的方式延伸Kar98k的有效射程，同時讓我們處於仰角過大的劣勢，不利於反擊。這點該如何與之對抗呢？」

夏洛塔露出恍然大悟的表情，謝拉菲瑪也理解伊麗娜的用意了。

「換句話說，拉長射擊距離可以彌補仰角的劣勢，同時透過絕對的遠距狙擊可以先發制人，抵消敵人的優勢。」

「沒錯。」伊麗娜回答，接著說明作戰的細節。「謝拉菲瑪和我一起找機會去這個地點。夏洛塔在附近持續進行欺敵的狙擊。不過，當敵人出現在水塔上就別再戀戰。媽媽和朱利安輪流從射擊孔監視。」

夏洛塔和朱利安似乎同時有話想說，卻也都把話吞回去了。

伊麗娜與謝拉菲瑪一組。謝拉菲瑪自從進入實戰，成績一直優於夏洛塔。而朱利安由始至終都是保護據點的狙擊兵。

——要是艾雅還活著就好了。腦海中唐突地浮現出這個願望，就要順道帶出無止盡的悲傷時，謝拉菲瑪有些急切地說：

「別擔心，夏洛塔、朱利安。我一定會為波格丹報仇。」

謝拉菲瑪拍胸脯保證，兩人頷首。

「交給妳了，謝拉菲瑪同志。」

朱利安與謝拉菲瑪握手。「波格丹雖然講話很難聽，但也是與我們並肩作戰的夥伴。」

「既然決定了，就快睡吧。」

伊麗娜乾脆地畫下句點，鑽進睡袋。

「一旦開始作戰就是沒日沒夜的長期抗戰了。明天夜裡開始移動。請費奧多先生利用今天到明天的時間做好準備。這段時間妳唯一的任務就是睡覺。這是第一階段的任務。」

今天發生了那麼多事，怎麼可能睡得著。

謝拉菲瑪感到不可思議，可是當她自己也鑽進睡袋，不到幾分鐘便沉沉睡去。肉體在無意識的情況下長久累積的疲憊凌駕了激動與感傷。

睡了整整一天，被伊麗娜溫柔地喚醒時，謝拉菲瑪覺得自己好無情。

靠著煤油燈的微光與地圖的指引，走在伸手不見五指的下水道。狙擊位置是人孔，從那裡探出半個身子狙擊。費奧多上等兵利用準備時間為她們製作了垂吊式的椅子，扶手的左右兩邊各有一條繩子，將其固定在地上，就可以懸空坐著，讓下半身隱沒在人孔中，是非常優秀的設計。用來固定繩子的零件是軍隊的必需品，所以只要完成，設置起來就很容易了。

雖說德國佬幾乎不會出現在下水道裡，但她們還是利用剩下的繩索和午餐肉的空罐在周圍設置陷阱式警報器。雖然單純，但是在這麼暗的環境下，敵人幾乎不可能避得開。

人孔外側的背後是一堵實牆，左右兩邊是化為廢墟的住宅與建設公司大樓。這一帶既不屬於紅軍，也尚未落入德軍之手，萬一德國佬出現在地上，可以立刻躲進人孔中。

為了長期抗戰，準備了好幾頂有護耳的帽子和好幾條圍巾，以期能萬無一失地捱過漫漫寒冬。

做好準備，仰望目標。距離八百六十公尺，高度四十五公尺。

「仰角五十三密位……準星要往上修正。」

「瞄準得到嗎？」

「沒問題。」

雖然有點不甘心，但拉開距離的策略十分有效。可將仰角從八十八密位減少到五十三密位。再來只剩一個問題，那就是距離。紅軍大膽地對外宣稱ＳＶＴ－40的最大射程為「一千五百公尺」，瞄準鏡也設計成可以瞄準那麼遠的距離，但是從來沒有哪個狙擊兵天真地相信真能射擊到那麼遠的距離。

可是若說實際的最大射程有多遠，也很難一概而論。

一般提到槍的有效射程，並不是由那把槍的種類或規格決定，而是深受每把槍各自的「個性」影響。即使是型號一模一樣的槍，射擊的精準度也會依膛線及槍身有沒有歪斜而異，因此不可能擁有相同的命中性能。而且有沒有好好地保養那把槍也會讓槍枝產生各種不同的個性。

如果由一般步兵使用平均水準的SVT－40，有效射程最遠為五百公尺，實際的交戰距離通常在三百公尺以內。

另一方面，給狙擊兵的SVT－40會在試射的階段就選擇精準度比較高的產品，而且狙擊兵是所有兵種中最用心保養槍枝的人。當他們拿到精挑細選的「個性」化槍枝，接受過遠距離射擊訓練的人始能稱為狙擊兵。

即便如此，實戰預估的射程最多仍不超過八百五十公尺，而且那還是在沒有高低差的前提下。因為子彈飛得愈遠，震幅愈大，所以如果鎖定超出有效射程的對象進行狙擊，即使根據彈道學正確地捕捉到目標也無法射中。說得極端一點，就算把槍身完全固定在板凳上射擊，子彈也不見得會全部射到同一個地方。子彈本身的炸藥含量也會產生誤差，因此可以期待命中的範圍會呈圓形擴張，從物理學的角度來說，說是沒有完全正確的射擊也不為過。

要在水平距離八百六十公尺、高四十五公尺的仰角射中目標，等於是要信奉物理學的優秀狙擊兵挑戰物理學的極限。

相較之下，布穀鳥用的Kar98k是堅固的手動步槍，有效射程不算太長，但設計得極為可靠，命中率也很高。起初在狙擊兵的養成略顯落後的德軍讓只提升一點五倍、其實性能不算太高的ZF瞄準鏡成為這種槍的標準配備，在這種條件下，其所發揮的性能甚至比不上命中率明明低於Kar98k的半自動步槍SVT－40。氣不過的布穀鳥乾脆請老家寄來民間狩獵用的瞄準鏡，安裝在Kar98k上，儘管粗製濫造，卻改造出特別的「個性」，再加上是由技術純熟的士兵操作，發揮出步槍優異的性能，實現了不負狙擊兵之名的長射程。雖說敵人有俯角的優勢，但還是從六百公尺的距離外射中小孩的腳，所以大概是用了特製瞄準鏡的神射手。

回過神來，謝拉菲瑪發現自己正在用力呼吸。敵人的條件無疑比自己好太多了。她必須扳倒敵人的優勢。現在正是發揮訓練與實戰成果的時候。

冷不防留意到身旁的氣息，轉向右邊。

與自己一樣吊在人孔裡的伊麗娜正以相同的姿勢瞄準水塔。

「敵人的射擊精度比較高。但我們的槍是半自動步槍，而且有兩個人，知道該採取什麼戰法吧。」

「知道。」

伊麗娜用沒有食指的右手握著槍托的握把。

缺了一截的中指扣住扳機，伊麗娜自言自語地說：

「擔心這副德行不曉得射不射得中嗎？」

「妳明明證明給我看過了不是嗎？」

始終瞪著水塔的伊麗娜只有眼珠子轉過來。

在移開幾乎沒什麼變化的視線前，臉上掠過一抹淺笑。

「妳也學會耍心機了呢。」

那是她們狙擊前最後的對話。

觀察逐漸被晨光照亮的水塔，距離屋頂約莫兩公尺高處，有個可以用梯子爬上去的地方，在構造上有個勉強可以站人的空間，敵人在那裡構築了臨時陣地。梯子的前後左右都用鋼板圍起來，再用木板增加可以爬上去站人的空間。

面向紅軍的東側就連可以站人的地方也用鋼板圍起來，只在眼睛的高度留下些許空隙。

儼然是經過深思熟慮的陣地。一般來說，來自樹上之類的狙擊很難預留退路，所以不太會從高處狙擊，但如果是那裡，可以盡情地射擊之後再退回屋內避難。

整整一天，兩人維持著射擊姿勢，屏息以待。

輪流以攜帶口糧打發三餐，排泄問題則去下水道迅速解決。

如果對一直維持相同的姿勢開始感到力不從心，就回到人孔底下，花幾分鐘伸展身體，然後再齊心協力地盯著目標。伊麗娜猜得沒錯，布穀鳥沒有出現。

第二天，布穀鳥依舊沒有出現在目標地點。謝拉菲瑪與伊麗娜又單獨度過了整整一天，期間連一句話也沒交談。

伸展的次數、用餐的次數與便意來襲的次數都減少了。

擺出狙擊姿勢時，即使有蟲停在眼皮底下，也不能理牠，直到蟲自己飛走。

謝拉菲瑪的思路仍舊保持清晰，意識則逐漸接近無心化境。

第三天，直到中午，敵人仍未出現。

然而，謝拉菲瑪懂了。如同她們正在等待敵人出現，敵人也在等待她們出現。對抓不到可恨的敵人感到心急如焚。

耳邊傳來ＳＶＴ－40的槍聲。是夏洛塔的欺敵作戰。第三天，她重複著單獨的狙擊。雖說是假動作，但想也知道是在射擊德國佬。

敵人應該捨不得放棄只屬於自己、她們沒有的優勢。想必已確認過安全無虞，且相信那是對自己有利的射擊位置。就算知道已經敗露行藏，敵人也不知道**她們發現可以狙擊那個位置的地方**。

即使深知過於自信的危險性，也抵抗不了誘惑。而且戰友也會催促他們快點搞定敵人的狙擊兵。大概沒問題吧、應該沒問題的想法會讓狙擊兵以身涉險。

下午四點，終於等到了那一刻。隱隱約約可以看見覆蓋著鋼板的梯子內部有人影在動。

「謝拉菲瑪。」

「收到。」

對話僅此而已。

解除安全裝置。靜待布穀鳥出現在可以站人的地方，趁冒出頭來的那一瞬間射擊。

沒想到結果出乎謝拉菲瑪的意料。

因為先冒出頭來的並非布穀鳥，而是扛著小型迫擊砲的德國佬。

他把砲口朝向這裡——朝向南方。

「該死的……」

忍不住小聲咒罵。

從對方沒有要射擊的樣子，以及從瞄準鏡可以看到對方緩慢的動作來判斷，可以確定對方尚未發現自己的存在。要是敵人知道遠在八百六十公尺外的人孔與下水道相通，應該會採取別的方法進攻。大概是從地圖與戰況直覺地預測會受到來自南方的攻擊，事先設置好相當於狙擊兵天敵的迫擊砲。

這次無法申請砲擊，就算可以申請砲擊，這麼遠的距離也打不到水塔。而且除非用列車砲，否則不可能一舉摧毀整棟建築物。

先解決迫擊砲手。最合理的選項掠過腦海，可是當迫擊砲完成對周圍的警戒，換上最關鍵的布穀鳥時，她就領悟到這個選項不可能實現了。射擊位置對她們太不利了。在這種以奇襲為絕對條件的作戰中，倘若先射擊其他兵種，布穀鳥一定會逃之夭夭。

這時，謝拉菲瑪想到一件事。

夏洛塔。當她發現水塔上的敵人，一定也會察覺到我所處的狀況。

「只要夏洛塔發動欺敵射擊，改變迫擊砲的方向，我們就有勝算。」

謝拉菲瑪不假思索地說道，伊麗娜嘆著氣回答：

「要是她能理解到這點就好了。」

「她會理解的，我已經感應到了。」

「是嗎？」

謝拉菲瑪從伊麗娜的回答感覺到某種不言可喻的共鳴。

謝拉菲瑪想起柳德米拉·帕夫利琴科。她和伊麗娜也有過這種經驗嗎？想到這裡時，兩名迫擊砲兵開始手忙腳亂起來。

槍口的方向保持不動，唯有眼珠子望向東邊。

東邊揚起紅色的煙塵。那是上岸時收到的發煙器。紅色的煙霧讓敵人上鉤了，手忙腳亂地將迫擊砲的砲口轉向東邊。迫擊砲轉向需要一點時間。布穀鳥不知在叫什麼，或許是要制止砲口轉向。然而，一切都太遲了。

超長距離的目標。當八百六十公尺外的敵人落在T字瞄準線上，敵人迅速地躲進陰影中。

誓要讓對方體會波格丹的無奈、尼古拉失去一條腿的無奈、孩子們被迫成長的無奈、市民的無奈。

謝拉菲瑪的內心頓時燒起熊熊怒火，讓所有的念想有如接觸到肌膚的雪花，消失得無影無蹤。

當她進入無念無想的境界時，伊麗娜在耳邊低語：

「射擊。」

謝拉菲瑪扣下扳機。伊麗娜也同時開槍。

兩發子彈伴隨著連續的槍聲飛向水塔，從狙擊手的頭上掠過。謝拉菲瑪絲毫不以為意。下一發子彈自動上膛。

短短的一點五秒。布穀鳥的腦袋再次出現在瞄準鏡中央，謝拉菲瑪再次扣下扳機。與此同時，看見敵兵即使慌亂仍試圖鎖定射擊地點的模樣，被迴盪在街道上的槍聲所惑。

兩次、三次地接著扣下扳機，每次飛出去的子彈都是槍聲的兩倍。

這是善用兩把半自動狙擊槍狙擊八百六十公尺外的方法。當距離拉遠到八百六十公尺，命中範圍將呈圓形散開。只能以連續射擊的方式賭在那個範圍內打中敵人的可能性。與狙擊兵心目中理想的一擊必殺相去甚遠。但半自動步槍的快射功能確實發揮了效果。

狙擊兵接受過如何從各種回音中分辨槍聲方向的訓練。布穀鳥運用訓練結果，鎖定這邊。

謝拉菲瑪和伊麗娜發射的子彈逐漸接近敵人。

吹掠於其中的風、槍身帶來的震幅都會造成準頭和子彈的偏移，但每開一槍就能看見以上的偏移，就能加以修正。

水塔上，布穀鳥手裡的步槍原本左右游移的動作倏地戛然而止。對方發現謝拉菲瑪了。

他在尚未完全瞄準的狀態下開了一槍。距離跟自己一樣遠，所以不可能一發就命中。他應該也是利用那一發來調整準星。

不過，他無法立刻開下一槍。必須先解除瞄準，重新裝填子彈。手動步槍的缺點盡露眼前。

SVT－40的彈匣還有一發子彈。

水塔上的布穀鳥正在調整步槍的震幅。

下一瞬間，彷彿被雷打中的感覺貫穿謝拉菲瑪全身。

會擊中。他開的下一槍會擊中我。

而我開的下一槍也會精準地打中他。

「來吧。」

謝拉菲瑪在喃喃自語的同時扣下扳機。

隔了一點五秒，謝拉菲瑪放棄射出下一發子彈。

瞄準鏡的另一邊，正打算發射致命一槍的布穀鳥鋼盔飛向半空中，宛如人偶般倒下。

成功了——

強烈的成就感滿溢胸懷的同時，謝拉菲瑪換上新的彈匣。

正想再次展開狙擊時，其中一名迫擊砲兵腹部中彈，應聲倒地。

是伊麗娜開的槍。由少了一截的中指完成狙擊。謝拉菲瑪感到有如野火燎原般的嫉妒。

不料眼前竟出現難以想像的光景。

僅剩的唯一一名迫擊砲兵呼喚倒在水塔上的夥伴，開始不知所措地走來走去。確認布穀鳥當場死亡後，把手伸進迫擊砲兵的腋下，拉起同伴的上半身，顫巍巍地想背著夥伴下梯子。

想當然耳，謝拉菲瑪也同時鎖定他的身影。已經結束對準星的調整，在對方不可能反擊的最理想時刻瞄準敵人。

咯咯咯……

喉嚨發出聲響。謝拉菲瑪發現自己在笑。

扣下扳機，第二名迫擊砲兵腹部中槍，倒地不起。

謝拉菲瑪看著倒在視線範圍內，兩個奄奄一息的德國佬，猶豫著接下來該對誰開槍。也想過不如留他們一條小命，如果再有別的德國佬出現，就能射殺他們的可能性。射擊德國佬的腹部，再射擊前來救助他們的德國佬，以此類推……

正當她以為自己找到增加戰果的好方法時，伊麗娜怒吼：

「撤退了，妳要磨蹭到什麼時候！」

已經下到人孔內的伊麗娜抓住謝拉菲瑪的衣服，硬把她扯下去。

機關槍掃射的噪音同時響起。機槍兵出現在水塔的建築物屋頂，開始朝這邊胡亂掃射。有幾發子彈誤打誤撞地射進謝拉菲瑪她們待的通路裡，在頭上彈開。

走在前面的伊麗娜破口大罵：

「妳是白痴嗎！都叫妳不要一直杵在同一個地方了！」

謝拉菲瑪不服氣。花了整整三天的時間，作戰好不容易有了成果，居然還被當成白痴痛罵。

「我有兩個狙擊戰果，而且還是布穀鳥和迫擊砲兵。」

「只有一個。不確定砲擊砲兵是不是真的死了，所以不能列入紀錄。」

「兩個啦！那樣子不可能生還。」

「謝拉菲瑪！」

伊麗娜回頭，抓住她的肩膀對她說：

「不要樂在其中。」

黑暗中看不清她的臉。

更不明白這句話的意思。

亢奮填滿謝拉菲瑪的腦子。熱血沸騰的感覺害她無法冷靜地判斷該怎麼理解伊麗娜這句話。

懷著昂揚的心情回到馬克西姆家，前腳剛進門，就高喊自己射殺了布穀鳥。

馬克西姆、費奧多、朱利安全都揚起嘴角。

夏洛塔和媽媽跑過來，與謝拉菲瑪擁抱。

「菲瑪，妳的臉受傷了。」

「咦？」

經此一說，她摸了摸臉頰，指尖沾著血。哦……她想起來了。

「德國佬用機關槍胡亂掃射時留下的傷口。別擔心，只是擦傷。這不重要，謝謝妳的發煙器！」

聽到她的回答，夏洛塔的表情頓時蒙上一層陰影。

「是嗎？」夏洛塔漫應一聲，退後半步。

怎麼了嗎？謝拉菲瑪感到疑惑。

「坐下，我幫妳擦藥。」

塔妮雅說道，拿著急救箱走來。

「沒那麼嚴重啦，只是擦傷而已。」

謝拉菲瑪坐在沙發上，說出這句話的瞬間，全身竄過一陣惡寒。

子彈掠過臉頰。與死亡擦肩而過，中間只隔了一公分。自己現在還能活著，純粹只是偶然。

為了阻止亢奮的心情出現雜質，謝拉菲瑪告訴信賴的護士：

「塔妮雅，我殺了兩個敵人。」

正幫謝拉菲瑪消毒臉頰的塔妮雅一臉不勝其擾的表情回答：

「關我什麼事。我正在為妳包紮，不要動。」

「冷靜一點，謝拉菲瑪。」

伊麗娜訓誡她，肯定是指戰果的事。

於是謝拉菲瑪問塔妮雅：

「那我們來請教懂醫學的人，在妳看來，腹部被俄製子彈射中的德國佬還能活多久？」

塔妮雅低頭看著謝拉菲瑪。

為謝拉菲瑪貼上紗布，再以膠帶固定後，塔妮雅朝謝拉菲瑪的下巴揮了一拳。

那一拳的力氣大到謝拉菲瑪眼冒金星。

「別在我面前提到『戰果』的事。」

塔妮雅冷若冰霜地丟下這句話，走向隔壁的房間。

謝拉菲瑪從沙發上跳起來，朝她抗議：

「為什麼不稱讚我！我……」

謝拉菲瑪被自己說的話嚇到了。塔妮雅看也不看她一眼，反手在背後關上門。

看了看周圍的人。

大隊的男人們、夏洛塔和媽媽皆以撞鬼的眼神看著自己。

彷彿一盆冷水從頭上淋下，謝拉菲瑪恢復冷靜，開始回想自己的所作所為。

笑著射擊敵兵、炫耀自己殺死的人數。

不要樂在其中。伊麗娜對她說。自己竟以殺人為樂。

「嗚……」

陷入深深的自我厭惡，幾乎就要崩潰的瞬間，伊麗娜抱住謝拉菲瑪。

「沒事的，妳什麼也沒做錯。」

這世上最深惡痛絕的人緊緊地抱住自己、婉言安慰自己。自己眼中的仇人是唯一認同自己的人。繃得死緊的身體在對方懷中慢慢地放鬆下來。

「沒事的，妳做得很好。保持這樣就好了。」

「好什麼好。都是妳！是妳改變了我……」

「沒錯，是我改變了妳。是我把妳培養成狙擊兵，教妳射殺敵人。不要迷惘。別杵在一個地方！別以為只有自己最聰明！要盡好狙擊兵的本分，向敵人開槍，謝拉菲瑪！」

謝拉菲瑪痛苦呻吟。

自己也無法理解的情緒在內心掀起驚濤駭浪。

還在伊萬諾沃村時，她堅信自己絕對無法殺人。如今居然以殺了多少人為榮。伊麗娜、軍隊、國家都要她這麼做。但愈是這麼做，自己就離過去的自己愈遠。

如今什麼才是支撐自己的中心思想？

自己已經從頭到腳被蘇聯紅軍的中心思想滲透了嗎？
她只覺得自己愈來愈像怪物。
然而，如果不變成怪物，就無法在戰爭中存活下來。
興奮褪去後，謝拉菲瑪一個勁兒地睡覺。彷彿要彌補只靠打瞌睡撐過那三天的疲勞，睡著的時候，連一個惡夢也沒做。
她寧願自己被惡夢驚醒。

「滿天星行動」的延長戰在馬克西姆家的混合部隊取得勝利告終時，反過來包圍德軍的蘇聯軍，正承受著規模完全不是同一個等級的德軍大規模反攻「冬季風暴行動」。
一開始機動力受到壓制，差點被德軍攻破的蘇聯軍因為有預備兵力的加入，阻止了德軍的進攻，並且發動「小土星行動」。「小土星行動」是本來打算斷絕A軍團後援的「土星行動」的大幅縮小版。集中火力攻擊頓河一帶的德國羅馬尼亞聯軍，從背後施加壓力。德軍第五十七裝甲軍雖然逼近到距離史達林格勒市區只差五十公里的前方，但是面對紅軍大舉壓境，要靠自己的力量突破包圍網變得難上加難。
十二月十六日，指揮作戰的曼斯坦元帥要求希特勒下令被困在史達林格勒的第六軍團實施裡應外合的撤離計畫「雷鳴」，內外夾擊包圍網。但希特勒認為冬季風暴行動的目標是打通對史達林格勒的補給之路，因此嚴令第六軍團不許撤退。保盧斯將軍是很重視命令的軍人，加上第六軍團之前為了突破包圍網，損失慘重也是事實。撤離說起來容易，但是這麼一來就不得不放棄為了巷戰而特地搬來的各種重砲裝備，因為燃料不足而故障、幾乎已經無法使用的戰車也不少。士兵都因為飢餓與寒冷變得十分衰弱。在火力已經完全屈居於弱勢的情況下，萬一與第五十七裝甲軍的合作也失敗的話，第六軍團的輕裝備士兵等於是飛蛾撲火地直接對上包圍網，必定會全軍覆沒。

十二月十三日，曼斯坦問保盧斯：「有可能立刻實施『雷鳴行動』嗎？」暗示他做出撤離的決定。

保盧斯苦思良久，最後回答：

「根據目前的燃料儲備量，不可能抵達第五十七裝甲軍的陣營。」

於是第六軍團按兵不動，營救計畫觸礁。

在包圍網內外的德軍進退不得，營救計畫陷入絕境的十二月二十四日，蘇聯軍派出精銳部隊第二親衛軍，逼第五十七裝甲軍後退，同時猛烈轟炸對德國第六軍團而言相當於救命鋼索的空運樞紐——塔特辛斯卡亞機場。蘇聯也因此付出了相當大的代價，最終破壞超過七十架飛機與大量的戰車，幾乎將機場夷為平地後，揚長而去。

至此，原本吹響了反攻號角的德軍光是要應付紅軍的逆襲就疲於奔命，冬季風暴行動以失敗告終。德國第六軍團的士兵原本希望能在聖誕節慶祝自己的生還，但他們的命運在當天晚上一敗塗地。

占領區的人，一個個的視線都好討厭。

這是德意志國防軍人漢斯．葉卡的感受。狙擊兵能清楚判別對自己的殺意與除此之外的情緒。這件事在戰場上很容易辦到，可是在占領下的史達林格勒卻很難做到。

每次前往珊朵拉住的公寓時，總會遇到其他住戶。俄羅斯人的表情裡充滿了厭惡與憤恨。另一方面又露出逢迎拍馬的諂媚笑容。

年約十歲的男孩嬉皮笑臉地故意向他敬了一個納粹式的禮。

主婦臉色極為難看地抓住男孩的手，把他拖回家裡。

然而，就算是這樣頑皮的男孩，也有可能轉過身去立刻變成游擊隊，向紅軍洩漏自己的情報。即使是現在這個瞬間，主婦也可能從背後拿菜刀刺過來。

到底是哪裡出了錯呢？他不禁問自己。他居然在這樣的情況下愛上住在這裡的珊朵拉。

走近她的房間，門上有大量塗鴉。他看不懂俄文，但是想也知道上頭寫的是什麼。

「午安。」

用彆腳的俄語問候，她從門裡探出臉來，巧笑倩兮，讓葉卡進入自己的住處。

葉卡與珊朵拉相遇於德軍占領市中心的初期。士兵們失心瘋地到處物色女人時，葉卡出手救了珊朵拉。

送她回家時，直接送到床上，發展成男女關係。

雖然也覺得不太對勁，但葉卡依舊開始在她家出入。每隔幾天就有一次自由的放風時間，葉卡都會去找她。帶著珍貴的糧食及日用品、軍用貨幣去給她。

分不清敵我、分不清是兩情相悅還是霸王硬上弓、也分不清是愛情或買賣的淫亂關係。戰場上，這一類的韻事不勝枚舉。葉卡用笨拙的俄語告訴她：

「我又來了……今天……很高興。」

珊朵拉笑著親吻葉卡的臉，接過紙袋。向翻譯兵學習詞不達意的俄語與禮物、再加上性交，以上就是交流的全部。

無論前因後果為何，他都愛著珊朵拉。這是情感上的問題。

葉卡對此深信不移。給她訂婚戒指時，心裡想的是故鄉的未婚妻，不免有些歉疚，但那個女人是第一次世界大戰的孤兒，只是剛好遇上住在同一個小鎮，同樣孑然一身的自己，兩人之間並沒有愛情。

自己愛著珊朵拉，但珊朵拉是否愛著自己呢？

她今天也親吻自己，笑著收下物品。但她的笑容一天比一天寡淡，因為在逆包圍的情況下，可以給她的食物愈來愈少。

戈林帝國元帥曾經誇下海口，說會利用空中補給養活我們，實際上豈只一個慘字所能形容。ＢＦ１０９背負著必須保護笨重的運輸機這個沉重的枷鎖。另一方面，紅軍的戰鬥力日益提升，以機動性極高的Ｙａｋ－１戰鬥機對ＢＦ１０９展開攻擊，一旦ＢＦ１０９戰鬥機被引開，運輸機就像被猛獸追趕的草食性動物，只能毫無還手之力地被擊落。

自己所屬的大隊一開始因為接收紅軍和當地居民的糧倉，所以還撐得下去，但是別的部隊，尤其是被敵軍包圍、孤立無援的友軍，紛紛死於饑寒交迫。餓死與凍死。

明明應該是要賦予俄羅斯人的痛擊，卻反過來侵蝕光榮的德意志國防軍。

今天給她的是從市民糧倉徵收的麵粉。

要在扭曲的狀況下與極為有限的溝通中得到愛情並不是一件容易的事。

「葉卡！漢斯．葉卡少尉，你在嗎？」

伴隨著粗聲粗氣的德語，有人用力敲門。

恐懼令珊朵拉臉色鐵青。除了葉卡以外，不管是誰說的德語都令她恐懼。

「別擔心，是我的長官。改天見。」

葉卡盡可能和顏悅色地以俄語對她說。

語聲未落，她把某樣東西放在葉卡手中。葉卡低頭看了一眼，她把葉卡帶來的紙袋推回給他。

走出珊朵拉的家門，有個別著少校階級章的陌生男人露骨地皺著眉頭說：

「居然和斯拉夫女人偷情，你還真有閒情逸致啊！狙擊兵。」

「所以今天要開軍法會議審判我嗎？少校閣下。」

一旁的年輕副官氣得臉都歪了，但終究什麼也沒說。葉卡深知這些汙言穢語其實是一種試探。軍隊的秩序建立於恐懼與制裁之上，一旦士氣低落，就會失去恐懼與制裁的根源，進而導致秩序變得不堪一擊。如今正處於那樣的過程。

「上級命令你去消滅威脅到第八中隊的狙擊兵。」

葉卡立刻改變態度，畢恭畢敬地回答：

「少佐閣下，不好意思，我是第七中隊的人。」

「那又怎樣，都是同一支大隊的人。你應該也對第八中隊的災情有所耳聞吧。」

「是有聽到一些傳言。」

葉卡提醒自己說話不要語帶譏嘲，但如果是指最靠近西岸的第八中隊被敵人的狙擊兵玩弄於股掌之間，死了幾十人的事實，語氣很難不帶著嘲諷。

「……可是在下尚未掌握敵方的戰力。」

「關於這點，我做了分析。」

年輕副官遞出報告。儘管官拜少尉，氣勢上卻輸了葉卡一大截。葉卡從格式過度工整的內容讀取其所分析的概要。

以受過特殊訓練的狙擊兵為主，人數約二十五到三十人左右的精銳部隊。

「你是士軍官校的優等生嗎？」

「我已經修完養成課程了。」

血氣方剛的表情充分顯示他經驗尚淺。

「兵種偏成這樣，與人數根本不成比例。頂多只有四、五個人。」

「你有什麼根據這麼說？」

「因為出現在不同的地方，企圖擾亂我們的敵人每次同時出現的人數最多只有兩個兩人組和一個一人組，合計五人。單獨行動的那個人是為了誤導我們敵人有很多人。」

中隊副官連忙重看一遍戰鬥報告，確定葉卡說的有憑有據。

「可是，這也代表……敵人在短短二十天內就殺了五十個我們的人……」

「你的分析也說對了一部分。敵人是受過特殊訓練的狙擊兵，是精銳部隊。而且狙擊兵確實能殺掉那麼多人。」

少校冷笑著問他：

「聽說你在法國殺了四十五人、在俄羅斯殺了六十人？」

「其實有一點誤差。」

「殺了一百人以上，真是厲害的殺手。」

葉卡對中隊長的話中有話感到不耐，但現在堅持戰果也無濟於事。葉卡決定結束談話。

「總之敵人的目的是為了讓我們以為他們有很強大的戰力。如果能掌握對方的據點，只要用迫擊砲濫炸一番就行了。」

兩位軍官面面相覷，年輕的副官回答：

「我們已經挑戰過七次了，結果造成十三人死於對方的砲擊。對方已經完全識破可以射擊的據點了。所以沒有人願意擔此重責大任。」

「那就採取反狙擊戰術吧。只要放出誘餌，引蛇出洞就行了。如此一來就能找出敵人的狙擊位置。」

中隊長不解地反問：

「什麼誘餌？」

「校官階級的指揮官一向是狙擊兵的目標喔，隊長閣下。」

見兩位軍官啞口無言，一時半刻接不上話，葉卡轉移話題。

「如果需要更進一步的計畫，請找你們的狙擊兵。不是有庫爾特・貝格曼嗎？他是我的學生。那傢伙的戰果至少也有五十人。」

「貝格曼少尉死了。」

葉卡不可置信地瞪大了雙眼。

少校微微頷首，看得出來他正努力隱藏笑意。

「從某個角度來說，他確實採取了你建議的作戰方式，爬到水塔上，與敵人的狙擊兵對峙了好幾個小時，最後乾脆射擊路過的小孩，試圖把敵人引出來，卻只射中了督戰隊的人……過了幾天，他終於心不甘情不願地聽從我們的要求，帶著兩名迫擊砲兵上水塔狙擊敵人，但是被敵人的狙擊兵從遠處擊中。可見對方確實技高一籌。」

再明顯不過的挑釁。葉卡聽得出來。但少校的小心思這時一點也不重要。

貝格曼是個遠比自己善良的人。本業是廚師的學徒，把妻子留在故鄉，隻身前往戰場。上頭命令他射殺ＮＫＶＤ的俘虜時，他每次都故意射偏。葉卡知道他常因為懦弱與溫柔被其他士兵欺負。但每次都能故意射偏也需要天賦，葉卡看上他的身手，找他來問話，他老實向葉卡坦承，自己無法狠下心殺人，所以打算逃亡。

德意志國防軍在第二次世界大戰中的方針是，膽敢逃亡就是死刑伺候。

葉卡決定治好貝格曼的心，教他如何在殺死敵人後還能保持內心的平靜；教他他們並不是劊子手，只不過是手槍的扳機；教他如何面不改色地射殺ＮＫＶＤ及游擊隊的俘虜。

接受過葉卡技術上、心理上的輔導後，貝格曼從優異步槍射手成長為狙擊兵，再也沒有人敢欺負他，也沒有人再瞧不起他，就像絕大部分的狙擊兵一樣，受到其他兵種的敬畏與嫌棄。他一直很感謝葉卡。可是他真正的夢想其實是領到軍人的退休金，回故鄉漢堡開一家小小的餐廳。

「還有，當時敵人的狙擊兵還射中迫擊砲兵的腹部，令迫擊砲兵痛不欲生，又擊中前往支援的另一名砲兵，結果造成三人死亡。真是的，狙擊兵的手段總是這麼陰險。」

「該死的伊凡（德國這邊用來指俄羅斯士兵的俗語）根本不是人。」

副官沒聽懂少校貶低狙擊兵的惡意，加了一段狀況外的補充。

或許是吧。葉卡心想。

一九四一年六月。希特勒過早做出相當於勝利宣言的演說，認為德軍會大獲全勝的開戰初期，前線的德國軍人已經體會到這些遠在柏林，從安全的地方指揮他們衝鋒陷陣的最高司令官們感受不到的恐懼。

德國猜得沒錯，蘇聯軍確實被打得落花流水，尤其是作戰指揮方面還不成熟。不同的兵種或師團完全整合不起來，各部隊的蘇聯士兵只會不斷地採取說是自取滅亡也不為過的橫衝直撞與無謂死守，德軍則是以迂迴戰術針對不同的據點各個擊破，勢如破竹地如入無人之境。

然而，即使處於節節敗退的狀態，紅軍士兵的士氣仍十分旺盛。包括開戰初期就受到攻擊的布雷斯特要塞、克里米亞半島的塞瓦斯托波爾要塞在內，即使在絕望的戰局中，他們仍鍥而不捨地奮戰到底。就像字面上的意思，即使戰到只剩一兵一卒，也要拖著德軍下地獄。

因此即使在德軍攻無不克、戰無不勝的一九四一年，德軍在對蘇聯的戰爭中也死了十八萬人。

這個數字遠遠超過自從德國侵略波蘭，到德軍對挪威、丹麥、荷蘭、比利時乃至於泱泱大國法國取得壓倒性的勝利，再到與英國在空中的纏鬥全部加起來的德軍折損總數還多。

俄羅斯又不是法國。恐怕所有的德軍都這麼想。

葉卡也親眼見識過這樣的場面。踏進占領的要塞或據點時，牆上經常會看到紅色的俄文字母。那是他們臨死前，用鮮血寫下自己的名字。

在入伍的第一支部隊與他變成好朋友的同袍接近身受重傷、請求救助的敵軍時，兩顆手榴彈接連爆炸。第一顆將敵兵本人炸得粉身碎骨，另一顆臨死之際往上方投擲的手榴彈在前來救助敵兵的德軍頭上爆炸，炸死了葉卡的三個同袍。

葉卡就是在那時遇見女性狙擊兵，對方被自己射中，處於動彈不得的狀態，但仍一息尚存，所以葉卡把槍口對準她，小心翼翼地靠近。沒想到對方突然撐起上半身，用德語吶喊：「法西斯去死！」試圖對他開槍。

葉卡一槍要了她的命。

因為對方太野蠻了，葉卡只好在受傷的敵兵投降前先殺了她。

而且俄羅斯人對俘虜也很殘忍。至少在一九四一年的夏天，在勝利的情況下被俘虜的德國士兵有九成慘遭殺害。他就看過被刺刀捅成蜂窩的德國士兵被吊在因為焦土作戰而空無一人的村子裡。

當德軍占領村落，這次換村民變成游擊隊來取他們的首級。既然如此，就跟燒毀敵人的軍事基地一樣，站在戰鬥的角度，當然只能把村落燒成灰燼。

看慣了這樣的場面，也難怪他們對俄羅斯俘虜的態度也變得非常不人道，天曉得裡頭是不是混進了政治委員或猶太人。因此俘虜都交給國防軍瞧不起的黨衛軍旗下的特別行動隊（負責虐殺游擊隊、共產主義者、猶太人的部隊）。聽說被送到那裡的俘虜幾乎都被殺死了，不管怎樣，葉卡都認為那跟自己身為職業軍人的任務無關。

所有人都學會了為自己找理由。

莫斯科攻防戰時，他最後分發到的部隊闖入一個名叫伊萬諾沃的村落，為了姦淫那裡的女人、擄掠那裡的糧食，不得不誣陷村人是游擊隊。雖然有獵人企圖攻擊指揮官，但那女人怎麼看都只是普通人。

不，葉卡推翻自己的想法。自己是正當防衛。是那個女人用槍瞄準了自己人。沒錯，消除眼前的游擊隊、卑鄙的非法戰鬥人員不正是自己的義務嗎？

他想起貝格曼。那雙溫柔的眼眸。留在故鄉的妻子。

俄軍又奪走了一個前程似錦的年輕人生命。

「要與伊凡這種怪物作戰，自己也得變成怪物才行。」

葉卡突然脫口而出開戰後幾個月，已經牢記在心的原則。

第八中隊長及其副官皆一臉詫異地看著他。

「少校閣下，倘若您真的有此覺悟，由您去當誘餌也未嘗不可。」

畢竟共產主義者的俄羅斯人都是怪物，為了打敗他們，必須不擇手段。

「……話說回來，那個紙袋是給俄羅斯女人的禮物嗎？」

少校顧左右而言他地問，葉卡看了眼紙袋裡的東西。

看到午餐肉罐頭，葉卡緊緊地收攏了袋口。

「嗯，對呀。糖果之類的。」

「糧食都不夠吃了，還送禮物給怪物女人。男女之間還真是充滿了爾虞我詐啊。」

被你說中了，混帳東西。葉卡在心裡咒罵。午餐肉罐頭是租借法案的商品，是蘇聯的商品。珊朵拉居然有這種東西，表示她與蘇聯軍隊接觸過了。正因為她毫不避諱地把這玩意兒交給自己，所以更不可能是游擊隊。

葉卡突然深深地感受到，珊朵拉其實也愛著自己。自己的原則是性交後固定會給她一些物品，而她居然把這麼珍貴的罐頭交給自己——明明應該隱藏所有可能會對她不利的證據。

回軍隊途中，葉卡繞了遠路，找個四下無人的地方，用小刀附的開罐器打開午餐肉罐頭，飽餐一頓。再把空罐丟進正在空燒冒煙的戰車裡。

要是所有的俄羅斯人都是怪物就好了，這樣他還可以輕鬆一點。葉卡心想。

士兵們在馬克西姆家的公寓裡過著尋常的小日子，氣氛是前所未有的放鬆。消滅水塔上的布穀鳥後，眼前的敵軍部隊暫時沒什麼動作，因此紅軍士兵的關心重點落在食物與史達林格勒整體的戰況上。吃補給的飯、閱讀混在補給中的報紙、聊天、偶爾跳舞，戰果減少的時候再出門狙擊德國佬。

也看到柳德米拉·帕夫利琴科的報導，原來她在美國。帶著建立第二戰線的外交使命，進入白宮。

二十五歲的我，在前線消滅了三百零九名法西斯侵略者。各位紳士，你們要繼續躲在我背後嗎？

她的開場白充滿了政治意味，引來美國人的喝采，烙印在謝拉菲瑪的腦海。

過了一個年，時間來到一九四三年一月七日，虔誠的正教徒費奧多正依照儒略曆（註11）虔誠地獻上聖誕節的祈禱。但其他士兵都不知道做法，所以只是默默

註11　凱撒大帝於公元前四十六年制定之曆法，比我們現在用的新曆晚十三天，因此儒略曆的十二月二十五日聖誕節相當於新曆的一月七日。

地吃飯。

第二天，一月八日。

紅軍的戰鬥機從上空散發傳單，地上的擴音器播放著某段錄音。

馬克西姆隊長看了看窗外的樣子，問謝拉菲瑪：

「謝拉菲瑪同志，他們在說什麼？」

聽得懂德語的謝拉菲瑪豎起耳朵來聽滿是雜訊的廣播。文法十分正確，但是過於一絲不苟，口音很重，形成聽起來相當詭異的德語。

「勸降。」

謝拉菲瑪回答，朱利安一臉不以為然地說：

「什麼嘛，那不就跟以前一樣嗎？」

是嗎？謝拉菲瑪仔細聆聽廣播的內容。

蘇聯軍撐過冬季風暴行動，使出所有可以想到的手段勸德國投降。除了趁夜摸黑設置擴音器，用德語招降這種極為傳統的手法外，還要求之前被俘的德國人呼籲夥伴出面向蘇聯投誠，用唱片播放懷念的德國民謠。製作家人正在故鄉德國等你們回去、戰爭結束就能回國這種懷柔的傳單，從空中投放。傳單上還偷渡了流亡至蘇聯的德國著名詩人——埃里希・魏納特充滿感傷的作品。

還以為又來這招的時候，喀秋莎火箭砲卻又猝不及防地如雨點般落下，或是把音量開到最大，播放令人不安的探戈音樂。

使出這些軟硬兼施的手段同時，蘇聯軍又對德軍表明「最高司令部嚴令蘇聯軍隊不許殺害投降的敵國士兵」。這件事的確是事實，因此孤立無援的敵軍部隊確實有一部分投降。幾乎可以說是以「挖空心思變換著花樣」的方式展開心理戰，只可惜納粹當局「萬一落入可怕的共產主義者手中必死無疑」的政治宣傳在德軍心中至今仍有效力，再加上戰爭初期，蘇聯對俘虜的凌虐確實也慘絕人寰，因此沒能迎來足以讓第六軍團瓦解的大規模投降。更重要的是，他們的軍隊依舊下令死守，就算沒有督戰隊，擅自投降也會立刻被處以死刑，所以還是無法打破僵局。

然而，謝拉菲瑪聽到的廣播內容卻充斥著一股不同於以往的異樣氣氛。

「這次勸降的感覺跟以前不太一樣。」

「哪裡不一樣？」馬克西姆隊長問她。

「不是對一般敵人的全面呼籲，而是針對第六軍團的保盧斯司令官，指名道姓地勸他投降。蘇聯紅軍允許他帶劍投降，以上是廣播的內容。」

「原來如此。也就是正式且有組織的勸降通知，勸對方結束在史達林格勒的戰線嗎？」

「是的……還有，如果拒絕投降，就只有徹底殲滅一途。」

「暗示對方包圍殲滅戰即將進入收尾的階段嗎？」

倘若敵人願意無條件投降，對蘇聯無非是喜聞樂見的結局。除了能避免為了殲滅第六軍團而繼續產生無益的死傷，一旦史達林格勒的巷戰落幕，就能解除對史達林格勒的包圍，投入預備兵力，正式展開「土星行動」，徹底切斷德國進軍高加索地區的A軍團後援。這才是蘇聯的目的。

問題是……謝拉菲瑪不抱希望。這點第六軍團也心知肚明，想也知道不可能這麼簡單地投降。

馬克西姆隊長看到狙擊小隊都跟謝拉菲瑪一臉悶悶不樂的模樣，笑著說：

「不過這也是早晚的問題。既然已經無法得到空投的補給，他們只剩下投降或凍死這兩個選擇。」

「我還想鑽研狙擊。距離二十五人還差一個。」

「朱利安！」

隊長喝斥自從狙擊小隊前來增援，狙擊戰果只增加一個人的年輕狙擊兵。

「你爸媽的心願是希望你活著，千萬別忘了這點！」

「可是我……」

朱利安還想爭辯，身體卻先僵硬了。那是狙擊手看到什麼時候的反應。

「現在，正前方的馬路盡頭有什麼在動。」

迅速將臉從瞄準鏡移開，因為從迷你的射擊孔看不到太多東西。

「好像在設置什麼東西……我下去看看。」

也不等隊長回答，朱利安一馬當先地離開基地。

馬克西姆隊長的表情變得苦澀。過了一會兒，謝拉菲瑪舉手。

「請問，我也可以同行嗎？」
馬克西姆隊長看了伊麗娜一眼，後者點頭同意。
「請便。」馬克西姆答應。
謝拉菲瑪向他行了一禮，轉身離去。夏洛塔也隨後跟上。
想必她也覺得不能放朱利安一個人吧。
打開門，兩人同時愣住。因為那個德國士兵的情婦——珊朵拉就站在眼前。
她居然打破不能來這裡的默契，夏洛塔一臉不悅。
「妳、妳來做什麼……」
「什麼風把妳吹來啦，珊朵拉，近來可好？」
護士塔妮雅開朗地招呼她。塔妮雅一直扮演著與她的窗口。
同時以眼神向謝拉菲瑪示意。交給我。
她給了珊朵拉一些巧克力。
「身體冷不冷？再冷也不能喝酒喔。」
居然沒問她生理期的問題，謝拉菲瑪有些意外。
珊朵拉面容憔悴地低著頭，過了好一會兒，才終於下定決心似地說：
「對面的德軍正試圖分析你們到底是人多還是人少。」
「什麼？」
「這、這是他說的！說你們如果有很多人的話就無法攻擊，我說……」

伊麗娜的聲音從屋子裡傳來：

「塔妮雅回來！回去裡面的房間！」

塔妮雅嚇了一跳，但立刻照辦。謝拉菲瑪明白伊麗娜的用意。珊朵拉一點也不值得信任，所以不管她說什麼，都無法當成參考材料，必須將她的一舉一動都視為受到敵人的指使才行。不給任何反應是唯一的正確解答。受過訓練的士兵都能做到這一點，但塔妮雅不是士兵，自然也做不到不看不聽不想。

換ＮＫＶＤ的奧爾加出去應門。

「我應該警告過妳，只要我認為妳站在敵人那邊，我就會立刻殺了妳。」

事實上，如果不想有任何風險，也只能這麼做。

奧爾加把右手伸向托卡列夫槍的握把。一旦決定要射擊，她大概不會有一絲猶豫。

「不是的！妳為什麼就不明白呢？我不希望他死，也不希望你們死掉。既然如此，還不如投降或撤退……」

「目前還不能排除妳可能在毫無自覺的情況下成為德國佬的走狗。」

「與你們對峙的是德國佬的第八中隊，如今死了一個狙擊兵和迫擊砲兵……他們很焦慮，拜託第七中隊的狙擊兵殺死你們。」

謝拉菲瑪仔細地觀察珊朵拉的表情，小心不讓她看穿自己的動搖。她的表情沒有恐懼。這個情報是真的。並不是敵人在刻意的欺瞞下讓她洩漏的內容。

「那個狙擊兵是妳的情人吧。」
珊朵拉的表情凝結在臉上。顯而易見的驚慌失措，那是一般人的反應。
「那傢伙叫什麼名字？」
「我不知道。」
奧爾加拔出手槍，抵著珊朵拉的額頭。
「妳想死嗎？」
「我沒有，我是真的不知道。或許就是怕事情變成這樣，所以他才不告訴我。他是個眼睛很漂亮的德國人，身材高大，體型瘦削……我不希望他射殺你們……所以，你們可以先移到別的地方嗎？」
伊麗娜走到門口，問珊朵拉：
「妳不可能這麼好心地只為了跑來告訴我們這個情報吧。」
「我想請你們救救我。」珊朵拉略顯遲疑地回答：「史達林格勒一旦收復，我一定會沒命。」
「那當然。」奧爾加冷笑道。
「我死不足惜……！」
珊朵拉的語氣突然失去了底氣。
「不，我怕死。求你們幫幫我。」
這女人還是這麼貪生怕死，謝拉菲瑪心想。隨波逐流，根本沒有自己的中心思想。

所有人暫時退回室內，壓低音量交頭接耳。

「這傢伙實在太自私了。」夏洛塔氣憤地說，其他人也深有同感。

「可是各位……」媽媽語帶保留地說：「她如果不想說，其實可以保持沉默。她對我們也有一點感情，所以才會來通知我們。」

費奧多字斟句酌地表示贊同。

「至少她的情報是正確的，沒有前蘇聯人特有的心虛。」

伊麗娜大概是為了顧全馬克西姆隊長的面子，刻意保持沉默。

謝拉菲瑪看到伊麗娜的反應，也不打算積極表示意見。畢竟她自己心裡也有迷惘。

馬克西姆隊長遲疑了半晌，用無線電與對岸聯絡。

內容是如果發現有一艘無動力船駛出混合部隊平常使用的船塢，船上坐的是逃離史達林格勒的市民，請勿射擊。那個人提供了情報給部隊，可是因為與德國士兵有私交，是故無法指望能受到市民的保護。

回覆非常簡短。只說沒聽見剛才的報告，而這也意味著默許。

「順流而下，去下游與外部的紅軍會合，說妳是西部來的難民。」

「我還有一個請求。」

「什麼？」

馬克西姆隊長難得以顯露出煩躁的口吻反問。

「請讓我寫一封告別的信。」

沉吟了半晌，馬克西姆隊長的視線移到謝拉菲瑪身上。

謝拉菲瑪忍不住嘆息。

只有她能讀寫德文。要她幫德國佬的情婦把信的內容翻譯成德文，令她打從心底感到不快。

什麼不得不隻身遠走天涯、什麼真希望能在不同的情況下相遇……通篇都是藉口的一封信。

有一瞬間，謝拉菲瑪想在信末寫下「去你的希特勒、去你的納粹法西斯」，但萬一珊朵拉因此喪命，自己也會做惡夢，所以還是算了。

珊朵拉再三地道謝後離去。

目送她離去時，奧爾加叫住她，把手搭在她的肩膀上。用只有對方聽得見的音量說了幾句話，再把手裡的罐頭還有不知道什麼東西塞進她的大衣裡。明知對方完全不值得信任，NKVD派來的人還是秉持祕密警察的精神，想套出一些情報嗎？抑或只是給她最後通牒呢？

夏洛塔拉了拉謝拉菲瑪的袖子，在她耳邊小聲說：

「我們走吧。得去通知朱利安，反狙擊戰快開始了。」

「說得也是。」

兩人匆匆走向門口，被伊麗娜叫住：

「帶上這個。」

是最近渡河而來的補給品。兩人接過潛望式的望遠鏡，走向屋外。

應該在走廊上或樓梯口與珊朵拉擦身而過的朱利安，躲在正對著馬克西姆家的馬路前方頹圮的建築物後面，正以伏擊的姿勢瞪著馬路對面。

謝拉菲瑪躡手躡腳地靠近他，不知該說什麼，反而是夏洛塔率先打破沉默。

「二十五人的勳章那麼重要嗎？」

想也知道朱利安早就注意到她們了，只用視線瞥過來一眼。

謝拉菲瑪發現夏洛塔是故意把話說得這麼難聽。可確認戰果達到二十五人的狙擊兵將獲頒剛毅勳章。再來是狙擊總數達四十人的優秀射擊勳章。也就是說，對蘇聯狙擊兵而言，二十五人是成為優秀狙擊兵的第一道門檻，朱利安距離這個門檻只差一步。

已經跨過第一道門檻的夏洛塔安慰他：

「與其跟我一較長短，還是回到你的工作崗位吧，史達林格勒的射擊冠軍。而且聽說敵人的布穀鳥已經鎖定這裡了。」

「誰在乎妳們或剛毅勳章啊。我可是小兔子。」

小兔子。莫名可愛的自稱令謝拉菲瑪一下子愣住，但夏洛塔的反應可大了。

「難不成，教你狙擊的是……」

朱利安似乎猶豫了一下該不該直呼其名諱，深深地吸進一口氣後回答：

「瓦希里・格里高葉維奇・柴契夫。」

柴契夫。這個名字的語源跟兔子有關，所以他的學生都叫小兔子，謝拉菲瑪也有所耳聞。

夏洛塔的語氣激動起來。

「我知道！他以前是烏拉山脈的獵人，現在是非常厲害的狙擊兵！」

「沒錯……前十天就殺了四十名德國佬，我認識他的時候，他已經殺了超過一百人。妳們來這裡以前，史達林格勒真的是不折不扣的地獄，我在廢棄的工廠接受那個人的指導。當時那個人大概已經殺了兩百人以上。」

那是真的神射手，謝拉菲瑪相信。久經沙場、每天奮勇作戰的狙擊兵，戰果通常都只能用驚人來形容。柳德米拉・帕夫利琴科的三百零九人固然是非常偉大的數字，但是除了她以外，射中一百人、一百五十人的狙擊兵也所在多有，負責教育謝拉菲瑪等人的伊麗娜也射殺超過九十名敵人。

聽見這麼驚人的數字，一般市民常常都會表現出相同的弦外之音。

這個數字真的沒灌水嗎？戰鬥中殺死幾個敵人真能數得清嗎？

想當然耳，如果對我軍的戰果判定得太隨便也不行，所以狙擊兵的戰果必須依照以下的步驟進行確認。不是由其他士兵來判斷，就是必須帶回敵人的武器，否則無論自己再怎麼主張，都無法列入戰果。不能信口開河「我今天射殺了一百人」。

另一方面，不分兵種及國家，確實也有人有意以政治宣傳的方式發表可疑的戰績。紅軍狙擊兵也不例外。誰就不說了，也有人創下第一名的戰績後，數字一下子跳到五百人、七百人，讓人不禁在心中竊笑「是誰這麼不要臉」，淪為狙擊兵之間的笑柄。

無論再怎麼對國內外政治宣傳，在媒體上夸夸其談顯赫的戰果，還是有一種東西不可能無中生有，那就是戰友們的信賴與評價。

如今已成為大英雄的柳德米拉・帕夫利琴科，雖然屬於俄羅斯民族，卻誕生自烏克蘭，原本是個平凡的大學生。或者同樣是傑出人物，大名鼎鼎的費奧多・歐克洛普科夫——聽說他已經殺死了四百人——也是少數民族雅庫特人。「真正」的傳說都不是官媒用於政治宣傳的那幾個，而是士兵們口耳相傳，頂著蘇聯當局絕對不樂見的背景，毫無脈絡可循地橫空出世。經過無數真偽的判定，在狙擊手間成為膾炙人口的傳說，留下真正的戰果。

正因為淪為政治宣傳的士兵沒有可資證明的評價背書，再怎麼誇大數字，也沒有人會歌頌他們偉大的成績，自然而然地消失在歲月的洪流裡。

如同柳德米拉・帕夫利琴科是真正的神射手、費奧多・歐克洛普科夫是真正的神射手，瓦希里・格里高葉維奇・柴契夫大概也是真正的神射手。

能讓心高氣傲的朱利安讚美，想必真的有兩把刷子。

然而，已經射殺三十人，也打倒刁鑽布穀鳥的謝拉菲瑪想到一個問題。

「就算你變得跟瓦希里・格里高葉維奇・柴契夫一樣厲害，那又怎樣呢？」

夏洛塔意外地看著謝拉菲瑪。

謝拉菲瑪自己也覺得很意外。這一路打來，她只想著要活下去、要報仇雪恨。可是射殺水塔上的布穀鳥，回到馬克西姆家時，內心卻產生某種不太對勁的感覺。這場永無止境的戰爭真的有結束的一天嗎？

「跟體育競技不一樣，我們的戰爭不可能說結束就結束，戰果的判定也沒有上限。可是朱利安，你不會不安嗎？你知道我們究竟在往哪個方向前進嗎？」

「我怎麼會知道。」朱利安乾脆地回答：「我也會不安，可是也正因為這樣，我更想打敗敵人。只要去到更遠的地方，或許就能有所領悟。就像爬到山上就能看到地平線，狙擊兵的前方肯定有某個境界。就像走到旅程的終點才會知道旅行的目的，有些事一定要抵達終點才能明白。否則我們就只是學習如何吹熄遠處的蠟燭，為此展開競爭而已。」

「吹熄蠟燭？」

「我的意思是說……」他回答到一半，視線頓時變得凌厲無比。

「果然沒錯，德國佬正在搭建高臺。」

「高臺？」

「嗯，該怎麼說呢……像是有什麼演出。如果是那個角度，必須從上面射擊。」

謝拉菲瑪小心翼翼地從瓦礫堆裡伸出潛望鏡的前端，觀察馬路對面。

朱利安說得沒錯，眼前是用輪胎堆成的臨時高臺。

德國佬警戒地左顧右盼，但顯然沒有發現他們。

夏洛塔也確認目前的狀況，不解地側著頭說：

「是納粹的即興表演嗎？還是有什麼大人物要來演講。」

「最好是。要是希特勒願意親臨現場，就能讓戰爭結束了。」

朱利安開著玩笑，但謝拉菲瑪有一股非常不對勁的感覺。

不管對方要做什麼，一切都太不尋常了。因為這裡可是最前線，有必要特地跑到這裡來嗎？

不一會兒，這個疑問就有了答案。從高臺底下扔了幾條繩子上來，一頭綁在橫梁上，另一頭繫成繩圈，垂在梁柱下。

然後敵人的士兵拖著幾個形容憔悴的市民上臺。

「不、不會吧……」

謝拉菲瑪情不自禁地喃喃自語。彷彿是要與她呼應，德國佬的下士大吼：

「這些人明明不是戰鬥人員，站在受我軍保護的立場，不穿軍服就算了，居然還企圖襲擊我德意志國防軍，全都是不知好歹的罪犯！明確地違反了國際法，對於這些卑劣的游擊隊員，我國下令正式予以制裁！」

除了謝拉菲瑪以外的人也能大致猜到他用德語吼叫的內容。
「他們真的有可能這麼做……這下子該狙擊誰才好呢。」
朱利安嘆著氣回答。
「所有人都給我回來！」
回頭看，伊麗娜正從馬克西姆家的公寓地下室探出臉來說。
「這是陷阱！是為了引你們出去。別中了敵人的計！」
聽見伊麗娜的交代，夏洛塔全身僵硬，謝拉菲瑪顫抖著聲線回答：
「可、可是，再這樣下去，市民會被虐殺。」
「妳不是神，我也不是。無法拯救所有在這場虐殺戰爭裡被殺害的市民。但我們有義務努力活下去，多殺一點德國佬，藉此拯救更多的生命。你們現在要是開槍，一定會被反殺。回來！這是命令。」
伊麗娜的語氣沒有一絲迷惘，三名年輕的狙擊兵卻無法動彈。
這時，朱利安發出「唔！」的一聲呻吟。
透過望遠鏡，謝拉菲瑪在等待絞刑的市民裡發現令人震驚的身影。
安娜．扎哈羅娃和薇拉．扎哈羅娃。
上次在下水道提供情報給她們的城市游擊隊員。
也是認識朱利安的同學。妹妹安娜正在尋找朱利安的下落。這對姊妹與其他市民一起，脖子套著繩索。

德國佬的下士鬼吼鬼叫地宣布：

「開始執行絞刑。」

「休想！」

朱利安怒吼，從瓦礫堆裡挺身而出。這也意味著忍無可忍，無須再忍。

三發槍聲緊接著響起。

第一發是朱利安開的槍，德國佬的下士當場一命嗚呼。

第三發是謝拉菲瑪開的槍，射斷了從安娜頭上垂下來的繩索。

下一瞬間，腳踏板鬆開，四個市民被吊在絞首臺。只有安娜摔在地上，茫然地四下張望，仰頭看著慘遭絞首的姊姊。

謝拉菲瑪趴下，彷彿要逃避眼前的光景，然後想到一件事。

第二發是……？

「朱利安！」

夏洛塔的尖叫迴盪在四周。

朱利安的胸口被射穿一個洞。

「可惡……那群混蛋……」

「別說話，先回去再說！」

謝拉菲瑪與夏洛塔合力拖著朱利安回公寓。

下士遇襲的德國佬開始用機關槍掃射，子彈射穿公寓的外牆。

不見布穀鳥的蹤影，對方在朱利安開槍的瞬間已展開反擊。

回到公寓裡，與伊麗娜三人一起抱著朱利安上樓。

三樓的樓梯間，從貼著鋼板的窗戶縫隙望向馬路的對面，德國佬正在撤退。留下安娜一個人，趴在姊姊薇拉腳下，哀哀哭泣，沒多久，頭上噴出血柱，頹然倒地。空了一拍後，遠處傳來槍響。

自己誰也沒救到，只是延長了安娜的痛苦。

他們不是神。那麼神到底在做什麼？如果神真的存在，祂是否正在人間打造地獄，從安寧的世界俯瞰人們痛苦哀號的樣子呢？

前腳剛上樓，伊麗娜後腳就踹開馬克西姆家的門，夏洛塔同一時間大喊：

「塔妮雅！包紮！」

讓朱利安躺在地上，馬克西姆和費奧多臉色大變地衝過來。

塔妮雅捧著醫藥箱，推開他們，撕開朱利安的襯衫。

看到他的槍傷，所有人都愣住了。

傷口有兩處。從肩膀射入的子彈從側腹穿出來。

謝拉菲瑪下意識地窺探塔妮雅的反應。只見她露出了然於心的表情，從醫藥箱裡拿出止痛藥和止血用的紗布和繃帶。

「不用了，不用麻煩了。」

朱利安笑著說，下一秒立刻吐出一口血。

「我知道自己已經沒救了。」

「你想太多了，這點小傷還死不了。」

塔妮雅擠出笑容，為他施打止痛針。

伊麗娜附在馬克西姆耳邊不曉得說了什麼悄悄話，馬克西姆鼓勵他：

「對了，殺死第二十五個人就有勳章了，所以你要撐下去！」

針刺進皮膚時，朱利安沒有任何反應。他已經感覺不到疼痛了。

「隊長……大家，對不起。夏洛塔。」

朱利安以微弱的聲音呼喚自己視同競爭對手的夏洛塔。

「妳剛來的時候，我說了很難聽的話，我其實是騙妳的。我沒跟女生相處過，妳長得又很漂亮，所以嚇我了一跳。」

夏洛塔跪坐在他身邊，輕撫他的額頭。

「胡說什麼喪氣話，太不像你了。你不是史達林格勒的射擊冠軍嗎？等戰爭結束後，帶我去逛街嘛。我可以親你一下喔。」

朱利安笑著搖頭，意識顯然已經開始模糊。

「結果我誰也保護不了。」

謝拉菲瑪走到他身邊，跪在地上。握住他的手，以斬釘截鐵的語氣告訴他：

「朱利安，你保護了安娜喔。她是你同學吧。我射斷了繩子，她現在就在樓下。」

朱利安睜大雙眼，眼裡透著希望。對他而言，謝拉菲瑪說出安娜的名字，就意味著安娜應該還活著。

這是非常殘酷的騙局。謝拉菲瑪深受罪惡感的苛責，接著說：

「所以你一定要好起來，朱利安。」

「謝謝妳，謝拉菲瑪少女同志……」

朱利安閉上雙眼。

「倘若妳站在山丘上，請為我凝視遠方。」

這是他的最後一句話。朱利安吐出長長的一口大氣，從此再也沒有呼吸。

「朱利安！」

馬克西姆隊長坐在地上，拉著他的手，將他擁入懷中。

曾經情同父子的兩人，馬克西姆隊長淚流不止。

謝拉菲瑪抬起頭來，與伊麗娜四目相交。後者依舊面無表情，對謝拉菲瑪既沒有責備，也沒有讚美，只是凝視著她的雙眼。謝拉菲瑪思索自己這麼做的意義。

她想讓朱利安走得安心。臨終之際，她想讓朱利安以為自己救下認識的人。因為她很確定朱利安必死無疑。

然而，看著朱利安再無反應的屍體，她只覺得一切都是徒勞。

臨終之際得到安寧、得到救贖的不是他，而是活著的自己。

她要站在山丘上。

謝拉菲瑪將這件事銘記在心。她要去朱利安到不了的地方，站在朱利安無緣佇立的山丘上。

那天夜裡，漢斯・葉卡躺在珊朵拉的床上，輾轉反側。

總之殺死一個敵人的狙擊手，敵人確實如江湖傳言所說，並非一般的對手、一般的部隊。居然能在那麼短的時間內射斷繩索，而非士兵。自己也警告過對方可能會射擊劊子手，所以那個狡獪的中隊長隨便找了個二等兵，要他穿上下士的制服，告訴對方一旦成功就能加官晉爵，結果死得有如草芥。

用一個二等兵換一個對方的狙擊手，他們感謝自己都來不及了，豈有惱恨他的道理。但也不曉得為什麼，他們對於死了一個夥伴，而自己只射殺一名狙擊手，還被另一名狙擊手射斷繩索、救下死囚的事十分憤慨。明明作戰都結束了，還命令自己射殺那名死囚。不過死囚確實是游擊隊員，所以也沒什麼大問題。自己聽令射殺了死囚。

敵人是精銳部隊，但戰力果然少得可憐。

向第八中隊報告此事時，他們擔心對方會立刻展開反擊，有些裹足不前。

收到香菸，但他不抽，所以給了珊朵拉，但珊朵拉也不收。

「好想帶妳回故鄉結婚。我父母對人種沒有偏見。」

不確定珊朵拉聽懂了多少，只見她頭一點一點地打起瞌睡來。

始終無法確定與她的關係。

曾幾何時，比起自己給對方的物資，從對方身上得到的施捨更多。

他雖然利用珊朵拉，但他對珊朵拉的感情是真的。絕對是真的。

他愛著珊朵拉，珊朵拉也愛著他。只有這是唯一的真實。

所以不管發生什麼事，他都要保全珊朵拉。

就在他下定決心時，珊朵拉家的門被撬開。

野戰憲兵與帶他前來的中隊副官不客氣地走到床邊。

珊朵拉尖叫一聲，將被子拉到胸口。

「漢斯·葉卡！根據與劣等人種性交的嫌疑逮捕你！」

「這是在借題發揮嗎？」

「閉嘴，你這個飯桶！拜你的作戰所賜，害死了我們的士兵。」

早知道就不要警告會有危險，直接讓那個中隊長去送死算了。

視線落在珊朵拉身上，野戰憲兵帶來的前蘇聯人用俄語對她說了些什麼。看珊朵拉的反應就知道是在告訴她，她被逮捕了。

「喂，犯不著逮捕她吧。」

「她的罪名跟你不一樣。我們跟蹤她與你接觸後的行為，發現這傢伙去紅軍的勢力範圍汲水，有間諜的嫌疑。」

「這種事……」

他早就知道了。但知道也不能說，說了只會增加自己的嫌疑。但也絕不能讓珊朵拉被捕。他拚命地思考為她開脫的理由。還來不及組織好說詞，珊朵拉先開口了。

前蘇聯人翻譯她說的俄語。

「她說前方的敵人是一支大部隊，明天可能就會攻打過來。要我們放過你們，快點撤退比較好。」

聽到這句話的瞬間，中隊副官的臉色變了。

葉卡說出他大概也深信不疑的判斷。

「敵人的人數很少！」

副官也不假思索地點頭表示同意。與紅軍也有接觸的她顯然是為了避免衝突，情急之下撒的謊。就算不看她漏洞百出的表情，也能清楚聽出她在說謊。

葉卡之所以讓她知道自己正與紅軍對立，就是為了得到這個反應。

「快滾！現在立刻從伏爾加河逃走！你的中隊願意饒你一命的機會就只有現在了！」

副官無言地拉走野戰憲兵，離開珊朵拉的住處。

珊朵拉瞠目結舌地茫然看著眼前發生的一切。似乎明白對方要採取與自己的心願完全相反的行動。不一會兒，她開始嚶嚶啜泣。

「珊朵拉……」

葉卡正想說些什麼，珊朵拉用最快的速度穿上內衣和外衣，一手抓著皮包，衝出房間。

馬克西姆家的士兵為躺在地上的朱利安蓋上毛毯，繼續輪流監視外面，一面感慨輪班的間隔變短了。

輪到謝拉菲瑪的監視就快要接近尾聲時，看見被月光照亮的史達林格勒漫天硝煙裡混雜著異物。意識到是什麼異物的時候，謝拉菲瑪大聲示警：

「是紅色的煙！」

她們進入史達林格勒時分配到並加以活用的發煙器，不知怎地正從敵營深處裊裊上升。

「這麼看來，敵人要進攻了。」

隸屬NKVD的奧爾加揉著惺忪的睡眼，從隔壁房間出現。

「那傢伙雖然不受控制，卻也不是能狠下心來背叛我們的人。我暗示過她，只要敵人準備展開攻擊，就發煙通知我們。反正也不是能反過來被利用的情報。」

這就是NKVD的情報戰嗎？謝拉菲瑪感到渾身發涼。

珊朵拉不能信任，她也沒本事當間諜。但奧爾加仍巧妙地運用了這枚棋子。

費奧多拿起機關槍，就攻擊定位。

不一會兒，大批步兵確實從馬路對面展開突擊。機關槍恣意掃射，謝拉菲瑪從失去朱利安的射擊位置射殺了一個又一個敵人。

問題是對方在沒有掩護的情況下，不顧一切地展開突擊。原本只能坐以待斃的敵人正以不管三七二十一的狠勁賭一個突圍的可能性。

負責從另一個射擊孔射擊的夏洛塔，邊開槍邊發出近似悲鳴的尖叫聲說：

「怎麼辦？對方可是中隊喔。我們根本不是對手！」

馬克西姆隊長衝向無線電，氣急敗壞地大喊：

「這裡是第十二步兵大隊，敵人正通過馬路而來，請求立刻展開砲擊支援！」

伏爾加河東岸開始發射榴彈砲。事先就把馬克西姆家鎖定在射程範圍內，將準星對準其邊緣展開的砲擊炸飛了敵人的前鋒。

砲擊的硝煙模糊了視線，謝拉菲瑪和夏洛塔、媽媽分別射死了幾名從對面衝過來的敵兵。

然而有更多的敵人踩著戰友的屍體，朝這邊大舉進攻。敵人的前鋒慢慢逼近，彼此間有一股不相信她們能射死所有人的篤定。

奧爾加來了，也從別的射擊孔加入狙擊。射死一名擺出投擲姿勢的敵兵後，接著射向他手裡的手榴彈。手榴彈爆炸，周圍的德國佬受到波及。第二槍就放倒了五個人。

她果然隱藏了實力。奧爾加在學校盡量表現得平平無奇，身手其實好得令人嘖嘖稱奇。謝拉菲瑪偷看她的表情，奧爾加一點也不在意，一槍轟掉正要求士兵回到馬路對面，貌似小隊指揮官的敵人腦袋。

砲擊與狙擊讓敵人產生退卻之意。但他們遲早會想通，除了突破這裡，逃向伏爾加河外別無他法。馬克西姆隊長對著無線電大吼：

「請立刻派兵支援！光靠砲擊沒有步兵也沒用……什麼？」

馬克西姆隊長的聲音戛然而止。

媽媽利用射擊空檔回頭問他：

「怎麼了嗎？」

馬克西姆隊長一臉怔忡地回答：

「各位，可以放棄這裡了。」

所有人的視線都集中在他身上，他接著說：

「上級做出了往東岸的撤退命令。為了包圍殲滅作戰，東岸的夥伴明天會來接替我們……既然要採取攻勢，就不需要再守著這棟建築物了。重砲已經瞄準這裡、這棟公寓，五分鐘後就會開砲，要我們快逃。」

「這真是太好了！大家快點離開這裡！」

費奧多對其他人說，開始準備撤離。

謝拉菲瑪也對上媽媽和夏洛塔的眼神，放鬆僵硬的表情。

她們在史達林格勒的戰鬥就這麼莫名其妙地畫下句點。

彷彿是為了敦促大家繃緊神經，伊麗娜大聲吩咐：

「盡可能回收武器彈藥裝備！沒時間了！」

這句話讓飛遠的心思再飛回來，謝拉菲瑪問她：

「朱利安呢？」

夏洛塔杏眼圓睜地望向她敬愛的伊麗娜，眼中寫滿了不想丟下戰友的遺體。

伊麗娜只是靜靜地搖頭。光是這樣，馬克西姆家的所有人就明白不得不留下朱利安了。只剩下四分鐘，實在太短了。身為士兵都能理解，如果要帶走朱利安的遺體，光是花在搬運上的時間就會超過四分鐘。

與其他人走向出口後，費奧多回頭叫他的隊長：

「隊長也動作快！」

「你們走吧。」

馬克西姆隊長平靜地回答。

大家都不明白這句話是什麼意思，於是他解釋：

「我要留在這裡……和朱利安一起，和這個家一起迎接最後的時刻。」

媽媽悲痛地吶喊：

「不可以！馬克西姆隊長，朱利安絕不希望你這麼做。保護這裡的任務已經完成了。快點跟我們一起逃走！」

「不了，我一直強調選這裡是因為這裡是戰略據點。但是在我的內心深處，其實是為了保護這個家而戰。如果這裡被夷為平地，我也不再有活下去的必要性。

我要和朱利安一起，去我家人身邊。」

費奧多往前跨出一步。

「既、既然如此，我也……」

「別說傻話了！你還有避難的家人不是嗎！」

空氣凝結了。

馬克西姆拔出手槍，對著他們。

「我方的砲擊是不等人的。」

「他說得沒錯。大家快走。」伊麗娜用一句話做出結論。

「謝謝妳，同志。你們確實是我的戰友。」

伊麗娜對馬克西姆的道謝沒有任何反應，逕自走向樓梯。狙擊小隊跟著隊長走出公寓。費奧多慢了一步，也跟上來。

馬克西姆・利沃維奇・馬爾科夫獨自一人留在屋子裡，席地而坐，靜靜地閉上雙眼。

這裡是我的家。我在軍隊工作，賺錢養家。

如今早已亡故的家人正栩栩如生地出現在化為廢墟的家裡。

妻子要女兒安分點的笑容、女兒向自己撒嬌的聲音，歷歷在目、聲聲在耳。

握住視如己出的朱利安冰冷的手。腦海中浮現他不好意思地問自己，該怎麼與在大學認識的女孩子變成好朋友時，稚氣未脫的表情。

『朱利安真是個不可思議的人啊。手裡拿著槍的時候，看起來就像千錘百鍊的士兵，但現在又像是尋常的可愛少年……』

謝拉菲瑪這麼說的時候，他的心臟受到活像被擰了一把的衝擊。

因為這句話與自己對她們的印象如出一轍。

她們看起來都是純樸的少女，可是手裡拿著槍時，眼裡會閃爍異樣的光芒，眉飛色舞地討論著狩獵敵兵的喜悅。

如有天壤之別的落差令他心旌動搖，感覺悲傷，卻沒發現相同的變化也發生在離自己更近的少年身上。

是什麼把平凡的少年少女改造成判若兩人的戰士？

是狙擊兵這個兵種，還是有什麼別的原因，他終究沒能參透。

耳邊傳來敵兵侵門踏戶，闖入樓下的腳步聲。能讓女性狙擊兵和費奧多順利逃走，不讓朱利安的屍骨孤零零的一個人，是他僅有的幸福。

家人死了，朱利安也死了，這裡即將落入德國佬之手。在這種情況下活下去，這樣的人生究竟有什麼意義呢。

對岸響起重砲搖撼大地的聲音，砲彈正確地鎖定自己的家。

倏地想起一路走來，支撐自己的口號。

感覺那句支撐自己奮戰不懈的口號，如今正伴隨著不同的意義，第一次滲進自己的內心，化為自己的血肉。

「伏爾加河對岸已非我國領土。」

喃喃低語的瞬間，砲彈撕裂空氣的聲音震動耳膜。

啊，這是「打得中」的聲音——

砲彈貫穿牆壁，不偏不倚地擊中閉上雙眼的馬克西姆。

他與他想守護的家，在重砲的威力下，頓時灰飛煙滅。

抵達船塢的狙擊小隊與費奧多聽到震天巨響，回頭張望。

五發一百五十二公釐的榴彈砲同時墜落在馬克西姆家和原本在那裡的公寓，轉眼間就將那裡夷為平地，剩下的殘骸也承受不了本身的重量，轟然碎落。

「隊長！」

費奧多放聲痛哭。

增援部隊的汽艇靠岸，船上的士兵看了看人數，發問：

「馬克西姆隊長呢？」

伊麗娜看了公寓的方向一眼，回答：

「戰死了。」

「這樣啊。」士兵稀鬆平常地回答，催他們上船。

「明明說好要一起為生還而戰……」

費奧多泣不成聲。

謝拉菲瑪看著他痛不欲生的模樣，心想自己為什麼沒哭呢。

自己與馬克西姆隊長、朱利安、波格丹一起度過非常緊密的時光，一起並肩作戰，可是她卻無法像費奧多那樣痛哭流涕。

狙擊小隊中，只有媽媽潸然淚下。

冷不防，謝拉菲瑪想起一件事。

別忘了，妳們只有今天能哭泣。

天王星行動結束時，看到自己和夏洛塔因為艾雅的死而崩潰痛哭時，伊麗娜是這麼說的。第一次戰鬥還情有可原，但從此以後再也由不得她們軟弱哭泣了。

謝拉菲瑪囫圇吞棗地認定大概是這個意思。

但其實不然。要把每天都當成最後一天，不允許哭泣。

狙擊手不同於一般兵種，看過太多死亡了。

無論是戰友的死，還是敵人的死，都在眼前一幀幀掠過。

優秀的戰士不會因為戰友的死亂了分寸，射殺敵人的時候也沒有一絲猶豫。

感覺自己終於變成狙擊兵時，不經意地瞥了身旁的夏洛塔一眼。

同一時間，她也看著自己。

意識到她恐怕也有著相同的想法時，這才第一次有種近似悲從中來的感覺。

「妳看那邊。」

原本就沒有任何情緒波動的奧爾加指著前方。

有一艘無動力船正有氣無力地順著伏爾加河而下。

是珊朵拉的船。

依照事先說好的，沒有人攻擊她的船。

有那麼一瞬間，謝拉菲瑪想擊沉那艘船。躲在安全的地方，保有市井小民的感性，心甘情願成為德國佬的情婦，最後還逃出生天的結局令人氣憤難平。

可是又不能糟蹋馬克西姆隊長的遺志。

葉卡穿著借來的便服，由珊朵拉拖著他的手，避開戰火，靠近敵人住的公寓。平常用來汲水的路線比第八中隊走的路線更不引人注目。這麼說可能有點過分，但也多虧第八中隊吸引敵人的砲火攻擊，兩人才能在槍林彈雨中抵達船塢附近。

他親眼看到先行離去的狙擊兵都是女人。

她們倉皇逃離的船塢還剩下一艘無動力船。

那艘船是珊朵拉交涉得來的成果嗎？葉卡不禁感到佩服，珊朵拉塞給他一張紙條。

就著月光看那封信，大概是俄羅斯人寫的德文。

我得到一艘只能讓一個人逃走的小艇。只要搭上這艘船，他們就會放我一馬。所以我不能再跟你在一起了。希望你活下去。

如果是為了讓自己逃走，總覺得語意好像怪怪的。可是她卻以肢體語言告訴他「快走吧」。

珊朵拉第一次喊他的名字，大概是剛才差點被捕的時候記住了。

然後她凝視葉卡的雙眼，指著自己的肚子說：

「謝爾蓋。」

「漢斯・葉卡。」

不明白她想表達什麼，但他記得謝爾蓋是她前夫的名字。

「真希望能在和平的世界遇見你。」

怪腔怪調的德語。不知道是向誰學的，有如幼兒牙牙學語的單字。

她只留下這句話，就消失在砲火連天的街道上。

葉卡沉吟了半晌，蹲低身體，迅速地跳上無動力船，解開纜繩，隨波逐流。

不能辜負珊朵拉的心意。她顯然不會上船，這艘船只能載一個人也是事實。自己有義務活下去。

葉卡拚命說服自己。

就這樣順流而下，直至漂到完全凍結的地點。船擱淺後，葉卡從西岸上岸，開始思考要怎麼穿過紅軍的包圍網，與友軍部隊會合。

一九四三年一月十日，蘇聯紅軍在史達林格勒進行最終決戰，展開指環行動。同一時間也占領了從史達林格勒外圍負責對德軍進行補給的最後一座機場——皮托姆尼克機場。以大軍壓境的方式進行了長達二十天的殲滅戰，給予第六軍團毀滅性的打擊。

一月三十日，在第六軍團處於勝利與生還皆已絕望的情況下，希特勒將司令官保盧斯上校的官階升格為元帥。畢竟在德國的軍事史上，從來沒有元帥投降。希特勒此舉也是對保盧斯施加無言的壓力，暗示第六軍團要戰到最後一兵一卒。但這個行為反而弄巧成拙。

一月三十一日，保盧斯元帥代表司令部單方面宣布投降。並非代表第六軍團全面投降是他最後的抵抗，但不管怎樣，史達林格勒的巷戰至此正式畫下句點。

過了幾天，負隅頑抗到最後一刻的各部隊也都投降了。

付出多到可以用天文數字來形容的人命為代價，史達林格勒攻防戰終於告一段落。

二月五日，第三十九獨立小隊的成員在費奧多上等兵的帶領下，漫步於重回祖國懷抱的街道上。

戰鬥時大概做夢也想不到，有一天能在沒有敵人的史達林格勒自由穿梭，但眼前所見的光景甚至遠超出做夢所能想像。

街道本身儼然就是一具巨大的死屍。

擁有六十萬人口的大都市，林立的建築物沒有一棟是完好的。全部的建築物都受到破壞，不然也是彈孔無數，許多房屋至今仍在悶燒。

被漆黑的死與灰色的未來覆蓋的城市。

宛如廢墟的城市與勝利應有的榮景相差何止十萬八千里，謝拉菲瑪與夏洛塔、媽媽並肩同行。伊麗娜在伏爾加河的沙洲待命。塔妮雅與其他部隊的衛生兵會合，前往救助倖存者。奧爾加還是老樣子，不曉得跑去哪裡單獨行動了。

儘管已將圍巾拉高到掩住口鼻，源源不絕的惡臭與硝煙仍刺激著鼻腔。

「也太臭了吧。」

謝拉菲瑪說道，費奧多面有難色地回答：

「這是焚燒遺體的臭味，敵我雙方都沒有時間為死者埋葬。」

「我方的遺體也要燒掉嗎？」媽媽意外地問道。

「沒辦法。數量太多了，時間和人手都不夠。放著任其腐爛的話可能會引發瘟疫，造成更可怕的後果。當我們陷入兩難時，唯一可以做的選擇就是趕快燒掉。」

謝拉菲瑪似乎想到什麼。

「菲瑪，那個……」

順著夏洛塔指的方向看過去，公共廣場一角有座四周用圓形的隔板圍起來的雕像。

看上去大概是混凝土製的雕像，是一群手拉著手跳舞的孩子。

或許是設計得夠牢固，得以免於毀壞的命運，但還是燒得焦黑。

「這個叫作兒童環舞噴泉。」費奧多為她們介紹。「周圍原本是個水池。並不是特別有名的景點，只不過大家都很喜歡這個作品。」

天真無邪地在公園裡玩耍的孩子們，少年少女的臉上都浮現出沒有任何心眼的善良笑容。對戰前的市民們而言，這顯然是非常惹人憐愛的風景，毫無隔閡地融入當地居民樸素的生活中。

然而，當整座城市付之一炬，周圍變成廢墟，雕像也燒得烏漆抹黑，仍滿臉笑意翩翩起舞的身影，看起來就像是經過戰火洗禮的史達林格勒本身。

那些孩子等於是死在這座城市裡的孩子們。

每個孩子都有過自己的夢想與希望。

謝拉菲瑪想到這裡，雙手合十，為圍成一圈玩耍，在天真無邪的情況下死去，再也無法長大成人的兒童獻上祈禱。

「這座城市原本真的是一座非常美好的城市。」

費奧多以悲從中來的語氣說道。

「請大家戰爭結束後務必再來玩。在那之前，我會和家人一起重建這座城市。」

「好的，但願你能早日與家人團聚。」

媽媽回答的同時，遠處傳來德語的叫聲。

「俄羅斯軍人，請不要開槍！我們不是納粹的親衛隊，我們都是軍人！」

一行人同時望向聲音的來處，大約有三十名德國佬正排排站，全部解除武裝，穿著破破爛爛的軍裝，高舉雙手，眼前的紅軍人數是他們的兩倍。

媽媽不解地問：

「謝拉菲瑪，他在說什麼？」

大概是在求饒吧，但是要怎麼回答呢。

謝拉菲瑪還在思考，穿著高級大衣的紅軍軍官拔出手槍，頂著德國佬的額頭。謝拉菲瑪想都不想地大叫：

「請等一下！」

邊叫嚷邊跑過去，迎上軍官的視線。

真的走到軍官跟前，謝拉菲瑪有一瞬間的無措。後面的巷子裡堆了好幾十具德國佬的屍體。

報上官階、姓名，敬禮，確定對方不願回禮後，謝拉菲瑪繼續大聲主張：

「根據第五十五號史達林命令，禁止處死戰俘！」

這是勸降通知中公告的事實，但軍官不為所動地回答：

「少女同志，這些人不是戰俘，是戰犯。」

「可是他們已經投降了……而且他們剛才說自己不是納粹，而是軍人。」

「妳聽得懂德語啊。既然如此，妳大可以問他們。這場巷戰死了數十萬市民，他們這些國防軍真的沒有責任嗎？」

謝拉菲瑪看著那些德國佬。

猶豫著不曉得該不該翻譯時，站在最前面的男人轉身問旁邊的同袍：

「這女人是誰？她想要求士兵殺死我們嗎？」

「怎麼可能，大概是護士之類的吧。」

畜生也聽得懂人話的事實令謝拉菲瑪怒火中燒。

謝拉菲瑪改用德語說明：

「我正在要求上級停止對你們行刑，而且我是狙擊兵。」

「妳是女狙擊兵嗎！」

德國佬突然對謝拉菲瑪的臉揮了一拳。

紅軍士兵們用上刺刀的步槍架開他，制止男人暴動。

謝拉菲瑪一屁股跌坐在地上，匪夷所思地仰視自己打算救對方一命的男人。

「妳們害死了幾十個我的戰友！妳故意避開要害，藉此射擊前往救助的同伴！別說妳忘了自己幹過什麼好事！」

還能再自私一點嗎？謝拉菲瑪感到不可置信的同時，紅軍軍官說：

「妳想救的德國佬就是這副德行喔，少女同志。」

正好——他把自己的佩槍遞給謝拉菲瑪。

「開槍，這麼一來，妳也能拋開天真的憐憫，成為獨當一面的士兵。」

謝拉菲瑪對意料之外的狀況感到困惑不已，周圍的士兵開始鼓譟：「開槍！」

夏洛塔和媽媽也同樣困惑。費奧多不發一語。

「開槍！開槍！別擔心，妳可以的。」士兵們七嘴八舌地鼓勵謝拉菲瑪。

被毆打的疼痛、無數市民的憤恨、死去的孩子們、噴水池的雕像。

只要開槍，就能成為獨當一面的士兵。

在前仆後繼的情緒驅使下，謝拉菲瑪茫然失措地就要舉起手槍時。

「謝拉菲瑪，妳在做什麼！」

突然有人喊她的名字。隸屬於ＮＫＶＤ的奧爾加從對面跑來，搶走她手裡的槍。

「妳想成為罪犯嗎！」

謝拉菲瑪無言以對。自己原本是來阻止行刑的，自己並沒有要殺人的意思。

還沒來得及為自己辯護，奧爾加瞥了紅軍軍官一眼。

「原來是祕密警察啊。」

軍官的語氣裡帶著嘲諷。

「阻止紅軍犯下戰爭罪也是我的職責……」

奧爾加說到一半，噤口不言。只見她望著自己走來的方向，看到從那裡走來的男人，突然立正站好，致上最敬禮。第一次看到奧爾加這種反應。

個子矮小的男人散發出一股與奧爾加相同的氣質，身上別著相當於最高軍官的階級章，默默地對奧爾加回禮，面向紅軍軍官，自報家門：

「我是葉廖緬科上將的政治委員，尼基塔・謝爾蓋耶維奇・赫魯雪夫。」

即使面對擁有絕對權力的政治委員，軍官也不卑不亢地回答：

「我是第四機械化部隊司令，瓦西里・季莫費耶維奇・沃利斯基。」

「你打算怎麼處置這些人？」

「當然是俘虜他們。」

軍官避重就輕地回答，感覺他正躲在面無表情的背後竊笑。

赫魯雪夫政治委員指著堆積如山的焦黑屍體再問一遍：

「那麼那些人呢？他們是不是被你處死了？」

「不是的，政治委員同志。他們都是死於戰鬥的戰死者。我只是燒掉他們的屍體而已。」

赫魯雪夫被堵得說不出話來，顯然不相信他的睜眼說瞎話。

「走吧。」奧爾加走向謝拉菲瑪。「妳傻了嗎？別迷失自我。」

她則與赫魯雪夫同行，帶俘虜走向沙洲。

ＮＫＶＤ的眼線。負責監視她們的人。試探自己的女人。

奧爾加居然救了她。這點讓謝拉菲瑪不知如何自處。

回想奧爾加對珊朵拉的態度。她那時候也說過，不要迷失自我。跟現在一樣。

對奧爾加而言，**自我**究竟是什麼？她在學校表現的一切都是偽裝。

問題是，她說想取回哥薩克的名譽與驕傲，那句話又該怎麼判斷呢？那句話也是謊言嗎？

一行人一時無語地往前走。

到處都有投降的德國佬在各處集合整隊。

曾經是強大的敵人，令人恨之入骨的德國佬，如今已是殘兵敗將。

謝拉菲瑪對自己發誓，再也不要迷失自我。

「喂！妳會德語吧？」

聲音從背後傳來。

有個素未謀面的紅軍士兵追上來問謝拉菲瑪。

「有什麼事嗎？」

「我也不知道，總之請跟我來。」

士兵穿街過巷，率先走向住宅區一隅。謝拉菲瑪跟上去，有個女人正以高八度的嗓音用德語尖叫。

半倒房屋鱗次櫛比的角落，有個女人正以德語哭喊：

「不要，走開！放開我！求求你，讓我回家！」

周圍的士兵抓住她的手，一再地安撫她，要她冷靜下來。德國應該沒有女兵。

謝拉菲瑪疑惑地問她：

「妳是德軍的人嗎？」

「不是，我是德國的女服務生。」

女服務生怎麼會出現在這種地方？謝拉菲瑪還沒開口追問，對方先回答了：

「我沒有家人，不工作就沒有飯吃……看到廣告，說只要來慰問德國士兵，陪他們聊天，就能坐領高薪。所以我和其他女人一起來工作。」

「什麼意思？來戰地當酒保嗎？」

德國女人迎著謝拉菲瑪的雙眼回答：

「我也這麼以為，所以才會來到這裡。可是軍隊卻不這麼想。我們的任務是阻止亞利安人（註12）與斯拉夫人性交，以免血統變得不純正。女服務生中也有比利時人和丹麥人，大家都被賦予相同的使命……結果被帶到妓院。我因為被軍官看上，所以被帶來這裡……早知道是這樣，我才不會來。」

謝拉菲瑪聽得目瞪口呆。

然後省略可能會激怒拜託她翻譯的紅軍士兵的言詞，向他說明。

紅軍士兵也難掩震驚。

註12　納粹眼中的優秀人種，意指純粹的德國人。

「也、也就是說，他們在戰地經營妓院，把女人騙來這裡賣春？」

「這也太荒謬了！又不是十字軍的時代，難道不覺得丟臉嗎？」

就連男人似乎也覺得此事太匪夷所思，他們震驚的恐怕是軍紀的問題吧。但謝拉菲瑪顫慄的是另一個層次的問題。

人類的尊嚴、女性的尊嚴究竟被當成什麼了。

「請、請問這個女人會有什麼下場？」

媽媽問道。負責處理眼前狀況的下士一臉傷透腦筋地回答：

「我也不知道，畢竟我也是第一次遇到這種事……只能先送去東部囚禁再說。我們另外還抓到幾個通敵叛國的傢伙，到時這些女人會跟他們一起遣送至東部。」

「可是我認為雙方的狀況及背景完全不一樣。」

謝拉菲瑪的質疑令下士眉頭深鎖。

「每個俘虜都要做身家調查，到時候我會把這件事寫下來。我能做的也只有這麼多了。」

接下來要直接送走她們，所以謝拉菲瑪也跟著過去。

為了盡量減少對方的不安，謝拉菲瑪只告訴她，接下來她會被送到東部。

自稱阿德蕾的女人默默地哭著聽她說。

穿過封鎖線，又走了一段路，有一排俄羅斯女人映入眼簾。與德國佬發生過關係，或是德國佬情婦的女人接下來要接受叛國賊的審判。

同樣身為俄羅斯女人，她們卻成了人人喊打的對象，謝拉菲瑪總覺得有哪裡不對。

感覺她們身上有一股與阿德蕾相去不遠的無奈。

然而就在看到其中的某個人時，謝拉菲瑪不敢相信自己的眼睛。是理當早就被他們放走的珊朵拉。

「妳在這裡做什麼？妳不是從伏爾加河逃走了嗎？」

夏洛塔呆若木雞地問她，珊朵拉心虛地笑了。

「我把請你們幫我寫的信交給他，讓他逃走了。」

狙擊小隊的所有人都愣住了。也就是說，當時從她們眼皮底下逃走的是敵人的狙擊手嗎？

「妳接下來可能會沒命喔。」

謝拉菲瑪說道，珊朵拉點點頭。

「我知道，那也沒關係。我總算明白了。我愛他。如果這樣有罪，那我確實有罪吧。可是我在面對各種選擇的情況下，都做出我自己認為正確的選擇喔。我想保護自己，而且至今仍深愛著死去的丈夫。我想幫助妳們，也希望他活下去。我必須面對這一切……也必須生下腹中的孩子，由不得我浪跡天涯地到處逃亡。」

腹中的孩子。這句話令謝拉菲瑪跌破眼鏡，珊朵拉意外地說：

「妳不知道嗎？塔妮雅注意到了，所以給我很多食物。」

「是那個德國佬的孩子嗎？」

「不是，在那之前就有了。是我丈夫的孩子。我活著就是為了生下這個孩子。」

謝拉菲瑪感到一陣暈眩。

懷了亡夫的孩子，為了生下那個孩子而活下去。因此不惜成為敵人的情婦，卻又打從心底愛著那個人。

珊朵拉的人生只能用怪誕來形容，但她的樣子與過去截然不同。不再徬徨。她已經認命地接受了自己這種扭曲的人生。

「把戒指給我。」謝拉菲瑪壓下百轉千折的情緒說：「我知道妳想說什麼，但是如果繼續戴著 HUGO BOSS 的戒指，妳一定會被處死。」

珊朵拉遲疑了半晌，摘下婚戒，交給謝拉菲瑪。

「上次遇到的那位叫奧爾加小姐嗎？雖然我是蝙蝠，但蝙蝠也有蝙蝠的生存之道。可以告訴我妳們的部隊名稱嗎？如果我有機會活著獲釋，我會寫信給妳們。」

「出發！」

士兵一聲令下，要求她們面向卡車的貨臺整隊。

謝拉菲瑪覺得珊朵拉的人生十分可悲，同時也覺得心亂如麻。

自己是為了幫助女性才殺死德國佬。這原是自己內在牢不可破的中心思想，如今卻覺得混亂。可恨的德國佬是侵略者，他們殺害女性、傷害女性，所以要殺了他們，保護女性。這個中心思想過去從未動搖過。

但珊朵拉卻是基於自己的意志愛上德國佬。

另一方面，阿德蕾明明是德國女人，卻受到德國佬的踐踏。

被害者與加害者。戰友與敵人。自己與德國佬。蘇聯與德國。

謝拉菲瑪曾經深信不疑，以上都可以用同一套邏輯來解釋。

然而，萬一這套邏輯受到挑戰。

萬一有一天，以蘇聯士兵的身分奮勇作戰與拯救女性不再是等號的關係。

到時候，目標是以蘇聯士兵的身分奮勇作戰、拯救女性的自己該怎麼做才好？

「我想起來了，他的名字是漢斯・葉卡。」

珊朵拉突出此言。

聽到這個名字，謝拉菲瑪的困惑頓時歸於平靜，內心陷入真空狀態。

想必無法理解她的反應吧，珊朵拉被帶走時，笑得一臉無邪地接著說：

「我也是最後那天聽別人這麼叫他才知道的。他雖然臉上有傷，仍不失為好男人。」

眼前的光景就像透過放映機看到的畫面。

所有的感覺都飄遠了，悲慘的記憶在腦海中甦醒。

手無寸鐵被活活殺死的村民們。

棄置於伊萬諾沃村的屍體。焚燒屍體的臭味。

扛著獵槍，還無法開槍射擊就死去的母親。

走進家門時，有人喊了那個男人的名字。

葉卡。

逐漸遠去的意識中，身為人類最鮮明、最強烈的感情支配著謝拉菲瑪的身體。憤怒。自己比任何人都憎恨，暗自發誓一定要殺了對方的人。

夏洛塔以前說過，狙擊到最後必定會遇見對方。可是自己卻沒有認出對方，不僅在戰鬥中敗北，還眼睜睜地目送他坐著小艇從眼前逃走。

夏洛塔正在對謝拉菲瑪說話，但謝拉菲瑪已經聽不見她說什麼了。

一定要殺了他。

心裡只有這個念頭。一旦面對過去一直沒有機會重新審視的復仇烈火，發現火勢從來沒有變小過。此生絕對要再與對方單挑一次，而且這次絕對要殺了他。

唯有殺了他，自己的戰爭才會結束。

謝拉菲瑪心想。

「謝拉菲瑪，妳怎麼了？有聽見我說話嗎？」

媽媽憂心忡忡地問她。

回過神來的時候，自己與小隊的成員已經站在伏爾加河廣大的沙洲上。

「哎呀，好久不見啦。」

軍服一絲汙垢也沒有的女人正從對面走過來。

奧爾加迎上前去，靠在她身上，彷彿在跟她撒嬌。

是ＮＫＶＤ的哈圖娜。讓狙擊小隊前往史達林格勒的始作俑者摸了摸奧爾加。

正等待部下回來的伊麗娜看到她，笑著說：

「沒想到我們能全員生還吧，哈圖娜。」

「哪兒的話，大家的身手都太好了。所以我想介紹下一個任務給妳們。」

「要我們下地獄嗎？」

哈圖娜是惡魔。心裡只想著要怎麼將她們搾乾到最後一滴。

謝拉菲瑪在心裡如此評價的同時，哈圖娜指著前方。前方是一棟木造小屋。

「是天國喔。」

看到煙囪冒出蒸氣的模樣，謝拉菲瑪反應過來了。

「是蒸氣澡堂。」

情不自禁地喃喃自語。蒸氣浴。還以為這輩子與自己無緣的俄羅斯傳統三溫暖正在眼前散發出氤氳熱氣。

「太髒可能會生病喔。所以特地為妳們空下來了。」

「隊長！」

夏洛塔挽住伊麗娜的手，後者一臉正色地回答：

「進攻！」

所有人直接穿著制服衝進澡堂，在裡面脫光身上的衣服。

伊麗娜命令耿直的費奧多上等兵負責在東岸幫忙警戒，趕走閒雜人等，交代他如果有人敢接近沙洲偷看，立即格殺勿論後，與小隊成員一起洗澡。

享受蒸氣浴，用樹葉拍打彼此的身體，促進血液循環，拚命打掉僅次於德國的敵人——蝨子。

徹底地享受完蒸氣浴後，她們遵循傳統，先讓身體習慣低溫，再跳進結冰的伏爾加河。

謝拉菲瑪和夏洛塔幫彼此洗身體，相視微笑。

好不容易感受到生還的喜悅，化成笑意，在臉上綻開。

一九四三年初，隨著史達林格勒的巷戰分出勝負，德蘇戰的局勢直轉直下。投降的德國第六軍團共十萬人，其中**大多數**皆如紅軍對外宣稱，被當成戰俘對待，紅軍也盡可能提供糧食，但是在補給少得可憐的情況下，還是有非常多德國士兵承受不了寒冷與飢餓，陸續有人跟不上大隊前往集中營的行進腳步，凍死在半路。而且出發沒多久，傷寒就開始在他們之間傳染開來，死了一半的俘虜。僥倖撿回一條命的俘虜大部分都得面對不人道的強迫勞動，戰後能重歸德國故土的倖存者還不到一萬人。

而且從戰力的角度來說，無論他們是死是活，德國第六軍團皆已形同消滅。

不過，收復史達林格勒所帶來的變化還不止這樣。翻越高加索挺進的A軍團一如德國當初擔憂的那樣，陷入腹背受敵的窘境，從一九四二年十二月底就開始拋棄重武器及裝備，不顧一切地大撤退。但是在史達林格勒巷戰取得勝利的紅軍當然不會讓他們稱心如意，一度逼近到頓河畔羅斯托夫，試圖完全斬斷A軍團從俄羅斯南部敗走到黑海北端的退路，但是因為德國第六軍團很晚才投降，還是失之交臂地讓他們逃走了。

曼斯坦給予失敗的友軍高度評價：「要是第六軍團再早一點投降，A軍團的退路大概就會遭到封鎖了。」

另一方面，被俘虜的十萬人並未因此得到任何好處，隨著第六軍團在史達林格勒的潰敗與A軍團的全面撤退，德國完全喪失在蘇聯境內的一切優勢。

升格為元帥的朱可夫這時也表現出三頭六臂的軍事才幹，一九四三年一月，在原本被包圍的列寧格勒殺出一條血路，成功完成「火花」行動。

在以消滅低等斯拉夫民族的人口為己任，不容許投降的軸心國包圍下，因為敵人有計畫地製造饑荒，導致一百萬名市民餓死、凍死，為了活下去不得不以親兄弟的屍體為食，眼看就要瀕臨崩潰的都市至此終於打通一條補給的生路。雖然險惡的環境一時半刻還無法改善，但至少可以經由鐵路輸送物資給這個深受饑寒交迫所苦的城市。

與此同時，戰局演變成世界性的規模。

隆美爾負責指揮作戰的德軍在北非戰線敗給同盟國的軍隊，產生的戰俘人數甚至超過史達林格勒。

與英國的空戰發展成空襲戰，英國對德國都市的轟炸重創德國的軍事產業，也逐漸影響到德蘇戰的局勢。

地球另一頭的太平洋戰爭也因為美國攻下了瓜達卡納島，逼迫日本帝國完全落入守勢。

一九四三年初，不只蘇聯，所有同盟國都在戰局中占了上風。

蘇聯在史達林格勒取得勝利。

為了得到這個結果，付出死了一百一十萬名蘇聯軍、二十萬名市民的代價。除此之外，市民中也不乏在疏散時不幸喪命，或是被強行綁架到德國的人。

即使能在戰火中僥倖撿回一條命，大部分也都去避難了。這座戰前人口多達六十萬人的都市，最後能活著迎來戰爭落幕的市民只剩下九千人。

軸心國失去了七十二萬人。

死亡總數超過兩百萬人。這個數字遠超過第一次世界大戰中最大的要塞攻防戰——凡爾登戰役的死亡人數。

史達林格勒一役誕生了無數的英雄。

瓦希里・柴契夫截至終戰射殺共計兩百五十七名敵人。即使眼睛受傷，也在結束治療後回到前線。

與第十二大隊同屬第十三步兵師團的雅科夫・巴甫洛夫中士率領僅有的四名部下死守位於伏爾加河堤防邊的公寓，抵禦德軍的猛攻。

那棟公寓從此以「巴甫洛夫之家」為名，成了名留青史的要塞。

第十三步兵師團最後失去九成的兵員，重新獲得親衛師團的稱號。

另一方面，如同馬克西姆隊長與朱利安的命運，一百一十萬士兵的絕大多數都沒能得到應有的光榮，成為無名的死者，湮沒在龐大的死傷人數中。

大獲全勝的蘇聯趁勢以奪回哈爾科夫為目標勇往直前，但就在補給已經消耗得差不多的紅軍逐漸失去戰鬥能力時，原本呈現敗象的德軍卻在曼斯坦的指揮下集結撤退的兵力開始反擊。蘇聯在第三次哈爾科夫戰役落敗，戰線再次陷入膠著。

一九四三年，戰爭還看不到終點。

第三十九獨立小隊也不得不再次前往下一個戰場。

第五章　迎向決戰的日子

肅靜！（中略）我有話想對大家說。（中略）或許我說什麼大家都聽不進去，但至少別再說喪氣話了。這場戰爭一定要贏。絕不能失去勇氣。萬一對方獲勝，萬一敵人在這裡比照辦理我們在占領地做過的事，哪怕只比照辦理冰山的一角，德國人都將在數週內死得一個不剩。

一九四五年四月十五日寫於柏林從安哈爾特車站發車的地下鐵車廂內。別著兩個鐵十字勳章與金質德國十字勳章的士兵（引用者註）
（引用自安東尼・畢佛 Antony Beevor 著《The Fall of Berlin 一九四五》川上洸譯《柏林淪陷：一九四五年》）

一九四五年四月

在波蘭東部又一個遭到蘇聯軍隊占領的城市——比亞維斯托克接受採訪的謝拉菲瑪認為今天的記者優秀歸優秀，可惜都問不到重點。

「謝拉菲瑪・馬爾科夫娜・阿爾斯卡亞同志，妳最早接觸手槍是幾歲的時候？」

「我十歲的時候就開始射擊了。那一年的農作物嚴重受到野生動物的破壞，家母決定教我。」

「果然很優秀。妳從小就喜歡射擊嗎？」

「起初其實很害怕，可是居然給我射中了。喜歡射擊是在那之後。射中目標的感覺實在太愉悅了，所以在家和去學校都在討論槍，還被身邊的朋友取笑。」

「原來如此。沒想到妳那麼小就有當狙擊手的天分。」

臉蛋細長、戴著眼鏡的記者邊問問題邊做筆記。

刊登在報紙上的內容通常都不是謝拉菲瑪的想法，而是新聞記者聽完她說的話，再根據自己的想法組織而成的東西。

記者通常都會基於報導的性質，有意無意對受訪者說過的話進行翻譯。今天的訪問要刊登在給少年先鋒隊看的官方報紙上，所以追求的是能讓少年少女感到雀躍的英雄故事。

記者行雲流水地記下她說的話。

在他筆下的世界裡，自己大概是無敵的戰士。肯定沒眼睜睜地看著戰友變成肉塊，也沒得意忘形地挨護士揍。在美化一切的前提下，就連為了逃避現實而邊唱歌邊狙擊的行為，也會被記者昇華為愛國者的美談。

「在史達林格勒取得勝利後，妳還參與過哪些戰鬥？」

「我只是遵照最高司令部預備軍的指示展開行動。」

忠心。自己沒說過的話出現在記者的記錄裡。

「在那之後令妳印象最深刻的戰役是?」
「那還是庫斯克會戰吧。」
記者的雙眼熠熠生輝。紅軍大獲全勝的象徵。更重要的是,這或許是他眼中最能引起讀者好奇心的話題。
「這樣啊。第三十九獨立**親衛**小隊也參加了庫斯克會戰啊!」
在烏克蘭南部的第三次哈爾科夫戰役落敗的紅軍,同一時間占領了位於其正北方兩百公里處的俄羅斯西南方要衝庫斯克,導致戰線上出現了對德軍而言無論如何都想攻克的突出地帶。雖然德國的戰力已經耗損到心有餘而力不足的地步,但一九四三年的戰況仍迫使德軍不得不前往庫斯克。
率領義大利在北非吃了毀滅性敗仗的墨索里尼早已自顧不暇,羅馬尼亞、匈牙利等軸心國亦不再相信德國能贏得勝利。就連德國國內也發生了女大學生和她的同伴們因為發傳單訴求戰爭早日結束而被送上斷頭臺的憾事。希特勒開始迫切地想打一場成功的勝仗。參謀總長克魯格和庫爾特·蔡茨勒等國防軍的將領們向因為在史達林格勒慘敗而威嚴掃地、好不容易在哈爾科夫討回一點面子的曼斯坦進言,為了回應總統的期待,應該交出更漂亮的成績單,因此一馬當先地擬訂先下手為強的作戰計畫。
也就是所謂的「衛城作戰」。投入虎式及豹式等新型戰車迎戰突出於俄羅斯大地的蘇聯軍隊,從南北兩地夾擊,切除突出的部分,以包圍的方式殲滅敵人,只要作戰成功，就能使人相信德國一定會勝利。而且因為縮小戰線，還能催生出預備兵力，抵禦蘇聯往後的攻勢。若能強迫俘虜勞動，再加上掠奪而來的物資，皆有助於扭轉戰局。可以說是非常不要臉的作戰策略。

確實是很有企圖心的計畫，但是論到實現的可能性，則又另當別論了。明明應該在三月開始的作戰計畫，卻因為補給方式的規劃落後及新型戰車的整備不足，導致一延再延。這段期間，蘇聯憑著世界首屈一指的諜報能力，再加上西方各國提供的情報，幾乎已經透過間諜行動掌握衛城作戰的全貌。

當地的紅軍建立起一層又一層固若金湯的防禦陣地，並且埋下大量的反戰車地雷。還配備SU－152反戰車自走砲等新型戰車。然後在一九四三年七月五日，兩軍在以庫斯克為中心的突出地帶爆發正面衝突。

記者打蛇隨棍上地接著問：

「妳對庫斯克會戰有什麼感想？聽說在普洛霍羅夫卡展開了坦克大戰，經由一番激烈的纏鬥，我軍大獲全勝！」

「這我不清楚。但我聽說普洛霍羅夫卡當時其實輸給敵人的局部戰術。」

記者停下做紀錄的手。這句話沒有見諸於報端。

事實是雖然從記者口中聽聞紅軍打贏坦克大戰，但當時在前線從未聽過這件事。反而對T－34被新型的虎式戰車打得落花流水，來自南部的攻擊讓紅軍陷入絕望深淵這種負面的傳言時有耳聞。

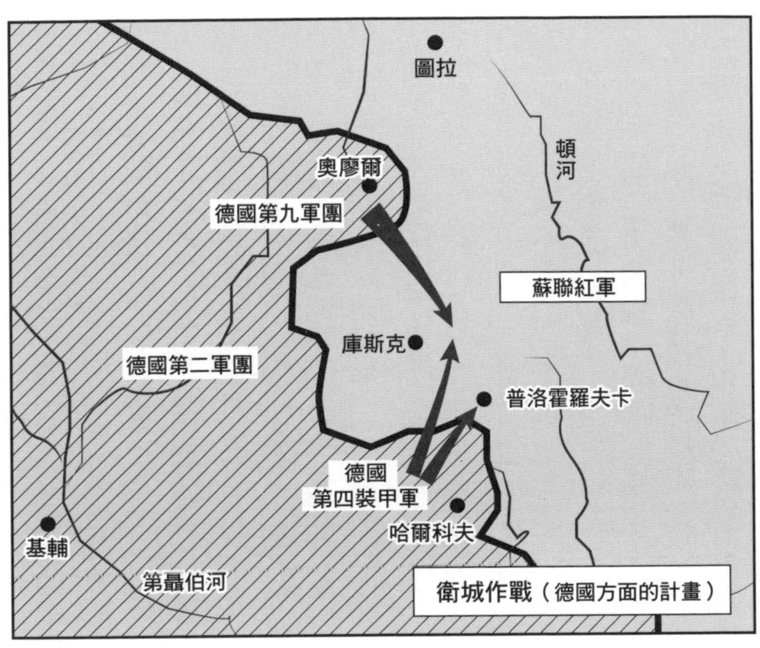

圖拉
頓河
奧廖爾
德國第九軍團
蘇聯紅軍
庫斯克
德國第二軍團
普洛霍羅夫卡
德國
第四裝甲軍
哈爾科夫
基輔
第聶伯河
衛城作戰（德國方面的計畫）

贏是贏了，但也付出極為慘痛的代價。

這是紅軍士兵當時最真實的感想，但他們的記憶隨即遭到竄改。加以改寫的不只是記者，也不只是看到報導的讀者，就連實際在前線戰鬥的士兵，提到此事時，也不知不覺地偷換了自己的記憶。

如今在報紙上以最大的音量高談闊論著「蘇聯大獲全勝」的人，就是實際在普洛霍羅夫卡指揮了敗仗的將軍們。

或許是為了給無以為繼的記者臺階下，謝拉菲瑪接著說：

「普洛霍羅夫卡是南部的坦克大戰，我們分配到的戰地是北部的壕溝戰。」

「哦，原來如此。可以請妳描述一下那場戰役嗎？」

謝拉菲瑪回想已經是兩年前的戰役。北部處於萬無一失的備戰狀態，庫斯克儼然平原上的要塞。挖了十幾二十層的戰壕，彼此以射擊互相掩護，戰壕的前端集中火力攻擊出現在正前方的敵人，企圖以迂迴戰術攻進中央的敵人都會受到各戰壕前端的十字砲火攻擊。每個戰壕都設置可以讓人躲進去，肩膀以下全部藏在壕溝裡，得以專心射擊的地點。

對狙擊兵而言，這是再好不過的狩獵場所。狙擊小隊等於參加一場柳德米拉・帕夫利琴科過去也在塞瓦斯托波爾經歷過，以德國佬為對象的射擊大賽。

敵人的戰車軍團逼近眼前，狙擊小隊拚命射擊圍在戰車四周的隨行步兵。

「射殺德國佬，將迷失方向的戰車引導到地雷區使其爆炸。重複以上的動作。」

敵人一旦接近，就利用地下通道移動到更裡面的戰壕。那裡有將準星瞄準前一排壕溝的射擊地點，從那裡射下試圖越雷池一步的德國佬。

當然不是輕鬆的戰役。敵人的支援砲擊從頭上如雨點般落下，戰車發射榴彈轟炸我軍。這時已經學會分辨「打得中」的聲音，倘若聽見「打得中」的聲音，就得立刻衝進戰壕內的涵洞裡避難。萬一動作太慢，只有死路一條。再加上南部堅固的防線也被攻破，開始聽見德國或許已經如願抵達庫斯克也未可知的耳語。

小隊耐著性子撐下去，當狙擊人數超過一百人的時候，敵人開始撤退。

七月十二日，紅軍從敵人企圖拿下庫斯克突出地帶的更北邊投入預備兵力，展開反攻。連日的戰鬥大大地消耗了對北部久攻不下的德軍戰力，早已沒有預備兵力，別說是切除突出地帶了，還得面對後院著火、被紅軍包圍的危機。因此即使葬送了大量的紅軍，也沒能達成任何作戰目標，德軍的攻勢便以失敗告終。在戰力大減的情況下撤退其實與敗走無異，就連想維持開始進攻前的戰局也無能為力。

紅軍展開攻擊的兩天前，義大利也開始率領盟軍對西西里島展開登陸作戰，就像拳擊教練朝擂臺扔毛巾的意思，希特勒要求曼斯坦回東普魯士。看穿一連串情勢的蘇聯軍隊轉守為攻，進攻突出地帶北方的奧廖爾。同時也從南部展開攻擊，來回三次終於搶回曾經讓紅軍吃盡苦頭的哈爾科夫。

紅軍成功地完成從諜報、防禦、反擊到展開攻勢的連續作戰。

付出無數人戰死的代價，庫斯克戰役最終以紅軍的勝利畫下句點，第三十九獨立小隊也因此榮獲「親衛」之名。史達林格勒一戰成名後，她們的階級扶搖直上，再加上從這場戰役平安生還，全體晉升少尉。陣容跟以前一樣，實際狀態也沒有變化，但伊麗娜已經是上尉了。

只有一個人例外，留在後方陣地的哈圖娜受到砲彈的直擊，當場死亡。

ＮＫＶＤ派來監視她們的人。痛恨伊麗娜，接二連三地送她們去危險的激戰地，在史達林格勒一役後，讓她們享受蒸氣浴的那個女人，在一百五十公釐的砲彈直擊下，被炸得屍骨無存。

她的部下奧爾加表面上看不出任何情緒波動，也沒有表示哀悼之意，還是老樣子，還是那個陰沉的祕密警察，不受任何人指揮，默默地繼續狙擊。只是戰役結束後，她再也沒有可以撒嬌的對象，這個事實也讓謝拉菲瑪感覺到某種悲涼。

即便如此，也沒有人再哭了。

庫斯克戰役結束時，謝拉菲瑪的可確認戰果達到七十五人。

夏洛塔為六十人。媽媽為五十人。奧爾加不知道，但數量肯定也相當驚人。

陸軍的機關報為第三十九獨立親衛小隊取名為「魔女小隊」，從此定調士兵們對第三十九獨立親衛小隊的印象。

大家都稱小隊的士兵為魔女，語氣裡半是敬畏、半是厭惡。

先鋒隊的記者眼神閃爍地問她：

「敢問妳對巴格拉基昂行動有什麼看法？」

「確實是壓倒性的勝利，但我個人沒什麼可說嘴的表現。」

隔年，一九四四年六月二十二日。一切應該只是偶然，蘇聯軍隊在德國侵略蘇聯剛好滿三年的這一天展開最大的攻勢。

就在短短的十六天前，美、英、法等盟軍開始諾曼第登陸，建立起眾人翹首以盼的第二戰線後，展開時機成熟的反擊。

顛覆德國以為蘇聯會從突出來的烏克蘭南部展開反擊的預測，朱可夫、華西列夫斯基及羅科索夫斯基等蘇聯的將領們擬訂了充滿企圖心的作戰計畫，從歐洲東部長達一千三百公里的戰線同時展開全面性的攻擊。接二連三的攻勢不讓德國有集中預備兵力的機會，也因此完全無法從事機動性的戰鬥。同一時間，占領地的游擊隊也伺機而動，猛烈攻擊德軍後方的補給兵及通信兵。

除了豐沛的兵力外，再加上訓練有素的戰略、性能凌駕於虎式戰車之上的IS－2等新型戰車，還有透過租借法案得到的補給及擴充了用於輸送兵力的設備，此刻的蘇聯軍已經強大到說是世上最強的軍隊也不為過。相較之下，已經看不到四周的希特勒下令兵疲馬困的德軍死守到最後的一兵一卒，與開戰時相反，德軍已經連撤退都變成遙不可及的夢想，只能接受來自陸空的夾擊，面對全軍覆沒的命運。

蘇聯解放了白俄羅斯，煽動波蘭境內反德國的勢力，在攻勢到達頂點的時候暫停進軍，在華沙起義失敗後解放波蘭。進擊的速度在五週內就長達七百公里。確實打了一場非常精采的勝仗，只是當我軍以這麼快的速度進擊時，狙擊兵扮演的角色就沒有那麼重要了。狙擊小隊搭乘美國製的卡車到處移動，所到之處只見各地皆已受到我軍的壓制。

這段時期令狙擊小隊印象深刻的是斯圖貝克公司生產的卡車及口琴。前者終於克服讓德國和蘇聯都陷入苦戰的泥濘，坐在卡車上吹口琴則在紅軍裡掀起一陣風潮，隊內的護士塔妮雅正是吹口琴的高手。

好的變化是紅軍總算決定引進女性用的內衣，所以終於能得到女性用的內褲和胸罩了。

壞的變化是狙擊的積分無法再成長。

謝拉菲瑪輕描淡寫地加上這句話，記者露出模稜兩可的笑容。

「也因此終於要給德國佬的狙擊兵致命一擊嗎？」

「沒錯，我正是為此而戰。」

謝拉菲瑪瞬間重整旗鼓。因為她今天的作戰目標總算出現在眼前了。

「臉頰有傷的大鬍子狙擊兵。他是我和故鄉的仇人，在史達林格勒也殺害了我的狙擊兵同伴朱利安，所以他同時也是蘇聯人民的仇人。我加入紅軍就是為了打倒他。雖然在史達林格勒讓他跑掉了，但我一定會在戰爭結束前解決他。」

刻意操弄著通俗又充滿刺激性的詞彙，只見記者漲紅了臉，拚命記錄。

就這樣登出來吧。不，給我用你的文筆置換成更具有殺傷力的字眼。

自從在史達林格勒狹路相逢，謝拉菲瑪逮到機會就向前來視察的將領說明自己的身世，替討厭記者的同伴接受訪問時，也盡量以傷感的角度傾訴自己的想法。為了替慘遭戰火吞噬的故鄉報仇挺身作戰的女狙擊兵。這個形象讓讀者為她一掬同情之淚，也能達到政治宣傳的目的，吸引周圍的眼光。

史達林格勒戰役後，謝拉菲瑪認真地思索高層對自己、對「女兵」有什麼期待。

答案很簡單，無非是愛國的女英雄、誓要報仇雪恨的愛國者。

當她們從激戰地回防，跟著第十三師團的宣傳兵前來採訪的時候，對於信奉「絕對不要出鋒頭」為金科玉律的狙擊兵而言，第一個反應就是偷偷摸摸地想要逃跑。無奈宣傳兵的上司說，採訪與接受採訪都是軍人的義務，不回答也不行，因此謝拉菲瑪想出一套屬於自己的作戰方式，那就是盡量讓自己成為注目的焦點。不需要任何複雜的動機，只要扮演好純粹的愛國者就行了。於是記者不約而同地將她塑造成「家人遇害的鄉下姑娘」「拿起武器，射殺了許多德國佬的狙擊兵」「一心只想為家人復仇的女孩」。

為了保護她的安全，給她取了「柔亞」的化名，對於詳細的遭遇也一筆帶過，但報導中的她活靈活現地讓人聯想到第二個柳德米拉・帕夫利琴科。

她也跟帕夫利琴科或瓦希里・柴契夫一樣，擁有值得信賴的朋友，亦即戰友與如假包換的戰績。小隊成員自不待言，還有在史達林格勒結識的費奧多上等兵。另一方面，她的老師伊麗娜不僅是帕夫利琴科的戰友，本身也很厲害。報導此事的軍方報紙皆與軍隊組織同氣連枝。謝拉菲瑪深知這些軍方高層的期待，採訪中不時透露弦外之音。

我能成為蘇聯的女英雄。

倘若我大仇得報，肯定能成為受人敬仰的偶像。

所以請讓我去討伐漢斯・葉卡。

她的計畫成功了。開始偵訊第六軍團的俘虜時，漢斯・葉卡的名字出現在各前線蒐集情報的對象名單上。只要聽說哪裡有厲害的狙擊兵出現，就立刻蒐集其目擊證詞，只要射殺了類似的狙擊手，一定讓謝拉菲瑪去指認。畢竟葉卡本身是一等一的狙擊兵，除掉他確實也有戰略上的價值，但是以花費在一介士兵身上的時間精神來說，密度可以說是史無前例的高。

伊麗娜擺明不喜歡謝拉菲瑪接受採訪，但也理解這是學生的策略，所以不曾出手干預。

要在大舉撤退的數百萬德軍中找出某個人不啻比登天還難，但是經由對俘虜的拷問，還是掌握到貌似葉卡的人物與哪個部隊會合，以及他的去向。

「菲瑪，吃飯嘍！」

謝拉菲瑪抬頭。
是夏洛塔，她正露出與幾年前幾無二致的笑容出現在眼前。
謝拉菲瑪瞥了記者一眼，後者手忙腳亂地站起來，朝她敬禮。
「那我先告辭了。預祝妳平安歸來，謝拉菲瑪同志。」
「謝謝，你也保重。」
謝拉菲瑪也向他敬禮。這是她的真心話。他們也是沒有武器卻在戰鬥的士兵，是戰場上的夥伴。
「快走吧。妳接受太多採訪，隊長都要生氣了。」
夏洛塔抓住謝拉菲瑪的手，就要拉她離開時，記者連忙問道：
「對了，最後再請教妳一個問題。」
謝拉菲瑪轉過身來，側著頭示意他有話快問。
「妳可曾夢見被妳射殺的敵人？」
以國內的記者來說，這個問題十分特殊。
似乎是與職責無關的問題，比較像是他個人想知道的問題。
彷彿要掀開籠罩在英雄頭上的面紗，直接觸碰到皮膚的問題。
「一次也沒有。」
謝拉菲瑪直截了當地回答。記者向她道別的同時，臉上也浮現失望的神色。
或許是對自己無法看到她的真面目而感到失望。

不是這樣的喔。謝拉菲瑪在心裡低語。

我是真的連一次也沒有為惡夢所苦。

「被蘇聯解放」的波蘭東部。往北是東普魯士，往西是通往德國本土的捷徑，紅軍共派遣二十個師團往這兩個方向進發，決戰前先在比亞維斯托克進行短期的集訓。

原本當成大學使用的建築物如今也變成軍營。同時容納幾百人軍隊一起用餐的食堂充滿了驍勇善戰的紅軍士兵散發出來的熱氣，令人感到呼吸困難。

菜色有黑麵包和蕎麥粥，還有少許加了一點點牛肉的高麗菜湯。附了奶油，不算太差。

謝拉菲瑪嘆了一口氣，輪流打量狙擊小隊的成員。

自史達林格勒戰役以來，大家都有明顯的變化。笑容從所有人臉上消失了。伊麗娜本來就不苟言笑，但連奧爾加也不再說些綿裡藏針的話，而總是帶著溫柔微笑的媽媽則變得沉默寡言。不可思議的是，大家身為狙擊兵的訓練成果卻向上提升了。因為治療的人手不足，護士塔妮雅今天被派遣到別的部隊。

「菲瑪，我不喜歡黑麵包。可以跟妳的湯交換嗎？」

「可以嗎？我不喜歡這種湯。」

「我不就這麼問了嗎？」

只有夏洛塔是唯一的例外。只有她在提升訓練成果、增加狙擊數量的同時仍保持微笑。不如說她的一言一行反而隱隱流露著稚氣。

模樣十分惹人憐愛，治癒了謝拉菲瑪槁木死灰的心。

「喂，快看那邊，這不是親衛魔女小隊嗎？」

帶有明確惡意的詞彙趁著餐桌上的聊天空檔朝她們直射而來。

回頭看，一群普通步兵正看著這邊，臉上浮現充滿惡意的笑容。

「別叫她們魔女，要尊稱她們為狙擊兵大人。跟滿身泥濘在最前線拚命作戰的我們不一樣，人家可是躲在安全的巢穴放冷槍的菁英分子。」

「別理他們。」

伊麗娜小聲制止想反駁的夏洛塔。

「大概是跟自己隊裡的狙擊兵鬧得不開心了。」

總是這樣，謝拉菲瑪心想。

不討厭狙擊兵的步兵少之又少，史達林格勒的馬克西姆隊長是少見的例外。大概是因為身邊有個與家人無異的狙擊兵朱利安吧。

伊麗娜繼續吃飯，周圍的人也立刻把視線拉回餐桌上。

不論哪一國，步兵與狙擊兵總是水火不容。

這是因為專業差異造成的惡果。步兵必須頂著前線的槍林彈雨逼近敵人，若演變成巷戰，他們的任務就是要在不到幾公尺的距離內奮勇殺敵。因此必須忘記恐懼，保持高度亢奮的情緒，鼓舞自己，一如為狂熱儀式獻上生命的劍士。

另一方面，將潛伏與偽裝貫徹到底，透過忍耐與專注，在技藝上精益求精，務求對敵人一擊必殺的狙擊兵則比較像注重冷靜的工匠、不想引人注意的獵人。

每個士兵都必須成為該兵種要求的樣子，無論願不願意，經過戰火的淬鍊，存活下來的士兵將擁有最適合該兵種的精神狀態。如果擁有步兵需要的精神狀態卻成了狙擊兵，恐怕連一天都活不下去；如果擁有狙擊兵的精神狀態卻成了步兵，基本上連戰場都踏不上去。

因此活下來的步兵全都大膽又粗野，狙擊兵則變得冷靜又陰鬱。

以上因為專業在精神狀態產生的差異就如同水和油，完全無法相容。更何況不同的兵種還有派系鬥爭，普遍具有瞧不起自家兵種以外的兵種傾向。

最嚴重的情況是，看在步兵眼中，狙擊兵都是讓他們在前面衝鋒陷陣，自己躲在安全的距離外射擊敵人的陰險殺手集團；對於狙擊兵而言，步兵則是假裝沒看見狙擊兵的折損率遠高於步兵的事實，瞧不起他們就算了，戰鬥技術毫無章法可言，行為舉止又很粗魯，根本是尚未社會化的野蠻人。

蘇聯的狙擊兵大致可以區分成安插在一般步兵師團中的狙擊兵部隊和像第三十九小隊這樣，隸屬於最高司令部預備軍，負責進行游擊的狙擊兵團，但不管是哪一種情況，都很難與步兵和平共處。

狙擊兵本身也不像步兵那麼重視戰友間的同袍之誼，崇尚所謂緊密的關係。

即使狙擊兵聚在一起，通常也只是任憑時間無聲地流逝。

獨立小隊在轉戰地也是這麼過的。

就算都是狙擊兵的環境下，一旦身為女人，與其說是異物，更像是外星人，完全被當成一種不可說的存在。

男人經常向洗衣部隊或伙房部隊的女人獻殷勤，如果因為談戀愛而導致女人懷孕，女人會被遣返回故鄉，男性士兵則關禁閉，但從來沒有男人會對狙擊小隊出手。

她們只是默默地狙擊敵人，在小隊裡過著與世隔絕的生活。

因為沒有別的話題可聊，開口閉口不是槍的話題就是狙擊技術的話題，後來漸漸連聊天都覺得麻煩，乾脆像一群安安靜靜的貓，無聲無息地過日子。一個勁兒以提升戰技為目標，天天一起訓練，對這樣的關係感到安心。

但偶爾還是會因為身為女人引來狂蜂浪蝶的糾纏，十分礙眼。

狙擊小隊的成員早已練就金剛不壞之身，但新面孔的步兵可不是這麼回事。

「如果是自己的女人可怎麼辦才好，殺人如麻的老婆耶。」

「女人？她們哪點像女人了？你眼睛壞了吧。」

「喂。」奧爾加突然打斷他們的對話。「再怎麼貶低我們，也改變不了你們小隊在奧德拉河打了敗仗的事實喔。」

怒火染紅了步兵們的臉。

不知是從他們的臂章，還是依靠直覺，奧爾加猜到他們所屬的戰隊與戰歷。

一九四五年一月，從波蘭西部往德國國境附近進發的蘇聯軍勢如破竹，取得壓倒性的勝利後，堅持死守的德軍抵抗得非常激烈，導致紅軍喪失四萬人以上的兵力，有幾支部隊夾著尾巴跑去跟別的部隊會合。

步兵看到奧爾加的制服，臉色難看至極。

「連女的祕密警察都有啊。」

奧爾加一言不發地繼續吃飯，其他小隊的狙擊兵也比照辦理，但一旁的步兵還在氣頭上，不願示弱。

沉默持續了好一會兒，其中一名步兵故意扯著嗓門說：

「對了，德國女人實在太棒了！還化了妝，女人就應該那樣。」

隔了半秒，步兵們哄堂大笑。

謝拉菲瑪感覺全身的雞皮疙瘩都站起來了。

伊麗娜握住她的手。謝拉菲瑪這才發現自己正在發抖。

「對呀，那才是女人。像我最早遇到的小姑娘，哭聲簡直太銷魂。」

「你幹過幾個人？」

「五個。」

「我七個！」

明明是強姦的惡行，卻說得有如什麼功勳似的臭男人。

謝拉菲瑪對他們的厭惡慢慢轉變為殺意。

這群人為了貶低自己，大概只是在信口開河。謝拉菲瑪努力想說服自己，但就連這種想法都令她大動肝火。

男人注意到她的反應，一臉得意。

自己侵犯過幾個人。和你一起抓過幾個人。這種話題簡直沒完沒了，但周圍的士兵也不制止他們。

男人企圖利用凌辱女性的話題來傷害女性狙擊小隊的尊嚴，而且這個詭計還真的得逞了。謝拉菲瑪感到屈辱。

其中一個煽風點火的男人起身去還托盤。

經過自己背後時，男人故意以所有人都能聽見的音量放話：

「放心吧，我也是會選擇對象的，不會侵犯妳。」

有什麼在謝拉菲瑪的腦子裡綳斷了，一把甩開伊麗娜溫暖的手。

謝拉菲瑪站起來，抓住雙手捧著托盤的男人衣領。身體的反應比大腦還快，使出全力把男人往後拉，使出一記掃堂腿。如同近身格鬥教的那樣，對方輕易地被她撂倒，餐具撒了一地。

「妳這婆娘！」

男人拔出腰間的手槍，謝拉菲瑪踩住他拔槍的手，冷笑道：

「只是不小心撞到一下就拔槍，違反軍紀莫此為甚吧？」

「妳、妳別以為這麼做可以全身而退……」

謝拉菲瑪也把手放在自己的托卡列夫手槍皮套上。

伊麗娜走過來，按住她的手。

對四腳朝天的士兵放狠話：

「怎麼啦？出了什麼事嗎？你想跑去向NKVD告狀嗎？說你挑釁女性士兵，結果被摔在地上，想拔槍的時候又被一腳踩住？槍殺前要先朗讀罪狀，只怕劊子手都要笑場了。祕密警察就在那裡。去啊，去告狀啊。」

士兵被堵得一句話都說不出來。

奧爾加一臉興味索然地將高麗菜湯送進嘴裡。

放眼望去，與他同隊的男人都蓄勢待發地僵在餐桌前。

身經百戰的女狙擊兵早已繞到他們背後，雙手訓練有素地舉起狙擊槍。槍口並沒有朝向這裡，但是不難想像一旦交火，他們必定全軍覆沒。

謝拉菲瑪把腳拿開，惡狠狠地說：

「別擔心。殺了你這種雜碎只會玷汙我的經歷。蝦兵蟹將還不配當我的敵人。如果想知道我身為女人的那一面，今晚歡迎來我房間。不放心的話可以帶著槍來。」

把槍收進腰間皮套的男人聽得面色如土。

謝拉菲瑪最後還嫣然一笑，對他拋了個媚眼。

「知道我身為女人的那一面後，明天應該可以在那邊找到你的屍體吧。」

說得好！遠處傳來歡聲雷動的叫好聲。

定睛一看，洗衣部隊的女兵正朝這邊揮手。

周圍的士兵們也從步兵身上移開視線，落井下石是人類的天性。

勝負已分，步兵們屈辱得渾身顫抖。

該怎麼收場呢……

還沒想清楚，耳邊又響起另一個聲音。

「到此為止。我什麼也沒看見，所以你們可以撤了！」

十分悠揚清亮的聲音。

身材高大的美男子毅然決然地告訴狙擊小隊和步兵們。

「你是什麼人。狙擊兵的同夥嗎？」步兵質問他。

謝拉菲瑪認為應該沒這個可能，但男人與步兵的氣質也大不相同。

「我叫米哈伊爾・鮑里索維奇・沃爾科夫。我是砲兵少尉。」

砲兵啊……這麼說謝拉菲瑪就能理解了。

他們又是一群與步兵或狙擊兵都不一樣的兵種。在信奉物理學的基礎上磨練技術這點雖與狙擊兵大同小異，但他們注重團隊精神，稱大砲為戰場上的神，自以為是陸戰的主角，與戰車兵一樣心高氣傲，或許很適合當裁判。

——等一下？

米哈伊爾少尉要步兵閉嘴、解散。

他的長相、他的聲音。豐盈的金髮、冰藍色的雙眸、柔和的表情。

「米西卡。你是米西卡嗎?」

長相俊美的少尉大吃一驚地回過頭來。

詫異慢慢地浮現在寫滿了疑惑與動搖的臉上。

這也讓謝拉菲瑪從狐疑轉為確定。

「我是謝拉菲瑪!伊萬諾沃村的謝拉菲瑪!」

「真的還是假的,菲瑪,妳還活著!」

從小一起長大的米哈伊爾握住謝拉菲瑪的手。

步兵們一臉無趣地原地解散。

謝拉菲瑪重新面向一旁的伊麗娜,行禮問道:

「可以給我十分鐘,不,十五分鐘嗎?」

伊麗娜大致猜到事情原委,微微頷首。

「可以是可以,不過差不多該上課了,別忘了正事。」

「是。」謝拉菲瑪回答。

夏洛塔朝她揮揮手:「太好了。」

離開食堂,走了好幾步,卻遲遲無法開啟對話。做夢也沒想到會再遇到米哈伊爾，米哈伊爾本人也一直以為謝拉菲瑪已經死了。

心想還是自己比較容易開口吧，謝拉菲瑪笑著問他：

「能當上砲兵少尉真的好了不起，你指揮的是喀秋莎多管火箭砲，還是一百五十二公釐的榴彈砲？」

米哈伊爾露出驚訝的表情回答：

「都不是，現在砲兵也能當自走砲隊的指揮官了，我自己也親身上陣。」

「自走砲隊嗎？好厲害！我在庫斯克也看過好幾輛。SU－152把虎式戰車整個炸翻了……聽說新型的SU－100和SU－85也威力強大。」

「妳大概把六號戰車誤認為虎式戰車了。虎式戰車可不是那麼容易看到的。」

米哈伊爾苦笑著解釋。「看起來雖然很厲害，但自走砲其實有著非常悲慘的一面喔。戰車也不例外，在裝甲的保護下，人坐在最裡面，裡面又暗、又熱、又狹窄。所有人都擠在狹小的空間裡，一旦被敵人的砲彈擊中，就得手牽手一起去見閻王了。萬一燃料起火燃燒，那又是另一種地獄了，要痛苦好幾天才死得掉。」

「這樣啊……可是我做夢也想不到米西卡會成為自走砲的指揮官。」

「妳當上狙擊兵才更令人驚訝好嗎！沒想到菲瑪居然會變成柳德米拉．帕夫利琴科。」

當米哈伊爾提起這個名字，比起喜悅，更多的是抗拒。

「我跟帕夫利琴科同志完全是不同世界的人。那個人射殺了超過三百名敵軍，我才八十個。」

聽到她這麼說，米哈伊爾一臉錯愕地說不出話來。

原來如此，她明白了。

也明白從剛才開始，兩人的對話始終有點牛頭不對馬嘴的感覺從何而來。

以前大人用類似虎姑婆的「食人魔」來嚇唬他們時，被食人魔吃掉的人頂多設定為十幾二十個，因為如果誇大到八十個，大概誰也不相信吧。

食人魔並不存在，但自己就在這裡。就算食人魔真的存在，也沒什麼好怕。只要舉起槍，扣下扳機即可。

如今他在自己臉上想必已經看不到伊萬諾沃村時代那個青梅竹馬的痕跡了。

尷尬的沉默橫亙在兩人之間，半晌後，謝拉菲瑪問道：

「我問你喔，剛才那些步兵說的都是騙人的吧？」

「什麼意思？妳在說什麼？」

米哈伊爾一頭霧水地反問，謝拉菲瑪又問了一遍：

「我是說，紅軍士兵侵犯德國女性的事。與納粹作戰的蘇聯士兵傷害德國的平民女性明顯違反軍紀，所以他們說的都是騙人的吧？」

謝拉菲瑪內心期待米哈伊爾一定會告訴她，那些都是騙人的鬼話。

米哈伊爾的視線在半空中游移，明顯地考慮再三後回答：

「很遺憾，都是真的。」

謝拉菲瑪大受打擊。或許是注意到她的不對勁，米哈伊爾撇開視線說：

「我們在波蘭國境作戰的時候，也聽攻進德國人殖民地的士兵說過類似的話。搶劫財物，尤其是姦淫女性的狀況十分嚴重。畢竟不是陣前逃亡，所以NKVD也睜一隻眼、閉一隻眼。不管是哪裡，占領的第一天都非常誇張。」

「可、可是……依照軍規，對市民施以暴力是犯罪行為，我們對德國的訴求不也是這樣嗎？」

「妳應該也聽過愛倫堡說的話吧。蘇聯對德國使用的語言經常有兩種意思。」

謝拉菲瑪無語。

一九四五年，被逼退到東普魯士的紅軍向住在那邊的德國人播放德語廣播。

蘇聯紅軍是為了從納粹手中解放德國人民、幫助你們重獲自由而戰。文明的紅軍士兵保證將為各位爭取自由，保障各位的安全。所以當紅軍進城的時候，請各位市民放心地張開雙臂迎接士兵。

多麼正氣凜然的內容，無論是負責翻譯的謝拉菲瑪，還是聽她轉述的夏洛塔和媽媽都露出如釋重負的表情，唯有奧爾加始終如一。

伊麗娜遞給她一份真理報。報上除了鼓舞蘇聯紅軍士兵的文章以外，還刊登了愛國詩人伊利亞·愛倫堡的文章。

目前正朝德國市街進攻的士兵大概這輩子都忘不了列寧格勒的母親們將死亡的孩子放在雪橇上拖著走的模樣。列寧格勒的戰績已見諸報端，但柏林尚未對列寧格勒承受的苦難付出代價。

柏林遲早會付出慘痛的代價吧。德國人戴著布瓊尼帽對孕婦施暴的帳也一併算在柏林頭上。還有那些把無辜的孩子推出來做為射擊目標，自鳴得意地說「這是一種新的運動……」的德國人、在列寧格勒放火燒俄羅斯女性，喪心病狂地說「這個俄羅斯人好易燃啊，身體好像不是由骨肉，而是由稻草構成」的德國人、活埋年老的猶太人，只露出一顆頭，在對方臉上寫下「這座花壇好美麗」的德國人……柏林必須為這一切付出代價。罪該萬死的柏林如今就在各位眼前。

誰能阻止我們呢？莫德爾將軍嗎？奧德拉河嗎？國民突擊隊？不，誰都不能阻止我們。你們就盡情地抱頭鼠竄、擔驚受怕、呼天搶地吧——上天懲罰德國人的時候到了。

怎麼看都是兩面討好的內容。

蘇聯真會見人說人話、見鬼說鬼話。謝拉菲瑪心想。

給外人看的文章就把納粹和德國市民分開，揚言要保護後者；給自己人看的文章就利用「納粹與德國是一體的」說法煽動士兵的仇恨心。

她當然明白蘇聯兩面三刀的理由。自己也是以仇恨心為動力，在戰爭中努力求生，擺脫灰心喪志的狀態，投身戰場。仇恨心是她與強大的敵人戰鬥時唯一的動力來源。仇恨心就如同讓蘇聯紅軍化身為巨大的蒸氣火車，一往無前地在戰場上衝鋒陷陣的燃料，絕非一朝一夕就能熄滅，而且滅火的方式稍有不慎，還可能導致士兵們失去鬥志。

問題在於士兵們要接受哪一套說詞。

「愛倫堡不是因為受到批評而失勢了嗎？」謝拉菲瑪問道。

蘇聯不可能對內外宣的失衡毫無所覺。

蘇聯在國內進行防衛戰爭時，基本上是支持愛倫堡不管三七二十一只管殺光德國人的論點，可是當勝利在望，這套建立於將「德國人」與「敵兵」畫上等號的論點就變得有點危險了。萬一紅軍在進攻德國時對這番話照單全收，可能會為蘇聯種下戰爭結束後的禍根。

另一方面，直到如今，或者該說是從現在起，又出現了需要他這套說詞的人。不是別人，正是納粹德國本人。

對於為了填補兵力枯竭的無底洞，大聲疾呼「紅軍要來殺光德國人了，全國人民只能拿起武器應戰！」讓平民拿起槍枝，命名為「國民突擊隊」的戈培爾和希特勒而言，愛倫堡充滿攻擊性的煽動言論無疑為他們的主張增添了明確的說服力，所以德國不只引用他的作品，還以他的作品為本，杜撰出「喝乾德國人的血」、「金髮的女人是戰利品」等虛構的政治宣傳作品，大力宣揚紅軍對德國人的意志。

惡形惡狀。愛倫堡挑起仇恨心的宣傳，反被納粹德國用來支撐人民與士兵的戰鬥意志。

同年四月，真理報刊登了一篇以〈愛倫堡同志的論述太過單純〉為題的批判論文。在真理報背後運籌帷幄的人也紛紛加入批評愛倫堡的陣容：「納粹滅亡後，德國會留下。即使德軍殘殺俄羅斯市民、對女性施暴，我們也不會做出同樣的事。」愛倫堡因此失勢。

然而，米哈伊爾卻搖搖頭說：

「愛倫堡之所以受到重視，是因為他善於操弄能有效激發士兵鬥志的言論。就算他失勢了，他的言論還活著。士兵們在這場戰爭中沒有得到任何好處，大家都是以愛國心與仇恨心為武器，賭上性命浴血奮戰。失去戰友，自己也險些喪命，終於能擺出勝利者的姿態時，眼前是敵國的女人。這才是姦淫擄掠的根源。」

謝拉菲瑪拚命忍住令人作嘔的深惡痛絕，瞪了米哈伊爾一眼。

「男人的性欲真的很麻煩呢。」

「不，這不是性欲的問題。」

謝拉菲瑪還以為自己聽錯了。強暴女性居然不是性欲的問題？

米哈伊爾避開她的視線，痛心疾首地回答：

「恐懼也好，喜悅也罷，士兵是一種透過分享相同的經驗，方能成為夥伴的人種……部隊裡強姦女人的時候，要是有人敢說這樣觸犯軍紀，那個人肯定會受到排擠。長官不理他、部下也不聽他的話。反過來說，一群人一起強姦女人反而會提高部隊的同儕意識，藉由共同的體驗強化彼此間的連帶關係。剛才的步兵就是這麼回事。他們講的話顯然帶了這方面的用意。」

侵犯女人能強化彼此的連帶關係。不只是作嘔而已，她真的要吐了。

正當她認為這是前所未見、聽所未聞的謬論時，突然想起好像在哪裡領教過這個謬論——那群殺害伊萬諾沃村的人、強暴女性的德國佬。

「再說了，德國人也需要這種現象。」

「需要這種現象？自己國家的女人被侵犯對他們有什麼好處？」

「能讓人民產生被害者心理。在自己也可能受到危害的各種情況中，以女人被強暴的故事最容易理解。從某個角度來說，其實正中他們的下懷。」

謝拉菲瑪予以駁斥：

「就算是這樣，也不足以構成容忍對女人施暴的理由。」

「遺憾的是，即使是看起來再怎麼普世的價值，都不是當權者所能定義的，而是由當時形成某種『社會』的人基於不成文的默契建立起來的喔。戰爭不就是這樣嗎？明明戰爭才是絕對不可以發生的事。」

「不管有什麼原因，強姦犯就是惡魔。世上確實有絕對不能做的事。你口中的『社會』只是利用戰爭這種特殊的環境，曲解正確價值觀的少數人吧。」

「就像以殺死八十人為榮的妳嗎？」

全身血液瞬間凍結。謝拉菲瑪連回嘴都懶了，轉身背向他。

「再見了，米哈伊爾。有生之年，我們大概不會再見了。」

「等一下，菲瑪！」

米哈伊爾抓住她的手。手臂冒出雞皮疙瘩。這輩子從未這麼討厭他。

米哈伊爾著急地說：

「妳說得沒錯。對女人施暴確實天理難容。只是我身為一介深入敵營的自走砲兵，這種事離我太近了……也親眼看過我所尊敬的指揮官要部下在後面排成一排，讓十幾個人分享一個女人，為此嘻笑作樂的樣子。我當然大受打擊，但也不會因此就認為指揮官是惡魔……我想說的是，這場戰爭具有讓人變成惡魔的威力。」

讓人變成惡魔的威力。

蘇聯士兵看過太多這樣的悲劇了。紅軍士兵中有很多人都跟謝拉菲瑪一樣，故鄉被放火燒掉，也有人親眼看見小嬰兒被貫在牆上死掉的樣子。

然而自從解放波蘭後，他們從做夢也想不到的角度看到「惡魔」的另一面。

奧斯威辛。馬伊達內克。克拉科夫－普瓦舒夫。這些集中營都留下大量言語難以形容的屠殺痕跡，陸續也有生還者出來作證。攻克波蘭的紅軍士兵知道德國屠殺猶太人，卻不知道他們利用集中營殺害了數百萬人，還建立起一套號稱社會秩序的系統，從舉報、押解、監禁到殘殺一條龍作業，試圖讓猶太人從歐洲消失。

這是一場不只納粹黨人及軍人，唯有廣大的德國民眾也一起加入，才有辦法成立的大屠殺。

大部分的紅軍士兵腦子裡都閃過同一個疑問。

德國人該不會是前無古人、後無來者的惡魔吧。

——既然如此，怎麼對待他們都可以吧。

謝拉菲瑪想到這裡，決定反駁：

「或許是吧，但我們不能因為這樣就變成惡魔。」

「一點也沒錯。」

米哈伊爾沒有迴避她的視線。跟小時候一樣，冰藍色的雙眸十分清澈。

謝拉菲瑪直視他的眼神問道：

「米西卡，假如你和其他士兵面臨同樣的抉擇，好比長官要求你加入，或是在同伴的鼓譟下，你也不會對女性施暴嗎？」

「那當然。」米哈伊爾不假思索地回答：「要我做這種事的話，我寧願去死。」

謝拉菲瑪如釋重負地嘆息。沒錯，米哈伊爾和我都沒有變成惡魔。

回頭想想，米哈伊爾比同齡的男孩子都還要善良。

「菲瑪，該走了！」夏洛塔從食堂走出來，挽住謝拉菲瑪的手。「快走吧，再不走就來不及了！」

「嗯。」

「菲瑪，先別走。」

米哈伊爾叫住她。

「抱歉，我沒料到還能再見到妳——而且好不容易重逢，卻講了一堆言不及義的話，我只想告訴妳一件事。如果我們都能活著回去……」

米哈伊爾說到這裡，開始支吾其詞。如果我們都能活著回去。

以前村子裡的人都以為自己會嫁給米哈伊爾。謝拉菲瑪想起那個時代，覺得好懷念。

米哈伊爾和自己都還活著，而且還重逢了。

不過，她很清楚奇蹟是有限的。

兩人都上了戰場，最後還能回到被一把火燒光的故鄉結婚。這場戰爭可沒有簡單到可以實現這種天方夜譚，他們之中恐怕有一個要死吧。

謝拉菲瑪回答：

「如果能活著回去，村子的重建就拜託你了。」

「嗯。」米哈伊爾低垂視線回答：「妳也是，菲瑪。」

謝拉菲瑪點點頭，與夏洛塔一起走開了。

「他好帥啊。妳應該和他訂下婚約的。」

「不瞞妳說，我想活著回去。要是還沒結婚就先變成寡婦還得了。」

謝拉菲瑪故意半開玩笑地回答，夏洛塔笑著說：

「不提這個了，妳知道今天特別教學的老師是誰嗎？」

「不知道，大概是狙擊學校的教官吧。」

「噗——答錯了。有個偉大的人物要來為表現傑出的我們加油打氣。」

「誰呀？瓦希里・柴契夫嗎？」

「是柳德米拉・帕夫利琴科。」

謝拉菲瑪驚訝地望著夏洛塔的臉，只見她笑得麗似夏花。

她不可能拿象徵女性狙擊兵的頂點，同時也是隊長伊麗娜・艾美莉雅諾芙娜・斯卓加亞的戰友柳德米拉之名開玩笑。

原為高中禮堂的大廳瀰漫著不尋常的氣氛。

總人數超過一百名的士兵雖然自成一團，但每個人都有著卓然不群的眼神。彼此間從頭到尾都不聊天，自然也不存在戰友的關係或浮躁的心情。

聚集在禮堂裡的是戰果超過四十人，得到優秀射擊勳章的狙擊兵。

第三十九獨立親衛小隊的成員也在其中。

儘管已經再三告誡自己，不要太出鋒頭，內心還是盈滿了按捺不住的自豪。一流的狙擊兵就像等待女王降臨的中世紀騎兵，靜默地等待她的到來。

靜待片刻後，一位女性無聲無息地登上講臺。

身高不到一百六十公分的個子十分嬌小，身形瘦削。

蘇聯的英雄。可確認的戰果多達三百零九人。一肩扛起建立第二戰線的外交使命遠赴美國的天才狙擊兵。

柳德米拉・米哈伊洛芙娜・帕夫利琴科劈頭就問他們：

「我想請教身經百戰的各位一個問題，上前線的時候，如果要在敵人的砲擊下射擊德國佬，假設各位戴著鋼盔，請問是要確實地扣緊下巴的綁帶，還是事先鬆開呢？」

有幾個人以幾乎說是反射動作也不為過的速度舉手。

柳德米拉指著其中一人，感覺不太起眼的男人起立回答。

「我是伊萬・列昂尼多維奇・斯米爾諾夫上士。我會鬆開帶子。」

「為什麼？」

「因為當砲彈近距離爆炸時，鋼盔會被強風吹走。我看過不少士兵因為下巴的帶子扣得太緊導致頸椎骨折，甚至身首異處，當場慘死。」

「原來如此，請坐。」

「這也是正確答案。」柳德米拉先丟出這句開場白，把所有人看了一輪說：

「我試過在放鬆綁帶的狀態下狙擊，大部分的情況是槍身往上彈跳時，鋼盔和頭的晃動會有時間差，導致瞄準鏡經常與鋼盔的帽簷相撞，造成損傷，要射出下一發子彈的時候就無法瞄準。雖然也依戰況而異，但如果是我，我會先移動到不會受到爆炸風壓直擊的戰壕或碉堡，再拉緊綁帶，展開射擊。話雖如此，但也不是每次都能如願，如果無法移動，砲彈將在附近爆炸的話，還是應該鬆開下巴的綁帶。」

斯米爾諾夫上士無言頷首。

所有人都明白她的言下之意。即便是一條綁帶，也別忘了從綜觀全局的角度思考。

「我接受過許多軍隊內的官方報紙、給一般人看的報紙、乃至於海外報社的採訪，已經說了很多關於狙擊的點點滴滴。想當然耳，我必須在德國佬也緊盯著我說的每一句話的前提下發言，所以從未真的提到技術上的事。然而，即將前往東普魯士及柏林展開最後一役的各位戰友同志，目前在場的都是出類拔萃的狙擊手，我想跟你們說說只能對你們說的心裡話。」

緊張在百鍊成鋼的狙擊兵之間蔓延開來。

「我接下來要說的話嚴禁記錄，請把一切記在你們的腦子裡。」

沒有任何人表示異議，所有人都目不轉睛地盯著柳德米拉。

這裡全都是一流的角色，相信自己能記住一切，並且付諸執行。

然後是價值連城的一小時。

柳德米拉暢談自己得到的教訓與狙擊兵的技術，中場完全沒有休息。如何與背景融為一體、巷戰與野戰的差別、如何與其他兵種聯手攻擊、如何消除自己的痕跡與追擊。

全都是踏遍沙場的人才說得出來的細節，令人獲益良多。恐怕是所有狙擊兵最渴望也最詳盡的教學。

但謝拉菲瑪在課程即將進入尾聲之際，察覺到一絲不大對勁。

柳德米拉的話術十分高明。簡直就像是一本完美無缺的教科書，沒留下任何可供解釋的空間或模稜兩可的灰色地帶，明瞭且具體。

問題是，長達一小時的教學只有沒完沒了的技術理論，完全沒有提到精神上的部分，令謝拉菲瑪有些詫異。

關於精神上的部分，她只有在提及狙擊兵要為動機分級時點到過一次。要在內心深處維持愛國情操，以對蘇聯人民的關懷、誓要粉碎法西斯的憤慨做為推進自己勇往直前的動力，可是一旦踏上戰場，就要將其視為雜念，全部拋開。

謝拉菲瑪驚訝的是她早在狙擊兵訓練學校就聽伊麗娜說過這些了。這是一流狙擊手共通的精神，還是戰友間培養出來的默契呢？

最後再送上一段形式化的激勵話語，進入問答時間。

問題源源不絕地此起彼落。敵人的戰鬥機在頭上盤旋時，狙擊兵該如何應對？同志體驗過的防禦戰與攻擊戰在狙擊上有什麼共通點或不一樣的地方？德國佬狙擊兵的經驗法則有沒有什麼弱點？

問題全都集中在狙擊的技術層面，沒有人敢問外行人才會問的蠢問題，像是最棘手的敵人是誰？去美國的感想等等。畢竟都是身手一流、久經沙場的狙擊手，這種問題大概也很難問出口。狙擊兵的氣質與關注的焦點果然跟柳德米拉一樣，都集中在技術層面上。

對柳德米拉的偶像光環沒興趣，只想學習如何讓自己活到最後的技術。至少這群人都認為自己至少應該要表現出這樣的精神，所以接二連三地拋出與狙擊和技術有關的問題。

柳德米拉也十分明確地回答這些問題。

幾乎每次語聲未落就會再補上一句：「還有什麼問題嗎？」然後就立刻有人發問。

「……還有什麼問題嗎？」

出現了一瞬間的空白，身旁的夏洛塔趕緊舉手。

「小姑娘，請說。」

夏洛塔以略帶不滿的語氣報上姓名。

「我是夏洛塔・亞歷山德羅芙娜・波波娃少尉。」

柳德米拉點點頭，貌似在嘉許「很好」。

夏洛塔吸了一口氣，以一針見血的口吻問道：

「戰後，狙擊手該怎麼活下去呢？」

禮堂裡的氣氛變得緊張起來。

與眾不同的問題，同時也刺中每個狙擊兵內心都有的困惑。

柳德米拉瞥了地板一眼，幾乎毫不遲疑地回答：

「首先，思考戰後的事還太早。德國一天不投降，就一天不能掉以輕心。」

柳德米拉眨了眨眼睛，繼續回答。

「其次，我只有兩個建議。一是找到一個妳愛的人。二是培養興趣，找到活下去的價值。這是我個人的建議。」

至此，謝拉菲瑪第一次覺得腦子裡的筆記本出現了亂碼。

不是找到所愛的人，就是找到活下去的價值。

為何這兩點是適合狙擊兵的生存方式呢？她無法理解。

後來柳德米拉又回答了兩、三個問題，結束這堂課。

伊麗娜要小隊在禮堂外整隊，什麼也沒說，只是命令她們解散回宿舍。

看著過去的摯友，她心裡在想什麼呢？謝拉菲瑪無從揣測。

她問夏洛塔為什麼要問那個問題，夏洛塔只說因為她想知道。

對於接受過訓練的謝拉菲瑪來說，要查出同一兵種、同為女性的柳德米拉．帕夫利琴科當天晚上住在大學的哪裡並不困難。

她就住在同樣給女性士兵用的宿舍，所以只要出示身分證，甚至能直接走到她的房門口。

問題在於有好幾十個跟她懷揣著相同心思的女性士兵。

「少校同志不見任何人！」

明明是在宿舍裡，卻有個身材十分嬌小的女兵荷著真槍實彈的ＳＶＴ－40步槍，絲毫不留情面地說。

大批女兵都擠在房門口，仔細看甚至還有其他兵種的人，但是全被那名宛如玩具兵的女性護衛兵擋住去路。

「這小妮子怎麼這麼不通情理。」

有個看都沒看過，特地帶著副官來見英雄的軍官混在一群女兵中，抬頭挺胸，氣焰高張地低頭看著她說：

「我乃上校階級喔，伍長。」

「就算是朱可夫元帥大駕光臨，我也不會通融。」

「即使是史達林總書記同志，妳也這麼說嗎？」

「一樣不會通融。如果因此被槍決，我也毫無怨言。」

「嗯哼……」

都說到這個地步了，再堅持下去也只是自討沒趣。上校摸摸鼻子，在副官的簇擁下垂頭喪氣地離開。或許是為了修復受傷的權威，粗聲粗氣地趕走圍在門口的女兵。

謝拉菲瑪躲在角落，耐心等待時機。

抓住人潮總算散去，護衛兵緩過一口氣的瞬間，謝拉菲瑪出聲：

「晚安。」

護衛兵頓時繃緊神經，一眼即可看出她已經又充滿戒心了。

「請回，柳德米拉・米哈伊洛芙娜同志不見任何人！」

「可以請妳至少幫我傳個話嗎？我的老師是柳德米拉同志的戰友……」

「就算是朱可夫元帥，我也不會通融！這是我的任務！」

「這我明白。」

感覺好像在跟訓練有素的鸚鵡說話。

護衛兵長得眉清目秀，看起來有點倨傲，可是——沒有黑暗面。拿槍的姿勢很像一回事，可是卻感受不到壓迫感。她們以前也是這樣呢。不免有些感慨時，有聲音從背後響起。

「即使是伊麗娜・艾美莉雅諾芙娜・斯卓加亞也不給見嗎？」

嚇了一跳回頭看，伊麗娜一臉早就站在那裡老半天的表情說道。

謝拉菲瑪的感官敏銳度早已磨練到爐火純青的地步，卻完全沒發現她的存在。

就連明明正對著她的護衛兵也一時呆若木雞，隨即又開始重複同一句話……

「不管是誰……」

說到一半，突然硬生生地噤口不言。

有如聞到主人氣味的忠犬，倏地伸直背脊，反手推開身後的門，無聲無息地走進去。

「真了不起。」伊麗娜笑著調侃。「為什麼我就沒有這種部下呢。」

「因為人品不同吧。」

謝拉菲瑪桀驁不馴地回答同時，門開了，護衛兵又出現在門口。

「請進。」

不同於周到的語氣，臉上清清楚楚地寫滿了不服氣。

兩人默默地行了一禮，正要走進去，她又小聲地補了一句：

「請注意時間，柳德米拉・米哈伊洛芙娜同志累了。」

「我知道。」伊麗娜以溫柔的語氣回答：「我知道喔。」

護衛兵低眉斂眼地行個禮。似乎覺得自己輸給伊麗娜了。

進入房間的瞬間，感覺空氣幡然一變。

只有一張簡單的床和桌椅，窗簾拉得嚴嚴實實。看來沒有任何不同的地方。冰寒蝕骨的緊張感、令人連大氣都不敢喘一口的冷硬氣氛中，混雜著不知該如何形容的舒適。讓人既想逃跑，又想留在這裡。她去過幾次伊麗娜的房間，每次都感受到這樣的氣氛。

「別放在心上啊。」未見其人，先聞其聲。坐在床上，望著窗外的柳德米拉明明就在視線範圍內，可是直到她出聲以前，完全察覺不到她的存在。

「那孩子，葉莉澤夫塔太看得起我了。我看她頗有前途，就把她留在身邊，可是她似乎想成為我的守護天使。」

雙腿並攏的腳步聲就響在耳邊，聽到這個聲音，謝拉菲瑪這才猛然回神，也趕緊立正站好。

伊麗娜以不卑不亢的音調問好：

「好久不見了，柳德米拉・米哈伊洛芙娜少校同志。」

「彼此彼此。」柳德米拉・米哈伊洛芙娜・帕夫利琴科微笑說道：「既然妳都說好久不見了，像以前那樣叫我吧。」

伊麗娜噗哧一笑。

放鬆的表情看起來甚至有些羞澀，令謝拉菲瑪飽受衝擊。

伊麗娜放下敬禮的手，換個語氣回答：

「我們的差距拉得太遠了，柳達。」

無論是含羞帶怯的她，還是以親暱口吻說話的她，謝拉菲瑪都是第一次看到。不知道為什麼，震驚的同時也覺得胸口好像有一把火在燒。

英雄柳德米拉・帕夫利琴科也同樣以親暱的語氣回答。

「一切都跟以前一樣喔，伊拉。妳的英勇事蹟我也略有耳聞，聽說妳從教官變成隊長了？」

「還好啦……妳現在的正職也是教官呢。」

「正確的說法是由我培訓教官……不過身為指導者，我可比不上妳。」

柳德米拉對上謝拉菲瑪的雙眼。

波瀾不興，無法窺見一絲情緒的眼神，卻又能從中感受到不容人移開視線的強大力量。柳德米拉眨眨眼，盈滿笑意。

「一看就知道了，這孩子是一流的苗子。妳培養出了優秀的狙擊手。」

得到英雄的認同，感覺身體一下子變輕了。

冷靜！謝拉菲瑪按住自己。她來這裡可不是為了贏得讚美。

「柳德米拉·米哈伊洛芙娜同志，我來找您是有問題想請教您。」

伊麗娜不由得苦笑。

「如妳所見，一想到什麼就不管不顧地橫衝直撞是這孩子的壞毛病。以前還曾經直搗朱可夫閣下的房間。」

「這也太危險了。」

柳德米拉笑著調侃，但是看到伊麗娜的表情，似乎察覺到什麼，笑容從臉上消失。

「原來不是開玩笑嗎？」

才不是。伊麗娜以眼神回答。

這是第二次與英雄見面了。當時光靠一股蠻勁就迎難而上，結果輸得極慘。現在不一樣了。要從狙擊手的角度冷靜地瞄準獵物，一擊斃命，凱旋而歸。自己是為了達成目的才來到這裡。

算準柳德米拉露出傻眼的表情，出現可乘之機的瞬間，謝拉菲瑪切入正題。

「戰後的狙擊兵不是要找到所愛的人，就是找到活下去的價值，這句話到底是什麼意思？」

她不打算給柳德米拉做好準備的空檔。

柳德米拉的視線落在地板上。

再揚起臉的時候，她看著伊麗娜。

「伊拉，妳的右手怎麼了？」

她是要無視自己的問題嗎？謝拉菲瑪一時不明白她葫蘆裡賣什麼藥，但她的語調沒有任何變化，看來似乎打算繼續說下去。

老友伊麗娜摘下手套，掌心朝上。

右手的食指整根不見了，中指也只剩下一截，看起來怵目驚心。

這還是第一次仔細觀察伊麗娜沒戴手套的右手。

與她四目相交，謝拉菲瑪驚覺自己利用她們聊天的機會看得入神，連忙移開視線。

「運氣太不好了。」柳德米拉說道。

「還好啦，彼此彼此。」伊麗娜回答。

謝拉菲瑪還以為照這樣一路聽下來，她們會聊起彼此在塞瓦斯托波爾受傷的遭遇，但顯然不是這樣。她們並非活在可以把受傷、失去手指的意外歸咎於運氣不好這麼單純的世界。

謝拉菲瑪發現她們有一個共通點。

她們都活著從狙擊兵的立場退休了。

她們的對話是建立在用運氣不好來形容自己活著從互相射擊的殺戮戰場上引退的前提下。

感覺一把冷汗正順著背脊往下淌時，柳德米拉微笑說道：

「說穿了，這就是狙擊兵的生存之道。」

謝拉菲瑪猶豫了一下，但還是回嘴：

「您沒有回答我的問題。」

她放了一個假餌。自己差點就被帶跑了。這段問答的言下之意與自己想知道的並不是同一件事。

柳德米拉再次迎上謝拉菲瑪的雙眼。

感覺到一股跟剛才不一樣的冷漠。

「妳想問什麼？」反問的語氣比剛才硬了點。「妳想聽到什麼樣的答案？」

「我在史達林格勒遇見優秀的狙擊兵，眼睜睜地見他嚥下最後一口氣。我和他約好了，要弄明白不斷狙擊的意義，以及堅持到底究竟能到達什麼境界……我要站在山丘上，替他看他再也看不到的景色，以及唯有站在山頂上才能看到的地平線。柳德米拉同志，您是站在那個境界的人。是有義務描述您看到什麼景色的人。」

柳德米拉不為所動地頷首。

靜止一拍後，娓娓道來。

「當我還是小學生的時候，故鄉的工廠有個製作螺絲的工人，以熟練的技術一再刷新蘇聯紀錄。」

又在釣魚嗎？還是顧左右而言他的煙幕彈呢？但直覺告訴謝拉菲瑪都不是。

「真理報的分社記者讓我和學校老師、朋友一起去看他接受採訪……哦，沒錯，就是所謂的課外教學。我和朋友一起去工廠見那位勞工。那是個矮矮胖胖，看起來很和善，年過五十的男人。記者問了他很多問題。問到技術上的問題時，那個人就像機關槍似地滔滔不絕，連記者也有聽沒有懂。最後記者問他：『製作螺絲的時候，你都在想什麼？』『對你而言，製作螺絲代表什麼？』一聽就知道大概是要以這些問題為訪問畫下句點。」

妳懂我的意思嗎？柳德米拉用眼神問她。

謝拉菲瑪一時半刻反應不過來。她懂這句話的意思，但不懂柳德米拉想表達什麼。

「厲害的工人一臉困惑地回答：『什麼也沒想。』『我從沒想過製作螺絲有什麼意義，就只是負責製作而已。』然後驕傲地提起自己的妻子和即將生金孫的女兒……當時還是小孩子的我，覺得他的回答真是太無趣了。回到學校，老師問我們：『你們知道那位製作螺絲的高手想表達什麼嗎？』忘記原因了，總之我代表班上的同學起立回答：『真正的高手不會受到欲望的牽絆，只是心無旁騖地鑽研自己的技術。』……老師稱讚我說得很好，還說就是那樣。能歸納出結論來，我也鬆了一口氣。」

謝拉菲瑪大概知道柳德米拉想表達什麼了。

也因此開始對她接下來要說的話感到惶恐。

「後來我一直想著這件事。不管我是為了讓同學安心，還是我自己過度解讀，總之我都答錯了。當我射殺了大約兩百名德國佬時，**妳們**出現了。遇見在我身上追求狙擊的精髓啊精神啊境界啊這些東西的人，我恍然明白，那位高手說的根本不是什麼深奧的大道理。他只是蘇聯最會製作螺絲的人。僅此而已。而且在製作的過程中，他什麼也沒想，就只是動手做而已。對他而言，最重要的其實是愛妻與身懷六甲的女兒……也因此他是個幸福的人。」

柳德米拉臉上浮現自嘲的笑痕。

稍微靜止一拍的空白，感覺重若千斤。

「我啊……和第一任丈夫處得不好，而且他從軍以後就再也沒回來了。我在塞瓦斯托波爾再婚的第二任丈夫則死在我面前。」

「是的。」謝拉菲瑪在報紙上看過這則消息。這也是柳德米拉復仇的起點。

或許是猜到謝拉菲瑪的解讀，柳德米拉搖頭否認。

「妳覺得我還剩下什麼。」

什麼也沒剩下。謝拉菲瑪起初以為她想這麼說，但隨即發現不是。

「狙擊。」

謝拉菲瑪回答。

「謝拉菲瑪同志，妳已經理解妳要問我的問題了。妳已經站在山頂上了。」

「我與您的戰績還差了一個位數。」

「都一樣。向妳提出這個問題的狙擊兵，其實也看到山頂上的景色了……妳第一次開槍是什麼時候？」

「天王星行動的時候。」

「我不是問這個，我是指打靶或打獵的時候。」

「我從十歲開始打靶，但殺人又是另外一回事了。」

「都一樣。」

柳德米拉斬釘截鐵地回答。

「我是在十四歲的時候，與共青團爆發口角後，被帶去射擊場，要我們握手言和。我在那裡開了第一槍，而且射中目標。那一瞬間，我的世界改變了。」

謝拉菲瑪反應過來時，已經沉浸在柳德米拉的故事裡了。

「射擊的瞬間，我發現自己無止盡地靠近虛無。鑽研至極限的精神狀態進入心如止水的境界，擺脫所有的痛苦煩惱，在無心的境界朝目標開槍。命中的瞬間再回到原本的世界……妳應該也有過這種經驗吧，謝拉菲瑪。」

有是有——但那已經是過去式了。

透過射擊鑽研到極致的精神。射中目標的瞬間、打到獵物那一瞬間的亢奮。

不過她一直提醒自己，自己是基於道義射殺動物，絕不能樂在其中。

射擊具有令人著魔的魅力，逼得她不得不這麼提醒自己。

艾雅如是，想必朱利安亦如是。

「不管是妳，還是我，當然伊拉也不例外，我們都沉迷於射擊的魔力。一如製作螺絲的高手，努力鑽研技術到無心的境界……失去兩任丈夫的我射殺了三百零九個德國佬，因此受傷，退出那個世界。」

謝拉菲瑪偷眼瞧了一眼身旁的伊麗娜，只見她正以面無表情的反應掩飾贊同的神情。

把自己的遭遇用不走運來形容的價值觀，在眼前展露出真實的面貌。

「這次我真的什麼也不剩了。妳明白嗎？謝拉菲瑪。所以我說戰後的狙擊兵不是要找到所愛的人，就是要找到活下去的價值。」

柳德米拉·帕夫利琴科是所有人的憧憬，所有人都想變成她。

但眼前的柳德米拉只是一個孤獨、悲情的女人。

從山頂上看到的景色，爬到山頂上的人達到的境界。

根本沒有那些東西。真有的話，她也早就知道了。

在學校學習要為動機分級時，之所以能不假思索地接受這套說法，那是因為她早就知道這個概念了。

狩獵的時候，她給自己塑造的動機是為了村子、為了村民；面對獵物的時候，她則把這些全部拋開。這點跟射殺德國佬一樣。

朱利安說過，吹熄遠方蠟燭的技術。那正是一切的答案。如果這樣問他，他會怎麼回答呢。

柳德米拉眨了眨眼，看樣子是在切換思路。

視線移到老友伊麗娜身上，起身走向她。

拉起伊麗娜少了一截手指的右手，與她握手。

「妳把她教育得很好呢，伊拉。」

伊麗娜笑著回應她十分親暱的稱呼。

「從同一顆蛋裡孵出形形色色的鳥呢……妳的美國行如何？」

這是同為專業的狙擊兵絕不會說出口的問題。只屬於她倆的親暱氣氛如糖衣般包裹著她們，將謝拉菲瑪隔絕在外。

柳德米拉苦笑回答：

「種族歧視太嚴重了，勞工被壓在社會底層。但因為有選舉制度，人民以為自己是自由的，所以也沒什麼進步。從某個角度來說，欺瞞及壓榨的程度或許比貴族制還嚴重。知識分子及市民就算了，連報社記者都是笨蛋。我真想殺死那些詢問我性事的混蛋。大家都當我是馬戲團的熊……不過……我交到了一個朋友。」

「誰？」伊麗娜有如好奇寶寶地追問。柳德米拉笑著回答：

「愛蓮娜．羅斯福。」

謝拉菲瑪倒抽了一口氣。因為她說的不是別人，居然是富蘭克林．德拉諾．羅斯福總統的夫人。

現在是友邦──資本國家的領導者。他的妻子是柳德米拉的朋友。

「總統招待我去他們家時……我因為太累了，獨自坐在池塘的小艇上，打起瞌睡來，結果船翻了，不小心掉進池塘裡。」

「不是在與德國佬作戰的時候翻船真是太好了。」伊麗娜笑著打趣。

「嗯，結果愛蓮娜拿毛巾來給我，幫我換衣服……我們相視而笑。因為我會說一點英語，所以我教她簡單的俄語……然後我們一起烤餅乾，聊打扮、聊女人參政的話題。她人很好喔。心地很善良，很為別人著想。」

輕柔舒緩的語氣到此戛然而止，聽得出來，她把「可是……」吞回去了。

伊麗娜問她：

「她也不能了解嗎？」

「嗯……我說我打算在美國定居，結果她想安排我跟莫名其妙的石油大亨相親……愛蓮娜終究還是覺得我很可憐吧。所以想幫我找一條就算不戰鬥也不用為下半輩子發愁的路。」

決定性的差異。謝拉菲瑪認為自己能體會她意識到這一點時，內心感受到的失落。

「我已經找不到所愛的人了。更別說還是美國人……真希望有人肯陪我一起去史達林格勒。我已經累了。再來就等我死後，有人用我的名字為某條路命名，然後一切就結束了。」

「柳達。」

伊麗娜不表贊同地呼喚她的小名。

「還沒有結束吧，妳的人生才要開始，妳的人生是有價值的。妳在要塞不是說過嗎？要回學校上課，取得學位。妳可以用一輩子研究學問。」

「但願學問能帶給我比狙擊更多的收穫。」

謝拉菲瑪知道她認為希望渺茫。柳德米拉反問伊麗娜：

「伊拉，妳找到了嗎？」

「嗯……至少找到兩個裡的一個了。雖然費了我好大一番工夫。」

「我想也是。看就知道了。妳做得很好。」

柳德米拉與謝拉菲瑪四目相交。

進門以來，英雄第一次對她投以溫暖的視線。

謝拉菲瑪不明白她所指為何。自己是伊麗娜的什麼嗎？

「謝拉菲瑪同志，妳現在只要心無旁鶩地射擊敵人就好，什麼都不要想，也不要變成我這樣。」

這是英雄對謝拉菲瑪說的最後一句話。

依依不捨地結束對談，伊麗娜領著謝拉菲瑪離開。

開門的瞬間嚇了一跳。

那個叫葉莉澤夫塔的女兵瞪著前方，前方是幾張熟悉的臉。

夏洛塔、媽媽，還有塔妮雅。

「大家怎麼來了？」

「還敢問我們怎麼了！」

塔妮雅一臉被她氣壞地說。

「夏洛塔說妳不見了，大家都在找妳。我想說妳該不會像上次那樣，又不顧一切地跑來見大人物了，所以就來問問看，沒想到妳真的在裡面，可是這隻看門狗死都不讓我們進去。」

「妳說誰是看門狗！」

葉莉澤夫塔大聲咆哮。

或許是太專心聊天了，居然沒聽見她們在門外的爭執。

「對不起，讓大家擔心了。」

謝拉菲瑪誠心誠意地道歉。

媽媽微笑安慰：

「沒事，大家一起回去吧。」

一行人魚貫地在走廊上並肩同行，謝拉菲瑪自然而然地走在夏洛塔身邊。壓低聲音問她：

「夏洛塔，妳戰後有什麼打算？」

夏洛塔想也不想地回答：

「我想和媽媽一起去莫斯科的麵包工廠工作。」

「什麼？」

太過恬淡的答案令謝拉菲瑪發出錯愕的驚呼。

媽媽好像也知道她們在聊什麼，笑著說：

「都說妳太心急了。」

去莫斯科的麵包工廠工作。

「妳是認真的嗎？」

「當然是認真的啊。因為狙擊技術再怎麼高明，戰爭結束就英雄無用武之地了不是嗎？而且我本來就想在工廠工作，所以得早點為將來做打算才行。我家人都死了，媽媽也是吧。所以我們想當彼此的家人。」

夏洛塔是一流的狙擊手。在隊內也是戰績僅次於謝拉菲瑪的高手，已經榮獲好幾枚勳章。

儘管如此，她的言行舉止依然充滿孩子氣，看不到一絲內心的陰霾。

謝拉菲瑪很羨慕她能如此純粹。

「塔妮雅呢，有什麼打算？」

夏洛塔沒頭沒腦地問道，塔妮雅不置可否地回答：

「我本來就想當護士，應該會利用在軍隊取得的證照找工作吧。」

這樣啊……謝拉菲瑪可以理解。

大家都想過戰後要怎麼生活。

自己又要怎麼活下去呢？事到如今，謝拉菲瑪才驚訝地發現，除了狙擊以外，自己沒有任何技能，也沒有可以回去的故鄉。孑然一身。

「妳們太鬆懈了。」

伊麗娜以顯然是有意為之的冷淡語氣提醒，光是這樣就足以讓所有人緊張得要命。

「先打倒納粹再說。誰也不敢保證妳們能活到那個時候，所以別太放鬆了。」

全員異口同聲地回答：「是！」她說得沒錯。正因為她說得沒錯，謝拉菲瑪不再思考這個問題。如柳德米拉所說，現在只要心無旁鶩地射擊敵人。

最高司令部預備軍根據收到的情報，賦予獨立親衛小隊最後的任務。

必須打倒的敵人已近在眼前。

第六章　要塞都市柯尼斯堡

柯尼斯堡守備部隊的士氣十分低落。上頭頒布了新命令，要是男人膽敢不上前線，就當場全部格殺勿論……士兵們都換上老百姓的衣服逃走了。二月六日與七日，八十名德國士兵的屍體在北邊的火車站堆成一座小山，屍體上立著寫有「他們都貪生怕死，但是死的時候都一樣」的告示牌。

一九四五年，與紅軍諜報部接觸的市民證詞（引用者註）

（引用自安東尼・畢佛 Antony Beevor 著《The Fall of Berlin 一九四五》川上洸譯《柏林淪陷：一九四五年》）

一九四五年四月七日

被納粹德國併吞的波蘭北端。

古都柯尼斯堡在德語的意思是「國王之門」，歷史可以追溯到七百年多前，天主教一群狐假虎威的地痞流氓集團——北方十字軍在北歐胡作非為時，由德國人組成軍事化的「德意志騎士團」所建立的要塞。

這個城市有個很重要的港口，是連接波羅的海各國與西歐的交通要衝，因為戰略上的重要性，發展成用紅磚打造而成固有金湯的要塞都市。即使第一次世界大戰結束時，德國割讓了東部的領土，即使地處同源的波蘭獨立之際，這個城市仍是其周圍的「東普魯士」首都，依舊是德國的境外領土。

納粹政權野心勃勃地拿下奧地利、瑞典後，有鑑於避戰的西方各國一直採取妥協的態度，遂向波蘭提出一個莫名其妙的要求——如果想解除這種境外領土的狀態，就要割讓從波蘭本土到東普魯士的但澤走廊，想當然耳，被波蘭嚴辭拒絕，於是德國在完全師出無名的情況下出兵侵略。

結果引爆了第二次世界大戰，在戰爭中輸得一敗塗地的波蘭本身慘遭德國與蘇聯割據，後來德國為了征服波蘭被蘇聯占領的領土，不僅沒有歸還境外領土，在將整個波蘭變成德國的一部分後，還在占領下的波蘭成立了總督府。

一九四五年四月，蘇聯軍隊已準備好要攻打德國首都柏林，為納粹政權畫下句點，但如果放著柯尼斯堡的德軍餘孽不管，可能會受到他們來自北面的攻擊。

因此拿下柯尼斯堡與攻陷柏林，同樣都是蘇聯這場「偉大的愛國戰爭」的最後一哩路。

柯尼斯堡是德軍中世紀以後的要塞都市，建立起一層又一層的現代化碉堡和防禦陣地，堆疊起堅若磐石的要塞。這次動員的兵力實約十三萬人，由已經兵疲馬困、士氣低落的士兵和與平民無異的「國民突擊隊」構成，但利用要塞的制高點優勢打造的防禦陣地少則三層，有些地方甚至多到四層。蘇聯軍隊還不忘展開如雨點般密集的試射以施加壓力，但這座城市始終沒有要投降的意思。最後還是只能以兵戎相見的近身作戰來占領這座城市。

在這種情況下，狙擊小隊被賦予的任務剛好與史達林格勒攻防戰的時候攻守互換，如同以前德國佬在史達林格勒扮演的角色，要保護試圖在近身作戰中殺出一條血路的裝甲車輛和工兵躲過敵人的狙擊，支援步兵。

投入二十五萬總兵力，始於四月六日的攻勢在紅軍的運籌帷幄下順利地攻城掠地。除了試射有功外，細緻的掃雷作業也收到了效果。

重量級的反戰車自走砲與戰車在防止德國佬反擊之餘也破壞碉堡，狙擊兵則負責掩護進行突擊的步兵們。

堅固的城牆還是不敵現代化的武器。紅軍以步步進逼的方式從市區外圍展開攻勢。開始巷戰才一天，柯尼斯堡已有如風中殘燭。

當然……謝拉菲瑪在柯尼斯堡瀰漫著屍臭的戰壕裡心想。

在萬家燈火被硬生生擰熄的過程中死了大約一萬人吧，沒人能保證自己不會出現在那個數字裡。

突破城市外圍的城牆時，她們就躲在設置於路旁，敵人棄守的臨時戰壕裡。夏洛塔以趴在邊緣的姿勢指著前方問道：

「菲瑪，那個寫的是什麼？」

柱子上方受到破壞，由裡頭的鋼絲吊著的招牌迎風翻飛。

「歡迎來德國。」

聽到謝拉菲瑪的回答，NKVD的奧爾加嗤之以鼻地冷笑。

經常出現在戰場上，讓人笑不出來的爛笑話。

紅軍士兵經過昨天才被轟成碎片的俾斯麥銅像時，都會不免俗地踢一腳，在化為廢墟的工業區一隅，還能看到寫著「這一切都是拜總統所賜」的橫幅標語。

眼前拉起通往市區的最後一條封鎖線。紅磚造的雙重堡壘。鎮守在內側通道的德國佬在以前用來射箭的狹窄孔洞裡又灌了水泥，只留下幾不可辨的射擊孔，從射擊孔裡不斷展開狙擊與砲擊。

再過去是坐擁尖塔，洋溢中世風情的城寨，令人意外的是，這裡也成了具有抵抗功能的據點。

「裡面的敵人還不肯放棄呢。」伊麗娜喃喃自語。

「不能用迫擊砲速戰速決嗎？」謝拉菲瑪問道。

「不行。」伊麗娜搖搖頭。

「即使依照地圖的指示攻擊，也無法破壞對方層層疊疊的增建與改建，還有隱密的戰壕。不曉得城內的格局，也不曉得他們怎麼利用那些格局。若能從上方看到一些端倪還另當別論，但從這個角度什麼也看不見。只能等到明天早上塵埃落定，再展開密集的轟炸。」

我方的自走砲與戰車承受不了連日來的過度使用，一輛一輛都需要修理，導致數量逐漸減少。

今天也瀰漫著一股不得不暫時撤退的氣氛。

這時，耳邊傳來地動山搖的爆炸聲，幾架搭載了轟炸裝置的螺旋槳飛機從一百公尺的高度低空掠過，出現在前方五百公尺處。

「媽呀！是敵人的戰鬥機。」

夏洛塔驚聲尖叫，周圍的紅軍士兵連忙趴下。都到了這個時候了，居然還有戰鬥機——對趴在戰壕裡的他們進行機關槍掃射。有個紅軍士兵躲得不夠快，慘遭大口徑的機槍擊中，血肉模糊地滾進壕溝。

炸彈有如傾盆大雨般落下，撼動大地。別說是難以攻克了，再這樣下去會先死掉。

明知只是白費力氣，還是把槍口對準通過頭上的敵機，敵機在瞄準鏡中火花四濺，但不是因為自己開的槍。

與此同時，壕溝內歡聲雷動。

「看吶！是諾曼第航空隊！」

有個不認識的士兵在一旁大叫。眾人跟著齊聲歡呼。

機身描繪著紅星、尾翼裝點著法國國旗的戰鬥機破空而出，突然下降，一個急轉彎，出現在敵機部隊的後方。

一九四二年，由主張要徹底抗戰的戴高樂將軍所率領的亡命將校中，在法國本身已經投降的情況下，由一群在蘇聯繼續奮戰的飛行員組成「諾曼第航空隊」，接收蘇聯最新型的戰鬥機，與德國空軍展開激戰。蘇聯的主要目的在於強調盟軍齊心作戰的政治宣傳，但諾曼第航空隊揚言打倒納粹的能力與意志卻是如假包換，戰功無數。自從去年盟軍發動奇襲，在諾曼第登陸以來，對紅軍而言，這支航空隊就成了西方同盟國的象徵。

法國飛行員開的戰鬥機Ｙａｋ－７對試圖靠近陸地上士兵的敵機進行機槍掃射，打落一架又一架的梅塞施密特戰機。

在Ｙａｋ－７的開道下，紅色空軍的戰鬥機ＩＬ－２緊接著出現，從城牆的另一頭往市區深處急速下降，展開轟炸。

爆炸聲接二連三響起，隨即感受到天搖地動的轟炸。大概是破壞了城牆內側的彈藥庫。

諾曼第航空隊從正面接近戰壕，再從他們頭上經過。

螺旋槳的機翼根部依序塗上了紅、白、藍三種顏色，設計成從正面看過來，可以清楚看見令人印象深刻的三色旗（註13）。擺動機翼，為他們加油打氣。

「法國萬歲！」

一旁的士兵以支離破碎的法語吶喊，從壕溝探出身子。

註13　法國國旗。

「別這樣。」

謝拉菲瑪阻止他的時候已經太遲了，不認識的士兵被子彈擊中，當場死亡。

一路好走。謝拉菲瑪在內心默禱。所有戰場上不好笑的笑話，最讓人笑不出來的就是這一種。

確定對方幾乎已經無力抵抗後，所剩無幾的戰車與反戰車自走砲排成一列，大舉進攻。

一五二公釐砲的攻擊撼動大地，把兩層的城牆炸開一個大洞。士兵在車身的掩護下接近，一抵達目的地就同時發射火焰噴射器。驚心動魄的烈焰讓人聯想到地獄的業火，毫不留情地燃盡兩層城牆的內部。熊熊烈火轉眼間就把狹小的城牆內側舔拭乾淨，一發不可收拾的火舌還從射擊孔竄出來。眼前的景象令謝拉菲瑪嘆為觀止。

由崔可夫中將開發的近身作戰技術再加上火焰噴射器的掃射，又增加了幾分壯觀的程度。由於火勢發揮了全面性的壓抑效果，近身作戰才得以將威力發揮到淋漓盡致。起火燃燒的地方全都成了人間煉獄，再加上火力實在太強大了，城牆內的敵人一旦靠近，無不當場死亡。

難怪在史達林格勒從事防衛戰時，最應該優先解決的就是德國佬的工兵。謝拉菲瑪心想。

剎那間，原本與自己看到的景色融為一體的要塞尖塔有如氣泡浮出水面，在她的視線範圍內浮上意識的表面。

有狙擊手——

透過瞄準鏡，鎖定對方。就在那一瞬間，眼前颳過一陣嚇死人的熱流。

「唔！」

感應到危險，反射動作地趴下。

再揚起臉時，眼前是慘絕人寰的地獄。

負責發射火焰噴射器的工兵油箱受到狙擊，工兵與周圍的幾名步兵慘遭祝融吞噬。密度過大、溫度過高的火焰頓時將他們燒成焦炭。

受到氣壓波及，自走砲及戰車被迫後退。一旦失去隨行步兵，視野十分局限的自走砲與戰車無法獨自戰鬥。

「退回來、退回來……」

謝拉菲瑪不知不覺脫口而出，周圍的士兵也一樣。

開始緩步後退的SU－152突然爆炸。

「是敵人的戰車！」

一旁的夏洛塔大喊。

透過瞄準鏡，只見炸開一個大洞的城牆那頭，號稱德軍最強，不知是叫豹式二型戰車還是虎式戰車II的戰車就在四個角的正中央。根本不是靠狙擊能解決的對手。或許是領悟到整體的劣勢，只有砲塔對著這邊的戰車也隨即後退著揚長而去。

有個機組員從爆炸的自走砲滾落，讓人立刻領悟到除他以外的組員都死了。免於當場死亡的士兵全身都被烈焰燒得面目全非。

萬一燃料起火燃燒，那又是另一種地獄了——謝拉菲瑪想起同為自走砲兵的米哈伊爾說過的話。

「殺了我！」

素未謀面的士兵鬼哭神嚎，謝拉菲瑪舉起槍。

「殺了我！殺了我！」

要痛苦好幾天才死得掉——

士兵已進入瞄準線的射程範圍。不到一百公尺，不可能射偏。

「殺了我……」

耳邊傳來一聲槍響。

士兵從痛苦裡解脫了。

謝拉菲瑪不由自主地望向自己的槍口。她還沒有開槍。

「奧爾加。」

夏洛塔呆若木雞地低喃。

順著她的視線看過去，ＮＫＶＤ派來監視她們的人正放下槍。

媽媽和伊麗娜，還有其他部隊的士兵也都看著她。

凝視著硝煙緩緩上升的槍口，隸屬NKVD的奧爾加喃喃自語：

「他的士氣已然低落，而我是NKVD。」

她只說了這句話，所有人就同時鬆了一口氣。

士兵失去鬥志，所以被槍決。雖然她射殺大喊「殺了我」的士兵仍是事實，但是從發生在眼前的現象來看，已經切斷殺害同伴的脈絡。

謝拉菲瑪感到不可思議，人類會為了所謂的大義做到這個地步嗎？

剩下的戰車擱淺在壕溝裡，戰車兵用跑的回來，下令紅軍撤退。

他們連滾帶爬地退出戰壕，跳上卡車。

「那個狙擊兵……」

謝拉菲瑪坐在貨臺上，不經意地脫口而出。

她知道伊麗娜正在視野一隅注意著這邊。

「那個狙擊兵，一槍射爆火焰噴射器，扭轉了戰局。」

那個狙擊兵正是——

「不要隨便臆測。」

伊麗娜小聲打斷她的思考。

坐在美製卡車上，無言地加入撤退的行列。

前方的卡車傳來塔妮雅吹口琴的聲音。知道她平安無事，謝拉菲瑪鬆了一口氣。口琴的音色跟平常一樣，溫柔中帶點憂傷。

凝望周圍的景色，被砲擊破壞得面目全非的工廠遺跡，看不到市民的身影。偶爾可以看到不知恐懼為何物的小孩好奇地看著這邊，隨即便被父母驚慌失措地拉走了。

街道上人影稀疏。放眼望去，只見到處都是試圖投降而受絞刑的人。吊死的屍體有如飄盪在風中的簑蛾。

又有個小小的人影出現在廢屋後面，身上穿著破破爛爛的衣服，懷裡抱著名叫「鐵拳」的反裝甲無後座力砲。

謝拉菲瑪的身體立即產生反應，比他更快瞄準對方。

用T字瞄準線捕捉到敵人時，就要扣下扳機的手指竟有些迷茫。

童稚的五官、藍色的雙眸、身高不到一百五十公分，看上去還不滿十歲。

「謝拉菲瑪，是小孩！」媽媽叫著阻止她。

但那小孩正拿著反戰車榴彈發射器對著這裡，食指繼續扣動扳機。

就在扣下扳機的前一刻，準頭因為猶豫不決而向下偏，同一瞬間，愛槍擊發。小孩的「鐵拳」朝完全不同的方向發射，整個人往後倒。

槍聲讓車隊停止行進，紅軍士兵對周圍擺出備戰狀態。

瞄準線的另一頭，少年正在痛苦掙扎。

好可憐。腦海幾乎是義務性地浮現這個形容詞，謝拉菲瑪驚覺於自己的冷酷無情。

就跟寫著「歡迎來德國」迎接蘇聯紅軍的看板一樣，這句話毫無意義。比起跟夥伴一起死在少年的「鐵拳」下，她還是選擇活下去，而且只有一點點猶豫。

然而，身邊也有人是真心實意地說出這句話。

「好可憐！」

媽媽大喊，跳下停止的卡車。

「等、等一下，媽媽別去！」

夏洛塔悲痛地尖叫。

「回來，嘉娜！」伊麗娜也嘶吼。「德國佬會來回收傷兵！」

「在那之前他已經死了！」

聽到媽媽的回答，謝拉菲瑪也跳下卡車。認為開槍射擊的自己有義務把她帶回來，阻止想隨後跟上的夏洛塔。

伊麗娜對夏洛塔說：「妳帶幾個士兵過去。」

「媽媽，等一下，太危險了。」

媽媽置若罔聞。

「我不能放著受傷的孩子不管。」

「孩子……那傢伙是國民突擊隊的少年兵，是德國佬！他想殺光我們。」

「我知道，所以更不能放著他不管！」

只有一瞬間，媽媽回過頭來。

眼神十分尖銳，完全感受不到平日的溫和。

「我不想再看到孩子死於戰爭了。戰爭殺死了我的孩子。我之所以作戰也是為了保護小孩。不是為了殺死他們！」

畢業時媽媽說過，要為保護孩子們而戰。

NKVD的哈圖娜形容媽媽是「搞不清楚狀況，連德國小孩都想保護的中年婦女」。媽媽確實這麼說過，而且她說的是真心話。她的行動都是出於想幫助小孩的心，完全沒有敵我之分。

揚言為保護女性而戰的自己又如何呢？腦海突然浮現出這個問題。

那一瞬間，謝拉菲瑪身為狙擊手的戒心一口氣拉到最高點。當對著廢棄工廠的馬路映入眼簾，原本看不到居高臨下俯瞰整條街的尖塔也出現在視野的一隅。

謝拉菲瑪立刻全力轉動身為狙擊兵的腦筋。

那裡有個德國佬。他看到少年試圖發射「鐵拳」，也看到少年被擊中的模樣。狙擊兵冷眼看著這一切發生。這時，敵方的士兵出現了——

「媽媽，趴下！」

謝拉菲瑪使盡全力衝過去，把想扶起少年的媽媽撲倒在地。

「唔！」

可惜還是慢了一步，子彈貫穿媽媽的身體。

謝拉菲瑪匍匐在地面，指著子彈飛來的方向，對同伴大叫：

「朝尖塔射擊！」

夏洛塔和尾隨她前來的士兵立刻展開射擊。包括ＤＰ28機關槍在內，開始猛烈射擊。受到槍林彈雨的阻撓，敵人放棄狙擊。塔妮雅狂奔而來，一把推開謝拉菲瑪，讓媽媽正面朝上。

謝拉菲瑪檢查周圍有沒有敵人。

「振作點，媽媽！聽得見的話就點點頭！」

媽媽一息尚存，可是子彈射中了胸口。

「聽得見……」

「聽得見就好，別說話！」

血從媽媽的嘴角流下，媽媽痛苦地問道：

「那孩子呢……？」

謝拉菲瑪望向少年兵。他除了「鐵拳」以外沒有其他武器，腰間血流如注，拚命地擺動短褲底下的光腳，在地上爬。

視線與槍口同時順著他爬的方向，敵人就在前方。全副武裝，手裡拿著ＭＰ40衝鋒槍的德國佬發現自己被附有瞄準鏡的步槍從遙遠的射程外鎖定後，轉身就想逃跑。

「別想逃。」

謝拉菲瑪在自言自語的同時扣下扳機，這次是刻意擊中他的腳。

和另外兩名紅軍士兵帶回中槍的德國佬。

所有人都上車後，車隊用比剛才更快的速度撤退。

國民突擊隊的少年兵腰部中彈，身受重傷。媽媽陷入昏迷。謝拉菲瑪擊中的德國佬只有小腿被子彈射穿，意識還算清醒。

塔妮雅在搖晃的車上想盡辦法為媽媽止血和急救。

伊麗娜靜靜地閉上雙眼，夏洛塔方寸大亂地哭喊。

「媽媽、媽媽！」撕心裂肺地崩潰大哭，有如母親真的中槍的女兒。「媽媽，求求妳不要死！不要丟下我一個人！」

她的樣子刺激到已經死了太多人的蘇聯士兵內心某條共同的軟肋。

「那群人是怎麼回事！德國佬都是沒血沒淚的狙擊兵！」不認識的紅軍士兵氣得滿臉通紅，怒髮衝冠地叫罵。「這個人是你們的同伴吧，她是想要救那孩子吧？可是他們卻在那裡守株待兔！眼睜睜地看著自己人的少年中彈，只為了攻擊來救他的紅軍士兵！太過分了，我一定要殺光這個城市所有的德國人！」

他身邊的士兵也紛紛露出義憤填膺的表情，雖然沒像他那樣直接說出口，但想必人同此心、心同此理。

然而，謝拉菲瑪對媽媽中槍只覺得悲痛與大受打擊，但願她能保住一條命，無法與大家同仇敵愾。

攻擊媽媽的狙擊兵並非特別殘忍。

身為冷靜射殺敵人的狙擊兵，哪裡有可以打中的敵人就要射擊，如此而已。自己就認識一隻會這樣狙擊的布穀鳥。

退到接收他們的前線基地，立刻把媽媽交給醫生。

基地內的野戰醫院裡滿是重傷者，所幸很快就得到外科醫生的治療。

這也意味著媽媽正在鬼門關前徘徊。

晚間十點過後，軍醫向謝拉菲瑪和夏洛塔說明媽媽的狀況。

在那樣的情況下，塔妮雅的急救非常完美。軍醫回答。只可惜大血管被子彈損傷得十分嚴重，所以身體受到很大的衝擊。

「外科能做的處理我都做了，接下來只能祈禱本人的求生意志了。」

夏洛塔幾乎癱在謝拉菲瑪身上，謝拉菲瑪抱住她。

對於無神論的狙擊兵來說，這是最棘手的狀態。除此之外，還有什麼路可走——

「夏洛塔，妳在這裡等我。」

實在很不忍心留下一臉不安的她，但也不能帶她去。

確定腰間插著手槍和刀子，謝拉菲瑪走進ＮＫＶＤ的管理區，走向偵訊室。

沒有窗戶的房間裡，讓少年兵拿起武器的德國佬正接受奧爾加和大概是負責翻譯德語的陌生祕密警察審問。

奧爾加問她有什麼事，謝拉菲瑪沒回答，觀察德國佬的反應。

不到三十歲，面容憔悴，又想以虛張聲勢加以掩飾，故意露出不耐煩的表情。雙手綁在椅子扶手上，以免他逃走，除了被自己射中的腳以外，沒有外傷。不安無法隱藏，但還算鎮定，正在窺探他們的反應。

「你對尖塔上的狙擊兵──漢斯・葉卡有什麼了解，全部老實招來。」

對方的目光明顯閃爍了一下，隨即恢復試圖隱瞞一切的面無表情。謝拉菲瑪確信自己猜得沒錯。

「不說的話，就用你當靶，開始練習射擊。」

沒見過的NKVD蹙緊眉峰，朝她怒吼：

「誰會對這麼拙劣的威脅說實話啊，偵訊的外行人給我閉嘴！」

「敢問專家問出了什麼？」

沉默。否定的空白。即使是以俄語交談，德國佬顯然也知道他們在吵什麼。

「他說他叫尤根。」

沉默再次降臨在偵訊室裡，德國佬打破沉默說：

「我有一個請求。」

「希望我們為你鬆綁嗎？」謝拉菲瑪反問，只見他露出扭曲的笑容。

「請讓我宣讀投降的傳單。撿到那玩意兒只有死路一條，但這裡應該有一堆。

我記得上頭寫著俘虜可以獲得人道的待遇。」

被小看了……

謝拉菲瑪脫下外套，繞到他背後，把袖子綁在他頭上，遮住他的眼睛。

尤根・奈曼什麼也看不見。

在五花大綁的情況下什麼都看不見，不可能不害怕。但是誰要向這種小姑娘屈服啊。自己是誕生在東普魯士，保家衛國的軍人。伊凡不可能違反政治宣傳，對他進行太殘忍的拷問。

努力鼓勵自己時，耳邊響起女人的輕聲細語。

「你聽說過俄羅斯有一種輕聲細語的偵訊方式嗎？」

清晰的德語。發音比ＮＫＶＤ的男人還流暢，近乎完美。

因此反而帶有異樣的壓迫感。

「聽好了，說話需要很多器官，所以一定要給對方留下一點東西。首先，人只有一條舌頭，隨便割斷的話會死。眼睛嘛……」

耳邊傳來制止她的俄語。男人的聲音和女人的聲音，是ＮＫＶＤ的人。當一切歸於寂靜的下一瞬間，被蒙住的眼球上方隔著眼皮和布傳來冰涼的金屬觸感。

刀子貼住眼皮。刀刃在蒙住眼睛的布滑動。眼睛可以感受到刀子正在隔著布只有幾公釐的前方蠢蠢欲動。

「眼睛有兩顆，但是處理起來有點麻煩。硬挖出來的話，有的人會活活嚇死。」

這只是威脅。尤根感覺汗如雨下，但仍咬緊牙關撐下去。

「那麼耳朵呢……就算只剩一隻耳朵，應該也沒什麼問題。」

耳垂有股詭異的觸感。不是利刃，而是某種柔軟的東西。

「我們飼養的水蛭有種奇怪的習性，特別喜歡黑暗與溫暖的地方。非常討厭照到光，所以如果眼前有洞，就會不顧一切地鑽進溫暖的洞裡。」

柔軟的觸感爬上耳朵，在耳孔的附近蠢動。

尤根尖叫著想要站起來，無奈身體被綁在椅子上。

「一旦跑進洞裡，就很難再弄出來了。會把耳垢或鼓膜當成食物，拚了命地往前鑽。溫暖的耳朵裡面簡直是水蛭的天堂。可是啊，如果只有一隻還好。頂多廢掉你一邊耳朵，在體內飼養到水蛭老死也是個辦法。總比挖出一隻眼睛好吧。所以你懂了嗎？要把這傢伙放入你的耳朵，我可是一點也不會猶豫喔。」

有什麼細小的東西正要鑽進耳朵裡，另外又有個東西阻止那玩意兒跑進去。

那個死丫頭正抓住水蛭的一頭，等待時機放進他的耳朵。

「我再問你一次，你認識漢斯・葉卡嗎？」

「認識！」

尤根崩潰大喊。

他突然改變心意了。仔細想想，他根本沒必要包庇那傢伙。

「漢斯・葉卡！我認識他！他是從莫斯科夾著尾巴逃走，在史達林格勒又逃離第六軍團，投靠我們的膽小鬼！因為射擊技巧很高明，所以沒被判死刑，但大家都很討厭他。他就在尖塔上！」

「這些我早就知道了。你的情報沒有任何價值。真想看看耳朵被吃掉的你。」

「住手！」

「說實話。把你知道的一切全部說出來。如果想不起來，那就只能讓我欣賞你死去的慘狀了。」

尤根拚命回想，喚醒與他有關的記憶。

「那、那傢伙就尖塔上狙擊位置的時間，是晚上十點到凌晨三點和正午到下午三點這兩個時段！」

「只有這樣嗎？他有什麼弱點？」

「弱、弱點？再怎麼說這也太……」

耳邊傳來水蛭鑽進耳朵的觸感。

「哇啊啊啊！我知道了！晚上因為看不清楚，所以會發射照明彈。輪到尖塔附近的時間是從半夜十二點開始，每隔十五分！照明彈發射的瞬間會照亮四周！那是唯一的機會！」

眼前突然大放光明。

浸泡在淚水的世界裡，兩個ＮＫＶＤ皆一臉難以置信的模樣。摩擦耳際的觸感消失了，眼前放著用紙揉成的小紙團。

「什麼……？」

「德國人怎麼都這麼好騙呢。」

剛才的女兵轉動著小紙團笑著說。

「一聽到『俄羅斯的』，不管再野蠻的話都會信以為真。」

把自己嚇得要死的「水蛭」只是揉成一團的紙。

尤根全身虛脫地趴在桌上，痛哭流涕。

被伊凡的女兵玩弄於股掌之間。但更多的是「啊……得救了」的如釋重負感。

女兵並沒有特別得意的樣子，頭也不回地離開偵訊室。

「這是給你的獎勵。」

從剛才就開始加入審問自己的女性ＮＫＶＤ攤開揉成一團的紙。

各位德國士兵！放棄抵抗吧。你們拚死作戰的每一年、每一天、每一個小時，納粹的大人物都在柏林舉辦酒池肉林的派對！而我們蘇聯紅軍將以人道的溫暖盛宴迎接你們的到來。

尤根先是發出喑啞的笑聲，然後號啕大哭，邊哭邊說：「想問什麼就問吧。我會一五一十地回答。我保證。」

隔了幾分鐘的間隔，女性NKVD用俄語問他問題。

男性NKVD一臉錯愕地為她翻譯：

「你小時候想成為什麼樣的大人？」

尤根聽不懂這個問題的用意，但認為自己答得上來。他已經懶得思考了。

「我想成為德國足球代表隊的隊長，蘇聯也有足球代表隊吧。不瞞妳說，我是這座城市，不止，是整個東普魯士踢得最好的人，所以有充分的機會可以成為隊長。」

「這樣啊。我想當女明星。想成為受歡迎的舞臺劇演員，演出愛森斯坦導演的電影，在國外也闖出一番知名度，與卓別林那種聽得懂人話的傢伙對談。對談中，倘若我說我是烏克蘭的哥薩克人，蘇聯人民大概會對哥薩克族另眼相看吧，父母大概也會以我為榮……不過我爸媽已經死了，代替父母拉拔我長大的祕密警察，將我塑造成百變**女明星**的那個人也死了。」

不知姓啥名何的女性NKVD微笑著說。

「那個用紙撓你耳朵的女孩子啊，我第一次見到她的時候，幾乎被她的老實與善良嚇一跳，她是真的想成為外交官喔。想成為德國與蘇聯的橋梁，促進世界和平，所以才會學德語。」

儘管完全不明白她的意圖，但尤根也不禁回想自己的人生。

直到十五歲之前，他都堅信自己能成為德國足球代表隊的選手，出國比賽。為了參加奧運或世界盃，坐船去許多國家，在那裡踢足球，享受觀眾的喝采，與外國選手交朋友。教練都說他是塞普·赫爾貝格再世，如果不是要服兵役，如果不是奧運或世界盃都停止舉行，或許他真能當上德國足球代表隊的選手。

「你同伴射中的女性曾經是兩個孩子的母親，直到現在也想成為大家的母親。她想帶大來不及長大的孩子們，希望有一天能抱上孫子。」

或許也有一種與前往蘇聯跟素未謀面的俄羅斯人兵戎相見、稱市民為游擊隊，亂槍掃射他們、逃回祖國，要少年捧著「鐵拳」反裝甲無後座力砲、讓蘇聯軍人用揉成一團的紙拷問自己無關的人生。淚水模糊了視線。真希望他們能放開他。

「為什麼要跟我說這種話？」

淚水從尤根眼角滑落。從另一個角度來說，聽到這些話比剛才的拷問更令他痛苦。

眼前的女性低下頭。

「我也不知道為什麼。」

她的雙眼也蒙上一層薄霧，這也是偵訊的演技吧。她的容顏十分清麗，具有懾人心魄的氣質，尤根認為她確實有成為女明星的潛力。如果有個自己能當上足球選手的世界，到時候，那名女兵大概也會成為外交官吧。

然而，那個世界並不存在。現實只有一個。

女性NKVD抬起頭來，又問了他一次：

「你認為是為什麼呢？」

尤根垂著頭，眼淚啪噠啪噠地滴落在地板上。

「我不知道。」

尤根低聲啜泣，然後再也沒有人開口說話。

謝拉菲瑪努力克制在內心掀起千層浪的激情，在走廊上前進。

敲了敲隊長室的門，還沒聽見回應就開門進去。

室內非常簡樸。伊麗娜背對自己，面向窗外，用動作示意她開口。

「伊麗娜・艾美莉雅諾芙娜隊長同志！那隻布穀鳥果然是漢斯・葉卡。請讓我帶隊去討伐他！」

「妳怎麼知道？」

「那個俘虜說的。」

「他怎麼會從實招來？」

「他說他想宣讀投降傳單，我讓他念了。」

謝拉菲瑪口若懸河地只交代事實。

伊麗娜轉過身來。隨時隨地都能夠保持平靜的這個女人，居然露出疲憊的表情，謝拉菲瑪大吃一驚。

「妳為什麼一定要殺死漢斯．葉卡。」

謝拉菲瑪還以為自己聽錯了。她不假思索地回答：

「敵人是優秀的狙擊兵，放著不管會成為阻礙。對這種人採取先下手為強的反狙擊是很正常的兵法，而且我也有這個能力。」

「目前的戰況與史達林格勒不同。包括尖塔在內，明天就會對敵人展開砲擊。妳特地以狙擊的方式解決他的意義何在？」

「我想為媽媽……為嘉娜同志和夏洛塔打氣，而且我也有義務解決他。宣傳兵都等著看我報仇雪恨的模樣。」

「全都是後來才加上的動機呢。」

「伊麗娜！」

謝拉菲瑪忍不住大聲抗議。

「我從伊萬諾沃村一路戰鬥到現在就是為了今天！」

謝拉菲瑪拋開事先準備好的動機，喊出真心話。的確，她剛才講的那些雖然都是事實，卻不是原始的動機。但伊麗娜應該比任何人更能明白她的心情才對。

只見伊麗娜從抽屜裡拿出一張紙，遞給謝拉菲瑪。

任命謝拉菲瑪．馬爾科夫娜．阿爾斯卡亞為中央女性狙擊兵訓練學校教官。

謝拉菲瑪還來不及理解這行平鋪直述的文字代表什麼意思，伊麗娜逕自為她說明：

「是我推薦的。這兩天剛收到妳調職的人事命令，同時也恭喜妳升職為中尉。」

謝拉菲瑪說不出話來。腦中一片空白，呼吸紊亂。

自己從故鄉慘遭屠殺的一九四二年開始，作戰至今。

為了向漢斯・葉卡報母親的仇、村民們的仇、蘇聯人民和女性的仇。

「為什麼……」

「因為妳很適合。妳將成為下一任的指導者，人數不夠的話再跟別的單位借。」

「戰爭就快結束了。妳認為女狙擊兵在沒有納粹的世界還有用武之地嗎？」

不及細想，話已脫口而出。伊麗娜始終不為所動。

「這不是妳能決定的事，也不關我的事。」

腦子裡響起卡嚓、卡嚓的聲音。那是為手槍填充子彈的聲音。

「是妳把我帶來這裡，是妳把我帶來這個地獄。」化為有如詛咒般的低語。

「是妳利用我的仇恨心，把原本平凡無奇的我培養成殺人機器，讓我變成狙擊兵。我明知妳的目的，但是為了報仇，我通過這項試煉，殺了八十五個人，成為一流的狙擊手。如今仇人就在眼前……」

「沒錯，謝拉菲瑪。妳完全成長為我理想中的樣子。」

伊麗娜回答，美貌的臉龐看不見一絲猙獰的表情。

「對我而言，妳已經沒有利用價值，可以回去了。」

卡嚓。腦中發出巨大的聲響。撥動拉柄，子彈已然上膛。

「我應該說過，我還有一個想殺的人。」

「妳是說過。」

我要殺了妳。謝拉菲瑪把手伸向腰際的手槍。她要殺了伊麗娜，離開這裡，趁夜殺死葉卡，結束這一切。一切到此為止，沒有後續。

伊麗娜臉上浮現出淺淺的微笑。

當她抓住槍套，正想拔出托卡列夫手槍時，後腦勺感到一陣熱氣。感覺就像是被由一百萬燭光的光線彙集而成的細線照射到的熱度。

是狙擊兵的殺氣。

「夏洛塔……」

謝拉菲瑪面向前方說道，背後傳來夏洛塔的聲音。

「菲瑪，把手舉起來！」

戰友夏洛塔，同時也敬愛著伊麗娜的同志正從背後持槍瞄準自己。

「辦不到。我不能在這裡放棄，就算要殺死隊長……」

「既然如此，我只好殺了妳。」

謝拉菲瑪感覺眼眶溼潤。

忘了是什麼時候，她們在學校討論過這件事。
自己想殺死伊麗娜。夏洛塔則說，就算要開槍，她也要阻止謝拉菲瑪。
以前聊過的畫面就要變成現實。
「妳還記得艾雅嗎？」
伊麗娜突然問她。
怎麼可能忘記。來自哈薩克的天才。擁有自己無法望其項背的天賦，卻初出茅廬就枉送性命的少女。
「現在的妳就像那時候的艾雅。」
什麼意思。
謝拉菲瑪思考她這句話的意思。是指技術嗎？還是自尋死路的態度呢？最後看到艾雅的時候，她是什麼模樣——
不禁回憶起艾雅的種種，冷不防聽見從背後走來的腳步聲。
聽見夏洛塔放下手槍的聲音時，謝拉菲瑪也鬆開扳機。
「隊長，大家！」
護士塔妮雅跳過她和夏洛塔，逕自衝進隊長室。
慌不擇路的她在進門的同時也察覺到房間裡不尋常的氣氛，輪流打量三個人的臉，對充滿在室內的殺氣騰騰感到困惑。
然而，她只輕輕瞥了伊麗娜一眼，迅速切入正題。

「媽媽醒了，快去跟她說話。」

所有人一起默不作聲地衝出房間。

走進病房，媽媽躺在床上，面色如土，已經不像是這個世界的人了。

除了她以外，也還有許多同樣徘徊於生死關頭的士兵正在接受同袍的鼓勵。

一起回故鄉當英雄吧。回去各自的故鄉結婚吧。諸如此類的打氣聲不絕於耳。

「雖然很殘酷，但是請不要讓她太放鬆。她需要氣勢才能撐下去。」

軍醫提醒三位狙擊小隊的成員。

夏洛塔謹記在心地點頭，走向媽媽。

「媽媽，是我，振作一點。」

「夏洛塔……」

媽媽勉強擠出一抹微笑，痛得臉都歪了。

「那孩子怎樣了？還好嗎？」

「那孩子？」

夏洛塔一臉莫名其妙，媽媽追問：

「那個想攻擊我們的男孩子。」

夏洛塔無言以對。她大概不知道，也不在乎。

塔妮雅替她回答：

「他沒事了。撿回一條小命。他說他想見救自己的媽媽，所以妳要振作一點。」

語氣十分輕鬆，但都是為了讓她不要失去求生意志，慎重挑選的字句。媽媽淺淺一笑。

「那就好。」

謝拉菲瑪忍不住吼道：

「好什麼呀媽媽！哪裡好了。妳也要好起來才行！」

夏洛塔在一旁點頭附和。

「我就算了。自從在莫斯科失去丈夫與女兒，我就只是在等死。幸好遇見了伊麗娜隊長，來到這裡……救了那孩子。如果能讓妳們這群女兒送我最後一程，我也不枉此生了。」

夏洛塔開始哭。一副百感交集，說不出話來的悽愴。

「才怪，妳不是要跟夏洛塔去麵包工廠工作嗎！」

謝拉菲瑪替夏洛塔說出心裡話，握住她的手。體溫低得令她暗自心驚。

媽媽沒回答。看起來很睏的樣子，睡眼朦朧。

「嘉娜・伊薩耶夫娜・哈魯羅瓦。」

伊麗娜久違地喊她的本名。

「妳的女兒們都在這裡，別丟下夏洛塔一個人。妳是這群孩子的母親，別讓她們再失去母親了。」

媽媽微微地點點頭，沉沉睡去。

「媽媽！」

塔妮雅抓住夏洛塔的肩膀。

「她只是睡著了，別再勉強她說話了。再來只能等她自己恢復體力。」

狙擊小隊的三名成員把治療的事交給塔妮雅和軍醫，走出病房。

伊麗娜頭也不回地離去。

夏洛塔淚盈於睫，全身顫抖。

「別擔心，夏洛塔。」

謝拉菲瑪抱緊她。

「媽媽不會丟下妳一個人。」

夏洛塔點點頭，埋在謝拉菲瑪胸前哭泣。

難以想像這兩個人前一刻還是相愛相殺的對手。

「菲瑪……」夏洛塔冷不防問她：「妳不會也丟下我一個人吧？妳會在這裡等我，等我殺了那隻布穀鳥吧？」

謝拉菲瑪答不上來。

「這給妳……」

夏洛塔給謝拉菲瑪一張照片。

看到裝在相框裡的照片，謝拉菲瑪幾乎不敢相信自己的眼睛。年輕的母親——葉卡捷琳娜與一位表情莊嚴肅穆的男人。是謝拉菲瑪只在這張照片看過的父親馬克。

以前被伊麗娜丟掉的照片。她唯一的回憶。

「這、這是……這怎麼會在妳這裡？」

「我不清楚細節。只是剛才妳來找隊長之前，隊長把這個給我……要我交給妳……」

看來是伊麗娜撿起那張丟掉的照片，要部下回收。

從挑起自己的仇恨心，利用憤怒讓自己奮起的那一刻開始，她就想著有一天要還給自己，因此隨身帶著這張照片。

謝拉菲瑪感到一陣暈眩，眼前浮現伊麗娜故意讓自己認定她是畜生的身影。

夏洛塔無從得知她們之間的過節，淚眼模糊地問她：

「菲瑪，我饒不了那個狙擊兵……讓我去，我要去射殺那隻布穀鳥。」

這時有幾名士兵自稱接到伊麗娜的吩咐，從走廊的另一頭走來，要她們各自回房。謝拉菲瑪不情不願地走向自己的房間時，有個看上去忠厚老實、一板一眼的男性士兵跟了上來，背上背著附有瞄準器的莫辛－納甘步槍。

「你是什麼人？幹麼跟著我？」

謝拉菲瑪挑眉，質問對方，對方正經八百地向她敬禮，一口氣回答：

「下官是隸屬於護衛部隊的里昂尼德・皮丘克諾夫伍長，伊麗娜上尉同志要我保護謝拉菲瑪少尉！」

不讓她溜出去的意思嗎？謝拉菲瑪命令跟到房門口的他「稍息」，走進房間。

當上尉官的待遇還真不錯。可以在伍長的保護下，在自己的房間裡睡覺。

謝拉菲瑪躺在床上，整理自己的立場。

戰鬥經年……無非是為了復仇。

仇人此時此刻就在眼前。

必須讓夏洛塔和媽媽活著回去。

倘若我離開小隊，夏洛塔明天一定會去找那隻布穀鳥單挑。

敵人不是她能應付的對象。

蘇聯大概會攻陷柯尼斯堡，但葉卡可能會逃之夭夭。畢竟那傢伙也曾經不要面子、不顧名聲地逃離史達林格勒。

最糟糕的情況是萬一那傢伙投降，萬一那傢伙謊報姓名，撐過嚴苛的勞動，有朝一日可能會活著回德國。

自己呢……

問自己究竟該怎麼做時，答案不言自明。

自己是為了保護女性才來到這裡。

打開抽屜，拿出大小與筆相當、形狀與水瓶無異的物品，再拿出筆記本。

從總是隨身攜帶的工具箱裡拿出漿糊。

完成一連串的準備後，望向窗戶。這裡是二樓，並非無法跳下去的高度——故意發出聲響，打開窗戶。果不其然，窗戶還沒全部打開，皮丘克諾夫伍長就連門也不敲地闖進來。

「少尉同志閣下，我收到的命令是絕對不能讓妳出去！」

護衛畢恭畢敬地向她敬禮，謝拉菲瑪假裝只在意頭髮，好一會兒才說：

「怎麼辦，床底下好像有蛇。」

「床底下有蛇？」

「對呀，很好笑吧，我居然會怕蛇。可以幫我抓蛇嗎？里昂尼德伍長。」

里昂尼德伍長又行了一禮。

「包在我身上！」

里昂尼德走進房間，老實地往床底下看，開始尋找根本不存在的蛇。

完全沒發現謝拉菲瑪從他身後經過，悄悄地把門關上。

真的很抱歉。謝拉菲瑪在心裡向他道歉，繞到他背後，右手架在他的脖子上。

「唔……！」

雙腳踹向他大驚失色的身體，左腳制住他的腹部，用左腳踝扣住他右腳膝蓋內側，封住他所有的動作。

兩人一起倒在床上。

里昂尼德拚命掙扎，但謝拉菲瑪使出全力勒住他的頸動脈和腹部，所以他連幾秒都撐不住。

不聲不響地撂倒對手。以前練習過的徒手格鬥技巧在對方完全掉以輕心、背對自己的條件下成功了。

「真的很抱歉。」

這次發出聲音，小聲道歉，為他注射隨身攜帶的個人用麻醉藥。原本是止痛藥，但謝拉菲瑪知道只要增加劑量，就能讓對方沉沉睡去。里昂尼德將一直昏睡到自然醒來。

愛槍SVT－40還在房間裡。無論發生什麼事，都不會沒收對狙擊兵來說等於一切的槍。

把里昂尼德的外套揉成一團，塞進他嘴裡，再將他的雙手雙腳反綁在床腳，謝拉菲瑪推開窗戶。

她沒有傻到直接跳下去，而是順著排水管，靜靜地降落到地面。

地圖與今天的光景，已經讓她牢牢把路線記在腦子裡了。

走在深夜的柯尼斯堡，耐著嚴寒，提高警覺四下張望，走向媽媽受到襲擊的地點。

可以看到火線的地方有兩處，分別是那個地方和兩層城牆的前方，但後者離德國佬太近。而且敵人打算修復受到破壞的部分，所以恐怕會與敵人正面衝突。

藏身於工廠地區的一角時，敵人的照明彈照亮了四周。

是尖塔的方向。那個德國佬說得沒錯，敵人正提防著我軍夜襲。

每隔十五分鐘。

靠著身體記住的時間感前進，時不時躲起來等照明彈閃過。

用鎂混合而成的火球照亮黑夜，只花十分鐘就燒完了。謝拉菲瑪利用五分鐘的時間差前進，慢慢地靠近尖塔，走到媽媽遇襲的地點。

那裡還殘留著血與硝煙的濃烈臭味，謝拉菲瑪舉起槍。

距離大約五百公尺。雖然是由下往上射擊的角度，但對方正掉以輕心。

這一路走來，道阻且長。

自己原本只是伊萬諾沃村的平凡女子，歷經村子被燒、進入狙擊訓練學校、在戰鬥中活下來，終於走到這裡。仇敵就在眼前。村民們的仇、母親的仇，還有傷害媽媽的敵人就在那裡。只要自己射中對方，一切就結束了。

想到這裡時，謝拉菲瑪突然想到一件事。

現在的妳就像那時候的艾雅。

艾雅——她想起來了。艾雅當時被執念附身。渴望自由的少女太執著於射殺敵人，忘了明明早就知道的鐵則。別杵在一個地方。別以為射出子彈就完事了。

還有……

別以為只有自己最聰明。

想起這句話的瞬間，謝拉菲瑪覺得自己所處的狀況有點不對勁。那個德國佬離開尖塔，出現在這裡。他明明那麼瞧不起葉卡，為何得知所有的狀況。然後她又想起葉卡的戰術。

狙擊兵都有自己的脈絡，無一例外……

那傢伙在史達林格勒洩漏情報給自己的情婦。算準對方會對他們走漏消息，藉此暗示自己的存在。朱利安說過——

唯有能理解對方脈絡的人才會贏。

葉卡恐怕知道有人在找他。畢竟這是紅軍內部眾所周知的事實。當然沒透露他的名字和個人資料，但是被追捕的人不可能毫無所悉。

他的敵人是追捕自己的狙擊兵。發射照明彈的瞬間。可以狙擊的位置很有限。絕佳場所，以及下意識追求的，充滿戲劇效果的舞臺。

——被鎖定的其實是我！

反應過來的瞬間，照明彈燃亮夜空。瞄準鏡的另一邊，原本在尖塔上的人影已經背著強光轉過來。謝拉菲瑪轉身就跑。

後腦勺感覺到熱氣，立刻趴伏在地。同時頭上傳來撕裂空氣的聲音，槍聲慢了一拍才跟上來。謝拉菲瑪站起來，在腦中倒數。起點為子彈著地的零點五秒前。最優秀的狙擊兵拉動槍機，再次裝填子彈，鎖定她的那一瞬間，謝拉菲瑪又滾了一圈。

第二發子彈切斷頭髮，射向前方。

決定就這樣跑去躲起來的瞬間，耳邊傳來劃破空氣的「呼嚕嚕」聲。

完了，謝拉菲瑪心想。那是「打得中」的聲音。

抱頭撲向前方。就在著地的前一刻，迫擊砲彈命中她的背後，爆炸的風壓讓她的身體飛到半空中。

視野扭曲變形。連滾帶爬地躲到廢屋後面，避開尖塔的射擊角度。

「那個怪物……居然能避開子彈……」

謝拉菲瑪聽見德語。為了不讓自己逃跑，對方果然早有埋伏。握緊懷裡的兩顆手榴彈。伊麗娜說過，要事先想好該怎麼用。她早就想好了。她早就下定決心，要與敵人同歸於盡。第一顆用來炸死自己，第二顆用來殺死敵人。

自己是狙擊兵，而且是女人。與其受盡對方凌虐而死，一死百了還比較乾脆。

然而——

一旦死了，就無法報仇。敵人就在眼前，但不是這些士兵。

就算成為俘虜，她也已經做好這方面的準備。

謝拉菲瑪放開手榴彈，抓住**另一樣東西**。

有人抓住她的頭髮，強迫她站起來。

謝拉菲瑪成了德軍的俘虜。

撐著下巴的左手被粗魯地抓住，按在桌面上。

七公分左右的鐵釘貫穿謝拉菲瑪的左手腕，把她的手釘在桌上。

德國佬藏身在那座有尖塔的要塞裡。此處是位於地下室，某個陰暗的房間。

慘絕人寰的哀號從謝拉菲瑪的體內扯破喉嚨，衝出口腔。

「說！妳的部隊在哪裡？」

敵人先用德語威脅她，再用俄語重複一次。

「去你的法西斯。」

謝拉菲瑪回答，德國佬從鐵釘的頂端淋上熱水。皮膚泛紅，熱水滲入傷口。

謝拉菲瑪慘叫，而後笑了。

雖然只是虛張聲勢，但德國佬都被她嚇得臉皮抽動。

眼前有一把老虎鉗，夾住大拇指的指甲。指尖感到冰冷的觸感時，鼻尖掠過鮮血混雜鐵鏽的味道。

「妳是什麼人？來這裡做什麼？那本滿是紅字的筆記本上寫了什麼？」

「殺死德國佬需要理由嗎？」

老虎鉗拉扯著大拇指的指尖。

「狙擊兵單獨來這裡有什麼目的？」

「閉嘴，你這個雜碎。德國人真沒品。要折磨女人的話，能不能紳士一點啊。」

德國佬笑得很下流，左手一把捏起謝拉菲瑪的臉頰。

「妳長得還挺標致的呢。」

德國佬笑著說，輕撫她的臉頰，似是在享受她的觸感。

「也有那種享樂方式啦，可惜現在沒時間好好享受！」

德國佬夾緊老虎鉗，從她被固定的左手大拇指狠狠拔下指甲。

不成聲的哀號響徹整個地下室，過了一會兒，謝拉菲瑪說：

「真是的……既無技巧，也無深度。換作是我，我會更優雅一點……」

謝拉菲瑪被甩了一巴掌。德國佬對她拳打腳踢，還拿木棍毆打她，再用木棍把釘子釘得更深一點。

「結果還是這種方式最單純又有效。如何？還有雙手雙腳，可以繼續打出十九個洞呢。」

「等等等等。」

謝拉菲瑪阻止他。

這不是一般人能承受的痛苦，再抵死不從下去，反而會引起對方的懷疑。

「我有個條件，先拔起這根釘子。如果你接受我的要求，我什麼都願意回答。」

「開什麼玩笑！死到臨頭還敢提條件。」

「就算我在這裡喊破喉嚨，明天早上，所有人都會被炸死。包括我在內！但我還不想死，所以讓我們聊點有建設性的話嘛！」

謝拉菲瑪邊說邊吐出含血的唾沫，審問官面面相覷。

「拷問生效了嗎？這傢伙不太正常。」

翻譯問道，審問官回答：

「當然不正常啊，她可是共產主義的女兵。」

「再扯下去太花時間了……拖愈久對我們愈不利。」

謝拉菲瑪對偷偷觀察她反應的士兵嫣然一笑。

「上尉閣下！」

另一名士兵衝進偵訊室，劈頭就從懷裡掏出謝拉菲瑪事先藏在身上，用紅字寫的筆記本，急如星火地說：

「這傢伙身上帶的這本用紅色墨水寫的筆記本，第一本記錄了德意志國防軍的戰爭罪行。寫滿在史達林格勒目擊到殺害市民、殺害戰俘的證詞。」

負責拷問的上尉驚愕得瞪大雙眼，但連忙收拾乾淨臉上的表情反問：

「真的假的！」

士兵以視線回答「我怎麼可能知道」。上尉換了個問法：

「第二本呢？」

「第二本是戰況紀錄。還謄寫了市內的地圖，但整本都是符號，看不懂內容。」

審問官停滯了幾秒，命令士兵：

「第一本燒掉，第二本留著。」

士兵匆忙離去。這也是唯一的處置方法。

沒錯，你們只能燒掉那本筆記本。

審問官拔掉謝拉菲瑪左手腕的釘子，質問摩挲著手的謝拉菲瑪：

「這下子完成妳的第一個要求了，還有什麼問題？」

「叫漢斯・葉卡來。」

謝拉菲瑪間不容髮地回答，觀察對方的反應。

對方顯然有些措手不及，用眼神反問「妳怎麼會知道他」。

「讓我們單獨談話。」

翻譯代為回答：

「他不會說俄語。」

「我知道。只要五分鐘就行了，讓我們單獨談話。然後我會告訴你那些筆記本的意思和你們的逃走路線。」

審問官左右為難，從他的沉默可以看出他們已經被逼得走投無路了。

他不可能輕易相信謝拉菲瑪會告訴他們逃脫的路線，但目前的戰況卻也讓他無法完全忽略這個可能性。翻譯問審問官：

「如果她只是要見葉卡，應該沒關係吧。反正那傢伙也是卑鄙的狙擊兵。」

「但她一定有什麼盤算。」

「就算是這樣，這傢伙也單獨跑到狙擊位置，而且還撐過拷問。如果是受過特殊訓練的士兵，或許真的知道逃跑路線。就算她說謊，反正到最後都要殺了她。」

謝拉菲瑪隱瞞自己懂德語的事，再加上有為了讓她招供這個名正言順的理由，謝拉菲瑪引導他們做出自己想要的選擇。

「只有五分鐘喔。」

審問官走向通往外面的樓梯，翻譯也跟上去。審問官頭也不回地撂下一句：

「要是有人闖入，或是葉卡先出來，一切就到此結束。」

耳邊傳來翻譯臨走前的翻譯。

承受著風吹過腦海的感覺，在充滿血腥味的房間裡怔忡地仰望天花板。光線非常微弱的燈泡吸引了一群飛蛾。通往室外的方法只有狹窄樓梯對面的那扇門。

謝拉菲瑪回想被抓來這裡經過的路線。

地下的拷問室。從入口到這裡的距離並不長。煙囪的位置就在自己的頭頂正上方。建築物周圍的警戒不算森嚴……頭上有狙擊兵。

過了十分鐘左右，光線從通往拷問室的樓梯上方照射進來。

那個男人背光走進房間裡。

瘦削的男人提著急救箱，留著鬍子的臉頰上有傷。

漢斯．葉卡。

謝拉菲瑪的仇人在她眼前坐下，默默地從急救箱取出繃帶，開始為謝拉菲瑪的左手腕包紮。

四目相交，他笑得有點無奈。

「不好意思啊，我還想拿點止痛藥，可惜上頭不允許。」

「不需要。」

謝拉菲瑪以德語回答。葉卡纏繃帶的手停頓了一下，然後又開始為她包紮。

「妳會說德語啊。」

「如果言語相通，德軍會感到不安吧。因為對方不再是有如記號一般，可以任憑宰割的『斯拉夫人』或『伊凡』，而是能溝通的人類。你以前也是這樣。」

葉卡為謝拉菲瑪包紮完畢。看到以正確步驟止血的左手，謝拉菲瑪笑了。微微顫抖的居然不是自己，而是葉卡的手。

「你又要逃跑嗎，漢斯·葉卡。就像你在莫斯科和史達林格勒那樣。」

「妳是『柔亞』嗎？妳到底是誰？」葉卡以謝拉菲瑪的化名問她，顯然是為了掩飾內心的動搖。「妳怎麼會認識我？為何指名要找我？」

「我叫謝拉菲瑪，是伊萬諾沃村的倖存者。」

謝拉菲瑪直視葉卡的雙眼回答。

「我來這裡是為了替母親報仇。」

「什麼？」

謝拉菲瑪仔細觀察葉卡的表情。疑惑，混亂。

試圖隱藏的反應深處看不見恐懼。難不成……謝拉菲瑪想到一個可能性。

「你忘了嗎……！」

沉默橫亙於兩人之間，代替回答。賭上人生，誓言要殺死的對象顯然不記得謝拉菲瑪，也不記得謝拉菲瑪的母親。

「不是，因為所有的村民都死光了……啊……」

過了好一會兒，葉卡發出戰慄般的顫音。

「妳是那個女狙擊兵的女兒嗎？」

他總算想起來了。謝拉菲瑪對為此安心嘆息的自己感到怒火中燒。

「我媽不是狙擊兵，她只是一個普通的獵人。」

終於找到將對手逼入絕境的線頭了。

但對方也不是聽到這句話就會自責的人。

「等等。」

出乎自己的預料，葉卡顫抖著聲線為自己辯護。

「妳母親瞄準了我們的人。在戰場上瞄準指揮官的人不是狙擊兵是什麼？」

他的膽怯如此明顯，謝拉菲瑪不可置信的同時繼續窮追猛打。

「我媽是為了阻止你們虐殺村民。你們殺死的村民是游擊隊嗎？那些手無寸鐵的人是游擊隊嗎？你敢這樣對我說嗎？」

「不是。」葉卡幾乎是不假思索地回答後，連忙搖頭否認。「不，雖然不是，但我沒殺害任何人。我是狙擊兵，即使其他步兵殘殺市民，我也不曾同流合汙。他們做的確實很過分，但我射殺妳母親也是情非得已。」

「你承認是你的部隊虐殺村民吧。」

「那不是我的部隊。我也不是部隊指揮官，我加入那支部隊的時間還不長，也沒有人望。因為大家都討厭狙擊兵。」

「那你做了什麼？」

「什麼什麼？」

「你做了什麼阻止部隊屠殺村民？」

「我……」

葉卡的額頭滲出汗水。

「我沒辦法，我也無能為力，那不是我能夠阻止的。隊員們全都因為敗走而失去理智。所以在那種情況下，為了提振士氣，只好燒了村子、侵犯女人、掠奪戰利品。像這種時候，要是敢破壞團結，一定會被排擠。儘管如此，我也沒加入他們，所以才會走到哪裡都被當成眼中釘。」

謝拉菲瑪聽得眼珠子都要掉出來了。以藉口來說，這種藉口未免也太幼稚。蠢到爆，可是好像在哪裡聽過這套論調。

「所以呢，你是想說你沒錯嗎？」

滿嘴藉口的葉卡撲簌簌地發起抖來，眼裡還浮現淚水。
「不是的，我真的很抱歉。」
「你說什麼？」
謝拉菲瑪反詰，葉卡的眼淚終於掉下來。
「我沒能阻止憾事發生，真的很抱歉。是我不好，請原諒我。我還不能死，我有個等到一切風平浪靜想去見的人。要不是發生戰爭，我根本不用做那麼殘忍的事。這一切都是戰爭的錯。所以請妳原諒我。」
感覺視線逐漸模糊，幾乎聽不清他在說什麼。
「我跟你不一樣。」
謝拉菲瑪條件反射地回嘴，葉卡哭著搖頭。
謝拉菲瑪沒忽略他臉上一閃而過的些微笑意。
「哪裡不一樣。蘇聯軍隊來到這裡，不也做了一樣的事嗎？」
「但我不會變成你這種人，也不像你這麼卑鄙只顧自己。你跟我最大的差異，就在於有沒有對自己堅定不移的信念。」
葉卡的表情凝固在臉上。
「德國佬，我從未忘記自己的信念，如果眼前有人要殺死無辜的市民，我一定會阻止他。不管對方是我軍或敵軍，我有自己堅信不移的人道立場。」
「時間到了。」

葉卡硬生生地結束對話。

「妳說得很冠冕堂皇，但我沒有那麼多時間聽妳說。再見了，告訴我第二本筆記本的內容與逃走路線。」

「我才不像你，丟下女人自己逃走。也不會變成第二本筆記本最後寫的那樣。」

「……妳說什麼？」

葉卡第一次提出反問。看準那一瞬間，謝拉菲瑪把雙腳伸到桌上。

「時間到了不是嗎？」謝拉菲瑪微微側首，重複他說過的話。「給我一根菸。」

「要做什麼？」

「臨死前沒必要再注意健康了。就算自己不抽，但你有阿蒂卡香菸吧，狙擊兵。」

葉卡以探究的眼神打量謝拉菲瑪，從懷裡掏出香菸，塞進謝拉菲瑪的嘴裡，為她點火。謝拉菲瑪吸了一口，將紫色的煙圈吐在葉卡臉上。

「德國佬，第二本筆記本打叉的記號是砲擊的死角，從拉出斜線的路線逃跑吧。照我說的做，一定能逃出生天。」

說出他們要的「答案」後，葉卡一臉呆滯地指控：

「妳說謊。」

「對呀，我經常說謊。所以你要相信嗎？」

笑著回答時，門外傳來粗魯的敲門聲。

敵人與葉卡被謝拉菲瑪提出的條件限制，她主動開口：

「時間到了，進來！」

一群德國佬打開外側的門鎖，大步流星地走進來。

長官以視線詢問葉卡，葉卡回答：

「這傢伙會說德語。她說筆記本打叉的記號是死角，斜線是安全的逃跑路線，但擺明是在撒謊。我沒有得到任何情報。」

「她為何指名找你？」

「因為和我一起行動的部隊燒掉她的故鄉。」

「真無聊。」負責拷問的上尉回答：「既然如此，你可以退下了，我來收拾。」

葉卡與其他德國士兵再次離開房間，從外面上鎖。

謝拉菲瑪覺得很不可思議。為何敵人不讓同伴目睹自己殺害女人的樣子呢。通常是由指揮官負責動手，再不然就是派某個人動手。

謝拉菲瑪深知他們這種行為模式，也曾近距離見識過。

但敵人不知道這件事。敵人認為謝拉菲瑪已經無力反抗了，所以也沒有特地重新把她綁好，而是讓她站著。

目空一切的上尉拉開瓦爾特ＰＰＫ的滑套，裝填子彈。

謝拉菲瑪在腦中計算時間，自己來到這裡過了多少時間以及現在的時間。

同伴裡應該已經有人留意到她的行動了，也注意到她帶走了什麼東西。不會錯。

可是距離那本筆記被燒，還需要一點時間。

再這樣下去會來不及，自己會死於對方槍下。

「可以親我一下嗎？」

謝拉菲瑪故意用笨拙的德語問對方。

「妳、妳說什麼？」

肥胖的上尉愣住了。不管是對這句話的內容，還是對她用德語說話這件事。

謝拉菲瑪嫣然一笑。

在腦子裡想像如果是一無所知、天真無邪的鄉下姑娘，大概會浮現出這樣的笑容吧。

「我，還沒，接過吻。不想在死前……連一次經驗、都，沒有。吻我吧。」

謝拉菲瑪閉上雙眼。

感覺上尉屏住氣息好一會兒。

臉頰傳來掌心溫暖的觸感。

上尉的氣息吹拂脣瓣，他的臉近在眼前。

感覺到這些的瞬間，謝拉菲瑪從嘴裡吐出點燃的香菸，重新銜好。

露一手朱利安教她的特技同時睜開雙眼，眼前是德軍上尉目瞪口呆的表情。

謝拉菲瑪一把抓住他的臉，銜著煙笑了。

現在，就是現在。謝拉菲瑪很清楚這點。

「別想逃喔。」

謝拉菲瑪把點燃的菸頭往上尉的脖子一按，上尉大聲哀號。

與此同時，響徹雲霄的爆炸聲撼動了位於地下的拷問室，蓋過他的聲音。

謝拉菲瑪抱住德軍上尉，從他腰間的皮帶裡抽出刺刀，從他的肋骨下方深深地往上刺，不給他逃離熱吻的機會。審問官的慘叫戛然而止。他還活著，只是橫隔膜被刺穿，想叫也叫不出來。

「永別了。」

謝拉菲瑪笑著向他道別，將刺刀更用力地刺進上尉的肚子裡。

感覺刀尖深深地直達肺部，上尉像隻擱淺的魚，嘴巴一張一合。

臉上盡是不敢相信的表情，可是謝拉菲瑪認為對方居然會相信被拷問的對象主動要求親吻才更不可思議。

迫擊砲彈打中目標的轟然巨響不斷從頭上傳來，整棟建築物都在搖晃。

無數的爆炸聲與德語的尖叫聲蓋過上尉倒地的聲音。

瞥了躺在血泊中掙扎的上尉一眼，搶過他的佩槍，上樓。已經給予致命一擊，不需要再特地補上一槍。

背靠在厚厚的門板上，豎起耳朵傾聽外面的情況。

去樓上，從射擊孔射擊。不，繞到後面。好幾個人的聲音與機槍掃射的聲音混在一起。

謝拉菲瑪判斷一樓的敵人比較少，朝室內開了三槍。

不一會兒，長靴踩著地板趕來的腳步聲由遠而近，有人解開外面的門鎖。

「上尉閣下！」

謝拉菲瑪射殺開門大叫的德國佬，將屍體拖進室內，關門。

用還沒廢的右手從他胸口摸出兩顆手榴彈，用受到拷問的左手拔出插銷，把門打開一條縫，扔出手榴彈，然後立刻關門。

所有的動作都在幾秒鐘內，相當於一個呼吸的時間完成。投擲手榴彈的瞬間看到有三個德國佬。

全都無法理解來自外部的襲擊與內部發生的異狀，陷入混亂。

過了幾秒，室外傳來爆炸的悶響。化為肉塊的敵兵與手榴彈的碎片，有如狂風暴雨打在門板上。

謝拉菲瑪大搖大擺地走出拷問室。

要塞的一樓充滿血與硝煙的臭味。固若金湯的構造無法抵禦來自內部的爆炸風壓，三名德國佬的屍體已經支離破碎到看不出原來的形狀了。

撿起ＭＰ40，跑到正面的出口。早已做好遇神殺神、遇鬼殺鬼的心理準備，所幸其他敵人不是在樓上，就是從後門避難去了。

他們大概相信了那張地圖。即使內心存疑，但是在生死存亡之際，還是只能抱著一絲希望相信。但是就連謝拉菲瑪也不知道那些記號和斜線到底正不正確。只是剛好不讓敵人往前面去的策略成功了。

要塞的正前方距離雙重城牆只有五十公尺。謝拉菲瑪頭也不回地拔足狂奔，敵人從背後射擊，但是被來自前方的掩護砲擊壓制住了，無法準確地擊中她。

謝拉菲瑪回頭看了一眼。迫擊砲的子彈彷彿受到吸引，一一擊中要塞。破壞得最嚴重的地方，也就是長出煙囪的部分正冒出紅色的煙。

謝拉菲瑪帶的發煙墨水一如教官的說明，在紙受到焚燒的情況下冒出有顏色的煙。

以彎曲蛇行的步伐避開敵人射過來的子彈，謝拉菲瑪鑽過最裡面的城牆。那裡距離我方的陣營還有三百公尺左右。

不過，謝拉菲瑪相信一定有戰友在離自己更近的地方等著她。一定有人看到那微乎其微的煙，向砲兵通風報信。那是人數雖少，但可以單兵作戰，負責偵察的特殊士兵。也就是狙擊兵。

敵營最深處的城牆與我方最前線的空白地帶，街道上是德國佬挖掘的戰壕。已被敵人放棄的壕溝裡，有個熟悉的人影。正當謝拉菲瑪驚訝地對那個令她有些意外的人揮手，卻見她整個人往後仰，耳邊傳來槍聲。往壕溝內趴倒的瞬間，血花掠過眼前。

「奧爾加！」

謝拉菲瑪滾進壕溝裡，敵人的子彈幾乎同一時間從頭上飛過。

隸屬於ＮＫＶＤ的奧爾加嘴角流血，笑著說：

「不好意思啊，不是伊麗娜和夏洛塔。」

「妳在說什麼傻話，快逃。」

「不行……那傢伙……妳的仇人……太厲害了。我不是他的對手……要是妳拖著我逃跑，只會被他射死……我可不想在那個世界還要聽妳和艾雅說教。」

奧爾加說了一大堆，謝拉菲瑪連一半也沒聽進去。總之得離開被狙擊的地方才行。她拖著奧爾加在壕溝裡移動。

謝拉菲瑪讓奧爾加靠在自己身上，想檢查她中彈的地方，奧爾加笑著說：

「謝拉菲瑪，戰爭真的爛透了。逼人不擇手段。偽裝的種類也是……啊……聽我說，妳這個該死的共產主義俄羅斯人，我要告訴妳最後一件事。」

「咦，什、什麼？」

奧爾加揪住謝拉菲瑪的衣領。

「去你的魔女小隊。去你的蘇聯。我可是驕傲的哥薩克女孩。」

謝拉菲瑪瞠目結舌地聽她說完這段話，奧爾加宛如進入夢鄉地閉上雙眼。

伸手去摸她的頸項，已經沒有脈搏了。

騙過所有的同學，ＮＫＶＤ派來的奸細。

這個驕傲的哥薩克女孩，直到最後都沒有背叛自己的立場，驕傲地死去。

謝拉菲瑪拿起她的SVT－40步槍。

她有滿腔怒火想朝敵人發洩。不知不覺，謝拉菲瑪的注意力已清明如針尖。

葉卡過於窩囊的樣子曾經讓謝拉菲瑪一度喪失戰力。但不管是演戲還是真心話，他都犯了致命的錯誤。他居然向自己求饒。

她不可能原諒葉卡。以為道歉就能得到原諒，未免也太傲慢了，令謝拉菲瑪怒不可遏，憤怒化為狙擊時必要的力氣，維持住她的專注力。

敵人——葉卡的身手比自己好，而且還掌握了自己的位置。相較之下，自己被鐵釘刺穿手腕的左手幾乎已經無法正常運作。謝拉菲瑪解開用來包紮的繃帶，用右手把槍身綁在手上。對幾乎已經沒有知覺的左手感到急不可耐。已經不可能採取本來的射擊姿勢了，只能勉強撐住槍身，而且只能射出一發子彈。

如果要正面迎戰，她絕對沒有勝算。只要探出腦袋，那一瞬間就會被爆頭，不上不下的偽裝也瞞不過敵人的法眼。

想起一張張相遇又別離的臉。艾雅、朱利安、柳德米拉，還有如今長眠於此的奧爾加。

前人們、戰友們啊，請賜予我力量。

「伊麗娜……」

謝拉菲瑪喊出恩師的名字。

懷著百轉千折的心情，再次將注意力集中在敵人身上。

將那天沒能開槍的母親、遇害的村民、蘇聯人民與女性的憤怒都貫注在子彈上。

葉卡從窗戶的上下緣都覆蓋著防彈鋼板的二樓射擊孔，射殺了沒見過的女性狙擊兵，大吃一驚地發現直到剛才還在接受拷問的謝拉菲瑪居然朝她衝過去。

他知道謝拉菲瑪並非泛泛之輩。但是在那種情況下，她到底要怎麼逃出來？

背後傳來戰友的聲音。

「我拿來了，葉卡，第二本筆記本。」

「放在那裡就好。」

葉卡始終緊盯著前方回答，戰友以被他打敗的口吻說道：

「事到如今再狙擊敵人的狙擊兵有什麼用。不如快點離開這裡。我們要走了。」

「我知道。等我收拾掉那個狙擊兵就會投降。那傢伙認得我的臉，也知道我以前的同袍犯下戰爭罪行，所以絕不能讓她活著。」

戰友低啐一聲，絲毫不掩飾他對葉卡的輕蔑說：

「真是個噁心的殺人魔。」

你說得沒錯，葉卡在心中對戰友離去的背影說。所有人在戰爭中都是殺人魔，只是大家都忘了這件事。唯有那名狙擊兵例外。所以她痛恨自己也是極其自然的結果。

然而——

葉卡移開視線，拉過第二本筆記本，翻到最後一頁。

那個自稱謝拉菲瑪的小丫頭，說了一些奇怪的話。

我才不像你，丟下女人自己逃走。

聽起來似乎話中有話。自己在史達林格勒交手過的狙擊兵中也有女人，她是其中之一嗎？

也不會變成第二本筆記本最後寫的那樣。

那並不是信口開河的狐假虎威。如果有什麼意義，這裡頭寫的肯定不是什麼對我有利的情報。

內心發出警訊，可是她的語氣隱約暗示著珊朵拉的下場，葉卡無法不弄清楚。於是用指尖翻頁。

視線始終鎖定在敵人身上，心想要怎麼解讀想必是以俄文寫成的筆記本時，指尖有股不太尋常的觸感。

離開射擊孔，確定自己處於安全的狀態下，觀察那個不太尋常的地方。

筆記本底端以厚紙板製成的部分微微凸起。貌似曾用小刀割開，再用漿糊黏起來。這是間諜拆信時，為了不留下痕跡，經常使用的手法。

其他士兵都沒有注意到這個機關。換成平時應該會發現，但眼前的戰況過於迫切，敵人成功地讓大家的注意力都集中在筆記本裡的情報上。

摸到金屬的堅硬觸感時，內心有股不祥的預感。

小心翼翼地撕開筆記本，裡頭有一枚戒指。

HUGO BOSS。長官賞賜給自己，自己又轉送給珊朵拉的戒指。

這玩意兒在敵人的女狙擊兵手上。

感覺頭很痛，彷彿有鈍器在敲。打開纏在戒指上的紙條。

上頭以龍飛鳳舞的德文寫著。

你的女人，珊朵拉因為背叛祖國，我先切斷她的手腳，再割開她的咽喉。她一直哭喊著你的名字。聽說她直到最後才知道你的名字。漢斯・葉卡。

葉卡發出意義不明的哀號。

憤怒從大腦傳播至四肢末端，充滿全身。

儘管如此，他也沒忘記狙擊的基本流程。找出敵人。否則敵人會先下手為強。自己躲在射擊孔後面，比躲在戰壕的敵人有利。只要先找到敵人，射死對方就贏了。

蘇聯軍隊的鋼盔映入眼簾。

是假的。葉卡看也不看昭然若揭的陷阱一眼，尋找敵人的行蹤。

感覺戰壕角落有人在動。SVT－40的槍身從壕溝的邊緣探出來，後面才是真正的人影。還以為用個誘餌就能擾亂自己，不愧是女狙擊兵。如今那裡只剩下一個女狙擊兵，那就是謝拉菲瑪。

「去死吧！」

葉卡咆哮的同時扣下扳機。子彈命中敵人的腦門，腦漿四處噴濺。

贏了——還沒來得及感受大仇得報的快感，不太對勁的感覺先強烈地襲上心頭。

本來應該不會察覺到兩者之間的落差，但是對狙擊很有心得的一流高手應該就能區分出差異。還有呼吸的人與心跳停止的人。生者與屍體。生物與非生物。

跨過上述的界線，剛嚥下最後一口氣的屍體，稍早之前被自己射殺的女人在瞄準鏡的對側緩緩倒下。

而她的身後是完全鎖定自己的謝拉菲瑪。

這個惡魔——

想到這個形容詞的瞬間，子彈從射擊孔的縫隙直飛而來，射中他的胸口。

所有戰爭的爛笑話中，做到自己這一步的人，恐怕還是少之又少。

謝拉菲瑪扛著奧爾加的屍體成為敵人的目標，躲在緩緩倒下的奧爾加身後，瞄準敵人射擊時槍口發出的火光，在下一瞬間對敵人開槍，感覺確實打中了。

「奧爾加……」

擋在謝拉菲瑪身前，頭部中彈的奧爾加鼻子以上都被削掉了，幾乎已經不成人形。

謝拉菲瑪思忖著，到底哪句話才是她的真心話。

她總是隱藏自己的真心。在學校裝成大家的朋友，但那只是她的假面具……她讓大家都這麼想。既然如此，難道她真的是驕傲的哥薩克女孩，真的是為取回哥薩克的榮耀而戰嗎？

臨死之前還口出惡言，她真正的用意究竟是什麼？只是想咒罵折磨烏克蘭和哥薩克的蘇聯士兵，表達自己最後的心聲嗎？還是為了最有效地讓謝拉菲瑪利用她口中的爛笑話，拿自己的屍體當盾牌，所以才故意把話說得那麼難聽呢？

無論如何，都已經無從求證了。揣測死者的想法、分析死者說過的話是生者的特權，因為無論生者如何解讀，死者皆已無法反駁了。

奧爾加死了，自己利用她的屍體活下來。這就是全部。

狙擊一旦中斷，來自要塞的反擊頓時失去氣勢。

除了迫擊砲彈以外，利用迫擊砲測量距離的重砲也陸續粉碎舊式的磚造要塞。謝拉菲瑪從壕溝深處怔忡地望著有如世界末日的光景。

「俄羅斯兵，別開槍！」

耳邊傳來口齒不清的俄語。有個德國佬拿著某樣東西走來，結果不曉得被誰射中，死了。他身後的另一個德國佬拾起那樣東西，用力揮舞。是白旗。

「等等，別開槍，求求你別開槍！我們投降！」

揚起視線，要塞的屋頂上也有同樣揮舞著白旗的德國佬。

難攻不落的城堡，最外側的要塞已然投降。或許是領悟到這點，卡車的引擎聲從後方逐漸靠近。

「謝拉菲瑪，妳沒事吧？」

回頭看，伊麗娜正朝她跑來。

眼底浮現淚光，臉頰難得漲得通紅。

伊麗娜衝進戰壕，一把抱住謝拉菲瑪。

「沒事吧？謝拉菲瑪。到底有沒有事？回答我！」

即使看到她的臉，伊麗娜也無法放心。這樣的伊麗娜令謝拉菲瑪大吃一驚。

「我沒事……」

「雖然我沒資格說別人，但妳的手指也太慘了。」

看見受到拷問的左手，伊麗娜的眉頭差點打成死結。

「我事先注射過止痛藥，也已經止血了，所以不要緊。」

成為德國佬的階下囚之前，謝拉菲瑪放棄同歸於盡的念頭，對左手打了麻醉藥。先透過一些小動作讓敵人對她的左手留下印象，將拷問引導到左手，再假裝痛不欲生，屈服於敵人的嚴刑拷打，這一切都是為了讓自己掌握優勢。

「可是奧爾加同志……」

謝拉菲瑪第一次稱奧爾加為同志。

伊麗娜這才認出臉幾乎只剩下一半的殘破遺體是奧爾加，閉上雙眼。

「我讓夏洛塔留在媽媽身邊……是我提出要展開追擊戰，但是讓其他部隊同意的卻是奧爾加。她發現發煙劑、筆記本、止痛藥和槍不見了，從那些東西的性質猜到妳會怎麼用，向大家說明妳潛入敵營，會從裡面燃燒紅煙通知我們進攻。」

謝拉菲瑪感覺眼眶一陣灼熱。

不管她心裡怎麼想，自己現在能活下來都是拜奧爾加所賜。

兩人衷心祝福奧爾加一路好走。對神以外的存在獻上祈禱，或許是對冥冥中將她們串聯在一起的精神。

「伊麗娜，我射中敵人……我射中漢斯・葉卡了。我為報仇雪恨犧牲奧爾加。」

謝拉菲瑪說到這裡，一時半刻噤口不言。

發現自己正期待伊麗娜揍她。

「妳採取的是軍事行動。奧爾加是這麼說的。不要用不上不下的責任感懲罰自己。要是把那種情緒帶到戰場上，只會自取滅亡。」

伊麗娜疲憊的臉上擠出笑容，拭去謝拉菲瑪流過臉頰的淚水。

謝拉菲瑪把頭埋在伊麗娜的胸口放聲大哭。伊麗娜細心地重新為她綁好鬆開的繃帶，藏住紅腫發黑的手指。啊……謝拉菲瑪恍然大悟。

這個人也承受了太多太多。許許多多的重擔、失去的人命與因此產生的責任。

德國佬陸續走出要塞，紅軍步兵追過她們，開始警戒四周。

「要去確認嗎？」

伊麗娜以輕快的語氣問她。

「妳的仇人。妳也不希望他還活著吧？」

「好呀。」謝拉菲瑪也輕快地回答。

兩人被刺鼻的屍臭味與硝煙嗆到好幾次，走進白旗飄揚的要塞。

身先士卒的人有權踏入敵營，因此一路上都沒有人阻止她們。

結束戰鬥的要塞原來這麼安靜啊。

還沒死絕的德國佬不是從後門逃往柯尼斯堡的更深處，就是走出正門投降。

攻陷這座城堡後，再來只剩下已經衝破防衛線的列寧格勒的巷戰。大戰告捷指日可待。

屋子裡充滿了死於砲擊的屍體。

「事實上，多虧妳深入敵營，升起狼煙，才能更早攻下這裡。要是等到早上才好整以暇地進攻，我軍肯定會蒙受更大的損失。」

謝拉菲瑪做夢也沒想到伊麗娜會挺她。

她昨天晚上明明還責備自己對報仇雪恨過於執著，現在大概已經不需要了。

爬上二樓，走到自己攻破的射擊孔，漢斯·葉卡就在那裡，正在地上爬。他的右手內側，靠近肋骨的地方被擊中，但還活著。只要想想至今中彈的夥伴也是這樣，就覺得他沒有當場死亡也沒什麼好驚訝的。但這還是謝拉菲瑪第一次看到自己射殺的對象。葉卡並未試圖做無謂的抵抗，只是以充滿怨恨的眼神看著她。

謝拉菲瑪隨即想到他這麼恨自己的原因。他還相信謝拉菲瑪說她殺了珊朵拉的謊言。

自己沒有義務減輕他的心理負擔，送朱利安上路時就已經知道這麼做一點意義也沒有了。

所以謝拉菲瑪打算無動於衷地看他死去，但德語不由自主地脫口而出。

「戰事稍微平息的時候，她寄了一封信給我……說孩子平安出世了。別誤會，不是你的小孩。小孩名叫謝爾蓋‧謝爾蓋耶維奇。」

葉卡露出困惑的表情，隨即笑了。

「妳這個滿口謊言的……惡魔……」

從他的笑容可以看出，這個名字似乎讓他想到了什麼。

謝拉菲瑪也不知道自己為何要讓這傢伙在死前得到安寧。

因為讓他對自己抱著罪大惡極的印象而死，自己可能會做惡夢。想到這裡，

「給我去那個世界受苦吧。」

謝拉菲瑪將Ｋａｒ98ｋ舉到胸口。堅固的手動步槍，搭載了最新型的四倍光學瞄準鏡，視野比ＰＵ製的瞄準鏡更清晰。雖然很不甘心，但也不得不承認德國在光

學儀器的製作水準還是高於蘇聯。

謝拉菲瑪沉浸在事不關己的感慨裡，望向射擊孔外。

映入眼簾的景象令她啞口無言。

「……伊麗娜。」

伊麗娜或許也從她的音調裡察覺到什麼，衝過來站在她旁邊。

從自己的SVT－40的PU瞄準鏡往外看，大概跟謝拉菲瑪看到了相同的光景。

「那群混蛋……居然對女人……」

紅軍士兵突破最後防線，占領柯尼斯堡的外圍。

大搖大擺地走在柯尼斯堡的街道上。

圍起奇妙的人牆，人牆內側驚見女性。

紅軍士兵把德國女人按在牆上，抓住她們的頭髮，拉扯她們的衣服，把她們拖進人牆裡。

德語的尖叫聲響徹整個要塞。

「能不能找指揮官來制止他們？」

「不行，裡頭有人別著尉官的階級章，周圍的人正打算把女孩獻給他。」

腦海中交織著各式各樣的想法。

自己是紅軍士兵。

自己是為了向納粹復仇而戰。
自己來到這裡的原因。
妳為什麼而戰，回答我——我是為了保護女性而戰。
沒錯。自己來這裡是為了保護女性。
媽媽嘉娜以身作則地救下萍水相逢的德國少年。
妳是為了保護女性而戰，謝拉菲瑪同志。不要迷惘，只管殺了敵人。
但我不會變成你這種人，也不像你這麼卑鄙只顧自己。我有自己堅信不移的人道立場。
少女同志，向敵人開槍吧。
有如漩渦吞沒了小船，謝拉菲瑪的情緒歸於平靜，左手恢復知覺，化為狙擊手心中一以貫之的殺意，她手裡的步槍瞄準紅軍士兵的腦袋。
「妳退下，謝拉菲瑪。」
我來。察覺到伊麗娜的弦外之音，謝拉菲瑪回答：
「不用了，我來就好。槍聲不一樣。」
回答的瞬間，瞄準鏡抓住對女性最咄咄逼人的士兵的臉。
豐盈的金髮、柔和的表情、冰藍色的雙眸。
「米哈伊爾．鮑里索維奇．沃爾科夫。」
故鄉那位心地善良的兒時玩伴。伊萬諾沃村除了自己以外，唯一的倖存者。

以前自己曾經想共度一生的對象，如今正在瞄準鏡的那一頭把女人推倒在地上，享受周圍的喝采。謝拉菲瑪想起自己曾問過他。

假如你和其他士兵面臨同樣的抉擇，好比長官要求你加入，或是在同伴的鼓譟下，你也不會對女性施暴嗎？

那當然。米哈伊爾回答。要我做這種事的話，我寧願去死。

那句話並無虛假。那是在軍隊這種特殊的壓力下仍能保持尊嚴的人說的話。如今他正跨坐在全然陌生的德國女子身上，臉上露出下流的笑容。

無數的情感在謝拉菲瑪心中纏成亂麻，沒多久，進入空無一物的狀態。心如止水，謝拉菲瑪輕聲吟唱。

蘋果花迎風綻放　河面籠罩著薄霧
即使你不在了　春天仍來到故鄉
即使你不在了　春天仍來到故鄉

站在岸邊高唱　喀秋莎的歌謠
春風輕柔吹過　充滿夢想的天空
春風輕柔吹過　充滿夢想的天空

喀秋莎的歌聲　越過遙遠山丘
那溫柔的歌聲　至今仍在找尋你
那溫柔的歌聲　至今仍在找尋你

在扭曲變形的意識中扣動扳機，拉動槍機，讓子彈上膛，再一一地射出子彈。再次看到瞄準鏡裡的風景時，是女孩們倉皇逃離的背影，謝拉菲瑪放下心中大石。

血從倒在地上的米哈伊爾頭上泉湧而出。

隔著瞄準鏡與太陽穴被射穿的米哈伊爾四目相交。

「謝拉菲瑪。」

伊麗娜喊她的名字，抓住她的肩膀，把她拉進要塞內側，對她說：

「妳知道接下來該怎麼做吧？不要小看紅軍的拷問。既然其他士兵已經知道妳先射中葉卡，想要再賴到那傢伙頭上可說不通。幸好妳是用德國人的手槍射擊。如果想活下去，只要我們兩個裡面死掉一個，就可以當成證據了。」

謝拉菲瑪淚流滿面。

「妳要我用這把槍殺死妳嗎？」

「只要說我是被一息尚存的葉卡殺死的就行了。再用SVT－40結束他的生命。這麼一來，妳就能得救，妳的復仇也到此結束。」

伊麗娜對她微笑。

為了減輕謝拉菲瑪的心理負擔，那是她發自內心的笑容。

啊……謝拉菲瑪想起來了。她確實這麼說過。我也要殺了妳。這個女人燒死自己的母親……搶走自己的照片……但這是騙人的……還放火燒了村子……後來才知道是為了防止傳染病……

「伊麗娜，妳一直是這個打算吧。打算死在我手上。」

伊麗娜的表情僵在臉上，第一次看到她這麼動搖的模樣。

「妳可好了。這麼一來就能逃離培養我們成為狙擊兵的苦惱，可是妳打算讓我一個人活下去嗎？」

「謝拉菲瑪，如果不這麼做，萬一事跡敗露，妳會被處死……」

「如果能讓妳活著受苦，那我的復仇就更完美了！」

謝拉菲瑪用左手遮住槍口。

根本不給伊麗娜阻止她的機會就扣下扳機，槍聲響遍了整個要塞。

被後座力彈到牆上，滑落在地時，對上葉卡的視線。他露出已經有所覺悟的表情。

從理當已經拿下的要塞突然受到狙擊的紅軍士兵，手忙腳亂地舉起PPSh－41，衝向發出射擊火光的地方。途中傳來槍響，又聽見女人的尖叫聲。槍聲是敵人的Kar98k，其中一名士兵問同伴：

「你不覺得事有蹊蹺嗎？那些女人不是已經打倒敵人的狙擊兵，逼對方投降了嗎？為什麼還要開槍？」

「我怎麼會知道！不管對方是誰，都要為隊長報仇！」

同袍以充滿血絲的眼神回答。怒火在其中一人——德米特里心裡熊熊燃燒。

他很尊敬米哈伊爾隊長。在體罰可以說是家常便飯的紅軍內，他總是溫柔地鼓勵部下，且不吝於傳授自己的知識，提升部隊的練習水準。

自從能力受到長官的賞識，調到危險的自走砲隊後，隊長總是一馬當先地衝向敵營，擋在他們前面。就連面對所向披靡、人人聞之色變的虎式戰車，也因為有米哈伊爾隊長坐鎮，不再害怕可能會因為燃料起火而發生死無全屍的慘事。

隊長一直賭命作戰，即使送命也換不回什麼，仍努力戰鬥。所以至少最後想獻上美麗的德國女人給他做紀念，沒想到隊長居然被爆頭而死。犧牲一切，奮勇作戰的隊長居然死在距離勝利與美女都只有一步之遙的最後關頭。

天底下哪有這麼不合理的事。失去故鄉，失去家人，與戰友一起賭命作戰的米哈伊爾隊長居然最後連一點好處也沒沾到就死了。

爬上二樓，闖入室內，眼前是匪夷所思的光景。

室內有三個人。

德國佬倒在血泊裡。

紅軍女性士兵中，年輕那個左手血流如注，靠在牆上；貌似長官的女人正在照顧她。他記得那張臉。兩人都是魔女小隊的名人。

「伊麗娜・艾美莉雅諾芙娜上尉、謝拉菲瑪・馬爾科夫娜少尉！……發生什麼事了……」

伊麗娜上尉調勻氣息回答：

「如你所見，這傢伙還沒死，假裝投降，從上方狙擊你們。我的部下雖然打敗他了，卻也失去一隻手。」

「咦？可、可是謝拉菲瑪少尉應該擊中了德國佬。」

咯、咯、咯。耳邊傳來異樣的聲響。德國佬還活著。

喉嚨發出彷彿快被自己吐出來的血噎死的聲音，好像在說什麼。

同樣奄奄一息的謝拉菲瑪少尉為他翻譯：

「我假裝……死掉，找機會……射殺你們。我看見……你們這些……低等的斯拉夫兵……欺負女人……」

「你這個卑鄙的納粹混球！」

德米特里用PPSh－41對他展開掃射，不讓他再繼續說下去。這時已經顧不得翻譯正不正確的問題了。

倘若謝拉菲瑪少尉翻譯得沒錯，自然不能讓他再說下去。

就算她翻譯錯了，那也表示這兩個女人看見我們做的事……

同袍似乎也領悟到這點，表現出同樣的反應，不到幾秒鐘就射出五十發以上的子彈，將德國佬射成蜂窩。

「他想說什麼？」

伊麗娜隊長側著頭問道。

「同志，他剛才想說什麼？」

「我什麼都不知道！」

紅軍士兵回答。同袍也說了相同的話。

「伊麗娜同志、謝拉菲瑪，妳們是英雄！」

「是嗎？」伊麗娜隊長回答的同時，謝拉菲瑪少尉癱倒在地上。

「帶走！」

所有人分工合作扛著謝拉菲瑪少尉下樓。

除此之外已經無計可施了。德國佬的狙擊兵狡猾地裝死，射殺剛好走在路上的米哈伊爾隊長，謝拉菲瑪少尉身受重傷，我們給予那名德國佬致命一擊。除此之外還能什麼可能。

我到底在做什麼。德米特里問自己。

淚水模糊視線。眼前的畫面究竟是怎麼回事。

在米哈伊爾隊長面對的戰爭中，我到底算什麼。

妳們現在人在哪裡？

腦中傳來溫柔的嗓音。豎起耳朵，等待那個聲音，再響起一次——

妳們現在人在哪裡？

艾雅，妳現在人在哪裡？

艾雅令人懷念的身影映入眼簾。

美麗的黑髮迎風飄揚，艾雅笑得有些羞澀地回答。

我在角度一千三百密位，距離五百六十三公尺的地點。

答對了！

帶笑的溫柔嗓音又問了一次。

夏洛塔，妳現在人在哪裡？

夏洛塔站在遠處，背光，揮手回答。

我在角度一千兩百密位，距離八百九十三公尺的地點！

正確解答！嘉娜，妳現在人在哪裡？

我在角度一零六零密位，距離九百七十五公尺的地點！

答對了！奧爾加，妳現在人在哪裡？

奧爾加就站在旁邊。

與任何人都能一下子混熟的奧爾加露出天真無邪的笑容回答。

我在角度八百四十密位，距離四百三十六公尺的地點。

答對了。
隔著瞄準鏡與謝拉菲瑪四目相交，伊麗娜大聲問她：
「謝拉菲瑪，妳現在人在哪裡？」
聽到她的聲音時，謝拉菲瑪趕走胸口深深感受到的懷念之情，也大聲回答。
我在哪裡……
發不出聲音。謝拉菲瑪想大聲回答，可是就像被關在水中，發不出聲音。
我在角度……
不對，不是這樣的。
伊麗娜笑了，表情十分溫和。沐浴在柔和的陽光下，再問一遍。
謝拉菲瑪，妳現在人在哪裡？
「我在……」
發出聲音了。那一瞬間，感覺自己彷彿發出了非常嚇人的音量。
「妳醒啦，謝拉菲瑪。」
睜開雙眼時，眼前是熟悉的臉，正用手帕為她拭去額頭的汗水。
「塔妮雅……」
護士塔妮雅莞爾一笑。
「第一次見到妳的時候也是這樣呢。」
塔妮雅輕輕地將謝拉菲瑪的左手舉到她眼前。經過妥善的治療，包了好幾層的手看起來跟以前的形狀不太一樣。

「左手的大拇指從指根以下都不見了……食指也少了一截。不過，能活下來就好了。」

往四周看了一圈。昏暗的室內看似病房，藥品的味道撲鼻而來。

「嗚嗚……」

旁邊傳來特別稚嫩的聲音，望向聲音的來處，謝拉菲瑪愣了一下。

「喂，塔妮雅，這不是用鐵拳攻擊我的孩子嗎？」

「對呀，同時也是被妳射中的孩子。」

「我知道。問題是德國佬為何躺在我旁邊？」

塔妮雅笑著撫摸那孩子稚嫩的臉。

「這孩子叫約翰，不是德國佬。全家人都在列寧格勒被炸死了。要是放著他不管，他遲早要橫死街頭。救死扶傷是我的工作嘛。所以我拜託隊長，暫時照顧他一陣子。」

塔妮雅說得理直氣壯，謝拉菲瑪張著嘴，一時半刻反應不過來。

「塔妮雅，妳在治療的時候都沒有敵我之分嗎？」

「沒有，我既然有治療的技術，就有治療的義務，而且不管敵人或自己人都是人，哪來的敵我之分。就算是希特勒，受了傷我也會治療。」

塔妮雅的回答沒有一絲迷茫。

打從一開始就沒有敵我之分的世界。聽起來就像美好的童話故事，但眼前的少年確實在這樣的價值觀下接受治療。

擁有這種意志的塔妮雅，年紀與自己差不多大。

「塔妮雅好堅強啊。」

「這不是堅不堅強的問題，而是妳想怎麼做的問題。當初遇見伊麗娜隊長時，她問我：『妳要選擇戰鬥？還是選擇死亡？』因為我也跟妳們一樣，家人都被殺了。」

護士塔妮雅說她還記得這個問題對她的衝擊。

「妳怎麼回答？」

「就這麼回答。我告訴她兩邊我都不想選，我的任務是治療受傷的人。所以我不想戰鬥，但也不想死。於是她又問我，就算在戰爭中，就算敵人要來殺死我們所有的人，我仍能秉持自己的信念嗎？我回答是的……於是她就安排我去上衛生兵的課了。」

第一次聽到這件事，也是第一次得知塔妮雅的決心。只見她臉上浮現淡淡的苦笑。

「謝拉菲瑪，妳的戰鬥總是命懸一線，會覺得不願戰鬥的我很狡猾嗎？」

「不會啊，我才不會這麼想。」謝拉菲瑪連忙搖頭。不過，雖然不覺得狡猾，但也很疑惑伊麗娜怎麼會接受塔妮雅的答案。伊麗娜說過，戰爭中只有兩個選擇，不是戰鬥，就是死亡。

或許是理解到她的困惑，塔妮雅拭去約翰少年額頭的汗水回答：

「要是蘇聯人民都像我這種想法，就沒有人願意戰鬥了，那麼蘇聯就會滅亡，世界上也會變得亂七八糟吧。」

謝拉菲瑪無言以對地低下頭，既無法肯定，也無法否認。

「可是啊……」塔妮雅接著說。

「我是真的這麼想。要是大家真的，真的是真的都像我這種想法，戰爭根本就不會發生。所以我想治好希特勒，然後再揍得他滿地找牙，問他為什麼要發動侵略戰爭？所以我對自己的決定沒有任何迷惘……上次不好意思啊，謝拉菲瑪，那是我第一次打人。」

聽了這番話，淤積在謝拉菲瑪胸口各種迂迴曲折的情緒就像汙泥被清水洗淨那樣，沖刷得一乾二淨。

自己被伊麗娜培養成殺手。

自己為了活下去，選擇走上殺手之路。

自己為了得到活下去的意義，渴望復仇。

全都錯了。

眼前就有人選擇拒絕殺戮也要活下去。

她基於自己的意志選擇戰鬥，而塔妮雅則拒絕踏上這條路。

誰能說自己的家人都慘遭殺害，不僅不仇視敵人，還為敵人治療的生存之道就比身為狙擊兵的生存之道容易呢？

眼淚不由自主地流下。不完全是因為悲傷，也不完全是因為喜悅，只是所有的思緒都化為淚水，奪眶而出。

「沒事了，謝拉菲瑪。」

塔妮雅坐在謝拉菲瑪床邊，雙手搭在她的肩膀上鼓勵她。

「戰爭已經結束了，從此以後是永無止境的和平時代了。全世界都知道戰爭有多可怕。這個世界一定會變得比現在更好喔。妳和我都還年輕，夏洛塔和媽媽也是。」

「嗯……」

謝拉菲瑪淚如雨下，聽到這句話，她的意識終於完全走出迷霧。

「媽媽呢？媽媽沒事吧？」

「嗯，她已經完全清醒了。很擔心妳。」

「我想見她，讓我見她，塔妮雅。我也想見夏洛塔，還有伊麗娜。」

「可以呀……話說回來，妳知道自己現在人在哪裡嗎？」

「咦？不是柯尼斯堡嗎？」

塔妮雅笑得一臉暢快。

牽著她的手走向門口。還有點頭暈目眩，感覺地板傾斜。

門打開的那一刻，門外的風景令她瞠目結舌。

看起來就像有個流線形的巨大基地放在漆黑的地上。

但基地前方擺了一門旋轉式的連裝砲。聞到海水的氣息，看到搖晃的景象，謝拉菲瑪終於發現眼前漆黑的地面是夜晚的海洋。

「船上……」

「沒錯，月亮應該也出來了，只是被烏雲遮住，看不清楚。在那之後已經過了一個多星期。以妳的傷勢來說，未免睡得太久了，我好擔心妳再也醒不過來。醫生說大概是精神上受到太大的打擊，所以只給妳吊點滴。」

「菲瑪！」

耳邊傳來熟悉的喊聲，回頭看，夏洛塔一頭撲進她懷中。

「夏洛塔……」

夏洛塔一個勁兒地把頭往謝拉菲瑪的胸口鑽，笑著說：

「菲瑪、菲瑪，妳這個笨蛋！妳有想過當我聽說媽媽和妳可能都會死的心情嗎？」

「抱歉抱歉，夏洛塔。」

謝拉菲瑪笑著回答，終於切身感受到自己還活著。

「歡迎妳回來，謝拉菲瑪。」

聲音從夏洛塔背後響起，嚇了謝拉菲瑪一跳，聲音的主人是坐在輪椅上的媽媽嘉娜。

「媽媽，太好了，妳真的沒事吧。」

「沒事，託大家的福，總算撿回一條命，很快就可以站起來了……奧爾加的事，真的很遺憾。」

謝拉菲瑪閉上雙眼，低頭不語。

欺騙她們，把她們送上絕路，可恨的NKVD。利用這種想法讓她們同仇敵愾的少女，最後為了救謝拉菲瑪而戰，不幸殞命。

向夏洛塔拋去一個眼神示意，她推著媽媽的輪椅，縮短兩人之間的距離。看來夏洛塔已經很習慣推輪椅了。

「雖然很痛苦，但還是要活著回去。為了她，也為了艾雅。我們要活著記住一路上失去的戰友，讓大家知道他們的事蹟。」

「好的。」謝拉菲瑪答應。

感覺滑落臉頰的淚水比方才更灼熱。

這時突然想起一件事，問夏洛塔：

「那個，我們接下來要去哪裡……？」

「第三十九獨立親衛小隊解散了。」

夏洛塔聳聳肩回答。

「聽說等船在列寧格勒靠岸，就會原地解散，與各自的返鄉部隊會合。畢竟全隊只剩我能射擊，雖說是沒辦法的事，但也太無情了。再過幾天就能攻下柏林，所以也不需要重組。遺憾的是謝拉菲瑪的升職和成為教官的人事命令都取消了。話說我都不知道有這件事呢。」

「這樣啊……」

謝拉菲瑪暗自心驚，她只關心小隊的去向，對自己的下場倒是不怎麼在乎。

「伊麗娜隊長呢？」

謝拉菲瑪又問了一遍，夏洛塔突然露出悲傷的表情。

「隊長說她要去遠東地區。」

「什麼？遠東地區？」

「嗯，因為日本人在那邊集結戰力，所以她說這次要轉戰去那裡……我們和其他軍官每天都在阻止她，但她一個字也聽不進去。」

「肯定是覺得自己難辭其咎吧。」媽媽回答：「這是她對我們負責任的方法。」

「那個人，現在人在哪裡？」

夏洛塔趴在她胸口回答。

「在艦尾和軍官說話……菲瑪，求求妳，妳可以阻止她嗎？」

也不等夏洛塔說完，謝拉菲瑪便衝了出去。

她沒搭過這麼大的船，腳底虛浮的感覺令她打從心底害怕。手忙腳亂地抓住扶手，衝上船上的樓梯。頭也不回地穿過對空砲臺與艦橋，好不容易在後方砲塔的後面看見船尾。

伊麗娜就在那裡。表情清冷肅穆地正和軍官說話。

反應過來，謝拉菲瑪已經喊了她的名字。

「伊麗娜！」

「謝拉菲瑪！」

伊麗娜看著自己，一臉驚訝。

「謝拉菲瑪，妳醒啦。別、別跑！」

腦海中聽見懷念的聲音。

妳現在人在哪裡——

謝拉菲瑪奔向伊麗娜，豎起耳朵，等待那個聲音，再響起一次——

她正在海風的對面、搖晃船身的對面問我。

用指尖拂去盈滿眼眶的淚水，飄散在空氣裡。

我現在——

在潮溼的甲板上滑了一下，一屁股跌坐在地，就這樣用屁股在甲板上滑行，順勢滑到伊麗娜腳邊。

「危險！」

伊麗娜驚呼，扶起謝拉菲瑪。否則謝拉菲瑪會一路滑進海裡。

謝拉菲瑪對正想說些什麼的伊麗娜吶喊：

「我會待在妳身邊！」

淚水模糊了視線，哽咽哭泣。

她早就知道了。知道伊麗娜是為了讓自己活下去。為了讓生無可戀，失去活下去的力氣，一心想死的自己活下去。

為了將自己從成為狙擊兵、成為殺人者的苦惱解救出來，一肩挑起原該屬於自己的痛苦。

再三再四地讓她覺得「是我讓妳變成殺手」，藉此把自己從懊悔中解救出來。

仔細想想，那才是生命的價值。

伊麗娜輾轉各地，尋找失去存在意義的女孩，問她們同一個問題：

妳要選擇戰鬥？還是選擇死亡？

回答戰鬥的人就教她們戰鬥，給予像謝拉菲瑪這種一心只想求死的人活下去的力量。

兩邊都不要的人則指引她們另一個方向。像塔妮雅那樣，像狙擊學校那些半途而廢的同學那樣。

這就是柳德米拉·帕夫利琴科口中找到活下去的價值。她救過許多女性。比自己更早，對這句話了解得更深切，選擇了相同的生存之道。

「所以請留在我身邊，伊麗娜……」

這不是長官與部下的對話，也不是教官與學生的對話。

謝拉菲瑪只是放任存在於人與人之間的情感，向伊麗娜提出請求。

「如果妳覺得要對我負責，就跟我一起回伊萬諾沃村。跟我一起回我該回去的地方……回到除了我已經沒有其他人的地方……」

伊麗娜聽得一臉茫然，半晌後，露出拿她沒轍的的微笑。

「妳這孩子……總是能顛覆我的想像。直到最後都不例外。」

「對呀。」謝拉菲瑪回答，想也不想地吻上她的脣瓣。

「太顛覆了。」

伊麗娜也笑著回吻。

感覺跟經常與夏洛塔吻來吻去的觸感不太一樣。

「既然如此。」

沒見過的上將大聲說。

「去遠東地區的事就此作罷嘍。」

「麻煩你了。因為如果沒有我看著，這孩子不曉得又要流落到哪裡去了。」

伊麗娜回答。明明是她自己硬要去遠東地區的。

「妳看。」

她指著天空。

風吹散滿天的烏雲，不知不覺間，視野開闊起來。

船在海風的吹拂下緩緩前進，轉眼間已駛入夜間晴朗的海上。

滿天星斗光燦耀眼得令人目眩，皎潔的上弦月明晃晃地照亮了她們的身影。船的航線在夜空中劃出一條光帶，彷彿要與熠熠生輝的月光接軌，帶著她們緩緩前進。

媽媽和幫她推輪椅的夏洛塔，還有塔妮雅從船的前方走來。

彼此肩並肩的時候，謝拉菲瑪認為大家都想著同一件事。

她們終其一生都不會忘了彼此。

船須與不停地住俄羅斯前進。

戰爭就要結束了。

尾聲

一九七八年

伊萬諾沃村的少年，十歲的丹尼爾沿著山路爬上後山，提心吊膽地走進有如獸道的羊腸小徑。

手裡拿著兩封信。

伊萬諾沃村很少收到信，所以都直接扔進共用的信箱，有空的時候幫忙分送那些信是少年們的任務。

在這麼小的村子裡送信並不算辛苦，運氣好的話，收到信的人家還會給他們糖吃。所以少年們每天都會利用傍晚一起玩的時間打開信箱，順便玩點遊戲，贏的人就可以去送信。

不過，當收件人是那兩個「後山的魔女」時，情況就不一樣了。

伊麗娜・艾美莉雅諾芙娜・斯卓加亞和謝拉菲瑪・馬爾科夫娜・阿爾斯卡亞。

不確定她們有沒有血緣關係，退伍也不是什麼稀奇的事，但這兩個女人都有一隻手少了幾根指頭。

在和村子有段距離的後山蓋了小屋，靠少得可憐的軍人薪餉和家庭菜園過活，村民對她們的評價完全是一人一種觀感。

有些人——尤其是上了年紀的人說她們只靠兩個人的力量就重建了三十多年前被那場偉大的愛國戰爭毀於一旦的村落，並與當局聯絡，接受難民搬入，請人來指導農業發展，讓村民的生活過得更富裕，是復興村落的恩人，把她倆當神明一樣崇拜。

其他人則覺得這兩個完全不跟村民接觸，明明有技術卻不教其他人狩獵，一提到戰爭就暴跳如雷的人非常不對勁，對她們避之唯恐不及。再其他的人就只是單純地害怕她們而已。

無論如何，都不是能輕鬆相處的對象。

至於丹尼爾本人，因為沒跟她們聊過天，對兩人並沒有特定的印象，而村民對她們的印象固然因人而異，但有一點是可以確定的，那就是兩人皆曾屬於稱為狙擊兵的兵種，而且兩個人都殺了上百名德國人，戰績十分驚人。就連學校老師也這麼說，所以應該是真的，既不是吹牛也不是笑話。

大家都管她們叫「食人魔」，尤其是大人，都拿她們來嚇唬不懂事的小孩。

要是敢做壞事，會被後山的食人魔帶走殺掉。

如此這般，相隔一個月寄給她們的信被塞進懦弱的丹尼爾手中。

走到魔女住的小屋前，丹尼爾努力站穩抖個不停的腳，調整呼吸，敲了敲門。毫無反應。正當他鬆了一口氣，以為她們不在家時，門突然開了。

一般開門前應該會發出點聲音才對，但是就連一絲氣息也感覺不到。

側著頭來開門的人大概是那個叫謝拉菲瑪的女性。聽說她五十多歲了，瘦削的身材完全沒有中年發福，所以看起來還很年輕。

「妳的信……」

謝拉菲瑪默不作聲地接過兩封信，看到其中一封信的瞬間，似乎察覺到什麼，倒抽了一口氣，翻過來看寄件人的名字，靜靜地流下兩行清淚，無聲啜泣。

丹尼爾嚇了一大跳。溫柔的表情看上去一點也不像是殺死過上百名德國人的狙擊手，梨花帶雨的模樣看起來好美。

她把視線拉回盯著自己看到出神的少年身上，不知是否誤會了什麼，向他說了聲對不起。

「嚇到你了吧。你可以回去了。」

「好、好的。」

丹尼爾轉身就要離去。

可是，可以就這樣走掉嗎？他想對眼前的人說句話。

「那個……」

但只開了個頭，就無以為繼。只是不知所云地說了聲「那個……」就低下頭，所以謝拉菲瑪反過來問他：

「你和朋友處得好嗎？」

心思被看穿，丹尼爾大吃一驚，但是並不害怕。

「不太好。」丹尼爾回答：「我很膽小……所以每次有什麼壞事都會落到我頭上，有時候還會被打……大家的本性其實都不壞，可是我仍然不想挨揍。」

「這樣啊。」

謝拉菲瑪的回答彷彿她已經完全接受了事實。不可思議的是，丹尼爾感覺還不賴。

「要珍惜朋友喔，因為不可能永遠都在一起。如果有什麼煩惱，可以來找我。如果你不嫌棄，明天可以再來玩。」

「也可以帶朋友來嗎？」

謝拉菲瑪想了一下，點點頭說：「可以。」關上門。

丹尼爾踏上來時路，一溜煙地回家去了。心想如果約朋友的話，有誰會來呢。又想著如果有人願意跟他一起來，或許能跟那個人變成更好的朋友。

回到屋子裡，謝拉菲瑪嘆了一口氣。

結束每天都要在室內做的運動後，伊麗娜坐在房間後面的椅子上問她：

「是夏洛塔寄來的嗎？」

還是老樣子，觀察力極為敏銳。

「嗯。」

因此光靠這個答案就能以心傳心。

打開來看，內容一如謝拉菲瑪的猜測。

看過一個月前的信，不難猜到下一封信恐怕是這樣的內容。

「媽媽去世了。」

嘉娜・伊薩耶夫娜・哈魯羅瓦壽終正寢，平靜地走完人生的最後一程。信裡劈頭就是這句話。

上個月收到的信上寫著嘉娜感染了肺炎，情況不太樂觀。

享年六十四歲。謝拉菲瑪也覺得應該可以算壽終正寢吧。儘管飽受子彈留在體內的後遺症與精神上的創傷後遺症所苦，嘉娜仍與夏洛塔一起在麵包工廠上班，最後在左鄰右舍的依依不捨中嚥下最後一口氣。

謝拉菲瑪想起她們下了那艘船，在列寧格勒道別後的種種。

四月三十日，希特勒自殺。德國在五月九日正式投降，蘇聯勝利。

由「國家」這個指標所衡量的勝利與敗北。

因為這場不到四年的戰役，德國死了九百萬人，蘇聯喪失了兩千萬條以上的人命。

而且蘇聯的戰爭並未到此結束，彷彿乘勝追擊地在八月向另一個軸心國——

日本宣戰。當時的日本根本不是蘇聯的對手，在中國大陸的傀儡政權及其軍力被打得落花流水，潰敗的速度之快，幾乎可以在軍事史上留名，因為對美戰爭導致整個日本列島滿目瘡痍的日本帝國無條件投降。對蘇聯而言，這場戰爭，乃至於第二次世界大戰至此終於正式落幕。

第三十九獨立親衛小隊，她們的人生卻在那之後才要展開。

幸好有人支持著孩子全都死於戰火中，自己卻必須在戰後活下去的媽媽。

夏洛塔·亞歷山德羅芙娜·波波娃。

謝拉菲瑪想起初相遇時，那個洋娃娃般的女孩。

行為舉止都跟幼童沒兩樣，從她身上幾乎感受不到身為狙擊兵的矛盾掙扎，戰後才真正知道她有多強大。

嘉娜太善良了。不像自己，可以適應身為狙擊兵的宿命。

戰爭結束後，祖國蘇聯的資源減少到極限，原本想方設法把所有人送上戰場的紅軍，戰後火速解除大部分士兵的任命，要他們回到原本的工作崗位上。

這也意味著要把大部分已經學會怎麼殺人，接受過毫不猶豫殺人的訓練，也實際殺過人，眼睜睜看著戰友死亡、遭到虐殺，又或是自己成為殺戮者，在這個世上所有可以想到、不能想到的地獄都走過一遭的士兵，赤手空拳地丟進日常生活裡。

在重回不用擔心被殺，也不用擬訂殺戮計畫，更不用接到命令就不顧一切地殺紅眼，卻又是另一種艱難的「日常生活」中，很多人的身心都出了問題。

明明是更和平的日常生活，從戰爭中存活下來的士兵，卻必須面對自己無法重回日常生活的事實，才發現自己的精神並未在戰火中變得強韌，只是勉強自己去適應那個名為戰場的扭曲空間罷了。

戰後蘇聯雖然對傷兵盡可能提供了各種協助，但是對戰爭造成的精神創傷卻異常冷淡。並不是因為蘇聯的醫療水準不夠好。第一次世界大戰後，蘇聯的醫學家即已針對退伍軍人的精神失調進行過研究，發表了許多領先全球，關於療法及心理諮商的論文。但是在第二次世界大戰強行排除一切「懦弱」表現的價值觀下，就連針對戰爭帶來精神上的後遺症進行學術研究的成果，都被視為懦弱的膽小鬼藉口，葬送在整個社會的垃圾桶裡。

即便如此，生還的士兵還是被當成英雄崇拜。只要那個人不是女性的話。

後來她也一直思考著在學校被問到的問題。

雖說世界無限寬廣，蘇聯是唯一把「女性士兵」送上前線的國家。對於個中緣由，至今仍找不到一個明確的答案。但無論答案為何，事實上，隨著戰爭畫下句點，就算知道答案也沒有意義了。

戰後蘇聯特別強調拿起武器、在戰場上衝鋒陷陣的男人，與等待他們歸來、在背後默默支持的賢慧女人。

捲土重來的「男女分工」也影響到軍隊內部的角色扮演，一切又恢復老樣子，女性被分配到支援的任務，而非戰鬥的任務。從戰場生還的女性士兵被當成牛鬼蛇神看待，尤其被同性拒於千里之外。不管是狙擊小隊的女人，還是謝拉菲瑪和伊麗娜都不例外。

根據戰後不久的調查，兩人在列寧格勒都被視為打敗敵人的英雄，沒有任何問題，但最高司令部似乎察覺到「什麼」，不再拿她們做為政治宣傳的棋子。也因此她們才能專心重建伊萬諾沃村，但無論為村子付出再多，她們仍是殺死上百人的女子。

村民從未招待她們去家裡做客，她們也不知道該怎麼與村民相處。

自己殺了人是事實，也認為大家害怕她們是人之常情，所以當村子某程度上軌道後，兩人便與村民保持距離。謝拉菲瑪負責翻譯東德及西德的世界局勢報告，伊麗娜則幫忙研究戰史，過著縮衣節食的生活。

她們最後一次見到夏洛塔和嘉娜，是夏洛塔就任工廠主管的二十年前。當時距離戰後已經過了十幾年，嘉娜內心的傷痕仍未痊癒。

吃晚飯的時候，她會突然想起自己射殺的敵兵，或想起在史達林格勒喪命的夥伴們，每次都淚流滿面。

幸好夏洛塔用她的活力與開朗拚命鼓勵在惡夢中呻吟、責備自己、哭得像個孩子的嘉娜。

夏洛塔就像要代替翻臉不認人的蘇聯，透過戰友會與許多戰友，尤其是女兵通信，或是安排讓大家暢談回憶的場合，讓大家互相取暖、舔拭傷口。

許多女性都在追求這樣的場所，嘉娜也因為遇見了同伴，傷口逐漸癒合。

即使出門在外，夏洛塔也深受大家喜愛，不同於其他女性士兵，夏洛塔就連自己射擊的敵兵人數、再不好聽的傳聞都能拿來當成笑談的談資。還當上主管，管理莫斯科首屈一指的麵包工廠，當她站上肉醬麵包的生產線，還刻意貼了一張寫著「小心不要混入異物，尤其是德國製的肉」的紙。謝拉菲瑪看得都傻眼了，員工卻笑著接受了那張貼紙。

寄到她們家的信有時出自於夏洛塔之手，有時出自於嘉娜之手，嘉娜的文筆一年比一年穩定，最後甚至還會開玩笑了。

這麼一來，終於能過上平靜的老後生活了。

夏洛塔在上一封信寫道，有生之年會繼續舉辦聚會——肯定從決定在麵包工廠上班的那一刻起，夏洛塔就想好自己今後將何去何從了。她就是這麼堅強。

儘管謝拉菲瑪認為自己遠比嘉娜冷淡，午夜夢迴時，還是有無數次突然聽見迫擊砲「打得中的聲音」，從床上彈起，奪門而出。

也曾經因為自己殺了人，在沒有任何預兆的情況下，內心深處湧出殺死許多人的真實感受，令她想逃。

每次伊麗娜都會笑著帶她回家，陪她睡覺。

明明打定主意，戰後要由自己保護伊麗娜，結果還是受她的照顧，謝拉菲瑪非常汗顏。

伊麗娜只哭過一次，那是四年前，柳德米拉・帕夫利琴科不到六十歲就去世的時候。

蘇聯的英雄戰後究竟過著什麼樣的生活呢？柳德米拉回學校讀書，取得大學學位，然後又回到部隊，參與戰史的編纂，乍看之下過得很充實。還出版自傳，一舉成為暢銷書。但是在另一方面，她的生活就跟其他大多數的退伍軍人一樣，深受酒精成癮及受傷的後遺症所苦，終其一生都過得很孤獨。

「另一封呢？又是費奧多嗎？」

「寄件人是『史達林格勒』，卻沒有被郵局塗掉，所以應該不是。」

再也沒有機會見到定居在列寧格勒的護士塔妮雅和戰後順利在史達林格勒……現已改名為伏爾加格勒與家人重逢的費奧多，但每年分散四地的人都會通幾封信，互通音訊。

有如這個都市的名稱變化，蘇聯在戰後對「史達林」的態度有了一百八十度的轉變。一九五三年，史達林去世，至少表面上全國都對「帶領國家的鋼鐵男人」之死感到悲痛。

然而隨後繼任第一書記（註14）的是前政治委員赫魯雪夫，這個只在史達林格

註14　即蘇聯共產黨中央委員會總書記，為蘇聯名義上和實際上的最高領導人。

勒出現過一次的男人，三年後砲火猛烈地抨擊史達林的高壓統制與整肅異己的行為、開戰時做的錯誤判斷，稱他為壓迫國民的始作俑者。

也就是說，赫魯雪夫認為「史達林是個恐怖的男人，他的體制是恐怖政治」的呼籲，讓大部分的國民都放下心中大石「已經可以說這種話了嗎」，但同時也有許許多多的疑惑。

推崇史達林的政治家們都在說謊嗎？

只有史達林是壞人嗎？

當時赫魯雪夫不也是史達林的心腹嗎？

另一方面，退伍軍人還有別的困惑。

倘若史達林的體制是恐怖政治，那麼為支持這個體制而戰的自己又算什麼？

但不管怎樣，史達林都是個罪大惡極的千古罪人，所以他的功勳應該全部被推翻，原本應該好好保存的遺體被埋葬、銅像被打碎、大部分的文件都遭到篡改。

也因此史達林格勒勢必要改名，如果換回古代的名字察里津，又會讓人聯想到「沙皇」（註15），對社會主義共和國而言，絕不是喜聞樂見的結果。

既然位於伏爾加河畔，乾脆取名為單調無聊又中立的「伏爾加格勒」，說是刻意還真的很刻意。

註15　察里津的俄文Царицын的字根是Царь，也就是沙皇的意思。

費奧多的來信總是以溫和的文字描寫家人的成長狀況，與自己處理未爆彈的工作日常，唯有在政府做出這個決定的一九六一年寫下了他的憤慨與困惑。

「史達林或許真的是一個恐怖的人沒錯，但我們可從沒在哪個叫『伏爾加格勒』的城市作戰過。」

這句話大概是所有曾經在史達林格勒拚死作戰的士兵心聲。

無奈所有要求取消改名的請願書與聯署運動都被駁回了。

而赫魯雪夫本人也在一九六四年失勢，由俗不可耐、名叫布里茲涅夫的男人繼任。

人民逐漸領悟到一點，蘇聯或許已經不存在著所謂絕對的權威了。

就連象徵紅軍的朱可夫元帥，在分別受到史達林與赫魯雪夫的重用後，仍躲不開遭到貶官的命運，直到四年前寫下回憶錄去世前，始終在瞬息萬變的政壇中載浮載沉。

「大概只有塔妮雅完全沒變了。」

「嗯，但這也不是塔妮雅寫來的信。」

塔妮雅就像她戰前說的那樣，成為護士。沒想到居然合法地收養了她保護下來的約翰小弟，也就是謝拉菲瑪擊中的那名少年。揚言「我未婚，但是有個德國拖油瓶，如果這樣還願意娶我的話，我很樂意嫁」的她結了兩次婚，也離了兩次婚。這種人在蘇聯並不特別，總之對她來說，結婚並不是什麼太大的問題，目前在大醫院當護理長。兒子雖然不能以真名示人，但也努力工作，看到他的成長，透過通信的方式教他俄文的謝拉菲瑪也為他們感到高興。他的故鄉柯尼斯堡更名為「加里寧格勒」，成了蘇聯的領土。原本住在那裡的德國人都被遣送回德國，過著悲慘的流放生活。要不是塔妮雅聰明，保住了他，他的小命可能也有危險。

一想到他之所以能長大成人，是因為自己當時沒有趕盡殺絕，在鬆一口氣的同時，也不得不去面對死在自己手下的無數生靈，不禁又害怕起來。

艾雅和奧爾加呢——謝拉菲瑪想起失去的夥伴。

奧爾加的夢想究竟算不算實現了呢？戰後，蘇聯對聯邦內兩個戰況最激烈的國家——白俄羅斯與烏克蘭十分禮遇，這兩個國家在聯合國也獲得獨自的席位，幾乎被當成獨立國家看待，在蘇聯中的地位可以說是絕無僅有了。克里米亞半島擁有柳德米拉·帕夫利琴科浴血作戰的塞瓦斯托波爾要塞，因為歸屬權問題發生過許多衝突，但也在一九五四年由俄羅斯主動割讓給烏克蘭。

俄羅斯、烏克蘭的友情大概會永遠持續下去吧。謝拉菲瑪心想。

然而，儘管在自由化的浪潮下收復了大部分的民族自治領土，哥薩克的名譽還是未能恢復。艾雅的故鄉哈薩克也一樣，若考慮到在當地建設了火箭基地，也設置了核子試爆場，朝重工業化邁進的重大建設，都市化可謂一日千里，但遊牧民族也因此失去了他們的容身之處。

再加上無論是自由化的時代，還是停滯的時代，蘇聯仍保留著不接受異議的國家體制，發生於匈牙利及捷克等周邊國家的自發性民主化，每次都遭到蘇聯派兵鎮壓，落得不了了之的下場。

蘇聯這個國家就像一艘搖搖晃晃前進的破冰船。

船身在打破大小不一的碎冰前進時，也被碎冰劃得傷痕累累，船上的人都有一股不曉得什麼時候會沉沒的不安。船一旦沉沒，只能分頭搭上救生艇，在極寒的海上徒手航行。

航行中，船長一個換過一個，權力不斷變遷，價值觀也隨之改變。唯有偉大的愛國戰爭是屬於普羅大眾的「國民的故事」。

賠上了天文數字的人命，與強大的德軍進行防衛戰，最終打倒人類公敵——納粹德國的事實，幾乎可以說是蘇聯國民唯一能共同擁有的光輝燦爛且揚眉吐氣的故事。

村民們問榮獲好幾枚勳章的謝拉菲瑪和伊麗娜關於戰爭的體驗時，要聽的也只是這個故事。

因此既不會提到蘇聯士兵在德國的燒殺擄掠，也沒有人會想到這個問題。至於對女性的暴行，戰後沒多久，所有的高級將校都表現出大同小異的反應。亦即認同那是犯罪行為，也會進行取締及懲罰，但從沒認真當回事處理。

因此戰爭剛結束時，紅軍士兵的性犯罪非常誇張，即使在性犯罪告一段落的占領地，也蔓延著像珊朵拉——戰後完全不知她的去向——過去那樣，分不清是兩情相悅還是迫於無奈的混亂關係。

忘了是誰說過，這其實也正中德國人的下懷。來自「野蠻的亞洲」的斯拉夫人侵犯德國女人的行為等同於德國受到的屈辱，給了德國當初發動戰爭一個冠冕堂皇的理由，與英國帶來的空襲放在一起，立刻讓德國的普羅大眾產生被害意識，認同如今已劃清界線的「納粹德國」所描繪的故事「我們善良的德國人」是被害人的表象。

而且德國在重回國際社會的過程中，學會了絕口不提自己受到的空襲與暴行。而是向被屠殺的猶太人表示哀悼及懺悔之意，在心裡消化自己受到的傷害，藉此取回自己的尊嚴。

德國在他們口中的「加害」行為就只有屠殺猶太人，而不是國防軍在東歐的屠殺，更不是對蘇聯女性的暴行。

不管是蘇聯還是德國，戰爭時遭受過性侵犯的被害者也全都對此噤口不言。之所以產生這個結果，無非是因為蘇聯和德國的社會風氣，引導性犯罪的被害人避談被害的過程及身為女性在精神上承受了多大的苦痛。

德意志國防軍對蘇聯女性的性暴力、蘇聯軍人對德國女性的性暴力都在彼此諱莫如深的情況下，避開了互相指責的結局，簡直就像某種交換條件。

驕傲的英雄故事。美好的祖國故事。

沉痛的悲劇故事。可怕的獨裁故事。

無論是哪一種故事，無論在蘇聯還是德國，這些都是男人的故事。故事中的士兵一定是男人。

儘管如此……謝拉菲瑪心想，分割成東西德的德國，時事報告中似乎傳來了新的胎動聲。年輕人開始彈劾把責任都推到希特勒和納粹頭上，在那個時代隨波逐流的大人，進度雖然緩慢，但社會上開始有一股對國防軍乃至於同時代的一般德國人究責的風潮。

蘇聯又怎麼說呢。

這個即使換掉船頭，仍堅持美化「偉大的愛國戰爭」的國家，大概永生永世都無法看到美好劇情以外的面向吧。

謝拉菲瑪邊想邊拆開另一封信時，字裡行間的某句話就像浮現水面的氣泡，抓住她的視線。

「戰爭沒有女人的臉。」

沒想太多地念出那行字，伊麗娜起身，走過來。

坐在謝拉菲瑪旁邊的椅子上，她還是那麼瘦。

不知怎地，兩人戰後就不再吃肉了。

謝拉菲瑪說：

「她……斯維拉娜·亞歷塞維奇說她想寫這個故事。」

「來自白俄羅斯嗎，一九四八年生？要談戰爭也太年輕了吧？」

伊麗娜的話讓謝拉菲瑪忍不住破顏而笑。她們上戰場的時候比她更年輕呢。

「她說想聽女性士兵的真心話。絕對不受編輯或當局的意向影響，只想知道女性士兵心裡是怎麼想的。」

口吻自然而然地變回過去在軍隊裡的語氣。

「是嗎？」伊麗娜回答：「如果妳想接受採訪就去吧。」

「可以嗎？」

從戰時到現在，伊麗娜都視記者為眼中釘。

「要是這樣能讓妳稍微開心一點……那麼……我的戰爭也能結束。」

聽到這裡，謝拉菲瑪不禁莞爾。聽不太懂她後半句想表達什麼，但她已經很習慣這個人的隱晦了。

更何況，她確實很開心。因為遠方有人說著跟她同樣的話。

她該說些什麼才好呢？每次遇見有人請她不要有所顧忌地暢談回憶時，當她真的拋開顧忌說出心中所想，通常都不是對方想聽的話，但她認為這次應該可以不要違心地說出事實。

如果真能如願，以後也能對今天來家裡送信的少年想說什麼就說什麼了。

看了眼桌上的照片。

兩張照片截然不同。

與自己長得有幾分神似，但是年紀已經被自己追過的母親葉卡捷琳娜和一臉嚴肅的父親馬克。

今時今日，她已經能理解父親並不是故意擺出嚴肅的表情，而是因為緊張。

另一張是戰爭結束後才拿到，狙擊訓練學校畢業時拍的照片。

年輕的自己緊張得不得了。

伊麗娜則是一派輕鬆地手扠腰，身體略微傾斜。

夏洛塔和媽媽的姿勢很端正，而艾雅則是百般聊賴地撇開視線。

背後還稍微拍到一點在校舍內盯著她們看的哈圖娜與奧爾加的身影。

兩張照片一共拍到了九個人，目前只剩下三個還活著。

謝拉菲瑪從戰爭中得到的領悟既不是射擊八百公尺外的敵人、也不是如何在戰場上撐下來的強韌心理，更不是承受拷問的技術或與敵人的爾虞我詐。

而是生命的意義。

失去的生命再也回不來，沒有人能代替任何人活下去。

如果她從戰場上學到什麼，就只有這個再單純不過的事實。

如果有人說他除此之外還得到了別的東西，她甚至覺得那個人不值得信賴。

這一路遇見了艾雅和奧爾加、朱利安、波格丹、馬克西姆隊長，直到死亡把他們分開。

自己奪走了上百個敵人的生命。

如果能聊這些事的話，她很願意會會那名記者。

「明天有個十歲的新朋友要來家裡玩。」
謝拉菲瑪微笑說道，伊麗娜也笑了。
「來做什麼？」
「我想請教他如何與朋友相處。」
「這議題不錯。這點很重要。我們也必須學會交朋友才行。」
謝拉菲瑪把手放在伊麗娜的肩膀上，把臉埋進她的肩口。
再看一遍夏洛塔的來信。空白處有一行像是還有墨水所以順手寫下的文字。

菲瑪，妳還記得以前柳德米拉・帕夫利琴科給我們兩個建議嗎？我至少抓到一個了，未來也不打算放手。妳呢？

「是我贏了，夏洛塔。」
「妳說什麼？」
伊麗娜問道，抱著謝拉菲瑪，把她拉了起來。
雖然拚命鍛鍊仍骨瘦如柴的身體感覺好輕好輕。
「去外面看看吧。」
我抓到兩個了。居然能兩個都抓到。
兩人推開門，吸進外面的空氣。

肺部充滿冰冷的空氣，屋子裡沉悶的空氣也變得清新起來。
夕陽染紅了雙眼，景色變得有些模糊。
明天跟少年們聊完天，不妨沿著山路去村子裡看看吧。
謝拉菲瑪起心動念。
那裡一定有人在。

主要參考文獻一覽

佐佐木陽子（二〇〇一）《総力戦と女性兵士／總力戰與女性士兵》青弓社

蕾吉娜・米爾豪澤 Regina Mühlhäuser《Sex and the Nazi Soldier: Violent, Commercial and Consensual Contacts During the War in the Soviet Union, 1941-1945》日文版由姫岡とし子翻譯（二〇一五）《戦場の性——独ソ戦下のドイツ兵と女性たち／戰場上的性——德蘇戰下的德軍與女性們》岩波書店

斯維拉娜・亞歷塞維奇 Алексиевич С. А.《У войны не женское лицо》中文版由呂寧思翻譯（二〇一六）《戰爭沒有女人的臉：一六九個被掩蓋的女性聲音》貓頭鷹

斯維拉娜・亞歷塞維奇 Алексиевич С. А.《Последние свидетели: Соло для детского голоса》中文版由晴朗李寒翻譯（二〇一六）《我還是想你，媽媽：一〇一個失去童年的孩子》貓頭鷹

梅里杜爾 Catherine Merridale《Ivan's War: Life and Death in the Red Army, 1939-1945》中文版由梁永安翻譯（二〇二二）《伊凡的戰爭：重回二戰東線戰場，聆聽蘇聯士兵消失的聲音》貓頭鷹

亞歷山大・韋斯 Alexander Werth《Russia at War, 1941-1945: A History》日文版由中島博／壁勝弘翻譯（一九六七）《戦うソヴェト・ロシア（上、下）／戰鬥的蘇俄》みすず書房
安東尼・畢佛 Antony Beevor《The Fall of Berlin 一九四五》日文版由川上洸翻譯（二〇〇四）《ベルリン陥落一九四五》／柏林淪陷：一九四五年》白水社
安東尼・畢佛 Antony Beevor《Stalingrad》日文版由堀たほ子翻譯（二〇〇二）《スターリングラード——運命の攻囲戦一九四二－一九四三／史達林格勒——命運的攻防戰一九四二－一九四三》朝日新聞社
羅曼・托佩爾 Roman Töppel《Kursk 1943 – Die größte Panzerschlacht der Geschichte》日文版由大木毅翻譯（二〇二〇）《クルスクの戦い一九四三——第二次世界大戦最大の会戦》中央公論新社
大木毅（二〇一九）《ソ戦　絶滅戦争の惨禍／德蘇戰　絕滅戰爭的慘禍》岩波書店
山崎雅弘（二〇一六）《新版　独ソ戦史　ヒトラーvs.スターリン、死闘一四一六日の全貌／新版　德蘇戰史　希特勒與史達林死鬥一四一六天的全貌》朝日新聞出版
大衛・M・葛蘭茨 David M. Glantz／喬納森・M・豪斯 Jonathan M. House《When Titans Clashed: How the Red Army Stopped Hitler》日文版由守屋純翻譯（二

〇〇五）《詳解 独ソ戦全史——最新資料が明かす「史上最大の地上戦」の実像／詳解　德蘇戰全史——用最新資料揭開「史上最大陸戰」的面紗》研プラス

馬克西姆・科洛米耶斯 Maksim Kolomiets《Штурм Кенигсберга》日文版由小松德仁翻譯《死闘ケーニヒスベルク——東プロイセンの古都を壊滅させた欧州戦最後の凄惨な包囲戦／死鬥柯尼斯堡——重創東普魯士古都的歐洲最後一場悽慘的包圍戰》大日本繪畫

哈里森・E・沙茲伯里 Harrison E. Salisbury《The Unknown War》日文版由大澤正翻譯（一九八〇）《独ソ戦——この知られざる戦い／德蘇戰——不為人知的戰禍》早川書房

埃里希・沃倫伯格 Erich Wollenberg《The Red Army》日文版由島谷逸夫／大木貞一翻譯（二〇一七）《赤軍——草創から粛清まで／紅軍——從草創到肅清》風塵社

格奧爾吉・康斯坦丁諾維奇・朱可夫 Georgy Konstantinovich Zhukov《Воспоминания и размышления》日文版由清川勇吉／相場正三久／大澤正譯（一九七〇）《ジューコフ元帥回想録——革命・大戦・平和／朱可夫元帥回憶錄——革命、大戰、和平》朝日新聞社

傑佛瑞・羅伯茲 Geoffrey Roberts《Stalin's General: The Life of Georgy Zhukov》

日文版由松島芳彥翻譯（二〇一三）《スターリンの将軍 ジューコフ／史達林的將軍　朱可夫》白水社

瑪麗・穆提 Marie Moutier《Lettres de la Wehrmacht》日文版由森內薰譯（二〇一六）《ドイツ国防軍兵士たちの一〇〇通の手紙／來自士兵的一百封家書》河出書房新社

大木毅（二〇一七）《灰緑色の戦史——ドイツ国防軍の興亡／灰綠色的戰史——德意志國防軍的興亡》作品社

永岑三千輝（一九九四）《ドイツ第三帝国のソ連占領政策と民〈一九四一－一九四二〉／德意志第三帝國占領蘇聯的政策與民眾〈一九四一－一九四二〉》同文館出版

永岑三千輝（二〇〇一）《独ソ戦とホロコースト／德蘇戰與納粹大屠殺》日本經濟評論社

理查德・貝塞爾 Richard Bessel《Nazism and War》日文版由大山晶翻譯（二〇一五）《ナチスの戦争一九一八－一九四九——民族と人種の戦い／納粹戰爭一九一八－一九四九——民族與人種的戰役》中央新論公社

桑克・奈采爾 Sönke Neitzel／哈拉爾德・韋爾策 Harald Welzer《Soldiers: German POWs on Fighting, Killing, and Dying》日文版由小野寺拓也翻譯（二〇一八）《兵士というもの——ドイツ兵捕虜盗聴記録に見る戦争の心理／士兵這種

人——從德軍俘虜竊聽紀錄看到的戰爭心理》みすず書房

對馬達雄（二〇二〇）《ヒトラーの脱走兵——裡切りか抵抗か、ドイツ最後のタブー／希特勒的逃兵——背叛或抵抗？德國最後的禁忌》中央公論新社

伊利亞・愛倫堡 Ilya Ehrenburg《People, Years, Life in Russian, published with the title Memoirs: 1921-1941 in English》簡體版由馮江南／秦順新翻譯（2008）《人、歲月、生活：愛倫堡回憶錄》海南出版社

尤里・奧布拉茲佐夫 Youri Obraztsov／莫・安德斯 Maud Anders《Soviet Women Snipers of the Second World War》日文版由龍和子翻譯（二〇一五）《フォト・ドキュメント女性狙擊手：ソ連最強のスナイパーたち／蘇聯最強的女性狙擊手們》原書房

松戸清裕（二〇一一）《ソ連史／蘇聯史》筑摩書房

馬丁・佩格勒 Martin Pegler《Out Of Nowhere: A History Of The Military Sniper》日文版由岡崎淳子翻譯（二〇〇六）《ミリタリー・スナイパー——見えざる敵の恐怖／狙擊兵——看不見的恐怖敵人》大日本繪畫

狩野善紀かのよしのり（二〇一三）《狙擊の科学　標的を正確に撃ち抜く技術に迫る／狙擊的科學　正確射中目標的技術》SBクリエイティブ

阿爾伯切特・維克爾 Albrecht Wacker《Sniper on the Eastern Front》簡體版由小小達人編譯（二〇一〇）《二戰風雲 II：東線狙擊手》雲南科技出版社

邁克・哈斯丘 Mike Haskew《Sniper at War》日文版由小林朋則翻譯（二〇〇六）《戦場の狙撃手／戰場的狙擊手》原書房

彼得・布魯克史密斯 Peter Brookesmith《Sniper》日文版由森真人翻譯（二〇〇〇）《狙撃手（スナイパー）／狙擊手（Sniper）》原書房

查爾斯・斯特朗 Charles Stronge《Sniper in Action》日文版由伊藤綺翻譯（二〇一一）《狙撃手列伝／狙擊手列傳》原書房

柳德米拉・帕夫利琴科 Lyudmila Pavlichenko《Lady Death: The Memoirs of Stalin's Sniper》日文版由龍和子翻譯（二〇一八）《最強の女性狙撃手：レーニン勲章の称号を授与されたリュドミラの回想／最強的女性狙擊手——獲頒列寧勳章的柳德米拉回憶錄》原書房

謝辭

本作之所以能順利發行，從榮獲第十一屆阿嘉莎・克莉絲蒂獎到出版的過程中，承蒙俄語翻譯、俄國文學研究者奈倉有里老師幫我校對俄國人名、翻譯俄語文獻、檢查時代及文化的考證等等，在各方面都受到許多協助。另外，本書所有與戰爭歷史有關的記述，全賴作家林讓治老師針對正確性給了我許多建議與審訂。在此致上由衷的謝意。

最後還要特別強調一點，包括這些受到幫助的部分，所有考證上的責任皆由執筆的作者，也就是我本人負責。

逢坂冬馬

推薦文

俄國文學研究者　沼野恭子

逢坂冬馬的《少女同志，向敵人開槍吧》如實地描繪出第二次世界大戰時，被丟上最前線，處於極限狀態的蘇聯女性狙擊手謝拉菲瑪的憤怒、苦惱、悲傷、痛哭與愛恨，是一部能讓人在戰慄的同時感受到戰爭真實面的傑作（當時確實有女性狙擊手的存在）。讀者在思考報仇的意義、認識戰爭是多麼的不講理、受到失去與絕望的衝擊時，肯定也會跟謝拉菲瑪一起，馳騁在充滿血腥味的戰場上。

提到聚焦於從軍女性情感的作品，榮獲諾貝爾文學獎的得獎作家斯維拉娜・亞歷塞維奇的《戰爭沒有女人的臉》是個中翹楚，這是由許許多多的受訪者提供的證詞集大成，可以稍微一下想像每句來自親身經歷的悲壯證詞背後藏著什麼樣的故事。但本書是以一名優秀的狙擊兵為主角，賦予其具有說服力的細節，讓她變得有血有肉，十分立體，從而織就官方的政治宣傳絕對體現不出來，獨一無二的故事。魄力十足，完全無法想像是作者的長篇小說處女作。

謝拉菲瑪的迷惘、在治療的時候從不分敵我的護士塔妮雅的信念、愛上德國狙擊手的珊朵拉的存在本身擾亂、模糊了敵軍與戰友、黑與白這種單純的界線，讓作品更有深度、更有重量。「向敵人開槍吧」的敵人究竟是誰？這也是作者向每一位讀者的叩問。

這本書在深刻的考據支撐下，對多達近百萬名女性上戰場的蘇聯女性史致上哀悼與惋惜的意念，令人深受感動。

第十一屆阿嘉莎．克莉絲蒂獎評選

阿嘉莎．克莉絲蒂獎是以讓現代的年輕人繼承「推理小說的女王」的傳統，挖掘並培養新生代創作者為目的，世界上第一個得到英國阿嘉莎．克莉絲蒂公司承認的推理小說獎。

經過兩階段的評審，二〇二一年八月三日由北上次郎、鴻巢友季子、法月綸太郎、推理雜誌總編輯清水直樹等四人進行最終評審。開會討論的結果，從最後的決選作品中選出逢坂冬馬的《少女同志，向敵人開槍吧》為得獎作品。

得獎者將可獲頒上頭印有克莉絲蒂頭像的獎牌與獎金一百萬圓。

大獎

《少女同志，向敵人開槍吧》逢坂冬馬

決選作品

《嘴と階（暫譯：嘴與階）》小塚原旬

《探偵の悪魔（暫譯：偵探惡魔）》森バジル（暫譯：森羅勒）

《プラチナ・ウイッチ（暫譯：Platina Witch 白金魔女）》根本起男
《ビューティフル・インセクト（暫譯：Beautiful Insect 美麗的昆蟲）》初川遊離

評語

北上次郎

所有的評審委員都給了最高分，創下阿嘉莎・克莉絲蒂獎有史以來的紀錄。逢坂冬馬的《少女同志，向敵人開槍吧》就是這麼出類拔萃的作品。以置身全員皆為女性狙擊兵的部隊中逐漸成長的女主角為核心人物，每天都在殘酷的戰火下披荊斬棘，細節描寫得十分豐滿，因此充滿臨場感。尤其是最後的一百二十頁，彷彿把整本書蓄積下來的力量一口氣爆發出來，精采絕倫。動作場面的緊張感、張力、構成之巧妙都令人嘆為觀止。而且最後的最後……啊，這部分不能寫出來。

背景為德蘇戰爭，描寫史達林格勒的攻防戰與要塞都市柯尼斯堡的戰役，讓實際存在的女性狙擊手成為登場人物，在壯烈的歷史背景下架構出一部充滿戲劇化的史詩作品，完成度之高，實在很難想像是新人的作品，令我佩服不已。

雖然有點擔心篇幅太長、作品名稱也有些平鋪直敘，但我相信以戰場為舞臺的姊妹情誼一定能讓這部作品緊緊地抓住讀者的心，成為男女老少都愛不釋手的冒險小說。

以我個人而言，緊追在後的是小塚原旬的《嘴與階》與森羅勒的《偵探惡魔》。前者是以鳥為主述者的作品，讀起來很歡樂。尤其與熊鷹的殊死鬥充滿張力，鳥吃鳥的場面也很驚心動魄，讓人感受到這位作者的寫作功力。但這次的得獎作品實在太強了，所以無法全力推舉。後者也是很出色的作品。世界上有許許多多的惡魔，惡魔之間有許許多多的規矩，用於殺人及推理，「玩弄邏輯」的手法非常有意思。例如「拉保險的惡魔」不能在一週內再次簽約等細部的規定簡直是傑作。問題大概出在夾雜著算數符號的文體吧，然則這部作品沒必要非得這麼處理不可。故事本身就很有趣，所以這點可惜了。

根本起男的《白金魔女》與初川遊離的《美麗的昆蟲》有些遺憾地略遜另外三部作品一籌，以上是我的見解。

評語　鴻巢友季子

今年也收到許多非常高水準的決選作品。

而且跟往常一樣，風格及種類也都五花八門。這或許是因為本獎雖然取名為「阿嘉莎・克莉絲蒂獎」，參賽作品卻只要是「廣義的懸疑推理」即可。本格的推理小說自不待言，還介紹過各種科幻、玄幻、驚悚、冒險小說、反烏托邦作品、恐怖刺激、變身奇譚（!?）、乃至於融合了這些要素，獨樹一幟、不合常規的作品。我也曾經煩惱過「是否該賦予這個獎統一的色彩」，但如今我已能自信滿滿地說這種包容性正是「阿嘉莎・克莉絲蒂獎」的特色。

只要是各位心目中「廣義的懸疑推理」的作品，儘管放馬過來，參加甄選。

再來說說今年的得獎作品——核彈級的戰爭小說《少女同志，向敵人開槍吧》。以第二次世界大戰的「德蘇戰」為舞臺的小說，描寫實際存在，全員皆為女性的狙擊訓練學校與部隊。我猜一定有人會想到傳說中的女狙擊手柳德米拉・帕夫利琴科或漫畫版目前正掀起話題的斯維拉娜・亞歷塞維奇的《戰爭沒有女人的臉》。想必這部作品也不會辜負大家的期待。

善射的少女獵人謝拉菲瑪。本書始於她個人的復仇念頭，同時描寫隊員間在烽火連天的動盪局勢下的姊妹情誼，呈現波瀾壯闊的劇情，令人胸口為之一緊。全體評審委員一致給予這部作品滿分。

《白金魔女》是黑暗到不行的致鬱系推理小說。一路往邪惡的方向不斷翻轉的結局讓人看得心裡直發毛，也是五部作品中充滿最多現代生活元素的作品，我個人給予非常高的評價。如果有佳作的話，我願給這部作品佳作。

《美麗的昆蟲》是以倫敦的貧民窟為舞臺的連續殺人魔作品。文筆十分流暢，也能感到故事的力量。為什麼要選擇倫敦為舞臺是我比較困惑的一點。希望能更栩栩如生地表現出遠離繁華中心的情景或色調、氣味。

《嘴與階》以雙線並行的方式描繪人類與鳥類的世界，由鳥扮演偵探的角色。藉由描寫另一種生物，讓人在閱讀的同時也思索死亡及殺戮的本質。可惜從中間開始就好像沒有再善用以鳥為主角的特殊性了。

《偵探惡魔》則是走喜劇路線，帶點奇幻色彩的推理小說。使用了算數符號的特殊文體很好玩，也很有創意，但整篇都是這種風格的話，看下來也確實有點累人。

評語

法月綸太郎

《少女同志，向敵人開槍吧》是描寫為德蘇戰爭出征的蘇聯軍隊女性狙擊兵的大長篇。屏除敵我、男女這種一翻兩瞪眼的二分法，鮮明地呈現出隨時交織著憎恨與歧視（壓抑）的戰場實錄，描寫對自己相當嚴格的女主角透過與女性同志一起戰鬥，逐漸成長的過程。充滿了冒險小說令人血脈賁張的戰鬥場面與狙擊的臨場感之餘，虛實交錯的人物配置及其造型也令人不忍釋卷。本書最出色的部分莫過於大結局的柯尼斯堡之役，最後一戰把事先安排好的縝密伏線全部收攏回來了，這個故事的一切都濃縮在令人跌破眼鏡的結局裡。無庸置疑值得五分滿分，絕對是阿嘉莎・克莉絲蒂獎實至名歸的傑作。即使這是我第一次參加評審，也能毫不遲疑地推舉這部作品。

以下依我評分的高低順序說明感想。

《偵探惡魔》特殊設定的點子非常吸引人，指出犯人後的展開令我瞠目結舌。只不過以解謎小說而言，說服力太弱了。略感不滿的地方還有對特殊規則的原理交代得不夠充分，推理的框架跑來跑去，感覺重要的線索都沒有講清楚，對讀者不太公平。最好重新整理一下偵探助手的說明段落，以免讀者看得一頭霧水。

《嘴與階》結合了鳥類的第一人稱與理科的詭計，尤其是視覺訊息的處理，感覺很有創意。空中戰的描寫也很有看頭，但鳥與人類的溝通還有改進的空間。如果要強調被魔性的女主角迷住的「使魔」之間的合作關係，青年刑警一開始就盯上「我」的展開似乎有點太倉促了。

《白金魔女》是一家子精神有毛病的人破滅的故事，翻來覆去的同時卻給人扁平的印象。機關算盡的反轉有些弄巧成拙，導致女主角與癲狂母親的對決結束在搔不到癢處的地方。

《美麗的昆蟲》用讓人猜不透會怎麼發展的另類筆法拉滿期待值，但是都到一半了還在繼續推進膚淺的劇情，直到最後都沒有達成故事的一致性。天主教的神父有老婆這點令人滿頭問號，最後也給人沒有把伏筆收回來的感覺。

評語

清水直樹（推理雜誌總編輯）

包括這次初次加入評審委員的法月綸太郎，再次組成四人小組的評審會議。最後選出五部風格迥異的作品，都讓我們感到無限的可能性。

得獎作品《少女同志，向敵人開槍吧》是十一屆下來，第一次獲得全體評審委員一致滿分通過，以第二次世界大戰的德蘇戰為舞臺的作品。描寫少女在全面由女性構成的蘇聯狙擊手部隊裡成長的故事。話雖如此，也不單單只是一部冒險動作小說，同時擁有優異的懸疑性，可說是一部優秀的現代小說。蘇聯是參戰國中唯一讓女性士兵從軍的國家。本作從女性士兵的觀點出發，描寫以史達林格勒攻防戰為首，極為慘烈的戰鬥與狙擊手夥伴們各自的人生。深入探討女性在戰場上衝鋒陷陣、存活下來的意義，可說是一部全新的戰爭冒險小說，希望能讓更多人看到。

我的第二名是《美麗的昆蟲》。文章洗練好讀，人物也刻劃得很深刻，感覺就像看了一本高品質的漫畫。另一方面，缺乏以英國為舞臺的必然性，如果能讓字裡行間散發出倫敦這個街道的風情，應該會成為更具有說服力的作品。

同樣在我心中並列第二名的《白金魔女》是以現代為舞臺的社會派驚悚懸疑小說。以所謂的致鬱系推理小說而言，算是缺點比較少的作品。也是本次入圍作品中，與現代社會最不脫節的作品，或許是因為這樣，這種陰鬱的感覺反而更濃烈了。如果是往年，可能會給他一個獎也說不定。

相較於第二名的兩部作品，我對《嘴與階》的評價較低。描繪鳥類間的戰鬥場面張力十足，讀起來很過癮。可是考慮到主要人物的魔女那個角色，與其說是推理小說，或許更應該當成奇幻小說來看。

《偵探惡魔》則是輕鬆好讀的作品。特殊設定的點子也很出色，但是和其他入圍作品比起來，文章的力度、刻劃的能力等小說需要的完成度都還需要加強。

國家圖書館出版品預行編目資料

少女同志，向敵人開槍吧 / 逢坂冬馬作 ; 緋華璃譯 . --
1 版 . -- [臺北市] : 城邦文化事業股份有限公司尖端
出版 : 英屬蓋曼群島商家庭傳媒股份有限公司城邦分
公司發行 , 2022.12
面 ; 公分
譯自 : 同志少女よ、敵を撃て

ISBN 978-626-338-636-5 (平裝)

861.57　　111015924

嬉文化

少女同志，向敵人開槍吧
（原名：同志少女よ、敵を撃て）

著　者／逢坂冬馬　譯　者／緋華璃　企劃宣傳／洪國瑋
執 行 長／陳君平　美術總監／沙雲佩　國際版權／黃令歡、梁名儀
榮譽發行人／黃鎮隆　美術編輯／方品舒　文字校對／施亞蒨
協　理／洪琇菁　執行編輯／楊國治　內文排版／謝青秀
總 編 輯／呂尚燁

出　版／城邦文化事業股份有限公司 尖端出版
台北市中山區民生東路二段一四一號十樓
電話：（〇二）二五〇〇—七六〇〇
傳真：（〇二）二五〇〇—二六八三
E-mail：7novels@mail2.spp.com.tw

發　行／英屬蓋曼群島商家庭傳媒股份有限公司城邦分公司 尖端出版
台北市中山區民生東路二段一四一號十樓
電話：（〇二）二五〇〇—七六〇〇（代表號）
傳真：（〇二）二五〇〇—一九七九

中彰投以北經銷／楨彥有限公司（含宜花東）
電話：（〇二）八九一九—三三六九
傳真：（〇二）八九一四—五五二四

雲嘉經銷／威信圖書有限公司 嘉義公司
電話：（〇五）二三三—三八五二
傳真：（〇五）二三三—三八六三

南部經銷／威信圖書有限公司 高雄公司
電話：（〇七）三七三—〇〇七九
傳真：（〇七）三七三—〇〇八七

香港經銷／城邦（香港）出版集團有限公司
香港灣仔駱克道一九三號東超商業中心一樓
電話：（八五二）二五〇八—六二三一
傳真：（八五二）二五七八—九三三七
E-mail：hkcite@biznetvigator.com

新馬經銷／城邦（馬新）出版集團 Cite（M）Sdn. Bhd.
E-mail：cite@cite.com.my

法律顧問／王子文律師　元禾法律事務所
台北市羅斯福路三段三十七號十五樓

二〇二二年十二月一版一刷

郵購注意事項：
1.填妥劃撥單資料：帳號：50003021戶名：英屬蓋曼群島商家庭傳媒(股)公司城邦分公司。2.通信欄內註明訂購書名與冊數。3.劃撥金額低於500元，請加附掛號郵資50元。如劃撥日起 10～14日，仍未收到書時，請洽劃撥組。劃撥專線TEL：(03)312-4212 ・ FAX：(03)322-4621。E-mail：marketing@spp.com.tw